हिन्द पॉकेट बुक्स

लेन-देन

शरत्चन्द्र चट्टोपाध्याय बांग्ला के सुप्रसिद्ध उपन्यासकार एवं लघु कथाकार थे। उनकी अधिकांश कृतियों में गाँव के लोगों की जीवनशैली, उनके संघर्ष एवं उनके द्वारा झेले गए संकटों का वर्णन है। इसके अलावा उनकी रचनाओं में तत्कालीन बंगाल के सामाजिक जीवन की झलक मिलती है। शरत्चन्द्र भारत के सार्वकालिक सर्वाधिक लोकप्रिय तथा सर्वाधिक अनूदित लेखक हैं। 16 जनवरी 1938 ई. को कलकत्ता में 62 वर्ष की उम्र में उनका निधन हुआ।

लेन-देन

शरत्चन्द्र

हिन्द पॉकेट बुक्स
पेंगुइन रैंडम हाउस इम्प्रिंट

हिन्द पॉकेट बुक्स

यूएसए । कनाडा । यूके । आयरलैंड । ऑस्ट्रेलिया । सिंगापुर
न्यू ज़ीलैंड । भारत । दक्षिण अफ्रीका । चीन

हिन्द पॉकेट बुक्स, पेंगुइन रैंडम हाउस ग्रुप ऑफ़ कम्पनीज़ का हिस्सा है,
जिसका पता global.penguinrandomhouse.com पर मिलेगा

पेंगुइन रैंडम हाउस इंडिया प्रा. लि.,
चौथी मंजिल, कैपिटल टावर -1, एम जी रोड,
गुड़गांव 122 002, हरियाणा, भारत

पेंगुइन
रैंडम हाउस
इंडिया

प्रथम संस्करण हिन्द पॉकेट बुक्स द्वारा 1990 में प्रकाशित
यह संस्करण हिन्द पॉकेट बुक्स में पेंगुइन रैंडम हाउस द्वारा 2022 में प्रकाशित

10 9 8 7 6 5 4 3 2

इस पुस्तक में व्यक्त विचार लेखक के अपने हैं, जिनका यथासंभव तथ्यात्मक
सत्यापन किया गया है, और इस संबंध में प्रकाशक एवं सहयोगी
प्रकाशक किसी भी रूप में उत्तरदायी नहीं हैं।

ISBN 9789353496449

मुद्रक: रेप्रो इंडिया लिमिटेड

www.penguin.co.in

FSC www.fsc.org MIX Paper from responsible sources FSC® C047271

This is a legitimate digitally printed version of the book and therefore might not
have certain extra finishing on the cover.

लेन-देन

चण्डीगढ़ की चण्ढी बहुत प्राचीन देवी हैं।

जनश्रुति है कि राजा वीरबाहु के किसी पूर्ब पुरुष ने युद्ध में विजयी होकर बरुई नदी के तट पर इस मन्दिर की स्थापना की थी। आगे चलकर इसीके आश्रय से धीरे-धीरे चण्डीगढ़ गांव का निर्माण हो गया। किसी समय यह गांव देव-सम्पत्ति में ही गिना जाता था, किन्तु अब तो मन्दिर से सटी हई केवल कुछ ही बीघे जमीन को छोड़कर बाकी सारी मनुष्यों ने छीन ली है। इन दिनों यह गांव बीजगांव की जमींदारी में शामिल है। किस प्रकार और किस अज्ञात रहस्यपूर्ण उपाय से असहाय देवता का धन अन्त में जमींदार के उदर में आकर सुस्थिर हो गया उसकी कहानी साधारण पाठकों के लिए व्यर्थ है। मेरा वक्तव्य केवल इतना ही है कि चण्डीगढ़ का अधिकांश भाग अब चण्डी जी के हाथ से निकल चुका है। हो सकता है कि देवता का इससे कुछ भी नहीं बनता-बिगड़ता, किन्तु जो लोग उनकी सेवा में हैं, उनके मन का क्षोभ आज तक भी दूर नहीं हुआ; इसीलिए अब भी झगड़े-बखेड़े उठते ही रहते है और कभी-कभी तो बहुत ही उग्र रूप धारण कर लेते हैं।

बीजगांव के जमींदार वंश के लोग अत्याचारी समझे जाने के कारण हमेशा से ही बदनाम हैं। किन्तु दो साल पहले पुत्रहीन जमींदार की मृत्यु हो जाने के कारण जिस दिन से उनके भानजे जीवानन्द चौधरी को बादशाही मिल गई है, उसी दिन से छोटे-बड़े सभी प्रजाजनों का जीवन कष्टमय हो गया है। जनश्रुति प्रचलित हो चुकी है कि भूतपूर्व जमींदार कालीमोहन बाबू ने इसकी उच्छृ खलता सहन न कर सकने के कारण इसे त्याग देने का निश्चय कर लिया था, किन्तु सहसा मृत्यु ने उनकी उस

इच्छा की पूर्ति न होने दी।

वे ही जीवानन्द चौधरी इलाका देखने के बहाने आजकल चण्डीगढ़ गांव में आए हुए हैं।

इस गांव में पहले से ही एक छोटी अदालत 'कचहरी बाड़ी' के नाम से है, किन्तु बांकुड़ा जिले के ऊबड़-खाबड़ पहाड़ से सटे हुए इस गांव के स्वस्थ जलवायु और विशेष करके बालू से भरी बरुई नदी का जल अत्यन्त रुचिकर समझकर इस जीवानन्द के ही नाना राधामोहन बाबू ने गांव के छोर पर 'शान्ति निकुंज' नामक बंगला बनवाया था।

वे प्रायः बीच-बीच में आकर इसीमें ठहरते थे। किन्तु उनके पुत्र कालीमोहन किसी दिन भी यहां नहीं आए। इस कारण किसी समय जिस घर में सौन्दर्य था, ऐश्वर्य था, मर्यादा थी—चारों ओर का जो बगीचा दिन-रात सुन्दर फल-फूलों से भरा रहता था, वही दूसरे के हाथ में पड़कर लापरवाही के कारण निकम्मे पौधों से भर उठा। यहां माली नहीं था, पहरेदार नहीं था, आसपास किसीका मकान नहीं था। केवल बरुई के सूखे तट पर एक विशाल टूटा-फूटा मकान जंगल में खड़ा रहकर अपमानित गौरव की भांति दिन-रात शून्य स्थल में उदासी फैला रहा था। बहुत दिनों से यहां किसीने प्रवेश नहीं किया, कितने दिनों से यहां की कचहरी का प्रधान कर्मचारी सदर मुकाम को झूठी कैफियतें भेजता आया है, इन सब बातों का हिसाब लगाने वाला कोई नहीं है।

ऐसी ही अवस्था में अकस्मात् एक दिन सन्ध्या समय केवल दो आदमियों को साथ लिए जमींदार कचहरी के सामने उपस्थित हो गए। पालकी से उतरे भी नहीं, केवल गुमाश्ता एककौड़ी नन्दी को बुलाकर कह दिया कि मैं कुछ दिनों के लिए शान्ति निकुंज में ठहरूंगा। यह कहकर तुरन्त ही चले गए। आशंका और उत्कण्ठा से एककौड़ी का मुंह विवर्ण हो गया। संभवतः वहां बंगले तक पहुंचने का कोई रास्ता ही न हो! हो सकता है कि सभी खिड़कियों और किवाड़ों को चोर चुरा ले गए हों! हो सकता है कि कमरे-कमरे में शेर-भालुओं के दल बस गए हों! वहां क्या है और क्या नहीं है, इसकी जानकारी एककौड़ी को नहीं थी।

सन्ध्या में कहां आदमी मिलेंगे, किस तरह दीया-बत्ती का प्रबन्ध हो सकेगा, कहां खाने-पीने की तैयारी होगी—अचानक वह क्या करे, किसकी शरण में जाए, इस चिन्ता में पड़कर उसका समूचा शरीर भारी हो

उठा और माथा ठनकने लगा। नौकरी तो चली ही गई—चली जाए; किन्तु इस दुर्दान्त नये मालिक के सम्बन्ध में जो बातें इस बीच उसने लोगों के मुंह से सुन ली हैं, उनमें से किसी एक से भी उसे किसी तरह का चैन नहीं मिला। कुछ भी खबर नहीं, सूचना नहीं हठात् शुभागमन हो गया, इसका लक्ष्य तो वही है। तब अपने बाल-बच्चों को लेकर वह कहां चला जाए और आत्म-रक्षा कर सके, इसका कोई भी उपाय उसको नहीं सूझा।

पहले कभी उसने मालिक को नहीं देखा था। इसकी जरूरत भी नहीं पड़ी थी। आज भी साहस करके वह उनकी ओर न देख सका, किन्तु संकरे मार्ग के मोड़ पर कहारों के अदृश्य हो जाने के साथ-साथ पालकी के अंधेरे भीतरी भाग से जिस मुख की छवि उसके मानस नेत्र को अनुभव हुई, वह अत्यन्त भयंकर थी। उसकी अनेक गलतियों और अनेक चोरियों के अभियोग का इस बार खुली बैठक में विचार होने लगेगा और उसका उत्तरदायित्व किसी दूसरे के कन्धे पर रखना सम्भव हो सकेगा या नहीं, इसी विषय पर जब वह सोचने की चेष्टा कर रहा था तभी कचहरी का बड़ा प्यादा दौड़ता हुआ आया। वह बेचारा कहीं लगान वसूली के तकाजे में गया था; रास्ते में ही इस दुर्घटना की खबर मिल गई। हांफते-हांफते पूछा, "नन्दी जी, सरकार आ गए हैं न !"

एककौड़ी ने आंखें ऊपर उठाकर केवल 'हूं' कहा।

विश्वम्भर आश्चर्य से क्षण-भर एक कौड़ी के पीले चेहरे की ओर ताकता रहा, इसके बाद बोला, "हूं का क्या अर्थ है नन्दी जी? स्वयं सरकार तो आ गए हैं।"

एककौड़ी ने मन-ही-मन अपने को एक तरह से पक्का कर लिया था। टूटे स्वर में उत्तर दिया, "आ गए तो मैं क्या करूं? कोई खबर नहीं, सूचना भी नहीं, सरकार आ गए! सरकार हैं इसलिए सिर तो काटकर न ले जा सकेंगे !"

इस उत्तेजना का कोई अर्थ सहसा न समझ सकने के कारण, विश्वम्भर क्षण-भर चुप रहा, किन्तु उसका दिमाग साफ और ठण्डा था और प्यादा होने पर भी गुमाश्ते के साथ उसका घनिष्ठ सम्बन्ध था। एककौड़ी को भीतर ले जाकर शराब की बोतल, मांस और उसके साथ ही एक और चीज का गुप्त संकेत करके उसने थोड़े समय में सान्त्वना

दे दी कि जब पुरुष के भाग्य की सीमा देवता भी निर्धारित नहीं कर सकते, तब इतनी बड़ी आशा दिलाने में भी हिचक नहीं की जा सकती कि सरकार की नजरों में पड़ जाने से नन्दी जी को भी किसी सदर महकमे का नायबी पद क्यों न मिलेगा।

थोड़े समय में ही जब एककौड़ी कुछ आदमी, दो-चार बत्तियां तथा कुछ फल-फूल जुटाकर विश्वम्भर को अपने साथ लिए शान्ति निकुंज के टूटे फाटक के सामने पहुंचा, तब सन्ध्या हो चुकी थी। उसने वहां देखा कि इस बीच रास्ता चलने योग्य बना दिया गया है, तो भी इस जंगल से भरे अंधेरे मार्ग से अन्दर जाने का माहस किसी को नहीं हुआ। प्रवेश करके भी कदम बढ़ाते समय उसका शरीर रोमांचित होने लगा। दस बीघा जमीन छेककर शेष जंगल विस्तृत है, इसलिए रास्ता भी छोटा नहीं है। उसको पार करने में कष्ट भी कम नहीं है। कहीं एक भी दीया नहीं है। केवल आंगन के एक छोर पर जहां कहार पालकी उतार एक साथ बैठकर तम्बाकू पी रहे हैं वहीं जलने वाली सूखी लकड़ी के आसपास जरा उजाला हो रहा है।

खबर मिलने पर नौकर आया और एककौड़ी को एक कमरे में ले गया। समूचा कमरा शराब की गन्ध से भरा हुआ है, एक कोने में एक मोमबत्ती जल रही है और दूसरे छोर पर एक टूटी चौकी पर बिस्तर बिछाकर बीजगांव के जमींदार जीवानन्द चौधरी बैठे हुए हैं। यह मनुष्य बहुत ही दुबला-पतला है। शरीर का रंग साफ है या नहीं, इसका अन्दाजा लगाना अत्यन्त कठिन है, क्योंकि उपद्रवों और अत्याचारों के कारण मुंह सूखकर मानो एकदम काठ की भांति कठोर हो उठा है। सामने शराब से भरा हुआ एक गिलास है और उसी के पास विचित्र आकार की एक शराब की बोतल है, जिसमें से शराब प्रायः समाप्त हो चुकी है। तकिये के बीच से एक नेपाली भुजाली का कुछ हिस्सा दिखाई पड़ रहा है और उसी के पास खुले बक्स में एक जोड़ी पिस्तौलें रखी हुई हैं।

एककौड़ी जमीन तक झुककर प्रणाम करके हाथ जोड़कर खड़ा हो गया। उसके मालिक ने पूछा, "तुम्हारा ही नाम एककौड़ी नन्दी है? तुम्ही यहां के गुमाश्ता हो?"

भय के मारे एककौड़ी का हृदय कांप रहा था। कांपते कण्ठ से सिर हिलाकर उसने कहा, "जी हुजूर!"

उसका विचार था कि अब इस बंगले की बात उठेगी, लेकिन हुजूर ने उसका कोई जिक्र नहीं किया। केवल पूछा, "तुम्हारी कचहरी की तहसील कितनी है?"

एककौड़ी ने कहा, "जी, यही कोई पांच हजार रुपया।"

"पांच हजार? अच्छी बात है, मैं यहां सात-आठ दिन हूं; मुझे इसी बीच लगभग दस हजार रुपये चाहिए।"

एककौड़ी ने कहा, "जो हुक्म सरकार!"

मालिक ने कहा, "कल सवेरे तुशहारी कचहरी में बैठूगा—यही कोई दस-ग्यारह बजे—इसके पहले मेरी नींद नहीं खुलती। आसामियों को सूचित कर देना।"

एककौड़ी ने आनन्दपूर्वक सिर हिलाकर कहा, "जो हुक्म!"

यह बताने की जरूरत नहीं कि एककौड़ी ने लगान के अतिरिक्त और रुपये वसूल करने के भारी बोझ से अपने को बहुत संकट में पड़ा हुआ नहीं समझा। उसने प्रसन्न होकर कहा, "मैं आज रात को ही चारों ओर आदमी भेज दूंगा जिससे कोई यह न कह सके कि समय पर खबर नहीं मिली।"

जीवानन्द ने अपनी सम्मति दे दी और शराब का गिलास मुंह से लगावर एक ही सांस में उसे खाली करके धीरे से नीचे रखते हुए कहा, "एककौड़ी, जान पड़ता है, तुम लोगों के यहां विलायती शराब की दुकान नहीं है। खैर, न सही मेरे साथ जितनी है, उतनी से ये कई दिन कट जाएंगे। लेकिन मांस मुझे रोज चाहिए।"

एककौड़ी तैयार ही था। बोला, "यह कौन बड़ी बात है मालिक, माता चंडी का सरस महाप्रसाद रोज हुजूर को दे जाया करूंगा।"

मालिक ने खुश होकर कहा, "ठीक है।"

इसके बाद बोतल से थोड़ी-सी मदिरा पात्र में डालकर पी और मुंह पोंछते-पोंछते कहा, "और भी एक बात है एककौड़ी!"

एककौड़ी की हिम्मत बढ़ती जा रही थी। उसने कहा, "क्या आज्ञा है हुजूर?"

मालिक ने मुंह में दो-तीन लोग डालकर कहा, "देखो एककौड़ी, मैंने ब्याह नहीं किया और लगता है, करूंगा भी नहीं।"

एककौड़ी चुप रहा। तब इस शराबी जमींदार ने हंसकर कहा,

"लेकिन इसका मतलब यह नहीं कि मैं भीष्म हूं—महाभारत तो तुमने पढ़ा है न?—भीष्म बनकर भी नहीं बैठा हूं, शुकदेव भी नहीं हो गया हूं। मेरी बात समझ तो गए एककौड़ी? वह चाहिए।"

एककौड़ी ने लज्जा से सिर झुका लिया और जरा गर्दन हिलाई, वह मुंह खोलकर उत्तर नहीं दे सका। किन्तु जिस निर्लज्ज विचार से जमींदार के गुमाश्ते तक को लज्जा मालम पड़ती है, वह बात उन्होंने बिना किसी संकोच के सरलता से कह डाली। बोले, "और सब लोगों की तरह नौकरों से ये सब बातें कहना मैं पसन्द नहीं करता। अच्छा, अब जाओ। मेरी पालकी के कहारों के खाने-पीने का प्रबंध कर देना। वे लोग शायद ताड़ी-वाड़ी भी पीते हैं। उधर भी जरा ध्यान रखना। अच्छा, जाओ।"

एककौड़ी सिर हिलाकर स्वीकृति जताकर और एक बार पृथ्वी पर झुककर लम्बी जुहार करने के बाद बाहर जा रहा था, कि मालिक ने सहसा उसे पुकारकर पूछा, "इस गांव में कोई दुष्ट बदजात रिआया है—तुम जानते हो?"

एककौड़ी घूमकर खड़ा हो गया। इसी स्थान पर उसके बहुत दिनों का एक पुराना घाव था। मालिक के इस प्रश्न ने ठीक उसी स्थान पर चोट की। किन्तु उस वेदना को उसने संयम के पर्दे से ढककर उत्सुकता-रहित कंठ से कहा, "जी नहीं, ऐसी तो कोई···केवल तारादास चक्रवर्ती है—सो वह मालिक की रिआया नहीं है।"

'तारादास कौन है?"

एककौड़ी ने कहा, "चण्डीदेवी का पुजारी।"

इनके साथ जमींदारी के सिलसिले में एककौड़ी का अनेक बार झगड़ा. हो चुका था; किन्तु इसके लिए उसके मन में विशेष कोई क्षोभ नहीं था। पर लगभग दो साल पहले एक पके कटहल के पेड़ के लिए जो लड़ाई छिड़ी थी, उसकी जलन अभी तक शान्त नहीं हुई थी। कारण, कटहल की लकड़ी के तख्ते उसे अपने घर के लिए चाहिए थे और इसीलिए अन्त में उसे ही झुककर चुपचाप झगड़ा मिटा लेना पड़ा था।

एककौड़ी कहने लगा, "क्या करूं हुजूर, सदर में अर्जी देने से ठीक विचार नहीं होगा—दीवानजी ध्यान ही नहीं देते, नहीं तो चक्रवर्ती को ठीक करते कितनी देर लगती है! किन्तु एक निवेदन करता हूं, हुजूर शह देंगे तो वे लोग रिआया को बिगाड़ देंगे—तब गांव पर राज्य करना

कठिन हो जाएगा।"

लेकिन मालिक का नशा बढ़ता जा रहा था। उन्होंने लड़खड़ाते स्वर में कहा, "तुमने अकेले तारादास का ही तो नाम लिया है एककौड़ी—फिर तुम्हारे इस 'वे लोग' का क्या अर्थ है?"

एककौड़ी ने कहा, "तारादास चक्रवर्ती की लड़की भैरवी भी तो है। चक्रवर्ती खुद बुरा आदमी नहीं है, वह लड़की ही असली फिसाद की जड़ है। देश-भर के जितने डाकू-बदमाश हैं, सब जैसे उसके गुलाम हो रहे हैं।"

जान पड़ता है, जमींदार बाबू के कानों में सब बातें नहीं पहुंच पाईं। उन्होंने वैसे ही अस्फुट स्वर में कहा, "होना ही चाहिए आयु कितनी है? देखने में कैसी है?"

एककौड़ी ने कहा, "आयु यही 23-24 हो सकती है और रूप की बात यदि कहे हुजूर, तो वह जैसे एक लट्ठ-गंवार है। न तो है स्त्रियों जैसी सुन्दरता या नाक-नक्श और न स्त्रियों जैसी गढ़न। जैसे चूहड़ा हथियार बांधकर लड़ाई करने चला हो। इसीसे तो यहां की छोटी जाति वाले समझते हैं कि वही साक्षात् चण्डी है।"

जीवानन्द सहसा सीधे होकर उठ बैठे। उत्साह और कौतूहल से दोनों लाल-लाल आंखें फैलाकर बोले, "कहते क्या हो एककौड़ी? मामला क्या है, खोलकर कहो तो सुनूं? न हो देखने में चूहड़ा जैसे ही, तो भी गृहस्थ ब्राह्माण की लड़की है—फिसाद की जड़ कैसे हुई, और डाकू-बदमाशों का दल ही कहां से आ जुटा?'

एककौड़ी ने कहा, "इसमें आश्चर्य की क्या बात है। हुजूर?" फिर उसने भैरवी की जो कहानी सुनाई, वह संक्षेप में इस प्रकार है :

भैरवी किसीका नाम नहीं है, गढ़चण्डी की प्रधान सेविका की यह एक साधारण उपाधि है। वैसे वर्तमान भैरवी का नाम पोडशी है, और इसके पहले जो थीं उनका नाम था मातंगी भैरवी। माता के आदेश से उनका सेवक कभी पुरुष नहीं हो सकता, स्त्रियां ही सदा से इस पद की स्वामिनी होती आ रही हैं। लगभग पन्द्रह-सोलह वर्ष हुए होंगे, एका-एक एक दिन खबर आई कि मातंगी भैरवी के पति की मृत्यु हो गई। बड़ी मुश्किल से जब यह खबर सत्य साबित हुई, तब बाध्य होकर मातंगी को भैरवी का पद छोड़कर काशी चला जाना पड़ा।

जीवानन्द अब तक चुपचाप सुन रहे थे, विस्मित होकर उन्होंने प्रश्न किया, 'विधवा होने पर शायद भैरवीगीरी छूट जाती है?"

एककौड़ी ने कहा, "हां हुजूर।"

जीवानन्द ने कहा, 'जान पड़ता है, इसीसे उन्होंने पति को अज्ञातवास के लिए भेज दिया था?"

एककौड़ी ने कहा, "इसके सिवा और कोई उपाय भी नहीं है हुजूर! माता के आदेश से ब्याह की तीन रातों के बाद पति भैरवी का स्पर्श भी नहीं कर सकता। इसी कारण दूर देश के दुखी-गरीब का कोई लड़का पकड़ लाकर उससे ब्याह करके दूसरे ही दिन रुपया-पैसा देकर उसे विदा कर दिया जाता है और फिर कभी कोई उसकी परछाहीं तक नहीं देख पाता। यही नियम है—हमेशा से यही होता आ रहा है।"

जीवानन्द ने हंसकर कहा, "कहते क्या हो एककौड़ी, एकदम देस-निकाला? भैरवी भी तो मनुष्य है। रात को एकान्त में एक प्याला शराब ढालकर देना—गरम मसाला डालकर कुछ महाप्रसाद पकाकर खिलाना—एकदम कुछ भी नहीं कर सकती?"

एककौड़ी ने सिर हिलाकर कहा, "ना हजर, माता की भैरवी को पति को छूना नहीं चाहिए।"

"लेकिन इससे क्या, गांव में पति के अलावा क्या और कोई पुरुष नहीं?"

"मातू भैरवी को देखा है और षोडशी भैरबी को भी। लोग क्या यूं ही उसके पैरों से लिपटते हैं। बात-बात में हुजूर की तरह ही मुकदमा समाप्त कर देती हैं।"

जीवानन्द ने हंसकर कहा, "स्त्री महंत है और क्या! इसमें कोई दोष नहीं। लेकिन यह तो बताओ, मातू के बाद यह कैसे आ गई?"

एककौड़ी ने कहा, "चक्रबर्ती महाराय मातंगी के भानजे हैं। ढाका या न जाने कहां किसी महाजन की आढ़त में मुनीमी का काम करते थे। चिट्ठी पाकर चले आए। साथ में दसेक वर्ष की लड़की ले आए और फिर कहीं से एक पात्र भी जुटा लिया। उसकी क्या जाति है, किसका लड़का है, कहां घर है—कुछ पता नहीं। रात को ही ब्याह हो गया और रात को ही उसे रवाना कर दिया गया। उसके बाद मजे से गद्दी पर बैठकर राज भोग रहे हैं। कोन कुछ पूछे? गांव में भी कोई आदमी नहीं, और 'राजा का शासन नहीं।"

यह कहकर उसने जमींदार पर ही कटाक्ष किया। किन्तु तुरन्त समझ भी लिया कि उसकी यह वक्रोक्ति व्यर्थ गई। राजा आंखें मूंदे पल-भर में ही कैसे निद्रा में डूब गए? बहुत देर तक कोई बात नहीं हुई। कहीं उसकी जरा-सी भी नासमझी से जमींदार की यह तन्द्रा टूट न जाए, इसी डर से वह कठपुतली की तरह अचल खड़ा-खड़ा मन-ही-मन उस शराबी के पुरखों का श्राद्ध करता रहा। फिर सोचने लगा कि बह चुप-चाप खिसक जाए या नहीं। इसी समय जीवानन्द जागते हुए इंसान की तरह बोले, "लगभग पन्द्रह वर्ष पहले की बात है न? अच्छा, यह तारादास क्या देखने में खूब ठिंगना और गोरा है?"

एककौड़ी ने कहा, "नहीं हुजूर। चक्रवर्ती का रंग गोरा अवश्य है, लेकिन उसका डील-डौल लम्बा है।"

जीवानन्द ने कहा, "लम्बा है? अच्छा, तुमने यह कैसे जाना कि यह आदमी ढाका के महाजन की गद्दी पर बही-खाते का काम करता था? ऐसा भी तो हो सकता है कि वह कलकत्ते में रसोई बनाने का काम करता हो?"

एककौड़ी ने सिर हिलाकर कहा, "नहीं हुजूर, सचमुच ही वह बही-खाता लिखते थे। उनका छः महीने का वेतन बाकी था। मैंने ही नालिश करने की धमकी के साथ चिट्ठी लिखकर रुपये वसूल करा दिए थे।"

जीवानन्द ने कहा, "तो फिर यह सच है। अच्छा, इसी आदमी ने क्या पांचेक साल पहले एक आसामी के घर उजाड़ने के मामले में मामा के विरुद्ध गवाही दी थी?"

एककौड़ी ने जोर से सिर हिलाकर कहा, "हुजूर से कुछ नहीं छिपा है। जी हां, यह वही तारादास है।"

जीवानन्द ने धीरे-धीरे सिर हिलाकर कहा, "हूं। उस बार इसने बहुत रुपयों के फेर में डाल दिया था। अच्छा, इसके कब्जे में कितनी जमीन होगी?"

एककौड़ी ने मन-ही-मन हिसाब लगाकर कहा, "पचास-साठ बीघे से कम नहीं।"

जीवानन्द ने घड़ी-भर चुप रहकर कहा, "कल तुम खुद जाकर उसे जता आओ कि बीघा पीछे दस रुपये नजराना मुझे चाहिए। मैं यहां आठ दिन हूं।"

एककौड़ी ने कुंठित और संकुचित होकर कहा, "जी, वह तो बिना

कर की देवोत्तर सम्पत्ति है हुजूर !"

जीवानन्द ने कहा, "देवोत्तर सम्पत्ति इस गांव में जौ-भर भी नहीं है। सलामी न मिलने पर सब जब्त हो जाएगी।"

एककौड़ी कुछ उत्तर न देकर चुपचाप खड़ा रहा। चक्रवर्ती महाशय के कारण नहीं, उसकी कन्या फौजी सैनिक जैसी भैरवी की बात स्मरण करके। जमींदार तो यहां से चले जाएंगे; लेकिन उसे तो इसी गांव में रहना है। एक बार उसने अस्फुट स्वर में कहना चाहा, "लेकिन हुजूर···"

पर वह कह नहीं पाया। हुजूर ने बीच में ही रोककर कहा, "लेकिन-बेकिन इस समय रहने दो एककौड़ी! मुझे रुपयों की जरूरत है। पांच-छः सौ रूपये मैं छोड़ न सकूंगा। ये रुपये उसे देने ही होंगे। कल चक्रवर्ती को खबर देना कि वह कचहरी में हाजिर रहे। दलील-दस्ताबेज कुछ हो तो वह भी साथ ला सकता है। रात हुई, अब तुम जा सकते हो। मेरे आदमियों के खाने-पीने का बन्दोबस्त कर देना। सदर में लौटकर तुम्हारा खयाल रखूंगा।"

"हुजूर भाई-बाप हैं।" कहकर एककौड़ी एक बार और लम्बा दण्डबत् करके घर से बाहर हो गया।

2

जमींदार जीवानन्द चौधरी को चण्डीगढ़ में आए केवल पांच दिन हुए हैं। इतने थोड़े समय के अनाचारों और अत्याचारों से सारे गांव में आग-सी लग गई है। नजराने के रुपये भी वसूल होते हैं, लेकिन वे किस तरह होते हैं, यह जमींदार-सरकार में नौकरी किए बिना समझने-समझाने की कोशिश करना मूर्खता है।

तारादास चक्रवर्ती ने आज्ञानुसार पहले दिन हाजिर होकर नजराना देना अस्वीकार कर दिया। यहां तक कि छः घंटे तेज धूप में खड़े रहकर भी स्वीकार नहीं किया। किन्तु सबके सामने कान पकड़कर उठक-बैठक करने, घुड़दौड़ और मेढक के नाच के प्रस्ताव से वे धैर्य नहीं रख सके। चण्डी माता के निकट मन-वाणी-काया से जमींदार-परिवार के वंश-लोप

की प्रार्थना कर प्रकट में पांच दिन में रुपये ला देने का वादा करके छुटकारा पाकर, घर चले आए। आज वही पांचवा दिन है, लेकिन सवेरे से ही वे कहीं दिखाई नहीं दिए।

इस बीच में रोज महाप्रसाद जुटाना पड़ा है। पोखर की मछलियां, बाग के फल-मूल और छप्पर के लौकी-कुम्हड़े जमींदार के आदमी तोड़-कर ले जाते रहे हैं। षोडशी ने रोकना चाहा लेकिन तारादास ने एक शब्द भी उसे नहीं कहने दिया। उसका हाथ पकड़कर, रो-धोकर जिस प्रकार भी हुआ, उसे रोक दिया। पिता के अपमान से लेकर यह सब अत्याचार इतने दिन षोडशी ने किसी प्रकार सह लिए; किन्तु आज की घटना से उसका सारा एकत्र क्रोध घड़ी-भर में ही बारूद की तरह फट पड़ा। पिता के चुपचाप अन्तर्धान होने के कारण उसके अवश्यम्भावी फलाफल के भार को उसका एकाकी मन आज जैसे अब और सहन करने में असमर्थ हो गया। इसी दशा में जब तीसरा पहर ढल चला, तब रात के अंधेरे में भूखे-प्यासे पिता के आने की आशा करके वह कुछ खाने के लिए बनाने बैठी ही थी, उसी समय मन्दिर की सेविका ने आकर जिस अत्या-चार का वर्णन किया है, वह संक्षेप में इस प्रकार है:

शराबी जमींदार को सहसा यह सनक सवार हो गई कि अब वह निषिद्ध मांस, यहां तक कि वृथा मांस को ग्रहण नहीं करेंगे। आज जमींदार के आदमियों ने डोमों के मुहल्ले से एक खस्सी लाकर मन्दिर में हाजिर किया और उसका महाप्रसाद तैयार कर देने के लिए कहा। पुरोहित ने पहले आपत्ति की, किन्तु अन्त में जमींदार की आज्ञा शिरोधार्य करके उसीकी पूजा करके विधिपूर्वक बलि देकर देवी का महाप्रसाद तैयार कर दिया।

सुनते ही षोडशी ने चूल्हे पर से हांडी उतारकर धम से नीचे रख दी और क्रोध के मारे बिना कुछ सोचे-विचारे तेजी के साथ ही मन्दिर की ओर चल दी। बाहर दरवाजे पर चार-पांच पछैया उसकी राह रोककर खड़े हो गए। विश्वम्भर दूर ही से षोडशी का घर दिखाकर खिसक गया। ये आदमी जमींदार की पालकी के कहार थे। उनके मुंह से ताड़ी की दुर्गन्ध आ रही थी, आंखें लाल हो रही थीं। बड़ी ही निरंकुश अवस्था थी। उनमें से जिस आदमी ने बंगला सीख ली थी, उसने बंगला में ही पूछा, "साला ठाकुर घर में है? साला रुपये नहीं देगा, भागा-भागा फिर

रहा है?"

पोडषी ने इधर-उधर नजर डाली; कहीं कोई नहीं है। कहीं ये उजड्ड मदोन्मत्त पशु उसीका अपमान न कर बैठे, इस भय से अजेय क्रोध को दबाकर कोमल धीमे स्वर में उसने कहा, "नहीं, पिताजी घर में नहीं है।"

"कहां छिप गया है?"

"मैं नहीं जानती," कहकर षोडशी के कतराकर निकल जाने की कोशिश करते ही उस आदमी ने षोडशी की ओर हाथ बढ़ाकर एक अत्यन्त अश्लील वाक्य कहा, "वह नहीं है तो तू चल। तुझे ही गर्दन में गमछा डालकर खींच ले जाएंगे।"

इस अपमान से पोडशी एकदम आप से बाहर हो गई। उसने बड़े जोर से डांटकर कहा, "खबरदार! चल मैं ही चलती हूं। तुम्हारा वह शराबी मेरा क्या कर सकता है, चलकर देखूं!" कहकर वह परिणाम से निडर उन्मादिनी की तरह आप ही तेजी से आगे बढ़ गई।

रास्ते में दो-एक परिचित लोगों से साक्षात् हुआ; किन्तु किसी पड़ोसी ने उधर देखा भी नहीं। जमींदार के लोग पीछे शोरगुल करते जा रहे हैं, इसका अर्थ गांव वालों को समझाकर बताना व्यर्थ है—केवल इसीलिए नहीं, बल्कि किसीसे भी सहायता की भिक्षा मांगकर इतने बड़ें अपमान को अपने मुंह से चारों ओर फैला देने को भी किसी तरह उसका जी नहीं चाहा, इच्छा नहीं हुई।

जमींदार की कचहरी पास ही था। एककौड़ी सामने ही खड़ा मिला। देखते ही वह कह उठा, "मैं नहीं जानता, मैं कुछ भी नहीं जानता। सरदार जी, हुजूर के पास ले जाओ।" यों कहकर शान्ति-निकुंज की ओर उंगली से इशारा करके वह चटपट कचहरी के भीतर घुस गया। षोडशी अपनी विकट मुसीबत को देखकर एकदम डर गई।

कहां जाना होगा, यह समझकर भी उसने पूछा, "मुझे कहां जाना होगा?" उस आदमी ने एककौड़ी की दिखलाई हुई दिशा की ओर बता-कर कहा, "उधर चल।"

"जाना ही होगा?" षोडशी ने कहा, "मेरे पास तो रुपये नहीं हैं सरदार! हुजूर के पास ले जाकर तुम लोगों को क्या मिलेगा?"

किन्तु 'सरदार' कहकर जिससे कहा गया, उसने जैसे कुछ सुना ही

नहीं। केवल प्रत्युत्तर में एक बेहूदी चेष्टा करके बोला, "चल छोकरी, चल।"

षोडशी कुछ नहीं बोली। ये लोग दूसरी जगह से आए हैं। इन्हें उसकी मर्यादा का कोई विचार नहीं है। अतएव रुपयों के लिए मर्द-औरत का कुछ विचार न करके साधारण प्रजा के प्रति जिस आचरण का इन्हें अभ्यास है, वही ये उसके साथ भी करेंगे—उसमें कोई कमी न होगी। अनुनय-विनय कार है; रोने-धोने से भी कोई सहायता को नहीं आवेगा। हठ करने पर हो सकता है कि ये राह में ही खींच-खांच करने लगे, घसीटने लगें। सड़क पर अपमान के चित्र ने उसका मुंह बांधकर जैसे सामने की ओर ठेल दिया। राह में चरवाहों के लड़के गउएं चराकर लौटे हैं; किसान लोग दिन का काम समाप्त करके बोझ सिर पर रखे चले जा रहे हैं। सभी अवाक् होकर ताकने लगे। षोडशी ने किसीकी ओर देखा नहीं, किसीसे भी कुछ कहने की कोशिश नहीं की। केवल मन-ही-मन कहने लगी, 'धरती माता, तुम फट जाओ।'

सूर्यास्त हो गया। अंधकार आगे बढ़ गया। उसने यन्त्रचालित पुतली की तरह चुपचाप शान्ति निकुंज के फाटक के भीतर प्रवेश किया। रुकने की, आपत्ति करने की कहीं पर कुछ भी कोशिश नहीं की।

जिस कमरे में उसे लाकर हाजिर किया गया, वह वही कमरा था, जिसमें उस दिन प्रवेश करके भय से एककौड़ी के रोंगटे खड़े हो गए थे। आज भी वैसा ही कड़ा-कचरा पड़ा है, वैसी ही शराब की दुर्गन्ध आ रही हैं। सफेद, काली अनेक आकार-प्रकार की खाली बोतलें चारों ओर बिखरी पड़ी हैं। सिरहाने दीवार में दो चमचमाती भुजाली टंगी हैं। एक कोने में एक बंदूक दीवार के सहारे खड़ी है। हाथ के पास एक टूटी तिपाई के ऊपर एक जोड़ी पिस्तौल है। कुछ ही दर पर, ठीक सामने के बरामदे में किसी जंगली जानवर का कच्चा चमड़ा छत से टंगा हुआ है, उसकी विकट दुर्गन्ध आकर नाक में पहुंचती है। जान पड़ता है, कुछ ही पहले गोली से एक सियार मारा गया है। वह उस समय तक फर्श पर ही पड़ा था। उसीके खून से कुछ स्थान लाल हो गया है।

जमींदार एक शय्या पर चित लेटे हुए, कोई पुस्तक पढ़ रहे थे। सिर के पास एक मोटी जिल्द वाली किताब को शमादान बनाकर उसपर मोमबत्ती जलाई गई थी। पलक मारते ही रोशनी में षोडशी ने अनेक

बातें देख लीं। जान पड़ता है, बिछौने पर चादर न होने के कारण एक कीमती शाल ही बिछा दी गई है। उसका बहुत-सा भाग पृथ्वी पर लोट रहा है। सोने की घड़ी के ऊपर एक अधजला चुरुट का टुकड़ा रखा है, जिससे उस समय भी धुएं की पतली लकीर घूम-घूमकर ऊपर उठ रही है। खाट के नीचे चांदी के पात्र में खाने से बचे हुए हाड़ शायद सवेरे से ही पड़े हैं। पास पड़ी है एक जरी किनारी की चादर। जान पड़ता है, पास में हाथ पोंछने का रूमाल या गमछा न होने के कारण ही हाथ पोंछकर उसे फेंक दिया गया है।

पुस्तक की आड़ में षोडशी चेहरा नहीं देख पाई, लेकिन तो भी ऐसा जान पड़ता है कि उसने शीशे के सामने उसे स्पष्ट देख लिया है। इसमें धर्म नहीं, पुण्य नहीं, लज्जा नहीं, संकोच नहीं, यह निर्मम पत्थर है। इसके घड़ी-भर के भी स्वार्थ के आगे किसीका कोई मूल्य नहीं, कोई मर्यादा नहीं। इस पिशाचपुरी के भीतर, इस भयंकर आदमी के हाथ में अपने को बिलकुल अकेली जानकर क्षण-भर के लिए षोडशी की सभी इन्द्रियां जैसे हत-चेत होने लगी!

आहट पाकर जमींदार ने पूछा, "कौन है?"

बाहर से सरदार ने सारी घटना संक्षेप में सुनाकर चक्रवर्ती के लिए एक न कहने योग्य गाली का उच्चारण करके कहा, "हुजूर उसकी बेटी को पकड़ लाया हूं।"

"किसे? भैरवी को?"

इतना कहकर पुस्तक फेंककर जीवानन्द हड़बड़ाकर उठ बैठा। जान पड़ता है, यह आज्ञा उसने नहीं दी थी। किन्तु क्षण-भर बाद ही उसने कहा, "ठीक हुआ। अच्छा, तू जा।"

आदमियों के चले जाने पर षोडशी से प्रश्न किया, "तुम लोगों को आज रुपया दे देना चाहिए। लाई हो?"

षोडशी का सूखा हुआ कण्ठ रुंध गया, किसी प्रकार आवाज नहीं निकली। कुछ अपेक्षा करके जीवानन्द ने कहा, "लाई नहीं, मैं जानता हूं। लेकिन क्यों नहीं लाईं?"

अब षोडशी ने पूर्ण कोशिश करके धीरे से जवाब दिया, "हमारे पास नहीं है।"

जीवानन्द ने कहा, "न होने से रात-भर तुमको सेवकों के कमरे में

बन्द रहना होगा। इसका मतलब नमझती हो?"

दरवाजे की चौखट जोर से पकड़कर आंखें मूंदे षोडशी चुपचाप खड़ी रही। वहां कुछ भी असम्भव नहीं है, यह वह सोच भी न सकी। लगता है, उसका सूखा चेहरा दूर से ही जीवानन्द को दीख गया और और मूर्च्छा से अपने को बचाने की कोशिश भी शायद उसमे छिपी नहीं रही। लगभग मिनट-भर वह आप भी कुछ आच्छन्न-सा बैठा रहा। इसके बाद मोमबत्ती को एकाएक हाथ में लेकर वह इस रमणी के एकदम पास आकर खड़ा हो गया और आरती के पहले पुजारी जैसे प्रदीप जलाकर प्रतिमा के मुख को देखता है, ठीक वैसे ही वह महापापिष्ठ मौन हो गम्भीर मुख से उस संन्यासिनी की मुंदी हुई आंखों की ओर एकटक ताकता हुआ उसके गेरुये वस्त्र, उसके खुले हुए सूखें केश, उसके पीले होंठ, उसकी सरल स्वस्थ सीधी देह—सब कुछ को जैसे दोनों नेत्रों से चुपचाप निगलने लगा।

3

नारी का एक ऐसा रूप होता है, जिसे जवानी के दूसरे छोर पर पहुंचे बिना पुरुष कभी नहीं देख पाता। नारी का वही अद्भुत रूप आज षोडशी के रूखे बिखरे बालों में, कठिन व्रतों से तपी उसकी देह में, उसके यौवन के रूखेपन में, उसकी प्रवृत्ति की शुष्कता में, उसके अंग-अंग में पहले-पहल जीवानन्द की आंखों के सामने स्पष्टतया दिखाई दिया।

रमणी की देह को लेकर जिसकी बीभत्स लीला इन बीस वर्षों से अबाध रूप से चलती आई है; कितनी शोभा, कितनी लज्जा, कितना माधुर्य इस व्यभिचार के बवंडर में पड़कर पाताल में डूब गया है, उसका कोई चिह्न तक इस पापी मन पर नहीं है। लालसा की उस अग्नि-जिह्वा को जब सहसा बाधा पहुंची तब कुछ क्षणों के लिए एक अपरिचित विस्मय से उसकी उन्मुक्त दृष्टि शान्त और गम्भीर हो गई।

भैरवी को आंचल से सिर ढकने का निषेध है, इसी से वह सिर झुकाए, आंखें मूंदे, मूच्छित-सी खड़ी रही। जीवानन्द ने चुपचाप लौटकर मोमबत्ती यथास्थान रख दी और फिर वह शराब की बोतल से कई प्याले, एक के

बाद एक, भर-भरकर पीने लगा।

लगभग पन्द्रह मिनट इसी तरह चुपचाप बीत गए। सहसा वह सीधा होकर बैठ गया। लगा, उसने अपनी अचेत पशु-प्रकृति को चाबुक मार-मारकर उत्तेजित कर लिया है। उसने पूछा, "तुम्हारा नाम षोडशी है न?'

कोई उत्तर नहीं मिला।

जींवानन्द ने फिर पूछा, "तुम्हारी अवस्था कितनी है?"

फिर भी उत्तर न पाकर उसका स्वर कठोर हो उठा। उसने कहा, "चुप रहने से कोई लाभ न होगा। उत्तर दो।"

षोडशी ने बड़े कष्ट से धीरे से कहा, "मेरी अवस्था अठ्ठाईस वर्ष की है।"

जीवानन्द ने कहा, "ठीक है। जो सूचना मिली है, यदि वह सच है तो इन उन्नीस-बीस वर्षों से तुम भैरवीगीरी कर रही हो। सम्भव है, बहुत-से रुपये तुमने जमा कर लिए हों। फिर क्यों न दे सकोगी?"

षोडशी ने वैसे ही धीरे मे उत्तर दिया, "पहले ही बता चुकी हूं कि मेरे पास रुपये नहीं हैं।"

इस डरी और धीमी आवाज में भी जो सचाई थी, वह जमींदार के कानों में पहुंच गई। उसने इस बात पर और बहस नहीं की। बोला, "अच्छा, तो और दस आदमी जो करते हैं, वही करो। जिनके पास रुपये हैं, उनके पास जमीन गिरवी रखकर या बेचकर रुपये दे दो।"

षोडशी ने कहा, "वे लोग यह कर सकते हैं; क्योंकि जमीन उनकी अपनी है। किंतु देवता की संपत्ति गिरवी रखने का या बेच डालने का मुझे कोई अधिकार नहीं है।"

जीवानंद ने थोड़ा चुप रहकर एकाएक हंसकर कहा, "मुझे भी लेने का अधिकार क्या खाक है! एककौड़ी का भी नहीं। तो भी लेता हूं; क्योंकि मुझे चाहिए। यह, 'चाहिए ही संसार का सच्चा अधिकार है। तुम्हें तब देना चाहिए ही, समझी?"

षोडशी चुपचाप स्थिर खड़ी रही। जीवानंद कहता गया, "तुम्हारे ढंग से लगता है, तुम कुछ लिखना-पढ़ना जानती हो। यदि ऐसा है तो जमींदार के पावने के विषय में झगड़ा न करो—दे दो।"

षोडशी ने अब साहस करके सिर उठाकर कहा, "इसे क्या आप जमींदार का पावना कहना चाहते हैं?"

जीवानन्द ने कहा, "पावना नहीं कहना चाहता। वह तुम लोगों का 'देय' है, यही कहना चाहता हूं। तुम्हें यह लग सकता है कि पहले के जमींदार को तो नहीं देना पड़ा। इसका कारण यह है कि वह मेरी तरह सरल नहीं थे। उन्होंने स्पष्ट करके दावा नहीं किया; लेकिन लगभग सारा गांव ही धीरे-धीरे बेदखल कर लिया। उन्होंने एक तरह से समझा था, मैंने दूसरी तरह से समझा है। खैर, होगा, यह बताओ कि इतनी रात को क्या तुम अकेले घर जा सकोगी? मैं, जिनके साथ तुम आई थीं, अब उनको साथ नहीं भेजना चाहता।"

इतनी देर की बातचीत से षोडशी को भय का भी कुछ-कुछ आभास होता आ रहा था। उसने विनय के साथ कहा, "आपकी आज्ञा मिलते ही जा सकती हूं।"

जीवानन्द ने विस्मय के साथ कहा, "अकेले अंधेरी रात में? बड़ा कष्ट होगा।" यह कहकर वह हंसने लगा।

उसकी इस बात और हंसी का इशारा इतना साफ था कि षोडशी के मन में जो भय कम हो रहा था, वह एकदम चौगुना हो उठा। उसने गर्दन हिलाकर दबे स्वर में उत्तर दिया, "ना, मुझे अभी जाना होगा।" इतना कहकर उसके पैर बढ़ाते ही जीवानन्द ने वैसे ही हंसकर कहा, "अच्छा, तो रुपये न हों न देना षोडशी! उसके सिवा और भी अनेक प्रकार की सुविधा है।"

किन्तु प्रस्ताव समाप्त नहीं हो पाया। उसके मुंह से अपना नाम सुनते ही षोडशी अकस्मात् बड़े जोर से सिर हिलाकर कह उठी, "आपके रुपये, आपकी सुविधा आपकी ही रहे, मुझे जाने दीजिए।" किंतु यह आदमी जिन आदमियों को उसके साथ भेजने का साहस नहीं करता, उन्हीं को सामने कुछ दूर पर बैठा हुआ देखकर वह आप ही ठिठककर खड़ी हो गई।

जमींदार ने उसकी बात का कोई प्रतिवाद नहीं किया; किंतु उसका मुख पीला पड़ गया।

क्षण-भर चुप रहकर बोला, "तुम मद्यपान करती हो?"

षोडशी ने कहा, "नहीं।"

जीवानन्द ने पूछा, "सुना है, तुम्हारे दो-एक पुरुष मित्र हैं। यह सच है?"

षोडशी ने वैसे ही सिर हिलाकर कहा, "झूठ है।"

जीवानन्द ने फिर क्षण-भर मौन रहकर प्रश्न किया, "तुमसे पहले की सभी भैरवियां शराब पीती थीं, यह सच हैं?"

षोडशी ने कहा, "सच है।"

जीवानन्द ने कहा, "मातंगी भैरवी का चरित्र अच्छा न था। इसके गवाह अब भी मौजूद हैं, यह सच है या झूठ?"

षोडशी ने लज्जित स्वर में कहा, "सुना तो यही है कि सच है।"

जीवानन्द ने कहा, "सुना है, अच्छा। तो फिर एकाएक तुम ही भला दल से अलग, गोत्र से अलग, ऐसी सच्चरित्र क्यों होने लगीं?"

इसके उत्तर में षोडशी ने कहना चाहा कि अच्छा बनने का अधिकार तो सभी को है; किंतु सहसा एक अत्यन्त कठोर आवाज ने बीच ही में उसे रोक दिया। जमींदार जीवानन्द सीधा होकर उठ बैठा था। उसने कहा, "मैं किसी औरत के साथ बहस नहीं करता और उसके मन को भी नहीं जानना चाहता। मैं कहता हूं, चण्डीगढ़ की पुरानी भैरवियों की जिस तरह कटी है, वैसे ही तुम्हारी भी कट जाए, यही अच्छा है। आज तुम इसी घर में रहोगी।"

आज्ञा सुनकर षोडशी एकदम काठ हो गई। जीवानन्द कहने लगा, "तुम्हारे सम्बन्ध में कैसे इतना सहन कर गया, नहीं जानता। यदि और कोई यह बेअदबी करती, तो अब तक उसे मैं नौकरों के कमरे में भेज देता। बहुतों को इस प्रकार भेज भी दिया है।"

यह सुनते ही पोडशी रो पड़ी। गले में आंचल डालकर, दोनों हाथ जोड़कर, आंसुओं से रुंधे हुए स्वर में उसने केवल इतना ही कहा कि कि मेरा जो कुछ है सब लेकर मुझे छोड़ दीजिए।

जीवानन्द घड़ी-भर चुप रहकर षोडशी की ओर ताकता रहा। फिर बोला, "क्यों भला, बताओ तो? इस तरह रोना भी मेरे लिए नया नहीं है और इस तरह की भिक्षा भी नई नहीं सुन रहा हूं। लेकिन उन सबके तो पति-पुत्र थे, उनके रोने और प्रार्थना करने की बात कुछ-कुछ समझ भी सकता हूं।"

उसके पति-पुत्र थे, सुनकर षोडशी कांप उठी।

जीवानन्द कहने लगा, "लेकिन तुम्हारे तो वह सब बखेड़ा नहीं है। इधर पन्द्रह-सोलह साल के भीतर अपने पति को तो तुमने आंखों से भी

नहीं देखा। इसके सिवा तुम लोगों के लिए इसमें कुछ दोष भी नहीं है।"

षोडशी दोनों हाथ जोड़े खड़ी थी। उसने आंसुओं से रुंधे कण्ठ से कहा, "यह सच है कि मुझे अच्छी तरह उनकी याद नहीं है, लेकिन वह हैं तो सही! मैं सच कहती हूं, आपसे. मैंने आज तक कोई भी अन्याय नहीं किया। दया करके मुझे छोड़ दीजिए।"

जीवानन्द ने पुकारा, "महावीर!"

षोडशी ने भय से कांपकर कहा, "आप मुझे मार डाल सकते हैं, लेकिन···"

जीवानन्द ने कहा, "अच्छा, यह वीरता उन लोगों की कोठरी में जाकर दिखाना। महावीर···"

षोडशी धरती पर लोटकर रोती हई बोली, किसी की शक्ति नहीं है जो मुझे मेरे प्राण रहते ले जा सके। मेरी जो कुछ दुर्दशा हो, मुझपर जितना भी अत्याचार होना हो वह आपके सामने ही हो। आप ब्राह्मण हैं, आप एक भद्रपुरुष हैं।"

इतने बड़े सच पर भी जीवानन्द हंस दिया। वह हंसी जैसी कठोर थी, वैसी ही निष्ठुर। उसने कहा, "तुम्हारी बातें सुनने में बुरी नहीं हैं; लेकिन किसी के रोने से मुझे दया नहीं आती। यह मैंने अनेक बार सुना है। औरतों के लिए मुझे जरा भी लोभ नहीं है। अच्छी न लगते ही नौकरों को दे देता हूं। तुम्हें भी दे देता। आज पहले-पहल थोसा-सा मोह क्यों हुआ, यही ठीक से नहीं जान पा रहा हूं। नशा उतरे बिना जान भी नहीं पाऊंगा।"

महावीर ने दरवाजे के पास पहुंचकर कहा, "हुजूर!"

जीवानन्द ने सामने किवाड़ों की ओर उंगली से इशारा करके कहा, "इसे आज रात-भर के लिए उस कोठरी में बन्द कर दे। कल फिर देखा जाएगा।"

षोडशी ने आंखों से आंसू बहाते हुए कहा, "मेरे सर्वनाश की बात तो जरा सोचकर देखिए हुजूर! कल मैं फिर किसी को मुंह न दिखा सकूंगी।"

जीवानन्द ने कहा, "बस दो-एक दिन। इसके पश्चात् दिखा सकोगी। मेरा वह लीवर का दर्द आज बहुत बढ़ गया है। अधिक मत धमकाओ, जाओ।"

महावीर ने धमकाते हुए कहा, "अरे उठ न छोकरी, चल।"

लेकिन उसकी बात पूरी होते-न-होते अकस्मात् दोनों चौंक उठे। जीवानन्द ने जोर से धमकी देकर कहा, "खबरदार, सुअर के बच्चे! जबान संभालकर बोल। फिर अगर मेरी आज्ञा के बिना किसी औरत को पकड़ लाया तो तुझे गोली मार दूंगा।" कहते-कहते ही वह सिर के नीचे का तकिया जल्दी से खींचकर पेट के नीचे दबाकर मुंह के बल पड़ गया और दर्द से छटपटाकर बोला, "आज-भर तुम उस कोठरी में बन्द रहो; कल तुम्हारे सतीत्व का फैसला होगा। ए! मेरे सामने से हटा ले जा न···"

महावीर ने धीरे से कहा, "चलिए।"

षोडशी चुपचाप उठकर खड़ी हो गई और जीवानन्द की आज्ञा के अनुसार पास की अंधेरी कोठरी में जाने लगी। एकाएक उसका नाम लेकर जीवानन्द ने पुकारा और कहा, "जरा ठहरो··· तुम पढ़ना जानती हो क्यों?"

षोडशी ने धीरे से कहा, "जानती हूं।"

जीवानन्द ने कहा, "तो थोड़ा-सा काम किए जाओ। वह जो बाक्स रखा है, उसके भीतर और छोटा-सा कागज का बाक्स तुमको मिलेगा। उसमें कई छोटी-बड़ी शीशियां हैं। जिस पर बंगला में 'मरफिया' लिखा है, उसमें से जरा-सी नींद की दवा दे दो। लेकिन खूब सावधान, वह भयानक विष है। ···महावीर, रोशनी दिखा।"

लालटेन की रोशनी में षोडशी ने कांपते हुए हाथ से बाक्स को खोला, और शीशी निकालकर डरते हुए पूछा, "कितनी मात्रा देनी होगी?"

जीवानन्द ने तीव्र वेदना से एक अस्पष्ट आवाज में कहा, "अभी बतलाया तो, बहुत जरा-सी। मैं उठ नहीं पा रहा हूं और मेरे हाथ का भी ठीक नहीं है, आंखों का भी ठीक नहीं है। उसी में एक कांच की सीप है, उसकी आधे से भी कम कम मात्रा चाहिए। तनिक भी अधिक हो गई तो फिर नींद को तुम्हारी चण्डीदेवी के बाबा भी आकर दूर न कर सकेंगे।"

षोडशी ने ढूंढकर वह सीप निकाली; मात्रा ठीक करने में उसका हाथ कांपने लगा। उसके बाद बड़े यत्न से, बड़ी सावधानी से जब वह आशा के अनुसार मात्रा में दवा लेकर पास आकर खड़ी हुई, तब बिना विचारे वह विष जीवानन्द ने हाथ बढ़ाकर ले लिया और मुंह में डाल लिया। न

कोई प्रश्न किया, न मात्रा की जांच की, यहां तक कि एक बार आंखें खोलकर उसे देखा भी नहीं।

4

पास की अंधेरी कोठरी के भीतर षोडशी को रख बाहर से द्वार बन्द कर महावीर चला गया। भीतर से बन्द करने का कोई उपाय न था। षोडशी उसी बन्द दरवाजे से पीठ लगाकर सतर्क होकर बैठ गई। उसका शरीर और मन थकान और दुख की अन्तिम सीमा पर पहुंच गए थे। यद्यपि रात में और किसी विपत्ति की संभावना नहीं थी, फिर भी निश्चिन्त होकर सोया भी तो नहीं जा सकता था। रत्ती-भर भी शिथिलता की गुंजाइश न थी। यहां अत्यन्त असम्भव के विरुद्ध भी उसे सब प्रकार सजग रहना होगा।

लेकिन शेष रात चाहे जिस तरह कटे, कल उसके सतीत्व की अत्यन्त कठोर परीक्षा होगी। यह बात उसने अपने कानों से सुनी है और उससे बचने का क्या उपाय है, यह भी उसे नहीं मालूम।

अपने पिता की बात स्मरण करके षोडशी को कुछ भरोसा तो क्या होना था, वह लज्जा से और मर गई। पिता को वह अच्छी प्रकार पहचानती थी। वह जैसे कायर है वैसे ही उनके नीच आशय हैं। बहुत रात घर लौटकर इस दुर्घटना को जान-सुनकर भी शायद वह प्रकट न करेंगे, बल्कि सामाजिक गड़बड़ के डर से इसे दबा देने की चेष्टा ही करेंगे, मन-ही-मन यह कहकर तर्क करेंगे कि जमींदार तो षोडशी को एक-न-एक दिन छोड़ ही देगा; लेकिन इस घटना के लिए आन्दोलन करके देव-सम्पत्ति से ही यदि वंचित होना पड़े तो लाभ की अपेक्षा हानि बहुत अधिक होगी। ऊपर से नजराने के रुपयों के सम्बन्ध में भी पिता की तेज दृष्टि बहुत दूर आगे बढ़ जाएगी, यह भी षोडशी स्पष्ट देखने लगी। इसके अलावा इस दुर्दान्त जमींदार के खिलाफ वह करेंगे भी क्या! छः-सात कोस के भीतर कोई थाना-चौकी नहीं है—पुलिस में खबर देने के लिए भी जितना समय, धन और लोक-बल चाहिए, उसमें से कुछ भी तारादास के

पास नहीं हैं। अतएव अत्याचार चाहे जितना बड़ा क्यों न हो, इस बहुत बड़ी शक्ति के आगे सिर झुकाकर उसे सह लेने के सिवा और कोई मार्ग नहीं है—यह बात जैसे कोई आंखों में उंगली डालकर बार-बार षोडशी को दिखाने लगा।

इन चिन्ताओं के साथ मिलकर उसके मन में एक और चिन्ता की धारा चुपचाप धीरे-धीरे हर घड़ी बह रही थी—वह थी उसकी चण्डी माता के सम्बन्ध में, जिसे वह बचपन से ही मन और काया से पूजती आ रही है। किन्तु यह जो आदमी कमरे में सो रहा है—जिसके गहरे और भारी निःश्वास का शब्द अस्पष्ट होकर उसके कानों में पहुंच रहा है, उसकी धर्म और अधर्म, भले ओर बुरे, अपने और पराये—संसार की सभी वस्तुओं के प्रति कैसी गहरी और निर्मम अवहेलना है! नारी की आंखों के आंसुओं के प्रति जिसे करुणा नहीं; रमणी के रूप और यौवन के प्रति जिसे ममता नहीं, आकर्षण नहीं, पति-पुत्रवती स्त्रियों के सती-धर्म की नितान्त निरर्थक हत्या करने से जो रुकता नहीं; उनके हृदय के रक्त में दोनों पैर भर जाने पर भी जो उधर आंख भी नहीं उठता; जो अपने प्राणों तक को अभी उसके हाथ में सौंपकर उसके दिए हुए विष को बिना संकोच के आंख मूंदकर पी गया, तनिक भी दुविधा नहीं की, इस अश्रद्धा और अनासिक्त के भारी पत्थर के भार को हटाकर क्या माता चण्डी भी उसकी रक्षा का मार्ग निकाल सकेंगी?

इस प्रकार उसने जिधर भी दृष्टि दौड़ाई, उधर ही उसे घोर अंधकार के अतिरिक्त तनिक-सी भी प्रकाश-किरण नहीं दिखाई दी। उसका पूरा विश्वास उसी एकमात्र देवता के मन्दिर के आस-पास घूम-फिरकर केवल कल्पना का जाल बुनने लगा।

जब सवेरा होने को हुआ, तब जान पड़ता है, वह कुछ तन्द्रा-अभिभूत हो उठी थी। सहसा पीठ के ऊपर एक दबाव का अनुभव करके हड़बड़ाकर सीधी होकर बैठ गई। देखा, खिड़की से छनकर सूर्य का प्रकाश कोठरी के भीतर पहुंच रहा है।

बाहर से जो द्वार ठेल रहा था, उसने कहा, "आप निकल आइए, मैं हूं एककौड़ी।"

षोडशी शरीर का वस्त्र ठीक करके उठ खड़ी हुई। द्वार खोलते ही सामने देखा कि गत रात्रि की उसी शय्या के ऊपर जीवानन्द प्रायः वैसे ही तकिये

का सहारा लिए बैठा है। कल थोड़ी रोशनी में उसका मुंह षोडशी अच्छी प्रकार नहीं देख पाई थी; किन्तु आज पल-भर की ही नजर में उसने देख लिया कि बहुत लम्बे समय के अत्याचारों ने उसकी देह के हर एक अंग पर कितनी गहरी चोटें की हैं। अवस्था का ठीक अनुमान नहीं होता—शायद चालीस बरस है, शायद और भी अधिक हो। सिर के दोनों ओर के कुछ वाल पक गए हैं। चौड़ा मस्तक रेखाओं से भरा है। उसके ऊपर काली-काली छाप पड़ी है। दृष्टि क्षय रोगी की आंखों के समान अस्वा-भाविक रूप से तीक्ष्ण है और उसीके नीचे पतली नाक जैसे खांडे की तरह झूल रही है। सारा मुखमंडल एकदम मुरझाया हुआ है। उसीके साथ मिलकर भीतर भी मानो किसी अव्यक्त दुख ने कालिमा पोत दी है।

जीवानन्द ने हाथ हिलाकर अस्फुट कंठ से कहा, "तुम्हें कोई भय नहीं है; पास आओ।"

षोडशी धीरे से कई पग आगे बढ़कर आंखें नीची किए चुपचाप खड़ी हो गई। जीवानन्द ने कहा, "पुलिस के आदमियों ने यह मकान घेर लिया है। मजिस्ट्रेट साहब फाटक के भीतर घुस चुके हैं। बस आते ही होंगे।"

षोडशी मन-ही-मन चौंक उठी, लेकिन कुछ बोली नहीं। जीवानन्द कहने लगा, "जिले के मजिस्ट्रेट दौरे पर थे और यहां से लगभग एक कोस दूर तम्ब डाले थे। तुम्हारे बाप ने कल रात को उनके पास सब समाचार पहुंचा दिया है। केवल इससे ही इतना न होता; वास्तव में के० साहब स्वयं ही मुझपर अप्रसन्न हैं। गत वर्ष दो बार फंसाने की चेष्टा की थी; लेकिन सफल नहीं हो पाया। आज एकदम रंगे हाथों पकड़ लिया है।" इतना कहकर जीवानन्द हंसा।

एककौड़ी मुंह लटकाए पास खड़ा था। बोला, "हुजूर, अबकी बार जान पड़ता है कि हम लोग भी नहीं बचेंगे।"

जीवानन्द ने गर्दन हिलाकर कहा, "संभव है।" फिर षोडशी से कहा, "बदला लेना चाहो तो यही ठीक मौका है। मुझे जेल भिजवा सकती हो।"

षोडशी ने इसका उत्तर देने के लिए मुंह उठाते ही देखा, जीवानन्द उसके मुंह की ओर एकटक देख रहा है। आंखें नीची करके षोडशी ने धीरे से पूछा, "इसमें जेल क्यों होगी?"

जीवानन्द ने कहा, 'नियम है। इसके अलावा के० साहब के हाथ में पड़ा हूं। जब मैं वादुड़ बागान (कलकत्ता) के मेस में रहता था, तब इसीके

द्वारा एक बार बीस दिन हवालात में भी रह चुका हूं। इसने किसी प्रकार जमानत नहीं मंजूर की—और तब जामिन ही कौन होता !"

षोडशी ने सहसा उत्सुक कंठ से पूछा, "आप क्या कभी बादुड़ बागान के मेस में रहे हैं ?"

जीवानन्द ने कहा, "हां। उस समय एक प्रणय-कांड में पकड़ा गया था। साले अयान घोष ने किसी तरह नहीं छोड़ा, पुलिस में दे दिया। जाने दो, वह कहानी बहुत बड़ी है। के॰ साहब मुझे भूला नहीं है, खूब पहचानता हैं। आज भी मैं भाग सकता था, किंतु पीड़ा के कारण शय्या पर पड़ा हूं हिल नहीं सकता।"

षोडशी ने धीरे से पूछा, "आपको वह कल की पीड़ा क्या दूर नहीं हुई ?"

जीवानन्द ने कहा, "नहीं, बल्कि और बड़ गई है। इसके अलावा यह अच्छी होने वाली भी नहीं है।"

षोडशी ने जरा मौन रहकर कहा, "मुझे क्या कहना होगा ?"

जीवानन्द ने कहा, "केवल तुम यह कहना कि तुम अपनी इच्छा से आई हो और अपनी इच्छा से ही यहां हो। इसके बदले में मैं तुम्हारी सब देवोत्तर सम्पत्ति छोड़ दूंगा। हजार रुपये नगद दूंगा, और भेंट की ही तो कोई बात नहीं।"

एककौड़ी शायद इन्हीं बातों की प्रतिध्वनि करने जा रहा था, किंतु षोडशी के मुंह की ओर देखकर सहसा थम गया। षोडशी ने सीधे जीवानन्द के मुंह की ओर ताककर कहा, "यह मेरे स्वीकार करने का अर्थ आप समझते हैं? उसके बाद भी मुझे जमीन और धर्म से सरोकार रह सकता है, यही क्या आप विश्वास करते हैं ?"

जीवानन्द का चेहरा फीका पड़ गया और उसी पीले-उतरे मुंह की तीक्ष्ण दोनों आंखों में कहां से उसकी गत रात्रि की वैसी मुग्ध दृष्टि धीरे-धीरे लोट आकर स्थिर हो रही। बहुत देर तक उसने एक शब्द भी नहीं कहा। उसके पश्चात् धीरे मे सिर हिलाकर कहा, "यही बात है षोडशी यही बात है। जीवन में आज तक तुमने कोई पाप नही किया—सचमुच तुम यह न कह सकोगी।"

फिर जरा हंसकर कहा, "यह जैसे मैं भूल ही गया हूं कि रुपयों-पैसों के बदले मान-संभ्रम नहीं बेचा जाता। अच्छा, वही हो—जो सच बात

है, वही तुम कह देना। जमींदार की ओर से अब और कोई उपद्रव तुमपर न होगा।"

एककौड़ी व्याकुल होकर फिर कुछ कहने ही बाला था कि बाहर के बन्द दरवाजे पर बार-बार धक्के पड़ने का शब्द होने लगा जिससे इस बार भी वह अपनी बात न कह पाया, उसका मुंह भय से सफेद पड़ गया।

जीवानन्द ने कहा, "खुला हुआ है, भीतर आइए।" तुरन्त ही खुले हुए द्वार के सामने देखा गया, छोटे-बड़े कई पुलिस कर्मचारियों के साथ स्वयं जिला मजिट्रेट साहब खड़े हैं, और उनके कन्धों के ऊपर मुंह आगे किए तारादास चक्रवर्ती झांक रहा है। तरादास ने भीतर घुसते ही रोकर कहना शुरू कर दिया, "धर्मावतार हुजूर! यही मेरी लड़की, माता चंडी की भैरवी है। आपकी दया न होती, तो आज भेंट के रुपयों के लिए इसका खून कर डाला जाता धर्मावतार!"

के० साहब ने षोडशी को सिर से पैर तक बार-बार निहारकर साफ बंगला में पुछा, "तुम्हारा नाम षोडशी है? तुमको ही इन्होंने घर से पकड़ मंगाकर यहां बन्द कर रखा है?"

षोडशी ने सिर हिलाकर कहा, "जी नहीं, मैं अपनी इच्छा से आई हूं। किसीने मेरे शरीर पर हाथ तक नहीं लगाया।"

चक्रवर्ती चिल्ला उठा, "नहीं हुजूर, बिलकुल झूठ—एकदम झूठ। सारा गांव गवाह है। मेरी बेटी रोटी बना रही थी। आठ लठैत जाकर मेरी बेटी को घर से मारते-मारते खींच लाए हैं।"

मजिस्ट्रेट ने जीवानन्द की ओर वक्रदृष्टि डालकर षोडशी से फिर कहा, "तुम्हें कोई भय नहीं है, तुम सच बात कहो तुमको घर से पकड़कर लाए हैं?"

"जी नहीं, मैं स्वयं ही आई हूं।"

"यहां तुम्हारा क्या मतलब था?"

षोडशी ने केवल इतना ही कहा, "मुझे काम था"

साहब ने जरा हंसकर पूछा, "सारी रात का काम था?"

षोडशी ने वैसे ही सिर हिलाकर शान्त और धीमे स्वर में कहा, "हां, सारी रात मेरा काम था। इनका जी खराब हो गया था, इसीसे घर लौट-कर नहीं जा सकी।"

तारादास ने चिल्लाकर कहा, "विश्वास न कीजिएगा हुजूर, सब

झूठ है। सब बनाई हुई बात है। आदि से अन्त तक सिखाई हुई बात है।"

साहब इसपर ध्यान न देकर केवल होंठ दबाकर जरा हंसे और मुंह से सीटी बजाते हुए पहले बंदूक की, दोनों रिवाल्वरों की अच्छी तरह जांच करके जीवानन्द से केवल इतना ही बोले, "आशा करता हूं, इन चीजों को रखने की आपने आज्ञा ले रखी है।" इससे पश्चात् वे धीरे-धीरे कमरे के बाहर हो गए।

बाहर उनकी आवाज सुनाई दी, "हमारा घोड़ा लाओ।" क्षण-भर बाद ही घोड़े की टापों से जीवानन्द समज गया कि जिला-मजिस्ट्रेट चले गए।

5

मजिस्ट्रेट साहब के घोड़े की टापों की आवाज धीरे-धीरे कम हो गई। अन्य पुलिस कर्मचारियों ने भी अपने सिपाही को वहां से चल देने का संकेत किया। अब तारादास को अपनी दशा का भान हुआ। अभी तक वह जैसे एक घने कुहासे के बीच मोहाच्छन्न-सा खड़ा था। एकाएक दोपहर के सूर्य की तीन किरणों से उसकी भाप तक उड़ गई और दुःख-रूपी आकाश एकदम भांय-भांय करने लगा। जहां तक दृष्टि जाती, कहीं छाया, कहीं आश्रय, कहीं छिपने के लिये स्थान नहीं है—केवल वह और उसकी मौत आमने-सामने खड़ी खिलखिलाकर हंस रही थी।

सारे जिले के जो स्वामी हैं, उनकी कृपा को आसानी से प्राप्त करके उसकी कल्पना ज्ञान से शून्य हो उठी। उसने सोचा था कि यह केवल उस अत्याचारी शराबी को रंगे हाथों पकड़वा देना ही नहीं है, यह उसकी भाग्य-लक्ष्मी का भी अत्यधिक दान है। उनके वरद हस्त की दसों उंगलियों की फांकों से आज जो वस्तु झर पड़ेगी, वह केवल उस जमींदार के परिवार का सर्वनाश ही नहीं है, यह उसकी जमीन-जमा और रुपये-मोहरों का ढेर होगा। उसे एक यही भय था कि कहीं ऐसा न हो कि ये लोग समय पर न पहुंच सकें, कहीं कोई पहले ही खबर देकर जमींदार को सावधान न कर दे। यह बात नहीं है कि उसने इसकी असफलता के दण्ड के बारे

में न सोचा हो; लेकिन यह निष्फलता जब इस तरह से सामने आई, स्वयं षोडशी के हाथ की चोट से ही, जब उसकी कामना का इतना बड़ा पत्थर का पक्का महल नींव समेत धूल में मिल गया, तब पहले तो तारादास मूर्ख की तरह चीखा-चिल्लाया, फिर ज्ञान लुप्त आदमी की तरह कुछ देर गुमसुम-सा खड़ा रहा। फिर एकाएक छाती फाड़कर निकलती हुई जोर की रुलाई से सब उपस्थित लोगों को चौंकाकर एक पुलिस कर्मचारी के पैरों में गिरकर रोता हआ बोला, "बाबू साहब, अब मेरी क्या दशा होगी! मुझे तो अब जमींदार के लोग जीता जमीन में गाड़ देंगे।"

इंस्पेक्टर बाबू प्रौढ़ थे और भले आदमी थे। उन्होंने हड़बड़ाकर पूरी कोशिश से जल्दी तारादास को उठाया और आश्वासन देते हुए मृदु कंठ से कहा, "भय क्या है ब्राह्मण देवता, तुम जैसे थे, वैसे ही जाकर रहो। स्वयं मजिस्ट्रेट साहब तुम्हारे सहायक हैं, अब तुम पर कोई अत्याचार नहीं कर सकेगा।"

यह कहकर उन्होंने एक बार जीवानन्द की ओर कनखियों से देखा। तारादास ने आँखें पोंछते-पोंछते कहा, "साहब अप्रसन्न होकर चले जो गए बाबू जी!"

इंस्पेक्टर ने जरा हंसते हुए कहा, "नहीं महाराज, अप्रसन्न होकर नहीं गए हैं। हां, जान पड़ता है, आज की इस बात को वह सहज में नहीं भूल सकेंगे। इसके सिवा हम लोग भी कुछ मर नहीं गए हैं और पुलिस थाना भी चाहे जैसा हो, एक यहां है ही।" इतना कहकर, उन्होंने एक बार फिर जमींदार की ओर कनखियों से देख लिया। उनके इस इशारे का मतलब चाहे जो हो, जमींदार की तरफ से किसी तरह का कोई उत्तर प्राप्त नहीं हुआ। घड़ी-भर चुप रहकर वह कह उठे, "अब चलो देवता, चला जाए। जाना भी तो दूर है।"

सब-इंस्पेक्टर की अवस्था कम थी। उन्होंने जरा हंसकर कहा, "तो क्या देवता अकेले ही जाएंगे?"

इस बात पर सब हंस दिए। जो दो चौकीदार द्वार के पास खड़े थे, उन्होंने भी इंसकर मुंह फेर लिया। यहां तक कि एककौड़ी तक मुंह लाल करके कोठरी की ओर ताकने लगा।

इस व्यवहार और व्यंग्य-भरे संकेत से तारादास के आंसू पल-भर में आग की चिनगारियों में बदल गए और वह षोडशी की ओर कठोर दृष्टि डाल-

कर गरज उठा, "जाना होगा तो अकेला ही जाऊंगा। आप लोगों ने क्या यह सोचा है कि मैं अब फिर उसका मुंह देखूंगा, फिर उसे घर में घुसने दूंगा?" इंस्पेक्टर ने हंसकर कहा, 'मुंह नहीं दिखाना चाहते हो तो इसके लिए कोई तुमसे सिर की कसम न खवाएगा। लेकिन घर जिसका है, उसे घर में घुसने न देकर कहीं नये बखेड़े में न फंस जाना।" तारादास ने चमककर कहा, "घर किसका है? घर मेरा है। मैंने ही भैरवी बनाया है। मैं ही उसे निकाल बाहर करूंगा। कल-कुंजी तो इस तारा चक्रवर्ती के हाथ में है।" इतना कहकर उसने जोर से अपनी छाती ठोककर कहा, "नहीं तो जानते हैं आप, वह कौन है? सुनेंगे उसकी मां का···"

इंस्पेक्टर ने रोककर कहा, "ठहरो महाराज, ठहरो। आवेश में आकर पुलिस के आगे सब बातें न कह डालनी चाहिए, उससे विपत्ति में पड़ सकते हो।" फिर षोडशी की ओर देखकर कहा, "तुम जाना चाहो तो हम तुमको सकुशल घर पहुंचा सकते हैं। चलो, और देर न करो।"

अब तक षोडशी सिर झुकाए चुपकी खड़ी थी, उसने गर्दन हिलाकर बताया, नहीं। पुलिस के छोटे बाबू ने होंठ दबाकर हंसते हुए कहा, "जान पड़ता है, जाने में अभी देर है।"

षोडशी ने मुंह उठाकर उनकी ओर देखा, परन्तु उत्तर दिया इंस्पेक्टर साहब को। बोली, "आप लोग जाइए, मेरे जाने में अभी देर है।"

"देर है? हरामजादी, तेरा खून न कर डालूं तो मैं मनोहर चक्रवर्ती का बेटा नहीं!" कहकर तारादास पागल के समान उछलकर सचमुच षोडशी पर कठोर चोट कर बैठता; लेकिन इंस्पेक्टर ने पकड़ लिया और डांटकर कहा, "फिर यदि ऐसी हरकत की, तो मैं तुमको थाने में पकड़कर ले आऊंगा। चलो, भले आदमी के समान घर चलो।"

यों कहकर वह इस आदमी को एक प्रकार खींचकर ही वहां से हटा ले गए; किन्तु तारादास ने उनके उपदेश पर ध्यान नहीं दिया। जितनी दूर तक सुनाई दिया, वह जोर से षोडशी की माता के सम्बन्ध में अनाप-शनाप बकता और षोडशी की हत्या करने की कठोर शपथें लेता हुआ चला गया।

पुलिस के सब लोग सचमुच ही विदा हो गए, या कहीं कोई छिपा रह गया, इस बात से निश्चिंत होने के लिए धूर्त्त एककौड़ी दबे पांव जब बाहर चला गया, तब जीवानन्द ने इशारे से षोडशी को और भी थोडा

पास बुलाकर अति मन्द स्वर से पूछा, “तुम इन लोगों के साथ क्यों नहीं गईं?”

षोडशी ने कहा, “इन लोगों के साथ तो नहीं आई थी।”

जीवानन्द ने कुछ देर मौन रहकर कहा, “तुम्हारी जमींदारी को छोड़ देने की कार्रवाई करने में दो-चार दिन की देर होगी; किन्तु रुपये क्या तुम आज ही ले जाओगी?”

षोडषी ने कहा, “दे दीजिए।”

जीवानन्द ने बिछौने के एक गुप्त स्थान में हाथ डालकर नोटों की एक गड्डी खींचकर निकाली। उन नोटों को गिनते-गिनते, षोडशी के मुख की ओर बार-बार ध्यान से देखकर, जरा हसते हुए कहा, “मुझे किसी काम में लज्जा नहीं मालूम होती; लेकिन मुझे ये नोट तुम्हारे हाथ में देते हुए एक झिझक-सी लग रही है।”

षोडशी ने शान्त-नम्र स्वर में कहा, “लेकिन इन्हें ही तो देने की बात थी।”

जीवानन्द के पीले उतरे हए चेहरे पर क्षण-भर के लिए लज्जा की लाली दौड़ गई। उसने कहा, “बात चाहे जो हुई हो, षोडशी, मुझे बचाने में तुमने जो खोया है, उसका मूल्य रुपयों में लगा रहा हूं, यह मन में लाने की अपेक्षा मेरा न बचना अच्छा था।”

षोडशी ने उसके मुख के ऊपर दृष्टि टिकाकर कहा, “लेकिन स्त्री-जाति का मूल्य तो आप हमेशा से रुपयों से ही लगाते आ रहे हैं।”

जीवानन्द कुछ उत्तर न देकर बैठा रहा। षोडशी ने कहा, “अच्छा, आज यदि आपका वह मत बदल गया हो तो रुपये रहने दीजिए। आपको कुछ भी न देना होगा। किन्तु मुझे आप सचमुच ही अब भी नहीं पहचान पाए? अच्छी प्रकार ध्यान देकर देखिए तो भला।”

जीवानन्द चुपचाप देखता रहा, बहुत देर तक उसकी पलकें भी नहीं झपकी। इसके बाद धीरे-धीरे सिर हिलाते हुए बोला, “जान पड़ता है, पहचान गया हूं। बचपन में तुम्हारा नाम अलका था न?”

षोडशी हंसी नहीं; लेकिन उसका सारा मुखमण्डल उज्ज्वल हो उठा। बोली, “मेरा नाम षोडशी है। भैरवी का दस महाविद्याओं के सिवा और कोई नाम नहीं रह जाता। किन्तु आपको अलका का स्मरण है।”

जीवानन्द ने कहा, “कुछ-कुछ स्मृति तो है। तुम्हारी मां के होटल में

जब बीच-बीच में खाने जाता था, तब तुम छः-सात साल की बालिका थीं। लेकिन तुमने तो मुझे तुरंत पहचान लिया?"

इस स्वर और उसके छिपे हुए अर्थ का अनुभव करके षोडशी ने पहले कुछ उत्तर नहीं दिया। अन्त को सहज भाव से कहा, "इसका कारण यह है कि उस समय अलका की अवस्था छः-सात वर्ष की नहीं, नौ-दस वर्ष की थी। और आपको शायद इसका ध्यान भी आ सकता है कि उसकी माता उसे आपका वाहन कहकर हंसा करती थी। इसके सिवा आपके मुख में चाहे जो परिवर्तन हुआ हो, दाहिनी आंख के तिल में कभी कोई परिवर्तन नहीं होगा। अलका की मां का ध्यान आता है?"

जीवानन्द ने कहा, "आता है। उसके सम्बन्ध में तारादास जो कुछ कहता गया, वह भी समझ पा रहा हूं। वह जीवित हैं?"

षोडशी ने कहा, "नहीं। दस बरस हुए, उनको काशी-लाभ हो गया। आपको वह बहुत प्यार करती थीं—है न?"

जीवानन्द के सूखे मुख के ऊपर उद्वेग की छाया आ पड़ी। उसने कहा, "हां, एक बार विपत्ति में पड़कर उनसे मैंने सौ रुपये उधार लिए थे, जान पड़ता है, फिर वे लौटाए नहीं जा सके।"

सहसा षोडशी के दोनों होठ दबी हुई हंसी से खिल उठे; किन्तु उसने उसी दम उसे रोककर सहज भाव से कहा, "आप उसके लिए मन में कोई दुख न रखिएगा। अलका की मां ने वे रुपये आपको उधार नहीं, दहेज समझकर ही दिए थे।"

क्षण-भर चुप रहकर फिर कहा, "आज पर्याप्त सम्पत्ति के कारण वे सब दुःख की बातें शायद आपको याद न आएंगी। शायद उस दिन के सौ रुपयों के मूल्य का आज हिसाब लगाना भी कठिन होगा, किन्तु प्रयत्न करने से इतना तो अवश्य याद आ सकती है कि उस दिन भी ठीक ऐसा ही दुर्दिन था। आज षोडशी का ऋण ही बहुत भारी जान पड़ता है, किन्तु उस दिन उस छोटी-सी अलका की कुलटा माता का ऋण भी कुछ कम भारी नहीं था।"

जीवानन्द ने चोट खाकर कहा, "वही समझ सकता, यदि वह उन थोड़े-से रुपयों के लिए मुझे अपनी बेटी से ब्याह करने के लिए लाचार न करती।"

षोडशी ने कहा, "ब्याह करने को उन्होंने लाचार नहीं किया था,

बल्कि लाचार किया था स्वयं आपने। किन्तु वे सब अप्रिय बातें रहने दीजिए। आपसे तो अभी कह चुकी हूं कि आज अब उन थोड़े-से रुपयों के मूल का निरूपण संभव न होगा। लेकिन अलका की मां के जीवन का धन, सारी जमापूंजी—उतनी ही थी। लड़की का सम्बन्ध करने के लिए उसके सिवा और कुछ भी जब उनके हाथ में न था, तब उन कुछ रुपयों के साथ लड़की भी उन्हें आपके ही हाथ में सौंपनी पड़ी। किन्तु ब्याह तो आपने किया नहीं, किया था केवल एक तमाशा। इसलिए कन्यादान के साथ ही जो आप अन्तधीन हुए, सो शायद यहीं कल पहले-पहल दीखे।"

जीवानन्द ने कहा, "किन्तु सुना है, उसके पश्चात् तो तुम्हारा सच्चा ब्याह हो गया है।"

षोडशी ने धीरज नहीं खोया। वैसी ही शान्त गम्भीरता के साथ कहा, "इसके माने यह कि और एक आदमी के साथ? यही न? किन्तु निरपराध निरुपाय बालिका के भाग्य में वह विडम्बना यदि घट ही गई हो, तो भी तो आपके साथ उसका कोई सरोकार नहीं है।"

जीवानन्द ने कुण्ठित होकर कहा, "षोडशी, तब तुम बहुत छोटी थीं, बहुत-सी बातें तुम ठीक-ठीक नहीं जानतीं। तुम्हारी मां यदि जीवित होती तो वह गवाही देतीं कि उन्होंने सचमुच क्या चाहा था। तुम्हारे पिता को आज से पहले मैंने कभी नहीं देखा, केवल उस कन्या-दान की रात को उनका नाम ही सुना था। लेकिन मेंने स्वप्न में कल्पना नहीं की थी कि वही यह तारादास है, और तुम्हीं अलका हो।"

षोडशी ने तुरंत बाधा देकर कहा, "आज भी तो कल्पना करने की आवश्यकता नहीं है।"

जीवानन्द ने कहा, "न हो, लेकिन तूम्हारी मां जानती थीं कि केवल तुमको तुम्हारे बाप के हाथ से पृथक् रखने के लिए ही उन्होंने जो हो, एक···"

"ब्याह की लकीर खींच रखी थी—शायद ऐसा ही हो? अलका की मां अब जीती नहीं है, अलका ही मैं हूं या नहीं—इस बात को लेकर भी आपको चिन्ता में पड़ने की आवश्यकता नहीं। किन्तु आज यह बात मैं आपको बता जाऊंगी कि मैं क्यों उन लोगों के साथ नहीं गई और क्यों मैंने अपना सर्वनाश करने में कहीं कुछ शेष नहीं रखा। कल आपको सन्देह हुआ था कि शायद मैं लिखना-पढ़ना जानती हूं;—लिखना-पढ़ना

तो एककौड़ी भी जानता है, वह नहीं—किन्तु मेरे जो गुरु हैं, वह हाथ में रखकर कुछ दान नहीं करते, इसी से आज उन्हीं के चरणों में अपनी इस प्रकार बलि देने में भी मुझे रुकावट या हिचक नहीं हुई।"

जीवानन्द कुछ देर चुपचाप सिर झुकाए रहा, फिर धीरे-धीरे सिर उठाकर बोला, "लेकिन मान लो, वास्तविक बात अगर तुम खोल करके कहो, तो···"

षोडशी ने तुरन्त कहा, "वास्तविक बात क्या? ब्याह की बात? लेकिन वही तो झूठ है। ब्याह तो हुआ नहीं। इसके सिवाय वह समस्या अलका की है, मेरी नहीं। मैं सारी रात यहां बिता देकर वह कहानी कहूं भी तो उससे सर्वनाश की मात्रा तनिक भी कम न होगी। लेकिन वह बात तो मैं अब नहीं सोचती। इस समय मेरा बड़ा दुःख मैं स्वयं नहीं हूं—वह आप हैं। सोचा था कि शायद आपमें अतुल साहस है, उसके आगे आपके अपने प्राण भी शायद तुच्छ हैं; किन्तु आज देखा, वह मेरी भूल थी। यही नहीं कि आज आपने केवल एक निरपराध नारी के कलंक के मूल्य से ही अपने को बचाना चाहा था, बल्कि एक दिन जिस अनाथ लड़की को अथाह में बहाकर केवल आत्मरक्षा की थी, उसे पहचानने तक का साहस आपको नहीं हुआ।"

कुछ देर तक चुप रहकर जीवानन्द अचानक कह उठा, "षोडशी, आज मैं इतना नीचे गिर गया हूं कि गृहस्थ की कुलवधू की दुहाई देने पर भी तुम मन में नहीं हंसोगी; लेकिन उस दिन अलका को ब्याहकर बीजगांव के जमींदार वंश की बहू कहकर समाज की गर्दन पर लाद देना ही क्या अच्छा काम होता?"

षोडशी ने बिना किसी संकोच के उत्तर दिया, "सो तो ठीक नहीं जानती, किन्तु यह जानती हूं कि वही सच्चा काम होता। जिसके सम्पूर्ण दुर्भाग्य को जानकर भी, जिसे हाथ फैलाकर ग्रहण करने में आप नहीं हिचके, उसे इस प्रकार त्यागकर यदि भाग न जाते, तो आज आपके भाग्य में इतनी बड़ी लांछना घटित नहोती। यह सत्य ही आज आपको इस दुर्गति से बचा सकता। किन्तु मैं व्यर्थ बक रही हूं; इस समय ये सब बातें आपके आगे कहना व्यर्थ है। मैं जाती हूं, आप कुछ भी देने की चेष्टा करके मेरा और अपना अपमान न कीजिएगा।"

जीवानन्द ने कुछ नहीं कहा; लेकिन एककौड़ी को दरवाजे के निकट

खड़ा देख वह एकदम जैसे कंगाल होकर कह उठा, "एककौड़ी, तुम्हारे यहां कोई डाक्टर है? एक बार खबर देकर बुला सकते हो? वह जो चाहेंगे, मैं वही दूंगा।"

षोडशी चौंक उठी। अपने अभिमान और उत्तेजना के कारण अब तक उसकी दृष्टि पूर्णतया विपरीत दिशा में ही जमी हुई थी।

एककौड़ी ने कहा, "डाक्टर हैं क्यों नहीं हुजूर, हमारे वल्लभ डाक्टर के हाथ में अच्छा यश है।" और उसने समर्थन के लिए भैरवी की ओर ताका।

षोडशी कुछ नहीं बोली; किन्तु जीवानन्द आकुल कण्ठ से कह उठा, "उन्हीं को बुलाने के लिए किसी को भेजो एककौड़ी, अब और एक मिनट की भी देर न करो और देखो, यहां सब खाली बोतलें पड़ी हुई हैं, किसी से कह दो, गर्म पानी करके ले आवे। ये सब कहां गए?"

एककौड़ी ने कहा, "यही निवेदन करने तो आ रहा था हुजूर, पुलिस के डर से कौन किधर भाग गया है, कुछ पता नहीं; किसीको ढूंढ़ नहीं पाया।"

जीवानन्द ने कहा, "कोई नहीं है, सब भाग गए?"

एककौड़ी ने कहा, "सब, आदमी का पुतला भी नहीं है।"

जीवानन्द व्याकुल होकर कह उठा, "तो डाक्टर नहीं लाया जा सकेगा एककौड़ी?"

एककौड़ी ने बाधा पाकर मन-ही-मन लज्जित होकर कहा, "लाया क्यों न जा सकेगा हुजूर? मैं आप ही जाता हूं। अभी वह घर में ही हैं। लेकिन पानी गर्म करके जाने से तो बड़ी देर हो जाएगी? इसके सिवा हुजूर को अकेला···"

लेकिन बात पूरी करने का अवसर नहीं मिला। हृदय की अधिक बेदना से जीवानन्द का चेहरा पल-भर में ही पीला हो उठा औरउ सी बेदना को दबाने के लिए वह पेट के बल झुककर अस्फुट कण्ठ से कह उठा, "ओह! अब और नहीं सहा जाता।"

षोडशी को जैसे कहीं से कठिन चोट लगी। इतना करुण और हताश स्वर भी ऐसे उद्दण्ड पाखंडी के मुख से निकल सकता है—यह जैसे नेसप में भी वह नहीं सोच सकी थी। असल में मनुष्य कितना दुर्बल, कितना निरुपाय है, दुःख और वेदना में मनुष्य-मनुष्य कितने एक हैं, कितने अपने हैं—

यह बात मन में सोचकर उसकी आंखों में आँसू आ गए। किन्तु पल-भर में ही अपने को संभालकर उसने हतबुद्धि एककौड़ी की ओर देखकर कहा, "तुम जाकर वल्लभ डाक्टर को बुला लाओ एककौड़ी, यहां जो कुछ करना है, वह मैं कर लूंगी। मार्ग में यदि किसीको देख पाओ तो उसे भेज देना। कहना, अब पुलिस का कुछ भी भय नहीं है।"

एककौड़ी ने आश्चर्य नहीं किया, बल्कि प्रसन्न होकर कहा, "डाक्टर साहब को, जहां भी मिलेंगे, अवश्य ही लाऊंगा। परन्तु रसोईघर क्या मैं आपको दिखाता जाऊं?"

षोडशी ने सिर हिलाकर कहा, "नहीं। मैं आप ही खोज लूंगी लेकिन तुम किसी भी कारण से कहीं विलम्ब न करना।"

"जी नहीं, मैं गया और आया,''—कहते-कहते एककौड़ी तेजी से चला गया।

6

षोडशी के रसोईघर से पानी गर्म करके बोतल में लाकर उपस्थित करने तक कोई लौटकर न आया था। जीवानन्द वैसे ही उलटा पड़ा हुआ था। पैरों की आहट से मुंह उठाकर देखकर बोला, "तुम हो? डाक्टर नहीं आया?"

"अभी तो उन लोगों के आने का समय नहीं हुआ।" यह कहकर षोडशी ने हाथ की दोनों बोतलें बिछौने के एक किनारे रख दीं।

जीवानन्द इस बात पर जैसे पूर्ण विश्वास नहीं कर सका। बोला, "अभी तक आने का समय नहीं हुआ? डाक्टर कितनी दूर रहते हैं, जानती हो?"

षोडशी ने कहा, "जानती हूं। लेकिन पन्द्रह मिनट के भीतर ही क्या आया जा सकता है?"

जीवानन्द ने नि:श्वास छोड़कर कहा, "कुल पन्द्रह मिनट हुए? मैंने सोचा कि दो घंटा, तीन घंटा या और भी अधिक समय हो गया एककौड़ी को डाक्टर को बुलाने गए। शायद वह भी भय के कारण यहां न आवे अलका···"

इतना कहकर वह चुप होकर फिर पेट के बल लेट रहा। उसके कण्ठ-स्वर और आंखों की दृष्टि से व्याकुल निराशा और घबराहट पूर्ण-

रूप से चमक उठी।

षोडशी ने क्षण-भर चुप रहकर स्नेह के स्वर में कहा, "डाक्टर अवश्य आवेंगे। तब तक गर्म पानी की बोतल पेट के नीचे रख लीजिए।"

जीवानन्द ने सिर हिलाकर कहा, "नहीं, रहने दो। उससे कुछ नहीं होता, केवल कष्ट बढ़ता है।"

षोडशी ने सहसा कोई प्रतिवाद नहीं किया। इस उपायहीन रोगी मनुष्य के मुख से अपना बचपन का नाम इतनी देर बाद पहले-पहल उसके कानों में एक अज्ञात अर्थ गुनगुनाने लगा। जान पड़ता है, इसी में मग्न होकर वह अपना और पराया, आगे का और पीछे का सब कुछ भूलकर अभिभूत-सी खड़ी थी। एकाएक जीवानन्द के प्रश्न से ही उसे होश आया।

"अलका ?"

अब की वह इस आवाज की उपेक्षा नहीं कर सकी। बोली, "जी ?"

जीवानन्द ने कहा, अब भी समय नहीं हुआ ? वे नहीं आएंगे, शायद कहीं चले गए हैं।"

षोडशी ने कहा, "मैं निश्चय जानती हूं, आएंगे—वह कहीं गए नहीं।"

जीवानन्द ने कहा, "घर से क्या कोई भी लौटकर नहीं आया ?"

षोडशी ने कहा, "नहीं।"

जीवानन्द ने कुछ मौन रहकर कहा, "जान पड़ता है, वे लोग अब नहीं आवेंगे। एककौड़ी भी एक बहाना करके चला गया।"

षोडशी चुप हो रही। जीवानन्द ने स्वयं व्यथा को दबाकर क्षण-भर बाद ही कहा, "सभी गए, वे जा सकते हैं—केवल तुम्हारा ही जाना न होगा।"

षोडशी ने पूछा, "क्यों ?"

जीवानन्द ने कहा, "जान पड़ता है, मैं बचूंगा नहीं—इसीसे। मुझे सांस लेने में भी कष्ट होता है। जान पड़ता है, पृथ्वी पर वायु ही नहीं चल रही है।"

षोडशी ने पूछा, "आपको क्या बहुत कष्ट हो रहा है ?"

जीवानन्द ने कहा, "हूं—अलका, मुझे तुम क्षमा कर दो।"

षोडशी मौन हो रही। जीवानन्द ने जरा रुककर फिर कहा, "मैं भगवान् को नहीं मानता, उसकी आवश्यकता भी नहीं होती। लेकिन

थोड़ी देर पहले मैं मन-ही-मन उन्हींको पुकार रहा था। जीवन में अनेक पाप किए हैं, जिनका कोई आदि-अन्त नहीं है। आज रह-रहकर केवल यही जान पड़ रहा है, शायद सब देना सिर पर लादे ही जाना होगा।"

षोडशी वैसे ही चुप खड़ी रही। जीवानन्द ने कहा, "कोई नहीं है; मरने की अवस्था देखकर भी किसीने कोई चिन्ता नहीं की, किन्तु यह दुःख अब नहीं सहा जाता—ओह—मैया-रे!" कहते-कहते उसका सारा शरीर असह्य पीड़ा से जैसे सिकुड़ उठा।

षोडशी ने आंखें उठाकर देखा; उसके केवल शरीर ही नहीं, माथे पर भी पसीने की बूंदें झलक आई हैं और विवर्ण मुख में, दोनों मुंदी हुई आंखों के नीचे रक्तहीन दोनों होंठ एक अत्यन्त कठोर रेखा में जुड़ गए हैं।

क्षण-भर के लिए षोडशी ने जैसे कुछ सोचा; जान पड़ता है, थोड़ी-सी दुविधा भी उसे हुई। वह शय्या पर उस अभागे के पास जाकर बैठ गई। गर्म पानी की दोनों बोतलें सावधानी से खींचकर उसके पेट के नीचे दबाते ही जीवानन्द ने केवल क्षण-भर के लिए एक बार आंखें खोलकर और फिर मूंद लीं। षोडशी ने आंचल से उसके माथे का पसीना पोंछ दिया और कोई पंखा न होने के कारण अपने आंचल से धीरे-धीरे हवा करने लगी।

जीवानन्द कुछ नहीं बोला, केवल दाहिना हाथ धीरे-धीरे उठाकर षोडशी की गोद के ऊपर रखकर चुपचाप पड़ा रहा।

दस-पन्द्रह मिनट के मौन के बाद जीवानन्द ने ही पहल की। पुकारा, "अलका?"

षोडशी ने कहा, 'आप मुझे षोडशी कहकर पुकारिए।"

जीवानन्द, "अब क्या अलका नहीं हो सकती हो?"

षोडशी, "नहीं।"

जीवानन्द, "किसी दिन किसी भी कारण से क्या···"

षोडशी, "आप और कोई बात कीजिए।"

लेकिन और कोई बात जीवानन्द के मुंह से नहीं निकली; केवल रोकी गई लम्बी सांस की बची हुई हवा-भर उसकी छाती के सामने के हिस्से को थोड़ा फैलाकर शून्य में लीन हो गई।

दो-तीन मिनट के बाद षोडशी ने धीमे स्वर में पूछा, "क्या आपका

कष्ट कुछ भी कम नहीं हुआ?"

जीवानन्द ने गर्दन हिलाकर कहा, "यदि मैं बच गया तो क्या तुम्हारा कोई उपकार नहीं कर सकता?"

षोडशी ने कहा, "नहीं, मैं संन्यासिनी हूं। मेरा कोई भी उपकार किसीके भी द्वारा होना संभव नहीं।"

जीवानन्द कुछ देर स्थिर रहकर एकाएक कह उठा, "अच्छा, ऐसा क्या कुछ भी नहीं है, जिससे संन्यासिनी को भी प्रसन्नता हो?"

षोडशी ने कहा, "सो शायद है; किन्तु उसके लिए आप क्यों चिन्तित हो रहे हैं?"

जीवानन्द ने जरा-सी क्षीण हंसी हंसकर कहा, "मुझमें बहुत-से दोष हैं, किन्तु यह दोष आज तक किसीने मुझे नहीं दिया कि मैं उपकार करने के लिए उतावला हो उठता हूं। इसके अलावा अभी कह रहा हूं, इसलिए वह अच्छा होकर भी कहूंगा—इसका भी कोई ठीक नहीं है। ऐसा ही है! ऐसी ही है। जान पढ़ता है, सारे जीवन में इसके सिवा मेरा और कुछ भी नहीं है।"

षोडशी ने चुपचाप और एक बार उसके माथे का पसीना पोंछ दिया। जीवानन्द ने सहसा वह हाथ पकड़ लिया और कहा, "संन्यासिनी का क्या सुख-दुःख नहीं होता है? पृथ्वी पर क्या ऐसा कुछ भी नहीं है, जिससे वह प्रसन्न हो सके?"

षोडशी ने कहा, "लेकिन वह तो आपके हाथ में नहीं है?"

जीवानन्द ने कहा, "जो मनुष्य के हाथ में हो, ऐसा कुछ?"

षोडशी ने कहा, "वह है। किन्तु अच्छे होकर जब आप पूछेंगे, तभी बताऊंगी।"

उसके हाथ को जीवानन्द ने सहसा छाती के पास खींचकर बार-बार सिर हिलाकर कहा, "ना, ना और अच्छे होकर नहीं—इसी कठिन दुःख के समय ही मुझसे कहो। मैंने लोगों को बहुत दुःख दिया है; आज अपनी व्यथा के बीच परायी आशा की बात जरा सुन लूं। अपने दुःख की आज एक सद्‌गति हो।"

षोडशी अपने हाथ को धीरे-धीरे छुड़ाकर स्थिर होकर बैठी रही। जीवानन्द स्वयं भी एक मिनट स्थिर रहकर बोला, "अच्छा, न हो, सबके समान मैं भी तुमको आज से षोडशी कहकर ही पुकारूंगा। कल से आज

तक मैंने इतनी वेदना के बीच अनेक बातें सोची हैं। जान पड़ता है, उनमें तुम्हारी ही बात अधिक है। मैं बच गया; लेकिन तुमको जो यहां···"

षोडशी कह उठी, "लेकिन मेरी बात रहने दीजिए।"

बाधा पाकर जीवानन्द ने क्षण-भर चुप रहकर धीरे से कहा, मैं समझ गया षोडशी! तुम यह भी नहीं चाहतीं कि मैं तुम्हारे लिए कुछ सोचूं। ऐसा ही होना उचित जान पड़ता है।" यह कहकर एक निःश्वास छोड़कर वह चुप हो रहा।

षोडशी बिस्तर छोड़कर उठ खड़ी हुई। जीवानन्द ने आंखें खोलकर कहा, "तुम भी चलीं?"

षोडशी ने गर्दन हिलाकर कहा, "नहीं। घर बहुत ही गंदा हो रहा है, जरा साफ कर डालूं।" कहकर वह उत्तर की प्रतीक्षा न करके घर के काम में लग गई। घर के अधिकांश दरवाजे और खिड़कियां अब तक खाली नहीं गई थीं। बहुत जोर लगाकर खींच-खाँचकर उनके खोलते ही उन्मुक्त आकाश से घड़ी-भर में रोशनी और हवा उस घर में भर गई। फर्श के ऊपर कूड़े-कचरे का ढेर जगह-जगह प्रतिदिन बढ़ता ही जा रहा था। एक झाड़ू ढूंढ़कर षोडशी ने वह सब साफ कर डाला। फिर आंचल से बिछौना झाड़कर दोनों तकिए यथास्थान ठीक से रख दिए। तब भी जीवानन्द ने एक शब्द नहीं कहा। केवल उसके मुरझाए उदास चेहरे पर एक स्निग्ध प्रकाश जैसे कहीं से आकर धीरे-धीरे जमा हो रहा था। षोडशी काम कर रही थी और वह केवल दोनों आंखें फैलाए चुपचाप जिधर वह जाती थी, उधर दृष्टि दौड़ा रहा था—जैसे सफाई क्या चीज है, इसी को वह सारी वेदना भूलकर संसार के सबसे श्रेष्ठ आश्चर्य के रूप में जीवन में पहली बार देख रहा था।

सहसा बाहर बहुत-से पैरों की चाप सुनकर षोडशी झाड़ू रखकर सोधी खड़ी हो गई। एककौड़ी ने दरवाजे के पास से मुंह निकालकर कहा, "डाक्टर बाबू आए हैं।"

षोडशी ने कहा, "उन्हें ले आओ," और वह अपने पहले के स्थान पर बैठ गई।

दुसरे ही क्षण जिनका यश इस ओर बहुत फैला है, उन्हीं वल्लभ डाक्टर ने घर के भीतर प्रवेश किया और षोडशी को यहां इस प्रकार बैठे देखकर वह एकदम आश्चर्य में पड़ गए।

एककौड़ी ने उंगली से दिखाकर कहा, "यही हुजूर हैं। यदि आप स्वस्थ कर सकें डाक्टर बाबू, तो पुरस्कार की तो बात ही छोड़ दीजिए—हम सभी आपके गुलाम हो जाएंगे।"

डाक्टर चुपचाप शय्या के पास आए और पाकेट से कण्ठ का चोगा निकालकर मुंह से कुछ कहे बिना ही रोग की परीक्षा करने में लग गए। देर तक खूब देख-भालकर उन्होंने बहुत बड़े डाक्टर के समान ही राय दी कि अत्यन्त अनाचार से यह रोग पैदा हुआ है। सावधान न रहने से प्लीहा या जिगर का पकना असम्भव नहीं है, और उससे प्राणों का भी भय हो सकता है। किन्तु सावधान होने से नहीं भी पकेगा। मगर यह बात निश्चय है कि दवा खाना जरूरी है।

जीवानन्द ने प्रश्न किया, "इस दशा में कलकत्ता जाना सम्भव है या नहीं, बता सकते हैं?"

डाक्टर ने कहा, "अगर जा सकें तो सम्भव है, नहीं तो किसी प्रकार भी सम्भव नहीं।"

जीवानन्द ने फिर पूछा, "यहां रहने से अच्छा हो जाऊंगा, आप बता सकते हैं?"

डाक्टर ने अत्यन्त विद्वान् के समान सिर हिलाकर उत्तर दिया, "जी नहीं हुजूर, सो नहीं बता सकता। लेकिन यह बात निश्चय है कि यहां रहने से भी अच्छे हो सकते हैं और कलकत्ता जाकर भी नहीं हो सकते।"

जीवानन्द ने मन-ही-मन अप्रसन्न होकर फिर और प्रश्न नहीं किया। डाक्टर साहब दवा के लिए आदमी भेजने का इशारा करके उपयुक्त फीस लेकर विदा हो गए। एककौड़ी उन्हें साथ लेकर दरवाजे के बाहर तक पहुंचा आया। लौट आने पर जीवानन्द ने उसके मुंह की ओर देखकर कहा, "क्या होगा एककौड़ी?"

एककौड़ी ने साहस देकर कहा, "भय क्या है हुजूर, दवा आती ही होगी। डाक्टर का मिक्चर पीने से ही सब अच्छा हो जाएगा।"

जीवानन्द ने सिर हिलाकर कहा, "नहीं, एककौड़ी, तुम्हारे वल्लभ डाक्टर का मिक्सचर तुम लोगों के लिए ही रहे, मेरे लिए तुम कलकत्ता जाने का प्रबन्ध आज ही कर दो।" यह कहकर वह जिस द्वार से षोडशी कुछ देर पहले कहीं चली गई थी, उसी ओर उत्सुक दृष्टि से ताकने लगा।

किन्तु कोई भी लौटकर न आया। दो-तीन मिनट बाद उसके अधैर्य ने जोर मारा। उसने कहा, "उनको जरा बुला दे एककौड़ी! तुम जाओ और मेरे जाने का कुछ प्रबन्ध करो। आज मुझे जाना ही चाहिए।"

पल-भर में ही एककौड़ी इस इशारे को समझ गया और 'जो आज्ञा हुजूर' कहकर तुरन्त चल दिया। किन्तु उसे लौटने में देर होने लगी और दस-पन्द्रह मिनट बाद जब वह आया, तब अकेला ही आया। बोला, "वह नहीं हैं, घर चली गईं हुजूर!"

जीवानन्द विश्वास नहीं कर सका। व्यग्र, व्याकुल कंठ से कह उठा, "मुझसे कहे बिना चल जाएंगी? ऐसा नहीं हो सकता एककौड़ी!"

विश्वास करना सचमुच ही कठिन है। अलका कोई व्यवस्था किए बिना ही चली गई, एक शब्द तक नहीं कह गई—डाक्टर की राय सुनकर जाने तक का उसे धैर्य नहीं रहा—यह बात जीवानन्द जैसे किसी प्रकार अपने मन में नहीं ग्रहण कर सका।

एककौड़ी ने कहा, "हां हुजूर, वह डाक्टर बाबू के जाने के बाद ही चली गई हैं। बाहर गोपाल कावरा बैठा है, उसने देखा है कि भैरवी सीधी चली गई।"

जीवानन्द ने फिर प्रतिवाद नहीं किया। एककौड़ी ने कहा, "तो फिर जरा समय से ही यात्रा करने की व्यवस्था जाकर करूं हुजूर?"

"हां, वही करो।" कहकर जीवानन्द ने करवट बदलकर दीवार की ओर मुंह कर लिया। एककौड़ी कलकत्ता-यात्रा के विषय में अनेक छोटी-मोटी बातों का ब्यौरा पूछने लगा; किन्तु स्वामी की ओर से किसी बात का उत्तर नहीं मिला। काई बात उसके कानों में पहुंची कि नहीं, यह भी ठीक समझ में न आया।

7

षोडशी जब जमींदार के विलास-कुंज से चुपचाप चली आई, उस समय नौ-दस बजे होंगे। इस प्रकार चले आना, उसे अशोभन जान पड़ने लगा, किन्तु मन में यह बात भी आई कि कह-सुनकर विदा मांगकर आना और भी अशोभन, और भी बुरा होता। किन्तु फाटक के बाहर आकर उसने देखा कि एक पग भी आगे नहीं बढ़ा जा सकता। अब की देर में वर्षा होने के कारण किसानों का धान बोने का काम-काज समाप्त नहीं

हो पाया था। उन्हीं के बीच में होकर गांव में जाने का मार्ग है। इस प्रकार दिन में इस मार्ग से मुंह ऊंचा या नीचा करके किसी प्रकार भी जाने के लिए उसके पर नहीं उठे। आकाश की बिजली जैसे दम-भर में अन्धकार के पर्दे को उठाकर बादलों से ढकी हुई पृथ्वी की छाती को सुस्पष्ट कर देती है, दर के किसानों ने भी ठीक वैसे ही पल-भर में षोडशी की बीती हुई रात को उसके आगे बिलकुल उघाड़ दिया। पर्दे के नीचे जो एक चीज ढकी हुई थी, उसे—किसी भी मनुष्य के जीवन में एक रात में इतना बड़ा व्यापार घटित हो सकता है—देख पाकर, वह क्षण-भर के लिए विमूढ़-सी हो गई। पूरा एक दिन भी नहीं बीता, केवल कल शाम को अपमान की कठिन ताड़ना के आगे-पीछे सोचे-विचारे बिना वह इसी मार्ग से चलकर गई है। किन्तु उसके बाद की घटना घटित होने में मनुष्य को बहुत युग लग सकते हैं, लेकिन उसे देर न लगी। एक जादू का तमाशा-सा हो गया। इसी से आज उस परिचित मार्ग के ही उस छोर पर उसके लिए क्या अपेक्षाएं हैं, इसकी वह कल्पना भी न कर सकी।

फाटक के बाहर बाग के साथ-साथ एक पगडंडी नदी की ओर चली गई हैं। वह इसी मार्ग से चलकर धीरे-धीरे नदी के किनारे आकर खड़ी हो गई। इधर गांव नहीं हैं, गऊ-बकरियां चराने के लिए कभी किसी चरवाहे लड़के के अलावा इस मार्ग पर साधारणतः कोई आता-जाता नहीं। इस एकान्त स्थान में सन्ध्या होने की प्रतीक्षा में वह अंधेरे में घर लौटने का विचार करके एक प्राचीन इमली के पेड़ के नीचे बैठ गई। इतनी देर तक वह एक बवंडर के बीच में पड़ी हुई थी, केवल वर्तमान की चिन्ता के सिवा और कोई ध्यान उसके मन में नहीं था। अब जो भविष्य उत्सुकता के साथ उसका मार्ग देख रहा है, उसी की बात वह एक-एक करके क्रमशः विचारने लगी। उसके छोटे-से गांव में अब तक कोई भी बात किसी के जानने को शेष न रही होगी। जमींदार ने उसे पकड़ मंगाया है, सारी रात अटका रखा है। यहां तक कि उसने झूठ बोलकर क्यों जमींदार को मजिस्ट्रेट के चंगुल से बचाया है, इस रहस्य को खोलने के लिए भी गांव में बुद्धिमान लोगों का अभाव न होगा। यह एक बड़ा भारी घूस का मामला है, यही सब लोग समझेंगे। किन्तु असल विपत्ति या कठिनाई है उसके पिता तारादास को लेकर। बहुत दिनों से बाप-बेटी दोनों का सम्बन्ध भीतर-ही-भीतर बिगड़ रहा था—उसमे सड़ांध पैदा हो गई थी, पर बाहर

का कोई आदमी इस बात को नहीं जानता था। अब वह घृणा की भाप से बहुत स्थान घेरकर जलता रहेगा। इसकी ज्वाला को किसी की भी नजर से छिपा रखना सम्भव न होगा। संसार में ऐसा कोई काम नहीं है जो उस आदमी के लिए असाध्य हो। उसके अनेक कुकर्मों में बाधा देने से बाप और बेटी के बीच छिपे तौर पर अनेक बार बड़ी-बड़ी लड़ाइयां हो चुकी हैं, जिनमें हमेशा बाप को ही हार माननी पड़ी है। इसलिए अनेक कारणों से तारादास को अब तक षोडशी की माता के सम्बन्ध में चुप ही रहना पड़ा। किन्तु आज जब तारादास ने क्रोध के वश होकर एक बार बात कह डाली है, तब वह किसी प्रकार भी चुप नहीं रहेगा। इस कलंक की कालिमा दोनों हाथों से उछालकर जब अपने साथ और एक आदमी का सर्वनाश कर चुकेगा, तब वह इस गांव से निकलेगा। यह कोई छोटी बात नहीं है, यह उसके सारे भविष्य को अन्धकारमय कर देगी— षोडशी को यह बात दूर से ही साफ-साफ दिखाई देने लगी। किन्तु उस अन्धकार के भीतर क्या है, उसकी झलक दृष्टिगोचर नहीं हुई—कुछ भी आभास नहीं मिला।

दिन्न चढ़ने लगा। यहां बैठकर भीतर के विचारों का अस्पष्ट कोलाहल बीच-बीच में उसके कानों तक पहुंचने लगा। उसीके बीच से जीवानन्द के मुख से निकलने वाला 'अलका नाम, उसकी सलज्ज क्षमा-भिक्षा, उसकी व्याकुल प्रार्थना, ऐसा ही न जाने कितना क्या, एक भूली हुई कविता की टूटी कड़ियों के समान रह-रहकर उसके मन के भीतर अकारण चक्कर लगाने लगा। जो संकट उसके लिए इस गांव के बीच उसीका मार्ग देख रहा है, उसकी विभीषिका उसके मन के भीतर ही प्रतिक्षण भीषणतर होती रही।

क्रमश: धीरे-धीरे सूर्यदेव आकाश के दूसरे छोर में चले गए। तभी सहसा बहुत दूर पर उस पार के मैदान में जमींदार की पालकी जाती हुई उसे दीख पड़ी।

इस ओर ही जब वे लोग गए हैं तब एक प्रकार उसके पास ही से गए हैं। उसने ध्यान नहीं किया। शायद कोशिश करने से थोड़ा देखा भी जा सकता था किन्तु अब अनजान में ही एक लम्बी सांस उसके मुंह से निकल गई।

तीसरा पहर चौथे पहर में बदला और फिर संध्या होने में भी अधिक

देर नहीं लगी। गांव की ओर जाने के लिए षोडशी जब उठकर खड़ी हुई, तब उस झुटपुटे में भी आदमी पहचाना जा सकता था; किन्तु मैदान में कोई न था। इस निर्जन मार्ग को पार करके षोडशी जब, अपने घर के सामने आकर पहुंची, तब अंधेरा गाढ़ा हो चुका था। किसीसे भेंट न होने पर भी उसके मन में आंधी-सी उठ रही थी; किन्तु सदर द्वार में ताला बन्द देखकर उसे जैसे एक कठिन संकट से छुटकारा मिल गया और उसने चैन की सांस ली। घूमकर पिछवाड़े खिड़की के द्वार पर जाकर देखा, वह भीतर से बन्द है। उससे इसीकी आशा की थी। खिड़की को बाहर से खोल लेने का जतन वह जानती थी। शीघ्र ही मकान में प्रवेश करके उसने देखा, हरएक कोठरी में ताला बन्द है। घर में कोई नही है। सारे घर में अंधेरा छाया है। सूना घर भांय-भांय कर रहा है।

संन्यासिनी को अनेक उपवास करने होते हैं, खाने-पीने की बात उसने सोची भी न थी। कहीं एकान्त में थोड़ा सोने को मिल जाता तो इस समय वह जी जाती। उसे और कुछ न चाहिए था। लेकिन कोठरी के भीतर प्रवेश करने का उपाय न पाकर बरामदे में ही एक किनारे अपनी धोती का आंचल बिछाकर वह लेट गई। तारादास घर में नहीं हैं? क्यों नहीं? किसलिए, कहां गया है?—इन सब कठिन प्रश्नों के सिलसिले में उसका अत्यन्त थका हुआ शरीर और मन बहुत ही सहज में दूर हट गया। आज रात-भर वह बिना किसी उपद्रव के सो सकेगी, यही संतोष लेकर वह देखते-देखते सो गई।

सवेरे षोडशी की आंख खुली, तब उसके साथ ही सदर दरवाजे का ताला खोलने का शब्द हुआ, और जो विधवा स्त्री मन्दिर और घर का सब काम-काज करती थी, वह भीतर दाखिल हुई। षोडशी को देखकर वह अधिक विस्मित नहीं हुई। बोली, "कब आई मां? रात को ही? जान पड़ता है, खिड़की का दरवाजा खोलकर ही भीतर आई थीं।"

षोडशी ने सिर हिलाकर कहा, "हां।"

तब वृद्धा ने कहा, "यही बात सब लोग आपस में कह-सुन रहे थे बेटी, कि राजा बाबू तो असमय चले गए; अबकी बार तुमको छोड़ देंगे। जान, पड़ता है, कुछ खाया-पिया नहीं तुमने। क्या करूं मां, घर की चाबी बाबा ठाकुर रख नहीं गए; अपने साथ ले गए हैं। सो ले जाने दो, मैं दुकान से चावल-दाल लाए देती हूं, दो-चार लकड़ियां भी जुटा दुंगी। नहा आओ

और जो कुछ हो, दो मुट्ठी पकाकर मुंह में डाल लो। उसके पश्चात् जो होना होगा, सो होगा।"

षोडशी ने पूछा, "बाबू कहां गए हैं, तू जानती है रानी की मां?"

रानी की मां ने कहा, "सुनती तो हूं मां, कोई उनकी बहन की लड़की है, उसीको लेने गए हैं—आते ही होंगे। आज बड़े बाबू के नाती की मानता की पूजा है न, आज क्या कहीं और वह रह सकते हैं? मन्दिर में तो एक पहर रात रहे से ही धूमधाम हो रही है मां!"

षोडशी को ध्यान आ गया कि आज मंगलवार है। आज जनार्दन राय के नाती की मानता की पूजा के उपलक्ष्य में चंडी के मन्दिर में बहुत बड़ा समारोह है। वह देवी की भैरवी है, इतने बड़े समारोह में उसे उपस्थित होना ही होगा।

यहां पर जनार्दन राय का संक्षिप्त-सा परिचय देना आवश्यक है। यह आदमी जैसा धनी है, वैसा ही भयानक। एक बार एक प्रजा के बेगार देने के उपलक्ष्य में षोडशी के साथ उसका बड़ा भारी मनोमालिन्य हो गया था, जिसे कोई भी पक्ष अब तक भी नहीं भूला। और केवल षोडशी ही नहीं, इस ओर के सभी लोग उससे बहुत डरते हैं। जमींदार उसकी खातिर करता है, एककौड़ी उसकी मुट्ठी में है। जिस साल लगान वसूल नहीं होता, यही महाशय जमींदार की ओर से मालगुजारी खजाने में जमा करते हैं। दो सौ बीधे में इनकी अपनी खेती होती है और धान-चावल-गुड़ आदि से लेकर तिजारती और महाजनी के व्यवसाय तक सब पर इनका अधिकार है, यह कहने में भी कुछ अत्युक्ति नहीं। यही बड़े बाबू एक दिन बहुत ही गरीब थे। सुना जाता है कि यह सारा उनके मंझले दामाद मि॰ बसु का रुपया है। वह पश्चिम के किसी एक हाईकोर्ट के बड़े बैरिस्टर हैं, विलायत से लौटकर, प्रायश्चित्त करके, जाति में मिल गए हैं। आज उन्हीं मि॰ बसु के एकमात्र पुत्र के सब प्रकार की मंगल-कामना के लिए चण्डीदेवी की पूजा का आयोजन हो रहा है। इस आयोजन की महीने-भर से अधिक समय से गांव के भीतर चर्चा हो रही है। बड़े बाबू की जो लड़की इतने बड़े घर में ब्याही गई, उसका नाम हेमवती है और वह षोडशी से अवस्था में कुछ छोटी होगी। मंदिर के आंगन में आज भी जो पाठशाला लगती है, उसमें वह भी सबके साथ पढ़ने आती थी। और खेलने के बहाने यदि किसी दिन षोडशी वहां उपस्थित हो जाती तो देवी की भैरवी होने

के कारण हेमवती भी सबके साथ उसे प्रणाम करके उसके पैरों की धुल माथे से लगाती। आज वह बड़े घर की स्त्री है। आज शायद उसके शरीर में सौन्दर्य और हीरा-मोतियों की भरमार है; आज शायद वह उसे पहचान ही नहीं सकेगी। किन्तु एक दिन ऐसा नहीं था। उस दिन उसकी अवस्था और रूप कुछ भी अधिक न था, तो भी वह जो इतने ब्रड़े घर की बहू बनी, सो केवल इन्हीं देवी के माहात्म्य से—ऐसा सुना जाता है। लोग कहते हैं कि किसी एक अमावस्या को एक सिद्ध तांत्रिक देवी के दर्शन करने आए थे, उनसे राय महाशय ने गुप्त रूप से इसी कन्या के कल्याण के लिए सब याग-यज्ञ करा लिए थे। यह पुत्र भी उन्हीं सिद्ध की कृपा का फल है। हताश होकर हेमवती ने विदेश में इन्हीं देवी की मानता मानकर यह 'पुत्र प्राप्त किया है।

दासी ने काम करते-करते कहा, "मां, मन्दिर से आज अचानक कब बुलाया आ जाए—कहा नहीं जा सकता। नहाने-धोने का काम इसी समय न कर डालो।"

षोडशी चिन्तित होकर सोच रही थी, मंदिर में बुलाए जाने के नाम से चौंक पड़ी। किन्तु उसके कारण न सही, पर दिन चढ़ने के पहले ही सूने में स्नान कर लेना अच्छा है, यह सोचकर वह तुरन्त खिड़की के रास्ते पोखर में नहाने चली गई। इस पोखर में मोहल्ले का कोई आदमी शायद ही कभी आता है, इसीसे वहां किसीसे भेंट न हुई। लौटकर देखा कि भीगी धोती बदलने के लिए और दूसरी धोती नहीं, शरीर और सिर पोंछने के लिए एक अंगोछा तक बाहर नहीं। यह देखकर रानी की मां खिन्न हो उठी। वह तारादास को देख नहीं सकती थी। उसने क्रोधित होकर कहा, 'यह दुष्ट तिनके तक तालों में बन्द कर गया है। मेरे पास एक घुली हुई मटके की (एक प्रकार का मोटा रेशम) धोती है मां, ले आऊं? उसमें तो कोई दोष नहीं।"

षोडशी ने कहा, "नहीं, रहने दे।"

दासी से कहा, " गीली धोती पहने रहोगी मां, तो बीमार न हो जाओगी?"

षोडशी चुप रही। दासी ने उसके मुंह की ओर देखकर दुःख के साथ कहा, "मां मलिच्छ दुष्टों के घर में तुम पानी तक न छूओगी, यह मैं खूब जानती हूं। इस बेला थोड़े-से चावल और दाल, दुकान से न सही, अपने

घर से लाकर रख न जाऊं मां ?"

षोडशी ने सिर हिलाकर केवल इतना कहा, "वह सब इस समय रहने दे रानी की मां !"

यह दासी कायस्थ की लड़की थी। समझती-बूझती थी कि इसका कोई फल न होगा। इसलिए उसने अधिक जोर नहीं डाला। काम-काज समाप्त करके जाते समय पूछा, "बाबा ठाकुर मंदिर में देख पड़े तो क्या अलग बुलाकर यहां भेज दूं ?"

षोडशी ने कहा, "कोई आवश्यकता नहीं, रहने दे।"

दासी ने कहा, "ताला लगाने की जरूरत नहीं। तुम भीतर से ही बन्द कर देना। लेकिन, अच्छा मां, कोई बात पूछे तो क्या कहूं ?"

षोडशी क्षण-भर चुप रही, इसके बाद सिर उठाकर बोली, "हां, कह देना, मैं घर पर ही हूं।" और रानी की मां के चले जाने पर उसने दरवाजा बन्द नहीं किया—वह वैसे ही रहा। सामने के बरामदे के ऊपर चुपचाप सिर झुकाए बैठे-बैठे दो-तीन घण्टे का समय कब किस प्रकार बीत गया, षोडशी को खबर ही नही हुई। केवल एक अनिर्दिष्ट वेदना की तरह उसके मन के भीतर यह भाव था कि अब उसके लिए एक अत्यन्त कठोर समय आ रहा है। परीक्षा के नाम से एक अत्यन्त गंदा आंदोलन गांव में जोर-शोर से उठ खड़ा होगा। इसलिए उससे लड़ने के लिए, आत्म-रक्षा के लिए आज उसके मन ने किसी प्रकार कमर कसना नहीं चाहा। बल्कि वह केवल यही बात चुपके-चुपके कहने लगा कि इन सब बातों से बड़ी बात तुम्हें याद रखनी होगी कि तुम संन्यासिनी हो। जान में हो, अनजान में हो, इच्छा से हो, अनिच्छा से हो, यह सबसे बढ़ा सत्य अस्वीकार करने से काम न चलेगा कि तुम्हारा शरीर एक दिन देवता के लिए अर्पण कर दिया गया था। तुमको दांव पर लगाकर जो लोग मिथ्या की बाजी खेल रहे थे, वे आपस में मार-पीट, काट-कूट करके भले ही मरे, तुम इस बार मुक्ति लेकर बच जाओ।

ठीक इसी समय दरवाजा खोलकर मंदिर के बूढ़े पुरोहित आंगन में आकर उपस्थित हुए। बोले, "मां वे लोग तुमको बुला रहे हैं।"

"चलो," कहकर षोडशी फौरन उठ खड़ी हुई। क्यों, कहां या कौन बुलाते हैं, यह उसने कुछ न पूछा। मानो वह इसीका मार्ग देख रही थी। जान पड़ता है, उसके सिर पर खड़ी हुई विपत्ति के सम्बन्ध में कुछ आभास

देने की पुरोहित बेचारे की इच्छा थी; किन्तु भैरवी के मुंह कीओर देखकर कोई भी बात उसके मुंह तक न आई।

आज मंदिर के आंगन का द्वार खुला था। प्रवेश करते ही षोडशी ने देखा कि उस ओर भी दीवार से लगकर काले रंग के दो बकरे बंधे हैं और बरामदे के एक किनारे पूजा की ढेर-सी सामग्री है। वहां पांच-छः प्रौढ़ स्त्रियां बातचीत और काम में बहुत ही व्यस्त हैं। सबसे बढ़कर प्रवण्ड कोलाहल आंगन के नाट्य-मन्दिर के भीतर हो रहा है।

वहां राय महाशय को सुन्दर और लम्बी-चौड़ी शतरंजी बिछी हुई है। राय महाशय को बीच में करके गांव के वयोवृद्ध लोगों का दल यथा-योग्य मर्यादा के अनुसार बैठा हुआ संभवतः विचार कर रहा है, और वह विचार षोडशी के ही विषय में है। कहा नहीं जा सकता, अब तक उसे कौन सुन रहा था, इसलिए आश्चर्य है कि जिसके सुनने की सबसे अधिक आवश्यकता है, उसके पास आकर खड़े होते ही यह सैकड़ों कण्ठों की निरकुश वक्तृता पल-भर में एकदम बंद हो गई।

कुछ क्षणों तक किसी ओर से भी कोई प्रसंग नहीं उठाया गया। मर्द सब षोडशी के परिचित हैं और औरतें भी जो काम छोड़कर एक-एक करके खम्भे की आड़ में आकर खड़ी हुई हैं, उसकी अपरिचित नहीं हैं। केवल जो औरत सबके बाद मन्दिर के भीतर से निकलकर, धीरे-धीरे आकर, ठीक उसके सामने के दोहरे खम्भे के सहारे चुपचाप खड़ी होकर, उसकी ओर एकटक देखने लगी, अपरिचित होने पर भी, षोडशी ने दम-भर में समझ लिया कि वह हेमवती है यह लड़की अपने पति का घर छोड़कर बहुत दिनों से अपने बाप के घर नहीं आ पाई थी; इससे उसके सम्बन्ध में उसके मायके के इस देश में नाना प्रकार की अफवाहें उत्तरोत्तर फैलती जा रही थीं। वह अखाद्य खाती है, घाघरा और जूते-मोजे पहनती है, मार्ग में मर्दो के हाथ-में-हाथ डालकर घूमती है, एकदम क्रिस्तान मेम बन गई है —ऐसी ही न जाने क्या-क्या! किन्तु आज षोडशी को ऐसी कोई बात देखने को नहीं मिली। एक मूल्यवान् बनारसी साड़ी और शरीर पर दो-एक कीमती गहना के सिवा जूता, मोजा, घाघरा कुछ भी न था। बल्कि मांग में सिंदूर और पैरो में महावर खूब मोटा करके लगाया गया था। देखने से जान पड़ता था कि यह सब विशेष करके केवल आज के ही लिए लगा आई है। वह सुन्दरी अवश्य है लेकिन कोई असाधारण सुन्दरी नहीं।

रंग शायद कुछ सांवलापन लिए है, लेकिन धनी घरों की स्त्रियां जैसे हर रोज मांज-घिसकर रंग चमका लेती हैं,यह भी वैसी ही है उससे अधिक नहीं। एक दृष्टि डालते ही पल-भर में षोडशी ने समझ लिया कि इस धनी घर की गृहिणी ने जैसे धन के आडम्बर से अपनी देह को गहनों-कपड़ों की दुकान की तरह नहीं सजाया, वैसे ही लज्जा या निर्लज्जता किसीकी ज्यादती से भी अपने बचपन के गांव को बदनाम नहीं किया। वह लड़की चुपचाप षोडशी की ओर देखती रही, शायद अन्त तक इसी प्रकार चुप रहेगी; लेकिन इसीके सामने अपनी शीघ्र ही होने वाली दुर्गति की आशंका से षोडशी का सिर लज्जा से झुक गया।

और भी दो-तीन मिनट सन्नाटे में बीत जाने पर वृद्ध सर्वेश्वर शिरोमणि ने सबसे पहले बात की। षोडशी को लक्ष्य करके अत्यन्त साधु भाषा में उन लोगों की राय बताकर कहा, "आज हेमवती अपने पुत्र के कल्याण के लिए जो पूजा चढ़ा रही है, उसमें तुम्हारा कोई अधिकार नहीं रहेगा—अपना यह विचार उन्होंने हम लोगों को बताया है। उन्हें आशंका है कि तुम्हारे द्वारा उनका कार्य सुसिद्ध न होगा।"

षोडशी का मुख एकदम पीला पड़ गया था, लेकिन उसके स्वर में अस्पष्टता या हिचकिचाहट नहीं थी। बोली, "अच्छी बात है। उनका काम जिससे सुसिद्ध हो, वे वही करें।"

उमकी इस स्पष्टता पर सर्वेश्वर शिरोमणि को अपने गले में कुछ लगा, वे बोले, "केवल इतनी ही बात तो नहीं है। इस गांव के हम सब भद्र पुरुषों ने आज यह सिद्धान्त स्थिर कर लिया है कि अब देवी का काम तुमसे नहीं होगा। अब तुमको माता की भैरवी रखने से काम नहीं चल सकता। कोई है, जरा तारादास ठाकुर को तो बुला लाओ।"

एक आदमी उन्हें बुलाने गया। षोडशी के मुख में जो इसका उत्तर आया था, वह पिता के नाम से वहीं रुक गया। उसने सिर उठाकर एका-एक कह डाला, "क्यों नहीं चल सकता?" किन्तु कहकर वह जैसे आप ही चौंक पड़ी। भीड़ के भीतर से किसी एक आदमौं ने कहा, "यह तुम अपने बाप के मुंह से ही सुन पाओगी।"

षोडशी ने इस बात का कोई उत्तर नहीं दिया। उसने आंख उठाकर देखा, उसका पिता लगभग दस वर्ष की किसी बालिका को साथ लिए आ रहा है और उसके पीछे और एक सयानी स्त्री साथ-साथ आ रही है। इन

दोनों में से किसीको षोडशी ने पहले नहीं देखा था, तथापि समझ गई, यही उसकी बुआ है और यह लड़की उस अपरिचित बुआ की बेटी है।

यह सब राय महाशय की कृपा है, इस बात को सभी लोग भीतर-ही-भीतर जानते थे। षोडशी के भी जानने को शेष न था। राय महाशय के चुप रहने पर भी उनकी आंख के इशारे से उत्साह पाकर भी तारादास कुछ बोल न सका। बाद को अटक-अटककर उसने जो कहा, वह भी अधिकांश में स्पष्ट नहीं हुआ। काम की बात केवल यह समझ में आई कि जिले के मजिस्ट्रेट साहब बहुत अप्रसन्न हुए हैं, और इसे सेवकाई की गद्दी से न हटाया गया तो अच्छा न होगा।

यह यथेष्ट था। एक शोर गूंज उठा। बहुतों ने राय दी कि इतने बड़े गुरुतर मामले में किसी की भी कोई आपत्ति नहीं चल सकती। चल नहीं सकती, यह ठीक है, जो लोग चुप रहे, उन्होंने भी इस सत्य को मान लिया। कारण, क्यों नहीं चल सकती, ऐसा प्रश्न करने का दुःसाहस किसीमें भी न था। इसलिए, आश्चर्य है कि यही हुआ। कोलाहल रुकने पर शिरोमणि महाशय, जान पड़ता है, इसी निर्णय को और भी थोड़ा विस्तार से बतलाने जा रहे थे, सहसा एक धीमी आवाज सुनाई दी, "बाबूजी !"

सभीने सिर उठाकर देखा। राय महाशय ने स्वयं भी मुंह उठाकर इधर-उधर देखकर, अन्त में कन्या के स्वर को पहचान पाने पर स्नेह के स्वर में कहा, "क्यों बेटी ?"

हेमवती ने और भी जरा मुंह बढ़ाकर कहा, "अच्छा बाबूजी, साहब अप्रसन्न हो गए हैं, यह कैसे जाना गया ?"

बड़े बाबू राय महाशय पहले कुछ विस्मित हुए, उसके बाद बोले, "जाना क्यों नहीं गया बेटी, भली भांति अच्छी तरह जाना गया हैं।" कहकर उन्होंने तारादास की ओर देखा।

अपने पिता की दृष्टि का अनुकरण करके कहा, "परसों से तो सभी सुन रही हूं बाबूजी ! उससे क्या उन्हीं की बात सच मान लेनी होगी ?"

राय महाशय को इसका ठीक उत्तर ढूंढ़े नहीं मिला। उन्होंने केवल यही कहा, "न मानना ही क्यों चाहिए, जरा सुनूं तो ?"

हेम ने तारादास के आगे खड़ी हुई उस छोटी लड़की को दिखाकर कहा, "इसे जब खोजकर ले आए हैं, तब झूठ बोलना क्या इतना असम्भव

है बाबूजी? इसके सिवा सच-झूठ की तो जांच करनी होती है; इस प्रकार एकतरफा राय तो नहीं दी जा सकती।"

यह सुनकर सभी को आश्चर्य हुआ, यहां तक कि षोडशी तक विस्मित नेत्रों से उसकी ओर देखने लगी। उत्तर दिया सर्वेश्यर शिरोमणि ने। उन्होंने मुसकान से मुख को सरस करके कहा, "बिटिया बैरिस्टर की गृहिणी है न, इसीलिए तर्क कर रही है। अच्छा, मैं चुप हो जाता हूं।" यह कहकर हेम की ओर देखकर उन्होंने कहा, "यह देवी का मन्दिर है—पीठस्थान है, यह तो तुम मानती हो?"

हेम ने गर्दन हिलाकर कहा, "मानती क्यों नहीं हूं?"

शिरोमणि ने कहा, "यह बात यदि है तो तारादास ब्राह्मण का बेटा होकर क्या देव-मन्दिर में खड़े-खड़े झूठ बोलेगा पगली?"

इतना कहकर उन्होंने प्रबल हंसी से सम्पूर्ण स्थान को गूंजा दिया।

उनकी हंसी का वेग धीमा पड़ने पर हेम ने कहा, "आप स्वयं भी तो वही हैं शिरोमणि चाचा। इसलिए इसी देव मन्दिर में खड़े होकर झूठी बातों की वर्षा कर गए हैं। मैंने कहा है कि उनके हाथों पूजा कराने से मेरा काम सिद्ध न होगा—यह जो आपने कहा, इसमें लेश मात्र भी तो सत्य नहीं हैं।"

शिरोमणि हतबुद्धि हो गए। राय महाशय ने अत्यन्त कुपित होकर तीक्ष्ण स्वर में कहा, "किसने तुमसे कहा हेम, कि सच नहीं है—जरा सुनूं तो?"

हेम ने जरा हंसकर कहा, "मैं कहती हूं कि यह सच नहीं है बाबूजी! इसका कारण यह है कि कभी ऐसी बात कहना तो दूर, मैंने ऐसा सोचा भी नहीं।—मैं उनसे ही पूजा कराऊंगी, उससे मेरे बेटा का चाहे कल्याण हो, चाहे अकल्याण।" फिर षोडशी की ओर देखकर कहा, "आप शायद मुझे पहचान नहीं पा रही हैं; किन्तु मुझे आपकी वैसी ही याद बनी है। चलिए मन्दिर में, हम लोगों का समय जा रहा है।"

कहकर वह एक पग आगे बढ़ाकर षोडशी के पास जा रही थी। लेकिन अपमानित होने के आधात से पिता का धीरज जाता रहा। वह अचानक खड़े होकर भीषण स्वर में कह उठे, "कभी नहीं। मैं प्राण रहते उसे किसी प्रकार मन्दिर में न घुसने दूंगा। तारादास, कहो तो उसकी मां का हाल। एक बार सभी लोग सुन लें। मैंने सोचा था, उसकी चर्चा न करनी

पड़ेगी, सहज में काम हो जाएगा।"

शिरोमणि ने साथ-ही-साथ उठकर कहा, "ना तारादास, रहने दो, इनकी बात पर शायद आपकी लड़की विश्वास न करेगी, इससे वही कहे। चण्डीदेवी की ओर मुंह करके वही अपनी मां का हाल स्वयं कह दे। क्यों न चौधरी महाशय? और तुम क्या कहते हो जी, जोगन भट्टाचार्य? वह आप ही कहे—है न ठीक?"

गांव के इन दोनों दिग्पालों के सांघातिक अभियोग से उपस्थित सभी लोग जैसे विस्मित हो उठे। षोडशी के पीले सूखे दोनों होंठ कुछ कहने के प्रयत्न में बार-बार कांपने लगे। क्षण-भर बाद शायद वह कुछ कह भी डालती; किन्तु हेमवती ने तेजी के साथ उसके पास आकर हाथ पकड़ लिया और शान्त दृढ़ स्वर में कहा, "ना, कुछ भी हो, आप कोई बात न कहिएगा—कुछ न बोलिएगा—कुछ न बोलिएगा।" फिर पिता के मुख पर तीव्र दृष्टि डालकर बोली, "आप लोग इनका विचार करना चाहते हैं तो स्वयं ही करें; किन्तु इनकी माता की बात इनके अपने मुख से स्वीकार करा लें इतना बढ़ा अन्याय मैं किसी प्रकार नहीं होने दूंगी। ये लोग जो कर सकते हैं, करें; आप मेरे साथ मन्दिर के भीतर चलिए।" यह कहकर वह और किसी ओर ध्यान न देकर षोडशी को एक प्रकार से खींचकर ही सामने की ओर ठेलकर ले चली।

8

मन्दिर के भीतर एक तरफ स्थिर भाव से खड़ी होकर षोडशी ने कहा, "नहीं बहन, मैं पूजा नहीं करूंगी।"

"क्यों?" कहकर हेम ने विस्मय के साथ ध्यान से देखा, भैरवी का मुंह मुरझाया हुआ है, किसी प्रकार के आनन्द या उत्साह का लेशमात्र भी नहीं है। उसके प्रश्न का उत्तर उसने जैसे कुछ सोचकर ही दिया। बोली, "इसका कारण यदि कभी बताने की आवश्कता हुई तो केबल तुमको ही बताऊंगी, लेकिन आज नहीं। इसके सिवा मैं खुद भी बहुत कम पूजा करती हूं बहन! जो लोग यह काम नित्य करते हैं, आज भी करें। यहीं खड़ी रहकर तुम्हारे बच्चे को आशीर्वाद देती हूं—वह चिरंजीवी हो स्वस्थ-नीरोग हो, 'मनुष्य' बने!"

संतान के प्रति भैरवी के इतने बड़े आशीर्वाद से भी माता के मन से

अप्रसन्नता नहीं मिटी। उसने कठिन स्वर में कहा, "किन्तु आज का दिन थोड़ा और प्रकार का है दीदी! आप अपने हाथ से पूजा न करेंगी तो मैं उन दोनों के निकट बहुत छोटी हो जाऊंगी मुझे नीचा देखना पड़ेगा।" कहकर उसने खुले हुए द्वार से एक बार बाहर की विक्षब्ध भीड़ की ओर दष्टिपात किया। षोडशी की अपनी दृष्टि भी उसका अनुसरण किए बिना नहीं रह सकी। उस भीड़ के लोगों की आंखों में और चेहरे पर उत्कट कलह के चिह्न स्पष्ट और चंचल हो उठे हैं—ठीक वैसे ही जैसे अधीर सैनिक दल अपने अफसर के इशारे के लिए अपना क्रोध रोके हुए है। किन्तु राय महाशय ने उन्हें वह इशारा नहीं दिया। वह घोर संसारी या दुनियादार आदमी ठहरे। पल-भर में ही समझ गए कि इस समय इस विषय में वह प्रकट रूप से धनी बेटी-दामाद के विरुद्ध कोई काम नहीं कर सकते। थोड़ी ही देर में उनकी लाल-लाल आंखें नीचे झुक आई और किसीसे एक शब्द भी न कहकर वह उठे और धीरे-धीरे मन्दिर के आगे के आंगन से चले गए। दो-चार अनुचर व्यक्तियों या मुसाहबों के सिवा कोई उनके साथ नहीं गया। वृद्ध शिरोमणि महाशय रह गए और जानने के लिए कि अन्त तक मामला क्या रूप धारण करता है, और भी अनेक लोग ठहर गए।

हेम ने विनती करके कहा, "माता भैरवी का आशीर्वाद हम मां-बेटे ने सिर-आंखों पर धारण किया; किन्तु उस आशीर्वाद को मैं आप ही के हाथों से पक्का करा लेना चाहती हूं दीदी! अच्छा, मैं अपेक्षा कर सकूंगी; पूजा आज बन्द रहे—जिस दिन आप आदेश करेंगे, उसी दिन यह उद्योग-आयोजन किया जाएगा।"

षोडशी ने सिर हिलाकर कहा, "वह सुविधा अब फिर होगी या नहीं, यह बात तो आज निश्चय करके बता नहीं सकती बहन।"

हेमवती ने विस्मय के साथ प्रश्न किया, "तो क्या फिर आप माता चण्डी की भैरवी नहीं रहेंगी?"

षोडशी ने केवल यही कहा, "आज भी तो वही (भैरवी) हूं।"

हेमवती ने कहा, "तो फिर?"

इतना कहते ही उसने देख लिया कि दरवाजे की चौखट पकड़े शिरोमणि महाशय खड़े हैं। आंखें चार होते ही वह अभिमान के साथ कुछ आगे बढ़कर बोले, "तुम्हारे पिता और मैं यही बात तो अब तक कह

रहे थे जी! अच्छी बात है, हम लोग ठहर जाएंगे, वह कल हो, परसों हो, दो दिन बाद हो, दस दिन बाद हो, पूजा करें। दें इसका उत्तर!"

हेम पोडशी के मुख की ओर एकटक देखती रही, लेकिन उसने कोई उत्तर नहीं दिया।

शिरोमणि ने भैरवी के उदास मुख की ओर कनखियों से देखकर हंसकर कहा, "बेटी हेम, यह तो सीधा या तहज प्रश्न नहीं है। यह पीठस्थान है, जागते देवता का स्थान है। देवी की भैरवी के सिवा इस देवता के अंग को स्पर्श करना तो जिस-तिस स्त्री का काम नहीं है। कलेजे का जोर हो, रहें यह माता की भैरवी—हम लोगों को आपत्ति नहीं है। किन्तु हम जानते हैं, अब इनके लिए यह साध्य नहीं है।"

इशारा इतना सुस्पष्ट था कि लज्जा से हेम तक का सिर झुक गया। षोडशी ने आप भी अभिभूत के समान क्षण-भर चुप रहकर अचानक अपने-आप को धक्का मारकर जैसे पूर्ण सचेत कर लिया। उसने शिरोमणि को कुछ उत्तर नहीं दिया, किन्तु बूढ़े पुजारी को अचानक एक डांट बताने के समान वह तीक्ष्ण कंठ से कह उठी, "पुजारी जी, तुम इधर-उधर किसलिए कर रहे हो? आज्ञा देती हूं कि देवी की पूजा यथाविधि करके तुम अपना प्राप्य ले लेना और शेष मन्दिर के भण्डार में बन्द करके चाबी मेरे पास भेज देना।" फिर हेम की ओर देखकर कहा, "बहुत तैयारी तुमने की है, यह सब नष्ट करना उचित न होगा बहन! मैं आशीर्वाद दिए जाती हूं, इसीसे तुम्हारे बालक का सर्वांगीण कल्याण होगा। मेरा अपना पूजा-आह्निक अभी तक नहीं हुआ; अब मैं चलती हूं। यदि समय मिला तो फिर आऊंगी।" यह कहकर और तर्क न करके, वह बाहर चली गई। कई क्षणों तक सभीके मुंह से कोई शब्द नहीं निकला, किन्तु उसके बाद ही अपमान और अवहेलना से वृद्ध शिरोमणि अंकुश की चोट खाए हुए पशु के समान पागल हो उठे। उनका मर्यादा-बोध कपट-गाम्भीर्य न जाने कहां अन्तर्धान हो गया। दृष्टि से ओझल हुई षोडशी के लिए एक अभद्र इशारा करके वह चिल्ला उठे, "अबके मन्दिर में घुसने पर गर्दनिया खाना होगा, यह जान ले! औरत-भ्रष्ट कहीं की! सोचा होगा, गांव में कोई आदमी नहीं है। आज भी जनार्दन राय जीते हैं, आज भी सर्वेश्वर शिरोमणि मरा नही, यह जान ले!"

इस अभिशाप का प्रतिवाद करने के लिए वहां कोई न था, बल्कि

उन्हीं की बात को पुष्ट करने के लिए औरतों के बीच से किसी एक बूढ़ी स्त्री ने कह डाला, "अभागी को झाड़ू मारकर निकाल दीजिए शिरोमणि महाशय! बड़ा अहंकार है! बड़ा दिमाग है! जमींदार के बाग के बंगले में एक रात-दिन बिताकर आकर कहती है—बाबू की तबीयत खराब हो गई थी। यदि खराब हुई हो तो तेरा क्या?" किन्तु कहते-कहते ही प्रतिमा के ऊपर दृष्टि पड़ते ही उसकी ईर्ष्यापीड़ित उच्छृखंल जीभ दम-भर में ही शान्त और संयत हो गई। उसने तुरन्त अपने दोनों कानों में दोनों हाथ लगाकर, कण्ठस्वर को अत्यन्त मधुर और कोमल करके इसके बाद यों कहना शुरू किया, "माता की भैरवी है, निन्दा करने से महापाप होगा। निन्दा मैं नहीं करती; लेकिन इसीसे क्या इतना स्वेच्छाचार अच्छा है? साहब भला आदमी था, इसीसे छोड़ दिया; नहीं तो झूठ बोलने के अपराध में बाप के ही हाथों में हथकड़ी न पड़ जाती।" किन्तु उपस्थित किसी व्यक्ति ने इसमें साथ नहीं दिया। षोडशी चाहे जो करे, वह चण्डी माता की भैरवी है, यह सत्य अचानक उपस्थित न हो जाता तो जान पड़ता है, बुरी बातों का बहाब उस समय इस तरह न रुकता। किन्तु इससे क्या होता, शिरोमणि महाशय का क्रोध कम नहीं हुआ। वह फिर कुछ कहना चाहते थे कि हेमवती ने मलिन-अवसन्न मुख उठाकर धीरे-धीरे कहा, "ये सब बातें इस समय रहने दीजिए शिरोमणि चाचा! कुछ जल्दी तो है नहीं—मेरे बच्चे की पूजा होने दीजिए।"

शिरोमणि 'वही हो, वही हो' कहकर अपनी खीझ और क्रोध कुछ समय के लिए दबाकर चले गए, और पास ही एक किनारे निर्जीव की तरह हेम चुपचाप बैठ गई। इस लज्जाजनक और अत्यन्त अप्रियकर आलोचना को उसने इस प्रकार बन्द अवश्य कर दिया और पुरोहित ने भी आडम्बर के साथ देवी-पूजा शुरू कर दी, किन्तु हेम को अपने हृदय के भीतर उत्साह और आनन्द का लेशमात्र भी नहीं मिला। अपने पिता तथा लोगों के दुर्व्यवहार और विशेषकर इस वृद्ध ब्राह्मण की नीचता से उसे जैसे अरुचि पैदा हुई, वैसे ही षोडशी के अनोखे कार्य से भी उसका मन भीतर से एक ग्लानि और अज्ञात संशय की वेदना से भर गया। फिर भी पुरोहित का काम मशीन के समान सतत चलता रहा। जाग्रत् देवता की पूजा, बलिदान, होम आदि सब धीरे-धीरे बड़ी देर तक होता रहा। उसके पुत्र के कल्याण के लिए किए जाने वाले शुभ कार्य में कहीं कोई

विघ्न नहीं हुआ, किन्तु षोडशी फिर लौटकर नहीं आई।

दासी की गोद में लड़के को देकर हेम जब लौटकर आई, तब तीसरा पहर आ गया था। उसने आकर देखा, उसके पिता अथवा शिरोमणि महाशय किसीने भी इतना समय आलस्य में नहीं बिताया है। बाहर की बैठक में तुमुल कोलाहल हो रहा था। सहज ही उसकी समझ में आ गया कि एकसाथ अनेक वक्ता अपना-अपना मन्तव्य प्रकट करने की कोशिश कर रहे हैं। उसकी इच्छा थी कि कोई देख न पावे, किसी तरह, कतराकर घर के भीतर चली जाए; किन्तु पिता की दृष्टि को वह बचा न सकी। उन्होंने हाथ हिलाकर बुलाया। कहा, "हेम, जरा इधर आकर एक बार सुन तो जा बेटी!"

उसने थका शरीर और उदास मुख लिए धीरे-धीरे जाकर देखा, वहां केवल एक ही प्राणी चुप बैठा है, जिसे श्रोता कहा जा सकता है। वह हैं उसके पति मिस्टर एन० बसु बैरिस्टर। सबकी वक्तृता का लक्ष्य एकमात्र वही हैं। डेढ़ बज की गाड़ी से उनके आने की बात अवश्य थी, लेकिन ठीक कुछ न था। पति को देखकर सिर का आंचल जरा और आगे खींचकर वह द्वार की आड़ में खड़ी हो गई। उसके पिता ने सस्नेह उल्लास के स्वर में कहा, "तब तो समझे-बूझे बिना हम लोगों की बातों से एकाएक चिढ़ गई थी तू बेटी, लेकिन अब तो अपने कानों से ही सब सुन लिया? मामला समझने में तो अब कुछ शेष नहीं? अब तुम्ही बताओ बेटी, ऐसी स्त्री को क्या देवता के स्थान में रखा जा सकता है? यह बच्चों का खेल तो है नहीं।"

हेमवती ने बहुत धीरे स्वर में जवाब दिया, "आप लोग जो अच्छा समझें, करें।'

पिता हंस दिए। बोले, "करूंगा क्यों नहीं बेटी? करने ही तो गया था। निर्मल (दामाद) आ गए, अच्छा ही हुआ। यदि कोई मामला-मुकदमा चला तो इनका बल मिलेगा।" जान पड़ता है इन्होंने दूसरी ओर से जमींदार की सहायता की आशंका ही की थी; किन्तु शिरोमणि व्यर्थ ही गरम हो उठे, और जोर से चिल्लाकर बोले, "गर्दन पकड़कर बाहर कर दूंगा। नालिश-फरियाद क्या है जी जनार्दन! जमाई बाबू जब मौजूद हैं, तब वही इसका विचार और निर्णय कर दें। वही हमारे जज हैं, वही हमारे मजिस्ट्रेट। हम और किसी जज-मजिस्ट्रेट को नहीं मानते। क्या कहते

हो जी जोगेन भाई। तुम्हारी क्या राय है मित्तिर भैया?"

यों कहकर उन्होंने कई आदमियों की ओर हंसते हुए देखा और सहसा वह भी कुछ हंस पड़े। जोगेन भाई और मित्तिर भैया की सम्मति लेने का तात्पर्य ठीक समझ में नहीं आया, किन्तु यह समझ में आ गया कि बड़े आदमी और दानशील जमाई बाबू विचार करें या न करें, भविष्य में उनका अनुग्रह पाने का रास्ता शिरोमणि महाशय ने अपने लिए कुछ आसान कर लिया।

जमाई बाबू का सिर से लेकर जूते की तली तक सभी कुछ ठेठ साहबों का-सा था। इसके उत्तर में मीठी हंसी हंसकर उन्होंने जो उत्तर दिया, वह भी बिलकुल साहबी था। बोले, "इन सब महंतों-महंतानियों की करतूतें सभी जानते हैं—ये जैसे असाधु हैं, वैसे ही असच्चरित्र। कोई ऐसा काम नहीं, जिसे ये न कर सकें। किसी भी कारण से इन्हें प्रश्रय देना उचित नहीं। किन्तु आप लोगों की भैरवी ने क्या किया है, क्या नहीं, यह भी निश्चित रूप से जान लेना चाहिए।"

शिरोमणि कह उठे, "भैया निर्मल, जानने को अब कुछ शेष नहीं है। क्या कहती हो बेटी, अब भी क्या तुमको सन्देह है? इसके सिवा उसकी मां—वही तो एक बड़ी बात है।" यह कहकर उन्होंने हेमवती की ओर विशेष रूप से कटाक्ष किया। हेमवती सिर झुकाए मौन ही रही। उसकी इस सलज्ज चुप्पी से सबने यही अनुभव किया कि वह भैरवी के विरुद्ध खुलासा अभियोग करने में लज्जा और संकोच कर रही है। लेकिन उसके सम्बन्ध में अच्छा कहने को भी उसके पास कुछ नहीं है।

जनार्दन राय ने कन्या को सम्बोधित करके कहा, "बेटी, सारे दिन उपवास करके तुम्हारा मुंह सूख गया है। जाओ तुम भीतर जाओ। भैरवी को बुलाने के लिए आदमी भेजा गया है, यदि आई तो तुमको सूचना दूंगा।"

हेम चली जा रही थी, इसी समय जो आदमी षोडशी को बुलाने गया था, उमने लौटकर जो कुछ बताया, उसका सारांश यह है कि भैरवी ने अपने आसामी दिगम्बर और विपिन के द्वारा ताला तुड़वाकर सब घरों पर केवल कब्जा ही नहीं कर लिया है, बल्कि वह राय महाशय की आज्ञा की परवाह न करके यहां आने को भी सहमत नहीं हुई। अन्त में केवल फकीर साहब के कहने से आना मंजूर किया है। जान पड़ता है, दस-पन्द्रह

मिनट के भीतर ही आ सकेगी।

जलते हुए अंगार पर घी की आहुति पड़ गई। एक साधारण स्त्री के ऐसे अमावनीय दुस्साहस और स्पर्धा को देखकर सम्मानित पुरुषों के मुख से जो शब्दों और वाक्यों का प्रवाह निकला, उसका बिलकुल उल्लेखन करके भी एक बात कहने की आवश्यकता है और वह यह कि भ्रष्टनारी को केवल इसी घड़ी गांव से दूर कर देने की ही नहीं, बल्कि ताला तोड़ने और अनधिकार प्रवेश के लिए पुलिस को सौंपकर जेल भिजवाने की आवश्यकता है, निर्भय होकर यह राय सबने प्रकट कर दी। केवल जमाई बाबू ही इस कोलाहल में शामिल नहीं हुए। बहुत संभव है, वह अपनी साहिबी और बैरिस्टरी, दोनों की मर्यादा रखने के लिए ही गम्भीर होकर बैठे रहे। शोर-गुल के कुछ शान्त होने पर दामाद साहब ने प्रश्न किया, "यह फकीर साहब कौन हैं? एकाएक यह कहां से आ उपस्थित हुए?'

फकीर साहब के बारे में भी अनेक लोगों ने अनेक प्रकार के मत प्रकट किए। शिरोमणि ने सबका सार निकालकर कहा, "क्या खाक अच्छे हैं मुसलमान और सिद्ध पुरुष! वह सब कुछ नहीं हैं, मगर वह किसीकी भी बुराई या हानि नहीं करते। बारूई नदी के किनारे एक बरगद के पेड़ के नीचे अड्डा है। बहुत दिनों से है—बीच-बीच में कहीं चला जाता है और फिर आ जाता है। दो साल से नहीं था; फिर सुना है कि पांच-छः दिन हुए, लौट आया है। शायद उसी की सम्मति से ताले तोड़े गए हैं। कुछ कहा नहीं जा सकता–हजार हो, मलेच्छ ही तो है!"

दामाद ने पूछा, "लेकिन आज कैसे आ गए?"

तारादास अब तक चुप ही था, अबकी बोला। कहने लगा, "उस पार के उस बरगद के पेड़ और उसके आस-पास की सब जमीन चण्डी माता की है। इसीसे जान-पहचान है। फकीर साहब षोडशी को बहुत चाहते हैं, जब वह यहां होते हैं, तब षोडशी अकसर उनके यहां जाया करती है। उनसे पढ़ती-लिखती भी है।"

जमाई बाबू ने ठट्ठे के तौर पर कहा, "विद्या-चर्चा भी चलती है। इन फकीर साहब की आयु क्या है?"

तारादास ने लज्जित होकर कहा, "जी, वह एक बड़े आदमी हैं। अवस्था साठ-बासठ से कम नहीं। 'मां' कहते हैं। एक बार षोडशी बहुत

बीमार हो गई थी—लगभग मर ही चुकी थी—इन्होंने ही उसे अच्छा किया था।" बसु साहब बोले, "ओह! यह बात है! उधर भी साधु-फकीर हैं, इधर भी डाकिनी-योगिंनी। इन सब भैरव-भैरवियों के दल को···" किन्तु बात पूरी नहीं कर पाए। परी के चेहरे के पास एक भाग पर दृष्टि पड़ जाने से यह असंयत बात उसी जगह रुक गई। किसी ने इसमें अपनी बात नहीं जोड़ी। केवल शिरोमणि महाशय अपराध का शेष अंश अभिमान के साथ सम्पूर्ण करते हुए कह उठे, "एक सौ बार भैया जी, एक सौ बार। ये सब पाखण्डी नष्ट-भ्रष्ट हैं।"

उन्होंने इतना कहकर अपने दाहिने-बायें नजर डालकर, जान पड़ता है, कम-से-कम जोगेन भाई और मित्तिर भैया के सिर हिलाने की प्रत्याशा की। किन्तु वे भी चुप रहे और द्वार की आड़ में खड़ी हुई हेमवती का सूखा हुआ मुंह एक क्षण के लिए एकदम लाल हो उठा।

ठीक इसी समय भैरवी को साथ लेकर उस पाखण्डी मुसलमान फकीर ने धीरे-धीरे पैर रखते हुए आंगन में प्रवेश किया। किसी को भी इसमें संशय नहीं रहा कि शिरोमणि के चीखकर कहे हुए शब्द उन्होंने सुन लिए हैं।

शीघ्र ही जब दोनों पास ही सामने आकर खड़े हो गए, तब किसी के भी मुंह मे सहसा कोई बात नहीं निकली। जरा-सी अभ्यर्थना या बैठने को कहने का साधारण शिष्टाचार भी किसी ने नहीं दिखाया। मन-ही-मन सभी विशेष रूप से कुछ चचल हो उठे। शिरोमणि को लगा, जैसे कुछ ठीक नहीं हुआ—जैसे कोई भारी त्रुटि हो गई। अत: सभी वैसे ही बैठे रहे। बसु साहब के लिए दोनों ही आगन्तुक बिलकुल अपरिचित थे। दो-तीन मिनट तीक्ष्ण दृष्टि से वह बार-बार सिर से पैर तक दोनों को निहारते रहे। फकीर साहब के सिर के बालों से लेकर लम्बी दाढ़ी-मूंछ तक सभी कुछ एकदम बर्फ की तरह सफेद था। शरीर पर साधारण मुसलमान फकीर की पोशाक थी। आमतौर से जो देखा जाता है, उससे अधिक कुछ नहीं। जान पड़ता है, इस बलवान् की लम्बी देह के ऊपर यह सब जैसे अपनी साधारणता को बहुत लांघ गया है। उनके शरीर का रंग जल में भीगकर और धूप में झुलसकर ऐसा हो गया है कि वह पहले कैसा था, यह अनुमान करना असंभव है। फकीर के मुख और आंखों के ऊपर थोड़े-से साधारण उत्कण्ठित कौतूहल की छाया अवश्य पड़ी है, किन्तु थोड़ा

ध्यान से देखने पर ही देख पड़ता है कि इसकी आड़ में जो हृदय विराजमान है, वह शान्त, उव्देगरहित और निर्भय है। उन्हीं के पीछे आकर षोडशी खडी हो गई। उसके गेरूवे वस्त्र, उसके सारे सुन्दर सुगठित खुले हुए सिर पर रूखा बिखरा हुआ केशभार, उपवास से कठिन और यौवन से भरे हुए शरीर की अलंकारहीन अद्‌भुत सुषमा तथा सबके ऊपर उसके झुके हुए नेत्रों की अदृश्य वेदना का बोलता इतिहास—इन सब चीजों ने एकसाथ मिलकर क्षण-भर के लिए बसु साहब को हतप्रभ कर डाला।

उनका यह विमुग्ध आच्छन्न भाव फकीर साहब की एक बात के धक्के से दूर हो गया और साथ ही अपनी इस मानसिक दुर्बलता से लज्जित होकर फकीर साहब की बात के उत्तर में वह कठोर हो उठा। फकीर साहब ने प्रथा के अनुसार अभिवादन करके जब पूछा, "बाबू साहब, क्या आपने बुला भेजा था?" तब बाबू साहब ने उत्तर दिया, "तुमको नहीं बुला भेजा है—तुम जा सकते हो।" मगर फकीर ने क्रोध नहीं किया, जरा हंसकर षोडशी को दिखाकर शान्त स्वर में कहा, "लेकिन आसामी को मैंने ही उपस्थित किया है बाबू साहब! वह तो आना ही नहीं चाहती थी। इसके लिए उन्हें दोष भी नहीं दिया जा सकता; क्योंकि सभी जहां पर बाजार का-सा शोरगुल करें, वहां विचार के बदले अविचार ही अधिक होता है। और वह भी सवेरे एक बार पूरा हो चुका है। लेकिन आपका नाम सुनकर मैंने कहा—चलो मां, हम लोग चलें। वह कानून के जानने वाले हैं और फिर बाहर के हैं—अगर संभव हुआ तो न्याय ही करेंगे।"

बैरिस्टर साहब ने समझ लिया कि फकीर के सम्बन्ध में उन्होंने गलत धारणा नहीं की। यह चाहे जो हों, अपढ़-अशिक्षित साधारण भिखारियों की श्रेणी के नहीं हैं। अतएव प्रत्युत्तर में उनको भी कुछ थोड़ा-सा भलामानुस बनना पड़ा। बोले, "ये लोग तो ताला तोड़ने और अनधिकार प्रवेश करने के लिए इनको पुलिस के सुपुर्द कर जेल करा देना चाहते हैं। सुना है कि आपके हुक्म से ही ताले तोड़े गए हैं?"

फकीर ने हंसकर कहा, "अरे बाप रे! केवल अपराधी ही नहीं, उसके साथ अपराध में सहायता करने वाला भी! लेकिन बाबू साहब, मैंने सिर्फ ताला तोड़ने की ही सलाह दी है; कानून तोड़ने का परामर्श नहीं दिया। वह घर देवोत्तर है और मां भैरवी ही उसकी अभिभाविका हैं। तारादास यदि ताले बन्द न करते, तो अच्छे-अच्छे ताले इस प्रकार तोड़-

कर नष्ट न करने पड़ते।" फिर तारादास की ओर देखकर कहा, "तारादास, यह सलाह तुमको किसने दी बाबा? जिसने भी दी हो, अच्छी सलाह नहीं दी।"

तारादास इसका उत्तर नहीं दे सका। अन्य किसी को भी जब कोई बात न सूझ पड़ी, सब चुप ही रहे, तब शिरोमणि ने आडम्बर के साथ अपने स्थान से उठकर कहा, "उसे भैरवी किसने बनाया था, जानते हैं फकीर साहब? इसी तारादास ने। अब वह यदि उसे न रखना चाहें तो यह उसकी इच्छा की बात है। यही मेरा मत है।"

फकीर साहब ने कहा, शिरोमणि महाशय, यह सच है कि मत भी आपका है, और इच्छा भी तारादास की है, लेकिन कठिनाई यह है कि जायदाद दूसरे आदमी की है और वह आदमी इन दोनों में से किसी से भी सहमत नहीं है। बताइए, क्या करिएगा?"

उनके उत्तर और कहने के ढंग से बैरिस्टर साहब हंस पड़े। बोले, "इन लोगों की नालिश यह है कि वर्तमान भैरवी ने जो अपराध किया है, उससे उन्हें देवी की सेवा में रहने का अधिकार बिलकुल नहीं रहा। वह इसकी कुछ सफाई दे सकती हैं क्या?" यह कहकर उन्होंने षोडशी के झुके हुए मुख की ओर एक बार कनखियों से देख लिया।

फकीर साहब ने कहा, "उन्हें आसामी के रूप से ही आप लोगों के सामने खड़ा किया है। उस पर अपराध को प्रमाणित करने का बोझ ढोने का भी उनसे अनुरोध करूं, इतना बड़ा जुल्म तो मुझसे न हो सकेगा बाबू साहब!"

बैरिस्टर साहब मन-ही-मन लज्जित होकर चुप रहे; किन्तु शिरोमणि ने तीखी तेज आवाज से प्रश्न किया, "जमींदार जीवानन्द चौधरी ने जो भैरवी को प्यादा भेजकर मंगाया था और रात-भर अपने पास रोक रखा था, सो तो हम सभी जानते हैं। फिर क्यों उसने सबेरे मजिस्ट्रेट साहब के आगे झूठा बयान दिया कि वह अपनी इच्छा से वहां गई थी और जमींदार बीमार हो गया था, इसीलिए सारी रात अपनी इच्छा से वहां रही? वह यदि निष्पाप है तो इस बात का उत्तर दे।"

फकीर साहब ने उत्तर दिया, "जमींदार के अनाचार और अत्याचार से उत्तेजित होकर क्रोध की दशा में यह आप ही गई थी, यह बात तो झूठ नहीं है शिरोमणि महाशय? और वह जो अचानक बहुत अधिक

अस्वस्थ हो गए थे, यह घटना भी सच है।"

जनार्दन राय अब तक चुपचाप ही वाद-विवाद सुन रहे थे। अब वह सहन न कर सके। बोल उठे, "यही यदि सच है फकीर साहब, तो अपने बाप के विरुध्द खड़े होकर उस अत्याचारी बदमाश को बचाने का क्या प्रयोजन था? वह बीमार हो गए थे तो इसको क्या पड़ी थी? बीमारी में सेवा करने के लिए तो बीजगांव का जमींदार पालकी भेजकर ले नहीं गया था? तात्पर्य यह कि हम उसे अब नहीं रखेंगे, हम भीतर का रहस्य जानते हैं। इसके सिवा उसे यदि कुछ कहने को है तो उसको कहने दीजिए। आप मुसलमान हैं, विदेशी। आपको हिन्दू धर्म के मामले में बीच में पड़कर मध्यस्थ बनने की आवश्यकता नहीं।"

उनकी बातों की कटुता और तीक्ष्णता कुछ देर तक जैसे उस बैठकखाने-भर में व्याप्त होकर गूंजने लगी। बैरिस्टर साहब स्वयं भी जाने कैसे एक प्रकार से अशान्त और अप्रतिभ हो उठे और वाक्यहीना भैरवी के निस्तब्ध हृदय के भीतर भी कोई एक उत्तर बाहर निकलने के लिए बार-बार जोर मारने लगा। षोडशी के चेहरे पर इसी के चिह्न फकीर साहब ने पल-भर में अनुभव कर लिए और वे केवल थोड़ा-सा मुस्कराए। तत्पश्चात् जनार्दन राय को लक्ष्य करके हंसते हुए बोले, "राय महाशय, बात बहुत दिनों की है, आपको शायद याद नहीं है—मन्दिर के दक्षिण में जो वह बूढ़ा नीम का पेड़ है, उसी के नीचे तब मैं रहता था। षोडशी तब जरा-सी बच्ची थी, तभी से मैं उसे मां कहकर पुकारता हूं। मुसलमान होकर भी जो गलती कर डाली है, उसके लिए आज मुझे क्षमा करना होगा। उसी मां की इतनी बड़ी विपत्ति में भला मैं बिना आए रह सकता हूं? मां तो कोई तुच्छ वस्तु नहीं है? यह न होता तो आज ही सवेरे के समय जब आपने उसी के मुंह से उसकी मां की लज्जा की कहानी कहलवानी चाही थी, तब उस अपनी बेटी की डांट खाकर आप इस प्रकार विह्वल और व्याकुल न हो पड़ते।" यह कहकर फकीर साहब ने दरवाजे से लगकर मूर्ति के समान स्थिर खड़ी हुई हेमवती को इशारे से दिखा दिया।

हतबुद्धि जनार्दन राय को सहसा कोई उत्तर खोजे नहीं मिला। बोले, "ये सब व्यर्थ की बातें हैं।"

फकीर साहब ने वैसे ही हंसते हुए चेहरे से कहा, "पका हुआ बीज

भी पत्थर के ऊपर पड़कर व्यर्थ हो जाता है, अपनी इतनी आयु में मैं जानता हूं। मैं काम की बात भी कहता हूं। उस महापापिष्ठ जमींदार को मेरी यह मां क्यों बचाने गईं, यह मैं भी नहीं जानता। पूछकर भी उत्तर नहीं पाया। मुझे विश्वास है कि इसका कारण था; आप लोगों का विश्वास है कि वह कारण बुरा है। यहां पर मातंगी भैरवी की बात उठा सकता था; लेकिन एक का भला करने के लिए भी अन्य की निन्दा करने का हम लोगों के धर्म में निषेध है, इसी से मैं वह उदाहरण पेश न करूंगा। लेकिन मुझे आपसे बहुत कुछ कहना है राय महाशय! यह झगड़ा यदि तारादास के ही साथ होता तो मैं शायद बीच में पड़ने न आता; लेकिन आप लोग—खास कर आप स्वयं कमर बांधकर षोडशी के विरुद्ध किस लिए खड़े हुए हैं, सुनूं तो? अकेली षोडशी ही तो नहीं है, और भी अनेक स्त्रियां हैं। गांव की छाती के ऊपर बैठकर वह आदमी जब एक-के-बाद एक रातों को लोगों का मान और धनलूट रहा था, तब कहां थे शिरोमणि और कहां थे जनार्दन राय? वह जब गरीबों का सर्वस्व शोषण करके पांच हजार रुपये वसूल कर ले गया, तब आपने उनका कितना हृदय का रक्त उनकी जमीन जमा, घर-बार गिरवी रखकर जुटाया है, जरा सुनूं? किन्तु रहने दीजिए राय महाशय, आपकी लड़की और दामाद यहां खड़े हैं, उनकी आंखों के सामने आपके पापों का भंडाफोड़ और नहीं करूंगा।"

इतना कहकर वह मुसलमान फकीर मौन रहा; किन्तु उसके इस दारुण अभियोग का अन्तिम वाक्य जैसे समाप्त नहीं हुआ, गूंजता ही रहा। किसीके मुंह से कोई शब्द नहीं निकला, सारा बैठकखाना स्तब्ध हो रहा। केवल एक तीव्र कण्ठ की झंकार जैसे बार-बार चारों ओर की दीवारों से टकरा-टकराकर 'धिक् धिक्!' करने लगी।

हेमवती ने किसीकी ओर दृष्टि नहीं डाली। चुपचाप सिर नीचा किए चली गई, और बैरिस्टर उसी जगह अपनी कुर्सी पर मौन होकर बैठ रहे।

फकीर साहब ने भैरवी को लक्ष्य करके कहा, "चलो मां, हम लोग चलें।" यह कहकर वह षोडशी को साथ लेकर चल दिए। आंगन के बाहर आकर देखा, सदर दरवाजे के किनारे हेम खड़ी है। उसकी दोनों आंखों में आंसू भरे हुए हैं। वहीं अश्रु-सजल दृष्टि फकीर साहब के मुख की ओर उठाकर उसने कहा, "बाबा, मेरे पति को आप क्षमा कर दीजिए।"

फकीर ने विस्मित होकर कहा, "क्यों मां?"

हेमवती ने इसका उत्तर न देकर कहा, "अपने पति को लेकर मैं यदि आपके आश्रम में आऊं तो आप दर्शन देंगे?"

फकीर साहब हंस दिए। स्निग्ध कण्ठ से बोले, "मिलूंगा क्यों नहीं मां? तुम दोनों जनों का निमन्त्रग रहा। समय मिले तब आना।"

9

षोडशी अच्छी तरह जानती थी कि मन्दिर-सम्बन्धी झगड़ा वहीं समाप्त नहीं हो गया है। किन्तु विपत्ति ने जिस दिशा से फिर आक्रमण किया, वह बिलकुल समझ के बाहर थी। उसे उसने कभी सोचा भी न था। यहां रहने पर फकीर साहब बीच-बीच में आते अवश्य थे; लेकिन अभी कल ही शाम को वह गए हैं, और बीच में केवल एक दिन बीता है, तब आज ही तड़के आकर फिर उपस्थित हो जाएंगे—ऐसा उनका कभी नियम नहीं रहा। षोडणी अभी-अभी स्नान करके नित्यकर्म करने के लिए घर के भीतर जा रही थी कि असमय अचानक उन्हें देखकर चिन्तित हो गई। चटपट प्रणाम करके एक आसन बिछाकर उसने उदास स्वर में पूछा, "इतने सवेरे?"

फकीर साहब ने बैठकर थोड़ा हंसने की चेष्टा करके कहा, "फकीर आदमी हूं, संसार के सुख-दुःख की विशेष परवाह नहीं करता मां! तो भी कल रात अच्छी प्रकार से सो नहीं पाया। षोडशी, देह धारण करने की ऐसी ही विडंबना है। न जाने कब यह मिट्टी के नीचे जाएगी!"

षोडशी ने किसी शारीरिक पीड़ा की बात सोचकर कहा, "तबीयत खराब हो गई है क्या?"

फकीर ने गर्दन हिलाकर कहा, नहीं, शरीर मेरा ठीक ही है। कल तीसरे पहर ये सभी लोग मेरी कुटी में पधारे थे। साथ में जमाई बाबू भी थे, एक्कौड़ी भी था। उसे मैं अच्छी प्रकार जानता हूं, यही कुशल है, नही तो उसने तो बहुत-सी बातें कहीं। फिर भी दो-एक बातों के बारे में तुमसे पूछे बिना मैं नहीं रह सका मां!"

षोडशी ने कहा, "पूछिए।",

फकीर साहब ने कहा, "देखो मां, मैं मुसलमान हूं, तुम लोगों के देवी-देवताओं के सम्बन्ध में मुझे जिज्ञासा रखना उचित नहीं है, रखता भी नहीं, किन्तु तुमको मैं मां कहकर पुकारता हूं। तुमने क्या यह कहा है

कि अब कभी अपने हाथ से चण्डी की पूजा नहीं कर सकूंगी?"

षोडशी ने सिर हिलाकर जताया कि यह बात सच है।

फकीर ने कहा, "लेकिन इतने दिन तक तो तुमको यह रुकावट नहीं थी?" इसके उत्तर में षोडशी जब मौन रही, तब उन्होंने कहा, "जो लोग तुमको नहीं चाहते, वे यदि तुम्हारे इस नये आचरण के लिए बुरा विचार जाहिर करें तो उसका तो कोई उत्तर दिया जा सकता षोडशी?"

इसका भी कोई उपयुक्त उत्तर देने की चेष्टा न करके षोडशी जब वैसे ही चुप रही, तब फकीर साहब का मुख भी अत्यन्त गंभीर हो उठा। उन्होंने स्वयं ही कुछ देर चुप रहकर कहा, "इसका कारण करने योग्य होता तो तुम निश्चय ही मुझसे कहतीं। इसके सिवा एककौड़ी ने और भी एक बात कही। उसने कहा—जमींदार बाबू ने बड़ी आशा की थी कि तुम उनके साथ जाओगी। यहां तक कि और एक पालकी मंगाकर जाने में देर करते रहे। उन्हें अन्त तक यह भरोसा था कि शायद तुम लौट आओगी।"

अब षोडशी बोली, "उनकी आशा और भरोसे के लिए भी क्या मुझे उत्तरदायी होना होगा?"

फकीर साहब ने तुरन्त सिर हिलाकर कहा, "निश्चय ही नहीं। लेकिन बात सुनने में भी भौंड़ी है न, इसीसे उल्लेख कर दिया। अच्छा मां, जिस घटना से सब कुत्सित बातों की सृष्टि हुई है, उसका यथार्थ कारण क्या तुम मुझसे भी नहीं कह सकतीं? उस आदमी को तुमने क्यों इस प्रकार बचा दिया इसकी कोई मीमांसा भी तो नहीं मिलती षोडशी?"

षोडशी का पहले मन हुआ कि इस प्रश्न का भी कोई उत्तर न दे, किन्तु वृद्ध के उदास मुख और स्नेह-करुण आंखों की ओर देखकर वह चुप न रह सकी और बोली, "फकीर साहब, उस बीमार आदमी को जेल भिजवाना ही क्या उचित होता?"

फकीर विस्मित हुए; जान पड़ता है, मन-ही-मन कुछ अप्रसन्न भी हुए। बोले, "यह विचार करने का भार तो तुम्हारे ऊपर नहीं है मां, यह काम राजा का है। इसीसे उनके जेलखाने में भी अस्पताल हैं। बीमार अपराधी का भी सरकार इलाज कराती है। यदि यही हुआ तो कहना होगा, तूमने अन्याय किया।"

षोडशी उनके मुंह को ताकती रही। फकीर ने कहा, "जो होना था

सो हो गया, लेकिन भविष्य में यह भूल सुधार लेनी होगी।"

षोडशी ने उनके मुंह को ताककर कहा, "इसका अर्थ?'

फकीर ने कहा, "यह तो तुम जानती हो कि इस आदमी के अपराध और अत्याचार असंख्य हैं। उनको दंड मिलना चाहिए।"

अबकी षोडशी बहुत देर तक मौन बैठी रही। उसके बाद सिर हिला कर धीरे-धीरे बोली, "मैं सब जानती हूं। उन्हें दंड देना ही शायद आप लोगों के लिए उचित है। लेकिन मेरी बात किसीसे कहने की नहीं है। मैं उनके विरुद्ध गवाही कभी न दे सकूंगी।"

फकीर ने कहा, "बात क्या है षोडशी?"

षोडशी ने सिर झुका लिया और मौन हो रही। बहुत देर तक दोनों में से किसीके मुंह से कोई बात नहीं निकली। दासी घर का काम-काज करने आई थी। दरवाजे के पास उसे देख पाकर फकीर साहब अपने को संभालकर धीरे से बोले, "अच्छा, तो अब चलता हूं।"

षोडशी ने झुककर प्रणाम किया। वह धीरे-धीरे बाहर हो गए।

केवल उनके प्रशान्त मुख की गहरे विषाद की छाया ही षोडशी को दिन-भर सभी कामों के बीच जब-तब याद न आने लगी, बल्कि जिस वाक्य को उन्होंने मुंह से निकलने के पहले ही सहसा रोक लिया और चुपचाप चले गए, वह भी अनेक आकारों और अनेक छन्दों में उनके कानों में बजने लगा। षोडशी मानो स्पष्ट देखने लगी कि इस साधु व्यक्ति ने जो श्रद्धा, जो स्नेह का भाव इतने दिन उस पर रखा था, ठीक कुछ न जानकर भी उसे आज वह मानो कुछ छोटा करके ले गए हैं। यह कितनी बड़ी हानि है, उसके फल को वही जानती थी, उससे अधिक और कोई नहीं जानता। किन्तु तो भी उसे फिर वापस पाने का कोई मार्ग उसे नहीं सूझा। उसका बाल्य-काल का इतिहास किसी के आगे प्रकट नहीं किया सकता; यहां तक कि फकीर साहब के आगे भी नहीं। कारण, उससे जो सब पुराना किस्सा निकल पड़ेगा, बह लड़की के लिए चाहे जितनी बड़ी लज्जा की बात हो, किन्तु उसकी जो मां आज परलोक में है, उसको सारी दुनिया के सामने एकदम मार्ग की धूल में खींच लाना होगा। और यहीं पर तो इसका अन्त नहीं है। भैरवी के लिए पति का स्पर्श एकदम मना है—निषिद्ध है। कितने समय से यह निष्ठुर अनुशासन देवी की ये भैरवियां मानती चली आ रही हैं। इसीलिए, भला या बुरा जो भी हो,

जीवानन्द की शय्या के एक सिरे पर बैठकर एक रात के लिए भी जिस हाथ से उसकी सेवा-सुश्रूषा करनी पड़ी है, उसी हाथ से अब देवी की सेवा-पूजा नहीं की जा सकेगी, यह निश्चित है। और इसी जगह, इस देवी के आंगन में जब तारादास ने एक अज्ञात कुलशील व्यक्ति के हाथ में उसे सौंपा था, तब उसने कोई बात, कोई आपत्ति ही नहीं की: और सब जानकर भी वह जो बिना किसी संकोच या हिचक के इतने दिनों तक भैरवी का काम करती आई है, उसका उत्तरदायित्व आज यदि सारे क्रुद्ध हिन्दू-समाज के आगे उसे करना पड़े, तो क्या होगा, यह सब सोच भी नहीं सकती। फिर यह सब तो हुई एक ओर की बात; किन्तु जिस ओर बिलकुल ही उसके हाथ की बात नहीं है, उधर क्या होगा, उसके बारे में वह क्या जानती है? जो जीवानन्द एक दिन उसके और अपने विवाह का केवल उपहास कर गया था, यदि वह आज सारे इतिहास को कोरी गप्प कहकर हंसकर उड़ा दे, तो उसे सत्य प्रमाणित करने के लिए स्वयं उसके सिवा कोई दूसरा आदमी जीवित नहीं है।

गृहस्थी के विषय में रानी की मां की दो-एक बातों के उत्तर में षोडशी ने क्या उत्तर दिया, उसका कुछ ठिकाना नहीं। मन्दिर के पुरोहित ने कोई विशेष आदेश लेने के लिए आकर अन्यमनस्क भैरवी के निकट क्या आज्ञा पाई, यह अच्छी तरह समझ ही नहीं पाया। नियमित पूजा-आह्निक के लिए बैठकर आज षोडशी किसी प्रकार अपने मन को स्थिर नहीं कर पाई। इसलिए जिस बात के लिए उसका सारा चित्त उद्भ्रान्त और चंचल हो रहा, उसका यथार्थ रूप भी उसे न मिल पाया। केवल कितने ही अस्फुट, अनुच्चरित वाक्यों ने ही उसके प्रात: को एक अर्थहीन प्रलाप से आछन्न कर दिया। रसोई की तैयारी वैसी ही एड़ी रही, उसने चौके में पैर नहीं रखा। यह सब उसे अच्छा ही नहीं लगा। इस प्रकार सारा दिन न जाने कहां किस तरह बीत गया, और एक प्रकार की धुंधली बदली में जाड़ों के दिन का पिछला पहर जब असमय ही गाढ़ा होने लगा तब षोडशी अकेले घर के भीतर न रह सकी। बाहर निकल आई और फकीर साहब को स्मरण करके बारूई नदी के उस पार उन्हीं के आश्रम के लिए चल पड़ी। ऐसा अनेक बार हुआ है कि वह वहां जाते समय थोड़ा घूमकर अपने अनुगत विपिन या दिगम्बर को उनके घर के सामने से पुकारकर साथ ले गई है; किन्तु आज गांव के मार्ग से

होकर उन्हें पुकार जाने का साहस भी नहीं हुआ, इच्छा भी नहीं हुई। अकेले ही खेतों के मैदान का मार्ग पकड़कर तही की ओर तेजी से आगे बढ़ गई। उसे यह ध्यान भी न रहा कि सारा घर खुला पड़ा है।

रास्ता अधिक लम्बा नहीं है। शायद एक मील के भीतर ही है और नदी में इस समय इतना पानी नहीं था जिसे पार न किया जा सके। इसी से अभ्यासवश इसके लिए चिन्तित होने की कोई बात न थी। केवल लौटते समय का ध्यान एक बार मन में आया साथ ही जान पड़ता है, भीतर-ही-भीतर उसे भरोसा था कि यदि संध्या हो गई और अन्धकार हो ही आया तो फकीर साहब किसी प्रकार उसे अकेली न आने देंगे, कुछ-न-कुछ उपाय कर ही देंगे। मन की इस अवस्था के कारण ही उसे शून्य पथ और उससे भी अधिक निर्जन बालुकामय नदी के तट पर संध्या जानकर भी दुविधा नहीं हुई। बारूई के उस पार, सीधे उीस भारी बरगद के वृक्ष के नीचे, फकीर साहब के आश्रम में पहुंच गई।

वहां पहले जिससे भेंट होने पर वह एकदम हतबुद्धि हो गई, वह फकीर साहब नहीं, राय महाशय के दामाद बैरिस्टर साहब थे। आज उनकी पोशाक कोट-पतलून के बदले साधारण भद्र बंगाली पहनावा धोती-कुर्ता-चादर आदि था। वह भी इसके लिए तैयार न थे। सहसा यह न सोच पाकर कि क्या करें, केवल अभ्यासवश ही उठकर उन्होंने नमस्कार कर लिया।

भैरवी ने एक बार चारों ओर धीमे स्वर में पूछा, "फकीर साहब कहां हैं?"

बसु साहब ने कहा, "मुझे भी यही जानना है। शायद पास ही कहीं गए हैं, यह सोचकर मैं भी लगभग एक घंटे से उनकी प्रतीक्षा कर कहा हूं।"

भैरवी ने सिर हिलाकर धीरे-धीरे कहा, "वह सन्ध्या के समय कहीं नहीं रहते। जान पड़ता है, आते ही होंगे।"

बसु साहब ने कहा, "मैं भी सुन आया हूं कि यहां रहने पर उनका यही नियम है। लेकिन संध्या हो गई, आसमान के रंग-ढंग भी अच्छे नहीं हैं," यह कहकर उन्होंने सामने मैदान के छोर पर दृष्टि डाली। षोडशी भी उनकी दृष्टि का अनुसरण करके उधर ही ताकती हुई चुप हो रही। पश्चिम दिशा के छोर पर पर उस समय काले-काले बादलों के टुकड़े

धीरे-धीरे जमा हो रहे थे। इस निस्तब्ध निर्जन मैदान में छायाच्छन्न वृक्ष के तले घने अंधकार में खड़े होकर दोनों में से किसी ने कुछ क्षणों तक कुछ कहने के लिए कोई बात न खोज पाई। साथ ही इस विष-समान अवस्था में दोनों जने जाने कैसे कुछ संकुचित-से हो उठे। इस मौन के संकट से छुटकारा पाने के लिए ही बसु सहसा कह उठे, "कल मैं जा रहा हूं। नहीं जानता; जल्दी आना होगा या नहीं। लेकिन फकीर साहब से और एक बार भेंट किए बिना हेम ने किसी प्रकार जाने नहीं दिया। वह कहीं चले तो नहीं गए?"

यह कहकर बसु साहब दो कदम आगे बढ़ गए और पास की कुटिया के सामने आकर भीतर गर्दन बढ़ाकर क्षण-भर उसके भीतर देखने के बाद बोले, अच्छी तरह दिखाई नहीं देता, लेकिन कहीं कुछ है—यह भी नहीं जान पड़ता। मुसलमान फकीर धूनी जलाते हैं कि नहीं, नहीं जानता; लेकिन मालूम पड़ रहा है कि इसी प्रकार की कोई चीज कोई पानी डालकर बुझा गया है। जरा आप देखिए तो, मैं और भीतर न जाऊंगा। यदि यह बात है तो निरर्थक इन्तजार करने से कोई लाभ नहीं।" यों कहकर वह षोडशी की ओर देखकर लौट आए।

बसु साहब की बात सुनते ही षोडशी का हृदय जोर से धड़क उठा और फकीर साहब के रहने न रहने की परीक्षा बिना किए ही उसने पक्के तौर पर जान लिया कि इस संसार में उसके जो एकमात्र शुभचिन्तक थे, वह आज चुपचाप चले गए। उनके चुप-चाप चले जाने का कारण जगत् में उसके सिवा और कोई नहीं जानता। षोडशी यंत्रचालित की तरह फकीर की कुटी में प्रवेश करके बीच में स्तब्ध होकर खड़ी रही। भीतर घुसने के साथ ही उसने देख लिया था कि कहीं कुछ नहीं है। यह छोटी-सी झोंपड़ी आज एकदम बिलकुल सूनी है; किन्तु तो भी तत्काल ही वह उसके भीतर से बाहर नहीं आ सकी। उसकी छाती के भीतर केवल यही एक बात अंगारे के समान जलने लगी कि उसे यथार्थ ही दोषी जानकर उसका त्याग कर गए हैं, और उन्होंने इस बात का आभास तक उसे देने की आवश्यकता नहीं समझी। उसी जगह पत्थर की मूर्ति बनी निश्चल खड़ी रही। उसके मन में बहुत-सी बातें आने लगीं। फकीर उसे कितना स्नेह और प्यार करते थे, इस बात को उससे बढ़कर और कौन जानता है? तो भी बिना जाने जो उन्होंने अपराधी का पक्ष लेकर विवाद किया—इसकी

लज्जा और ग्लानि ने उस सत्याश्रयी संन्यासी को आज इस प्रकार चुप-चाप स्थान छोड़ने के लिए बाध्य किया है, यह उसने निःसंशय रूप से अनुभव किया, और जिस वेदना को लेकर वह चुपचाप विदा हो गए हैं, उसके गुरुत्व को समझने में भी उसे देर नहीं लगी। यह बात उन्हें बतलाने का अवसर उसे कब मिलेगा या कभी मिलेगा कि नहीं यह भी भविष्य के गर्भ में छिपा हुआ है। इस प्रकार एक ही भाव से बड़ी देर तक खड़ी रहकर वह सोचती रही और शायद और भी कुछ देर खड़ी रहती; सहसा खुले हुए द्वार से कुटी के भीतर एक हवा के झोंके का अनुभव करके उसे होश हुआ—ध्यान आया कि बाहर एक आदमी शायद अब भी उसकी प्रतीक्षा कर रहा है। किन्तु इसी बीच आकाश इतना मेघाच्छन्न और अंधकार इतना गहरा हो उठ सकता है—और वायु तेज होकर आंधी-पानी की संभावना निकटवर्ती हो सकती है, यह ध्यान भी उसे नहीं हुआ। बाहर आकर उसने देखा, थोड़ी ही दूर पर एक सूखे पेड़ के ठूंठ पर बसु साहब बैठे हुए हैं, और उनके सफेद कपड़ों के सिवा और कुछ भी नजर नहीं आता। उनको इस प्रकार वास्तव में प्रतीक्षा करते देखकर षोडशी को मन-ही-मन बड़ा संकोच मालूम पड़ा। बसु साहब ने उठकर खड़े होकर कहा, "कहां फकीर साहब तो अभी नहीं आए। आपको आशा होती है कि वे आवेंगे?"

षोडशी ने धीमे स्वर में उत्तर दिया; "क्या जाने? शायद नहीं आवें।"

बसु साहब ने कहा, "फकीर साहब के पास सामग्री क्या थी, मैं नहीं जानता, लेकिन उनकी कुटिया तो बिलकुल खाली है। इस प्रकार बिना कहे चले जाना क्या आपको सम्भव जान पड़ता है?"

षोडशी ने वैसे ही धीरे-धीरे कहा, "एकदम सम्भव भी नहीं है। इस प्रकार बीच-बीच में वह एकाएक कहीं चले जाया करते हैं।"

बसु साहब ने पूछा, "फिर कितने दिन में लौट आते हैं?"

षोडशी ने कहा, "कुछ ठीक नहीं है। अब भी तो लगभग तीन बरस के बाद लौटकर आये थे।"

बसु साहब ने कहा, "तो फिर चलिए, हम लोग घर लौट चलें।"

"चलिए," कहकर षोडशी के आगे बढ़ते ही बसु साहब ने कहा, "देखता हूं जाने का सुयोग तो सोलह आने हो गया है। एक तो बालू के

ऊपर मार्ग का चिह्नमात्र नहीं है, उस पर अंधकार ऐसा गहरा है कि अपने ही हाथ-पैर नहीं दिखाई पड़ते।"

षोडशी ने धीरे-धीरे चलना शुरू किया था। वह कुछ नहीं बोली। बसु ने कहा, "वायु के शोर से जान नहीं पड़ता, लेकिन पानी गिर रहा है। पेड़ के नीचे से निकलते ही भीगना होगा।" इस पर भी षोडशी जब कुछ नहीं बोली; तब बसु साहब ने कहा, "देखिए, मैं रास्ता-वास्ता कुछ भी नहीं पहचानता। इसके सिवा सुना है, इस ओर सांप आदि का भी बहुत भय है इस भयानक अंधकार में क्या···"

षोडशी रुकी नहीं। चलते-चलते ही बोली, "मार्ग मैं पहचानती हूं। आप ठीक मेरे पीछे-पीछे चले आइए।"

बसु साहब हंसे। बोले, "अर्थात् सांप के काटने की दुर्घटना मार्ग में हो तो आप ही के सिर पड़े। ठीक है। आप संन्यासिनी हैं, यह प्रस्ताव आप कर भी सकती हैं, लेकिन मेरी कठिनाई यह है कि मैं मर्द बच्चा हूं। जानता हूं कि आप अवश्य ही यह बात किसी से नहीं कहेंगी; यहां तक कि हेम से ही नहीं। तो भी ठीक से नहीं चल पाऊंगा।"

अब की षोडशी ठिठककर खड़ी हो गई। अन्धकार में दिखाई अवश्य नहीं दिया, लेकिन बसु साहब की बात सुनकर उसके मुंह से हंसी फूट निकली। घड़ी-भर चुप रहकर कहा, "तो फिर आप क्या करने को कहते हैं?"

बसु साहब ने कहा, "कहना कठिन है लेकिन सलाह करने के पहले ही भीग जाएंगे। देखा, बरगद के पत्ते वर्षा को नहीं रोक पा रहे हैं।"

बात सच थी। कारण, ऊपर के पानी ने बूंद-बूंद करके पत्तों से नीचे गिरना आरम्भ कर दिया था। षोडशी ने कहा, "आप बल्कि उस कुटिया के भीतर कुछ देर इन्तजार कीजिए, मैं हेम को सूचना देकर रोशनी और आदमियों को भेजने की व्यवस्था कर दूंगी। मुझे अभ्यास है, इस पानी से विशेष हानि नहीं होगी।"

बसु साहब ने कहा, "बहुत सुन्दर प्रस्ताव है। कारण, देखता हूं कि बंगाली के साहब बन जाने पर वह जो हो जाता है, वह आप खूब जानती है, लेकिन मुझ में अब भी थोड़ी सी कमी रह गई है। हेम के बीच में रहने के कारण मेरे भीतर के साथ बाहर का अब भी सम्पूर्ण रूप से एकाकार नहीं हो पाया। इसलिए आपका यह प्रस्ताव भी नहीं चल सकता।

इसलिए चलना ही तय है, चलिए।"

पेड़ को छोड़ बाहर आते ही दोनों को लगा कि आगे बढ़ना असम्भव है। कारण, वायु के वेग से केवल वर्षा की धारा ही देह में सुई की तरह नहीं बिंधती; किन्तु इसके पहले जो सूखी बालू की राशि ऊपर उड़कर आकाश में छा गई थी, वह जब तक जलधारा से धुलकर जमीन पर नहीं बैठ जाती, तब तक आखें खोलकर मार्ग चलना भी असम्भव है। चुपचाप चलते-चलते षोडशी ने एकाएक पीछे शब्द सुनकर ठिठककर खड़ी होकर पूछा, "आपके कुछ लग गया क्या?"

बसु साहब ने किसी प्रकार अपने को संभालकर सीधे होकर कहा, "हां, लेकिन जितने की आशा थी, उससे अधिक नहीं। ऐनक समेत मेरे चार आंखें अवश्य हैं, लेकिन देखने की शक्ति उसकी चौथाई भी यदि होती तो मैं बच जाता, चलिए।"

षोडशी चली नहीं, दम-भर चुप रहकर उसने धीरे से पूछा, "आप क्या सचमुच ही अच्छी प्रकार देख नहीं पाते?"

बसु ने कहा, "सचमुच।" इसके बाद जरा हंसकर बोले, "बहुत-सी अंग्रेजी किताबें रटकर साहब हुआ हूं—उसकी दक्षिणा भी उन्होंने खूब बड़ी ही ली है। लेकिन इसीलिए आप और खड़ी-खड़ी भीगिए नहीं, आगे बढ़िए। दोनों आंखें मूंदकर चलने से जितना देका जा सकता है, उतना देख पाऊंगा ही, यह मैं अपको निश्चय भरोसा देता हूं।"

षोडशी की आवाज करुणा से कोमल हो उठी। उसने कहा, "तब तो नदी पार होने में आपको भारी कष्ट होगा।"

बसु साहब ने कहा, "सो तो ठीक नहीं जानता। हां, यह अवश्य है कि नदी पार होने के पहले भी विशेष आराम नहीं पा रहा हूं। लेकिन इसलिए इस मैदान के बीच खड़े रहने से भी इस समस्या की मीमांसा न होगी।"

षोडशी ने एक पग आगे बढ़कर कहा, "आप मेरा हाथ पकड़कर धीरे-धीरे चले आइए।" कहकर उसने अपना हाथ बढ़ा दिया।

इस अपरिचिता नारी का आचरण और साहस देखकर वाक्पटु बैरिस्टर क्षण-भर के लिए विस्मय में निर्वाक् हो रहे। किन्तु क्षण-भर बाद उसी बढ़े हुए हाथ का आकुलता के साथ चुपचाप सहारा लेकर उन्होंने धीरे से कहा, "चलिए। अब मैं सचमुच ही दोनों आंखें मूंदकर

चल सकूंगा।"

षोडशी ने इसका कोई उत्तर नहीं दिया। दोनों धीरे-धीरे कुछ दूर जब आगे बढ़ गए, तब बसु साहब अकस्मात् कह उठे, "आपके साथ उस दिन मैंने अच्छा व्यवहार नहीं किया। उसके लिए मैं आपसे क्षमा मागता हूं, आप क्षमा कर दें।"

षोडशी ने इस बात के उत्तर में भी कुछ नहीं कहा, वैसे ही मौन धीरे-धीरे चलती रही। बसु साहब ने कहा, "आप और हेम बचपन की सहेली है, मित्र हैं। मेरा उस दिन का आचरण चाहे जो हो, मुझे अपना शत्रु न समझ लीजिएगा।" कहकर उन्होंने षोडशी के हाथ को जरा दबाया।

षोडशी एकदम चुप थी, बसु साहब ने आप भी कुछ देर चुप रहकर फिर कहा, "ये लोग आपको सहज में छोड़ देंगे, ऐसा नहीं जान पड़ता। बहुत संभव है, मामला-मुकदमा भी चले। फकीर साहब शायद सचमुच ही चले गए और मैं भी जान पड़ता है, नहीं रहूंगा।"

षोडशी कुछ नहीं बोली। उन्होंने स्वयं भी जरा चुप रहकर कहा, "आपने स्वयं जो कहा है कि अब देवता की पूजा नहीं करेंगी, सो क्या क्रोध के मारे कहा है?"

षोडशी ने अब उत्तर दिया, "ना।"

बसु साहब ने पूछा, "तो फिर क्या सचमुच ही कोई कारण है?"

षोडशी ने इस प्रश्न का उत्तर नहीं दिया, किन्तु कहा, "अब हम नदी के निकट आ गए हैं; आपको जरा सावधानी से उतरना होगा।"

इसके बाद बड़ी देर कोई बातचीत नहीं हुई। षोडशी यत्न और सावधानी के साथ उन्हें नदी से पार ले गई। आते समय बसु साहब जूता उतारकर आए थे; किन्तु इस घने दुर्गम अन्धकार में फिर नंगे पैर चलने का साहस नहीं किसा। जैसे थे, वैसे ही जूता पहने-पहने नदी के उस पार पहुंचे। एक तृप्ति की लम्बी सांस छोड़कर बोले, "एक बड़ी भारी आपत्ति टल गई, बच गया।"

इस भारी आपत्ति से बचकर बसु साहब ने अपेक्षाकृत निश्चिन्त होकर कहा, "पुजारी एक हैं जरूर, लेकिन पूजा करना आपके भी कामों में से एक काम है परन्तु उस प्रश्न को आप टाल गईं। इधर जिस भयानक दुर्दांत शैतान जमींदार को बचाना आपके कर्तव्य का अंग नहीं था, उसे आपने जिस उपाय से बचाया, वह केवल आश्चर्य ही नहीं, अदभुत भी है।

ये दोनों बातें ऐसी हैं कि गांव के लोग न समझें तो उनपर नाराज नहीं हुआ जा सकता।"

षोडशी ने वैसे ही मृदु स्वर में इस बात का उत्तर देकर कहा, "मैं नाराज तो नहीं हुई हूं।"

बसु साहब ने कहा, "नहीं नाराज हुईं? यह भी अद्‌भुत बात है! आपके पिता का आचरण और भी अद्‌भुत है। हेम कहती है, पर हेम की बात जाने दूं इस समय। लेकिन मैं कहता हूं, इन लोगों को सारा अपराध समझाकर क्यों नहीं बता देती? उससे कितना लाभ होगा, यह मैं नहीं जानता, लेकिन वह जो भी हो, नारी का सुनाम भी तो अवहेलना की वस्तु नहीं है।" कहकर वह कुछ देर उत्तर की राह देखते रहे; किन्तु षोडशी ने जब कोई उत्तर नहीं दिया, तब एक निःश्वास छोड़कर कहा, 'समझा, इस नेकनामी और बदनामी के सम्बन्ध में साधारण स्त्रियों के समान आपको कोई विशेष सिर-दर्द नहीं है। और आप साधारण हैं भी तो नहीं। इसके सिवा मौन रहने की जिद भी अद्‌भुत है। वास्तव में आपका सभी कुछ अद्‌भुत है।" यह कहकर वह स्वयं कुछ तेर चुप रहकर बोले, "उस दिन केवल एक बार आपको देखा था और आज आपका हाथ पकड़कर चल रहा हूं। जिनका सहारा लिया है, वह भी जैसे अन्धकार (अस्पष्ट) हैं, वैसे ही जिसके भीतर होकर चल रहा हूं, वह भी अन्धकार है। तो भी निर्भय और नि संकोच यात्रा करने में कोई बाधा नहीं पड़ी। इसके लिए आपकी भक्ति किए बिना नहीं रहा जा सकता।"

इतना कहकर और कुछ देर षोडशी की ओर से कोई बात सुनने की आशा में रहकर एकाएक कह उठे, "अच्छा, आप तो संन्यासिनी हैं। मेरे ससुर साहब चाहे जो कुछ क्यों न करें, जमीन-जायदाद के लिए मामला-मुकदमा करने की आपको क्या पड़ी है?"

षोडशी इतनी देर बाद बोली, "कोई आवश्यकता नहीं है।"

बसु साहब ने कहा, "तो फिर?"

षोडशी ने कहा, 'आप कोई आशंका न करें। निरुपाय दुर्बल नारी के भाग्य में हमेशा से जो होता आ रहा है यहां भी उसमें कोई व्यतिक्रम न होगा।" इस बात में जो व्यंग्य था, वह बसु साहब को चुभा, किन्तु उन्होंने प्रतिवाद भी नहीं किया और चोट भी नहीं की। इसके बाद दोनों ही चुपचाप चलने लगे। आंधी और पानी, कोई भी नहीं रुका, किन्तु

गांव के भीतर घुसते ही उसकी तेजी कम हो गई, रास्ते का मोड़ घूमते ही थोड़ी दूर पर सनातन माइती की झोंपड़ी की रोशनी दोनों ही जनों को दीख पड़ी। और भी कुछ दूर आगे बढ़कर षोडशी ने ठिठककर खड़ी होकर कहा, "अब वैसा अंधेरा नहीं है, आप इस मार्ग को पकड़कर सीधे चले जाइए तो राय महाशय के दरवाजे पर जा पहुंचेंगे।"

बसु महाशय ने पूछा, "और आप?"

षोडशी ने कहा, "मेरा मार्ग बाईं ओर के बाग के भीतर है।"

बसु साहब ने हाथ नहीं छोड़ा। बोले, "पराये मुंह से सुना है, आप बहुत शिक्षित हैं; मैंने स्वयं जो कुछ जाना है—उसके कहने की आवश्यकता नहीं; किन्तु इससे अधिक जानने का अवसर यदि कभी मुझे न भी मिले, आज की इस यात्रा की याद हमेशा बड़ी श्रद्धा के साथ ही मेरे मन में बनी रहेगी।"

षोडशी ने धीरे से हंसकर कहा, "किन्तु केवल इतना ही यदि किसी ने बाहर से देखा हो तो उससे आपका मत नहीं मिलेगा।"

साहब मन-ही-मन चौंक पड़े। उसके बाद उस पकड़े हुए हाथ को और जरा-सा दबाकर उन्होंने छोड़ दिया और धीरे-धीरे कहा, "ना। बनाकर कही गई गप्प-सा जान पड़ेगा।इसी से इसे घचोलकर गंदला न बना डालकर चुप रहना ही ठीक है—यही न?"

षोडशी ने इसका उत्तर न देकर कहा, "मेरे लिए प्रतीक्षा करके आप बहुत भीगे हैं, बहुत दुःख-कष्ट पाया है—अब और नहीं। मैं भी जाती हूं।"

बसु ने कहा, "यही बात शायद मुझे बहुत दिन तक सोचनी होगी। कल हम लोग जा रहे हैं—हेम को क्या कुछ न कहला भेजिएगा?"

षोडशी ने दम-भर कुछ सोचकर कहा, "ना, केवल उसके बच्चे को आशीर्वाद देती हूं, यदि जी चाहे तो इतनी बात कह दीजिएगा।" यह कह-कर ही वह और किसी प्रश्न-उत्तर की अपेक्षा न करके अन्धकारपूर्ण वन-मार्ग में अदृश्य हो गई।

बसु साहब उसी स्थान पर विमूढ़-से मौन हो कुछ देर खड़े रहे। उसको एक नमस्कार तक नहीं किया गया। जिन फकीर साहब के कारण घटना हुई, उनके लिए नमस्कार तक नहीं जताया जा सका। इसके बाद सीधा पथ पकड़कर वह धीरे-धीरे आगे बढ़ गए।

10

बसु साहब ने जब ससुर के घर में आकर प्रवेश किया तब उन्हींके लिए सारे घर में उत्कण्ठा की धूम मची हुई थी। घर में और बाहर, जहां जितनी समूची और टूटी-फूटी लालटेनें थीं, सब इकट्ठा की गई हैं, और इस वर्षा की आधी रात में उन सबको काम में आने योग्य बनाने की कोशिश में घर-भर के लोग पसीने-पसीने हो रहे हैं। नौकर-चाकर और आत्मीय-अनुगत लोगों का एक अभियान दल तैयार हुआ है और राय महाशय स्वयं उसकी देख-भाल कर रहे हैं। कौन किधर जाएगा, किस रास्ते, किस मैदान, किस बन-जगल में खोजेगा, यह बार-बार बता रहे हैं। उनके आचरण और आवाज से केवल चिन्ता और घबराहट ही नहीं, भय भी प्रकट हो रहा है। यह सच है कि उन्होंने अभी तक प्रकट में कुछ नहीं कहा है, लेकिन जो भय उनके मन में झांक रहा है, वह अत्यन्त भयंकर है। वह जानते थे कि षोडशी के कई अत्यन्त अनुगत किसान और बाग्दी लोग हैं। वे जैसे उद्धत हैं, वैसे ही निष्ठुर। वे डाके डालते है, इसलिए पुलिस के रजिस्टर में उनका नाम-धाम तक लिखा है। वे यदि इस अंधेरी रात में कहीं अकेला पाकर और यह स्मरण करके कि उनकी भैरवी माता के प्रति अविचार किया गया है, सहसा प्रतिहिंसा से उत्तेजित हो उठें तो वहां भी सुव्यवहार की आशा करना वृथा है।

हेम एक ओर मौन खड़ी यह सब देख रही थी। पिता का भय भी उसकी दृष्टि से छिपा नही था किन्तु उस समय तक वह भीतर की असल बात नहीं जानती थी। उसकी मां की बातों से वह जाहिर हुई। वह सहसा बाहर आकर स्वामी को कड़ा उलाहना देकर कह उठीं, "वह दामाद हैं —उन्हें तुम क्यों अपने झगड़े में मध्यस्थ मान बैठे? जिसके हाथ में डकैतों का दल है, उसे तुम हराओगे? जहां से पाओ, मेरे निर्मल को ढूंढकर लाओ, नही तो मुझे जिधर सूझेगा, उधर इस अंधेरे में निकल पड़ूंगी।" यह कहकर रुआंसी-सी होकर वह घर के भीतर चली गईं और कुछ देर के लिए बेटी और बाप, दोनों ही मौन होकर सफेद मुख लिए बैठे रहे।

जनार्दन राय अपने को संभालकर सान्त्वना और साहस-सूचक कुछ हेम से कहने बाले ही थे कि ठीक इसी समय जमाई साहब आंगन में आकर खड़े हो गए। उनके सारे अंगों से जल टपक रहा था, कुर्त्ता-धोती-जूते

कीचढ़ में सने हुए थे। ससुर की बात मुंह-की-मुंह में ही रह गई। किन्तु दूसरे ही क्षण जिस साहब जमाई का यथेष्ट आदर करते और डरते थे, उसीको वह अधिक आनन्द के मारे जो मुंह में आया, वही कहकर झिड़कने लगे।

साहब ने मौन हो ऊपर आकर हाथ की टूटी छड़ी रख दी, पैरों से खींचकर जूते निकाले और शरीर से भीगा हुआ कुर्त्ता उतारा। इसी बीच छोटे-बड़े, ऊंच-नीच, आत्मीय और गैर, सब एक साथ एक ही प्रकार के प्रश्न करने लगे कि किस प्रकार यह दुर्दशा हुई और कहां हुई?

राय महाशय ने स्वस्थ होकर कहा, "अच्छा, यह सब बाद को होगा, तुम घर के भीतर जाओ।—बेटी हेम, खड़ी न रहो; जाकर कोई सूखी धोती और कपड़े दो।"

घर के भीतर सास, ससुर और जमा हुई कुटुम्ब की स्त्रियों के प्रश्न के उत्तर में निर्मल ने बतलाया कि वह उस पार फकीर साहब से भेंट करने गए थे; लेकिन मिलाप नहीं हुआ। वह आश्रम में नहीं हैं।

उस पार के नाम से एक प्रकार की भयसूचक अस्फुट ध्वनि उठी। राय महाशय ने विस्मित होकर कहा, "उससे मिलने गए थे! मुझसे कहते तो मैं उसे यहीं बुला भेजता। लेकिन इस अन्धकार में मार्ग कैसे पहचाना?"

निर्मल ने कहा, "मार्ग पहचानने की मुझे आवश्यकता नहीं पड़ी। यदि पड़ती तो पहचान न पाता।"

राय साहब ने पूछा, "लेकिन लौटे किस प्रकार?"

"एक सज्जन हाथ पकड़कर मुझे दरवाजे तक पहुंचा गए हैं।"

चारों ओर से प्रश्नों की बौछार हुई, "कौन? कौन? क्या नाम है उसका?"

निर्मल ने जरा ठहरकर उत्तर दिया, "क्या जानें, नाम बताने में शायद उन्हें आपत्ति है।"

राय महाशय ने प्रतिवाद करके यहा, "आपत्ति? कभी नहीं। हमारे देश के लोगों को तुम नहीं जानते। लेकिन खैर, वह चाहे जो हो, उसे खुश तो कर ही देना चाहिए।" यह कहकर तुरन्त नौकर को पुकारकर आज्ञा दी कि अरे अधर, अगर चटर्जी बाहर हों तो जाकर अभी कह दे कि कल सवेरे ही पता लगाकर उसे पुरस्कार दिया जाए। पूरा रुपया ही उसके

हाथ लगे; उसमें से वह कुछ काट-कूट न लें। चटर्जी बड़े कृपण हैं न।" यह कहकर उन्होंने उदारता के जोश में पहले गृहिणी के और भिर बेटी-दामाद के चेहरे पर प्रेम-दृष्टि डाली।

रात को भोजन आदि के उपरान्त एकान्त कमरे के भीतर स्वामी को अकेला पाकर हेम ने कहा, "बाबू जी ने तो पुरस्कार की घोषणा कर दी; पूरा रुपया देने की चेष्टा भी शायद कुछ नहीं होगी; लेकिन फल कुछ न होगा।"

निर्मल ने कहा, "ना, आसामी नहीं मिलेगा।"

हेमवती ने जरा हंसकर पूछा, "तुमने उस दयालु आदमी को क्या पुरस्कार दिया?"

निर्मल ने कहा, "देना क्या तुम इतना सहज समझती हो, वह क्या केवल दाता कीं मर्जी पर निर्भर करता है?"

"तो दे नहीं सके?"

"ना। देने की चेष्टा भी नहीं की।"

हेम ने क्षण भर स्वामी का मुंह ताकते रहते के बाद कहा, "किन्तु मुझे देना उचित जान पड़ता है। बाबूजी उनका पता नहीं लगा सकेंगे, लेकिन मैं लगा लूंगी।"

निर्मल ने सन्देह प्रकट करके कहा, "मुझे जान पड़ता है कि अपने पिता के समान तुम भी उन्हें नहीं ढूंढ पाओगी।"

हेम ने कहा, "यदि ढूंढ़ लूं तो मुझको भी कुछ पुरस्कार देना होगा। खैर, मैंने उनको पहचान लिया है। कारण, तुम जैसे अन्धे आदमी को जो इस भयानक अन्धकार में बिना किसी विध्न-बाधा के नदी पार कर घर के ठीक सामने तक पहुंचा जा सकते हैं और अपने को उजागर नहीं करते, उन्हें पहचान सकना कुस कठिन नहीं है। इसके सिवा सन्ध्या के अन्धकार में छिपकर मैं भी एक बार उनसे मिलने गई थी। जाकर देखा, घर-द्वार खुला पड़ा है, वह नहीं हैं। वह अवश्य नहीं हैं, लेकिन तारादास ठाकुर सबपर कब्जा किए बैठे हैं। छिपकर चुपके से भाग आई। रास्ते में एक जाने-पहचाने आदमी से भेंट हो गई। वह बोला, उसने षोडशी को सीधे नदी की ओर जाते देखा है। अब समझे कि जो दयालु आदमी तुमको यहां पहुंचा गया है, उसे मैं पहचानती हूं। लेकिन क्या सचमुच ही हाथ पकड़कर वह तुम्हें यहां छोड़ गई?"

निर्मल ने क्षण-भर सोचकर सिर हिलाकर कहा, "सचमुच यही बात है। जिस घड़ी उन्हें निश्चय हो गया कि मैं अन्धे के समान हूं, उसी घड़ी बिना किसी संकोच के उन्होने मेरी ओर हाथ बढ़ाकर कहा 'मेरा हाथ पकड़कर आइए।'—लेकिन किसी दूसरे आदमी के लिए यह तुम न कर सकतीं।"

हेम ने अत्यन्त सहज में स्वीकार करके कहा, "ना।"

उसके पति ने कहा, "सो मैं जानता हूं।"

इसके बाद किस प्रकार क्या हुआ, सब घटना, एक-एक करके वर्णन करके निर्मल ने कहा, "अत: इसके अलावा मेरे लिए और क्या उपाय था, नहीं जानता। फिर उधर उनकी विपत्ति का भारीपन जरा एक बार सोचकर देखो। मुझे वह सामान्य ही जानती थीं और वह भी शायद भूला हूं, ऐसा नहीं जानती थीं। तो भी मुझे जो वह निर्जन अंधेरे मार्ग से ले आई, इसका उत्तरदायित्व कितना अशोभन, कितना भयंकर है! वास्तव में राह चलते-चलते मुझे अनेक बार भय लगा कि यदि किसीके सामने पड़ जाऊं तो उसकी दृष्टि में यह कैसा दिखेगा? देखो हेम, तुम लोगों की देवी की इस भैरवी को मैं पहचान नहीं पाया, यह सच है; लेकिन इतना आज निश्चय ही समक्ष गया हूं कि इनके सम्बन्ध में विचार करते समय साधारण नियम नहीं चल सकते। या तो सतीत्व जिसे कहते है, वह चीज इनकी दृष्टि में एक बिलकुल ही व्मर्थ चीज है तुम लोगों की तरह उसके यथार्थ रूप को यह नहीं पहचानतीं, और नहीं तो इसका सुनाम-दुर्नाम इन्हें छू भी नहीं सकता।"

हेम ने दम-भर चुप रहने के बाद कहा, 'तुम क्या जमींदार वाली घटना को सोचकर ही यह सब कह रहे हो?"

निर्मल ने कहा, "आश्चर्य नहीं। यह औरत भली है या बुरी, मैं नहीं जानता; लेकिन यह बात शपथपूर्वक कह सकता हूं कि यह जैसी गम्भीर है, वैसी ही शिक्षित और वैसी ही निर्भय। शास्त्र ने कहा है कि सात पग एक, साथ चलने से बन्धुत्व हो जाता है। इतनी लम्बी राह में, घने अन्धकार में बिलकुल उन्हीं का सहारा लेकर हम अनेक पग एक साथ चले आए हैं, एक-एक करके प्रश्न भी पूछे हैं, किन्तु कल भी वह रहस्य से ढकी हुई थीं, आज भी वैसी ही रह गईं।"

हेम ने कहा, "तुम्हारे तर्क को भी नहीं माना और बन्धुत्व भी नहीं

स्वीकार किया?"

निर्मल ने कहा, "ना, कुछ भी नहीं हुआ।"

हेम अब की हंस पड़ी। बोली, "तनिक भी नहीं? तुम्हारी ओर से भी नहीं?"

निर्मल ने कहा, "इतनी बात केवल धोखा देकर मुंह से निकलवा लेना चाहती हो? लेकिन हेम, अपने को जानने में भी तो देर लगती है।" किन्तु बात कह डालकर ही वह ठिठक गया। निहारकर देखा, हेम भी उसकी ओर दोनों आंखों की स्थिर दृष्टि बिछाए है। उसके चेहरे पर क्या भाव प्रकट हुआ, यह दीपक के क्षीण प्रकाश में ठीक समझ में न आया और वह स्वयं भी अपनी पूर्वोक्त बात के सिलसिले से जोड़कर एकाएक क्या कहे—यह सोचकर ठीक करने के पहले ही हेमवती ने धीरे से कहा, "सो तो ठीक है। तो भी मर्दों को समझने में, हो सकता है, कुछ देर लगती हो, किन्तु स्त्रियों को ऐसा ही अभिशाप है कि मरते दम तक अपने भाग्य को समझने में ही उनकी आयु बीत जाती है···अच्छा, तुम सोओ, मैं अभी आती हूं।" कहकर वह और कोई बात होने के पहले ही उठ खड़ी हुई, और सावधानी से दरवाजा बन्द कर बाहर चली गई।

निर्मल ने उसका हाथ नहीं पकड़ा। हंसी की आड़ में स्त्री के इस अर्थहीन संशय और अविचार के दु:ख ने उसे अचानक जैसे क्रोध से अस्थिर कर डाला। सामने की बड़ी घड़ी में अत्यन्त कष्टकर मिनट की सुई खिसकते-खिसकते नीचे पहुंच गई; किन्तु तब तक भी जब वह लौटकर न आई, तब वह और अकेला शय्या पर पड़ा न रह सका और उठकर, उसने धीरे से दरवाजा खोलकर बाहर देखा, अन्धकारमय बरामदे में खंभे के पास हेम चुपचाप बैठी है। पास आकर, माथे पर और देह पर हाथ रखकर देखा, वर्षा के छींटों से सब भीग गया है। उसने हाथ पकड़कर भीतर लाकर कहा, "तुम क्या पागल हो गई हो हेम?"

इससे अधिक और कुछ उसके मंच पर नहीं आया, आने की आवश्यकता भी नहीं समझी। दीपक के प्रकाश में हेमवती के मुख की ओर देखा तो आंसुओं का आभास उसकी आंखों के कोनों से उस समय तक मिटा नहीं था।

11

सवेरे उठकर हेम अपने रात के व्यवहार को स्मरण कर लज्जा से जैसे मर गई। निर्दोष और सच्चरित्र स्वामी के प्रति इस अकारण रूठने के उत्पात को उसने आंधी-पानी और कुयोग के मध्य उनके अचानक लापता हो जाने से भय के सिर मढ़कर मन-ही-मन हंसना चाहा; किन्तु वह जो पूरे तौर से जी खोलकर हमेशा हंसा करती है और जिसका उसे चिरकाल से अभ्यास है, आज उसे वह हंसी किसी प्रकार नहीं आई। आंखों में पड़ी किरकिरी निकल गई, यह समझकर भी उसकी दोनों आंखों ने जैसे किसी तरह निर्भय होना नहीं चाहा। शिरोमणि महाशय स्वयं आकर यात्रा का शुभ मुहूर्त बतला गए हैं—साढ़े दस किसी तरह न बजने पावें, इसी के भीतर यात्रा हो जानी चाहिए। उसकी मां भण्डारघर में यात्रा की तैयारी और रसोईघर में भोजन की व्यवस्था करने में अत्यन्त व्यस्त है, दम-भर का समय नहीं है। इसी समय बाहर की बैठक से बुलावा आया कि राय महाशय कन्या को बुला रहे हैं। हेम ने बाहर आकर देखा, जैसे कोई उत्सव हो रहा है। पिता फर्श के ऊपर हुक्का हाथ में लिए बैठे हैं। शिरोमणि महाशय हैं, जमींदार का गुमाश्ता एककौड़ी नन्दी है, तारादास है, और भी कई गण्य-मान्य व्यक्ति हैं। उनके स्वामी बैरिस्टर साहब भी एक ओर चुपके बैठे हैं। उत्साह और आनन्द के जोश में सभी ने एक साथ खबर हेम को सुनाने की चेष्टा की; किन्तु क्या कहा, पहले कुछ भी समझ में न आया। शिरोमणि महाशय के मुंह में एक भी दांत नहीं है, लेकिन आवाज है। उस आवाज की अतुल शक्ति ने दम-भर में ही और सबको रोककर जो बताया, वह इस प्रकार है, "कल भयानक दुर्योग की रात्रि में बहुत बड़ा काम कर डाला गया है—बिना किसी विघ्न के शत्रुपुरी हाथ में आ गई है। भैरवी घर में न थी। गुप्तचर के मुंह से सामाचार पाकर तारादास ने उसी बीच में उस लड़की को ले जाकर सब कुछ पर कब्जा कर लिया है। विवाद करना तो दूर रहा, भय के मारे वह षोडशी एक शब्द भी नहीं बोली, कुछ भी नहीं कहा, मामूली-सी कुछ चीजें लेकर रात को ही बाहर निकल गई है और कोट के बाहर मन्दिर से मिला हुआ जो छप्पर पड़ा है, जिसमें दूर से आने वाले कोई-कोई यात्री रसोई बनाते-खाते हैं, उसमें आश्रय लिया है। यह सब माता चण्डी की

कृपा है और यह कृपा और थोड़ी बढ़ते ही उसे गांव से बाहर कर देना भी कुछ कठिन काम न होगा।"

प्रसन्न तारादास ने एक बार ऊपर की ओर दृष्टि करके विजय की हंसी के साथ कहा, "यह सभी मैया का काम है, जो करने का था, वह कर दिया; नहीं तो इतनी बड़ी राई-बाघिन एकदम भेड़ा न बन जाती! तमाखू चिलम में भरकर फूंक मार ही रहा था और लड़की पास बैठी चाय बनाकर छान रही थी, इसी समय कहीं से भीगती-भीगती वह षोडशी आकर प्रकट हुई। हम लोगों को देखकर भय के मारे जैसे एकदम काठ हो गई। पल-भर बाद धीरे-धीरे बोली—'बापू, मैंने तो कभी कहा नहीं कि तुम जाओ, या यहां न रहो। तुम स्वयं क्रोधित होकर चले गए और न जाने कितना कष्ट उठाया।' मैंने कहा—'अह!' दरवाजे के ऊपर आकर बोली—'इस घर में क्या तुमने ताला डाल दिया है बापू?' मैंने कहा—'हां, डाल दिया है। क्या करेगी, कर।' चुप रहकर फिर बोली —'तुम्हारे साथ मैं कुछ भी नहीं करूंगी बापू, तुम लोग रहो, केवल कोठरी जरा खोल दो मैं दो-एक धोती और कपड़े ले लूं।' मैंने खोल दिया। माता चण्डी की दया से उसने और कोई दंगा-फसाद नहीं किया। पहनने की दो धोती, एक कम्बल और एक लोटा लेकर अंधेरे में ही भीगते-भीगते दूर हो गई। मां को साष्टांग दण्डवत् करके बोला—'मां, बालक पर इसी प्रकार दया बनी रहे। तेरा नाम लिए बिना मैं कभी जल ग्रहण नहीं करता।"

शिरोमणि ने हाथ हिलाकर कहा, "रहेगी! बनी रहेगी! मैं कहता हूं तारादास, मां मुंह उठाकर देखेंगी—नहीं तो उनका जगदम्बा नाम ही वृथा हो जाएगा।"

एककौड़ी ने कहा, "परन्तु ठाकुर, चाहे जो कहो, माता की गद्दी कभी खाली नहीं रह सकेगी। अपनी इस लड़की को नई भैरवी बनाने में देर करने से काम न चलेगा, यह मैं कहे रखता हूं!"

राय महाशय ने जला हुआ हुक्का पास के आदमी के हाथ में देकर बड़ी गम्भीरता के साथ कहा, "होगा, सब होगा, मैं सब ठीक कर दूंगा। तुम लोग घबराओ नहीं।"

फिर दामाद की ओर देखकर कहा, "क्यों भैया, उस छोकरी के हाथ से दो लाइन लिखा लेना भी तो चाहिए न? चाहिए क्यों नहीं! वह भी

होगा। यहां बुलाकर थोड़ा धमकाकर वह भी मैं करा लूंगा। लेकिन यह भी कहे रखता हूं तारादास, कि कदमतला की उस जमीन के लिए हंगामा करोगे तो ठीक न होगा। धान की आढ़त अपनी आंखों के सामने उठा लाए बिना मैं चारों ओर दृष्टि नहीं रख पाता! वहां मेला लगता है—कहकर, षोडशी के सामने झगड़ा करने से फिर···।"

बात उन्हें पूरी भी नहीं करनी पड़ी। बहुत-से लोग ही तारादास की ओर से राजी हो गए और तारादास स्वयं भी दांतों से जीभ काटकर, गद्गद कण्ठ से कह उठा, "ऐसी बात मुंह पर भी न लाना राय महाशय, आप ही का तो सब है! हाथी के साथ मच्छड़! क्यों न बिटिया?" यह कहकर उसने एक अच्छी बात, अथवा ऐसी ही कुछ सुनने की आशा से हेम के मुंह की ओर देखा और उसी के साथ बहुतों की दृष्टि हेम के ऊपर जा पड़ी। हेम कुछ नहीं बोली; परन्तु उसका चेहरा देखकर वही षोडशी के पहले विचार का दिन ही चट से सबको याद हो आया, जिससे एक निरुत्साह के मेघ ने जैसे कहीं से आकर पल-भर के लिए बैठकखाने में अपनी छाया डाल दी—किन्तु वह क्षण-भर को ही राय महाशय सीधे होकर बैठ गए और तमाखू के लिए एक बार जोर से हांक मारकर बोले, "भैया निर्मल, शिरोमणि महाशय ने दस बजे के भीतर ही यात्रा का मुहूर्त्त ठीक बताया है। औरतों का मामला ठहरा—जरा पहले तैयार न होने पर घर से निकला ही न जाएगा।"

निर्मल गर्दन हिलाकर उठ खड़ा हुआ और और कुछ न कहकर हेमवती भी चुपके से बाहर हो गई।

हाथ-मुंह धोने से लेकर स्नान तक करने में बसु साहब को अधिक देर नहीं लगी। घर के भीतर पर रखते ही सास का ऊंचा गला रसोईघर से सुनाई पड़ा। वह लड़की को ले बैठी है। वह कमरे के भीतर क्या कर रही है, यह उनकी समझ ही में नहीं आ रहा है। निर्मल ने कमरे के अन्दर देखा, हेम फर्श के ऊपर मौन होकर बैठी है। आश्चर्य में आकर पूछा, "बात क्या है, जो तुम्हारी मां बहुत बक-झक कर रही हैं? इसके सिवा समय भी तो अधिक नहीं है!"

हेम ने कहा, "बहुत समय है। आज तो हम लोगों का जाना नहीं हो सकता।"

निर्मल ने पूछा, "क्यों?"

हेम ने कहा, "क्यों क्या? षोडशी की इतनी बड़ी विपत्ति में क्या उमसे एक बार मिले बिना ही चली जाऊं?"

निर्मल ने कहा, "अच्छा, तो जाकर मिल ही न आओ। उसके लिए भी समय है।"

हेम ने कहा, "और तुम ही एक बार भेंट किए बिना किस प्रकार जा सकोगे?"

यह वही पिछली रात की प्रतिक्रिया है—यह मन-ही-मन समझकर निर्मल ने कहा, "चेष्टा करने से जान पड़ता है, यह भी किया जा सकेगा। यह कोई असम्भव और कठिन काम नहीं है। लेकिन मेरे एक बार मिल-कर जाने से ही इस विपत्ति में उसे कुछ सुविधा होगी, यह तो नहीं जान पड़ता।"

हेम ने बड़े जोर से सिर हिलाकर केवल इतना कहा, "ना, वह किसी प्रकार नहीं होगा।"

निर्मल ने कहा "होगा क्यों नहीं? इसके सिवा मेरा वह सैदाबाद का चमड़े का अभियोग है···"

हेम ने कहा, "रहने दो अपना चमड़े का मुकदमा। एक तार भेज दो। आज तुम्हारा किसी प्रकार जाना न होगा।"

निर्मल ने कहा, "अच्छा तो चलो ना, दोनों जने एक बार मिल आवें? उतना समय तो है।"

हेम ने सिर उठाकर जरा हंसकर कहा, "नहीं। यह तुम्हारे वहां हो सकता है, यहां नहीं हो सकता। और इतने लोगों के सामने बाबू जी ही क्या समझेंगे?"

निर्मल का सचमुच ही बहुत आवश्यक मुकदमा था। इसके सिवा किस बहाने से जाना इस प्रकार एकाएक रोका जा सकता है, यह उसकी समझ में न आया—खास कर इससे ससुर के साथ भारी बिगाड़ होने की सम्भावना है, सोचकर उसने कहा, "यह नहीं हो सकता हेम, जाना तो आज हम लोगों का लोगा ही। और मुझे तो जान पड़ता है कि बीच में पड़-कर हम लोग उसके दुख को शायद और बढ़ा देंगे। मेरी बात सुनो, चलो, बिना मांगी मध्यस्थता भलाई की अपेक्षा बुराई ही अधिक देगी।"

हेम आंखें उठाकर कुछ देर तक पति के मुंह की ओर स्थिर भाव से देखती रही। फिर बोली, "मुझे तो तुम जानते हो; आज मैं किसी प्रकार

नहीं जा सकूंगी। और कल के अपराध के लिए यदि तुस मुझे दण्ड देना ही चाहो तो मुझे त्यागकर चले जाओ। मैं अब तुमको नहीं रोकूंगी।"

निर्मल और कुछ न कहकर बाहर चला गया। स्वास्थ्य ठीक नहीं है। आज जाना न होगा—यह सुनकर सास जी को आश्चर्य हुआ, और साथ उसके अधिक प्रसन्न भी हो उठीं। लेकिन बाहर की बैठक में बैठे हुए ससुर महाशय केवल एक बार 'हूं' कहकर ही हुक्का पीने लगे। उनको आश्चर्य भी नहीं हुआ, उद्वेग भी नहीं हुआ और जिसे थोड़ी भी समझ है, वह उनके मुंह की ओर देखकर प्रसन्न होने की बात जबान पर नहीं लाया।

मुकदमे की व्यवस्था करने के लिए निर्मल ने एक तार भेज दिया और उसने मन-ही-मन समझा कि यह काम केवल निरर्थक ही नहीं, बुरा है, लेकिन तो भी उसका मन दिन-भर बिलकुल ही छिपे-छिपे उसी शाम के लिए उन्मुख होता रहा। गत रात्रि का हेम का वह रोना कितना हास्यास्पद था, कितना असम्भव था, यह बात दिन-भर में कितनी ही बार उसके मन में आई है, तथापि उसी एक बूंद आंखों के पानी ने किसी प्रकार सूखना ही न चाहा और प्रत्येक क्षण ही वह ऐसे ही अज्ञात और अचिन्त्य रहस्य की सृष्टि करने लगा, जिसमें एकसाथ ही मधुरता और कड़वाहट मिलकर एकाकार होने लगे।

रात के अंधकार में भी पिता की आंखों से बचने का प्रयत्न असफल समझकर हेमवती अपने पति और उसके एक पछांही नौकर को साथ लेकर षोडशी के नये डेरे के दरवाजे पर आकर उपस्थित हुई, तब संध्या नहीं हुई थी। षोडशी एक कम्बल के ऊपर बैठी मन लगाकर पुस्तक पढ़ रही थी। सामने से जूतों की आवाज सुनकर उसने सिर उठाकर देखा और उठ खड़ी हुई। बोली, "आइए। आओ दीदी, आओ।" और समेटे हुए कम्बल को फैलाकर बिछा दिया।

आसन पर बैठकर यह दम्पति कुछ समय तक चुपचाप देखते रहे। फिर हेम ने कहा, "दीदी के इस नये घर में चाहे जो दोष हो, किन्तु अपव्यय का अपवाद शिरोमणि महाशय, यहां तक कि मेरे पिता जी तक नहीं लगा सकेंगे। इस अद्‌भुत चीज को दिखाने का लोभ देकर ही तो आज इनको मैंने रोक लिया है, नहीं तो मुझको भी लेकर यह दोपहर की गाड़ी से चले ही गए थे, और क्या!" फिर स्वामी से कहा, "क्यों, यह देखे

बिना चले जाने से पछताना पड़ता कि नहीं?"

निर्मल ने कहा, "देखकर भी तो कुछ कम पछताना पड़ेगा, ऐसा नहीं जान पड़ता।"

हेम ने स्वामी के मुख की ओर देखकर कहा, "सो तो ठीक है। शायद आंखों से न देखना ही अच्छा था।" इसके बाद षोडशी के शान्त उदास मुख के ऊपर अपने दोनों नेत्रों की स्निग्ध दृष्टि स्थापित करके कहा, 'हम लोगों ने सब कुछ सुना है। लेकिन दीदी, तुमने यह पागलपन क्यों किया? इस घर में तो तुम रह न सकोगी।" आवेग और करुणा से अन्तिम बात कहते समय उसका हृदय कांप गया। किन्तु षोडशी के गले में इसकी प्रतिक्रिया नहीं हुई। उसने अत्यन्त सहज भाव से कहा, "अभ्यास हो जाएगा! इससे भी खराब घरों में तो कितने ही आदमियों को रहना पड़ता है बहन! इसके सिवा बापू को बड़ा कष्ट हो रहा था।"

हेम ने प्रश्न किया, 'तो आपने सभी कुछ त्याग दिया?"

इसका उत्तर उसके स्वामी ने दिया। उसने कहा, "उसके सिवा क्या उपाय है, बता सकती हो? सारे गांव के साथ तो एक असहाय स्त्री दिन-रात झगड़ा करके टिक नहीं सकती।" फिर षोडशी से कहा, "यही अच्छा है। यदि अपनी इच्छा से यहीं रहने का विचार आपने किया हो और यह विश्वास कर लिया हो कि इस झोपड़ी में रहने का भी अभ्यास हो जाएगा, तो संसार में कुछ भी त्याग करना आपके लिए कठिन न होगा।"

षोडशी मौन ही रही। उसका मुंह देखकर भी उसके मन की बात समझी न जा सकी। हेम ने कहा, "तुम संन्यासिनी हो, जमीन-जायदाद छोड़ देना तुम्हारे लिए कठिन नहीं है, झोंपड़ी में भी तुम रह लोगी—यह जानती हूं; लेकिन इसके साथ जो बदनामी लगी रही, वह भी क्या तुम सह लोगी दीदी?"

षोडशी ने एक क्षण मौन रहकर हंसते हुए कहा, "बदनामी यदि झूठी है तो क्यों न सहन होगी? सुनो हेम, संसार में झूठी बातों की कमी नहीं होती है, लेकिन उनका प्रतिवाद करने की चेष्टा में फिर जो मिथ्या की सृष्टि होती है, उसका कठिन भार नहीं सहा जाता।"

हेम ने कहा, "किन्तु एककौड़ी नन्दी जो बात और काम दोनों ही मिथ्या बकता फिर रहा है, स्त्री जाति के जीवन में वह तो असह्य है।"

षोडशी तनिक भी उत्तेजित न हुई। धीरे-धीरे बोली, "मैंने जहां तक सुना है, एककौड़ी ने झूठ तो विशेष नहीं कहा। जमींदार बाबू अचानक बहुत अधिक बीमार पड़ गए थे, घर में और कोई था नहीं—मैंने उनकी सेवा की। यह तो झूठ नहीं है।"

हेम उत्तेजित हो उठी और एक आदमी की धीरता की तुलना में उसका कण्ठस्वर कुछ अनावश्यक तीक्ष्ण सुन पड़ा। उसने कहा "मगर सभी तो सब काम कर नहीं पाते दीदी? बीमार की सेवा करने की भी तो एक रीति है?"

षोडशी ने वैसे ही कोमल स्वर में कहा, "है क्यों नहीं? किन्तु स्थान और काल को न समझकर केवल बाहर से रीति स्थिर नहीं की जा सकती हेम!···आप क्या कहते हैं?" कहकर वह निर्मल की ओर देखकर जरा हंस दी।

निर्मल ने उस इशारे को पूर्णरूप से समझकर कहा, "कम-से-कम मैं तो इस बात को किसी प्रकार अस्वीकार नहीं कर सकता। इसके सिवा काम की रीति सबकी एक नहीं होती—यही जैसे संन्यासिनी की।"

स्वामी की इस उक्ति पर हेम ने ध्यान नहीं दिया। बोली, "भले ही संन्यासिनी हो, लेकिन क्या उनका धर्म नहीं है? वह क्या नारी नहीं है? वह घर से पकड़कर ले गया, परन्तु इन्होंने कह दिया कि यह स्वयं आई थीं। इस झूठ की क्या आवश्यकता थी? उसकी बीमारी तो केवल उसके अपने ही दोष से थी। तो भी इतने बड़े घोर पापी को बचाने की आपको क्या आवश्यकता थी? इसपर यदि लोग सन्देह करें, तो क्या यह उनका दोष है?"

पत्नी की बातें सुनकर निर्मल क्षुब्ध और लज्जित हो उठा। वह जानता था कि हेम उलाहना देने या अभियोग करने के लिए घर से नहीं आई थी और घर पर चढ़ाई करके अपमान करे, ऐसी क्षुद्र और हीन वह नहीं है—वास्तव में कृतज्ञता जताकर एक बड़ा-सा भरोसा देने के लिए ही वह उपस्थित हुई है; किन्तु बातों-ही-बातों में यह सब क्या उसके मुंह से निकल गया! किन्तु पीछे आत्मविस्मृत होकर और भी कुछ न कह बैठे, इस भय से वह व्यस्त होकर कुछ कहने ही वाला था, लेकिन उसकी आवश्यकता नहीं हुई। षोडशी ने हंसकर कहा, "तुम्हारे स्वामी कह रहे थे कि संन्यासिनी का धर्म उससे नहीं भी मिल सकता है जो संन्यासिनी

नहीं है। यही जैसे इस झोंपड़ी के भीतर बिना किसी आश्रय के धूल और रेत के ऊपर अकेले रहना तुमसे सहन न होगा।" कहकर उसने फिर हंसकर कहा, "सचमुच ही मुझे कोई घर से पकड़कर खींचता हुआ नहीं ले गया; मैं क्रोध की धुन में आप ही घर से निकल पड़ी थी।"

निर्मल ने कहा, "लेकिन आपको गुस्सा है, ऐसा तो नहीं जान पड़ता?"

षोडशी ने हंसी दबाकर केवल इतना ही कहा, "है क्यों नहीं?" फिर हेम से कहा, "लेकिन वह तर्क मैं नहीं करती, सत्य ही मैंने झूठ कहा था। लेकिन वह घोर पापी है, इसलिए क्या उसे बचाने का अधिकार भी किसीको नहीं है? तुम्हारे स्वामी वकील हैं, समय मिलने पर उन्हींसे पूछकर देख लेना।"

निर्मल ने कहा, "समय के अनुसार बुद्धि से कोई उत्तर दे भी सकता हूं लेकिन वकील की बुद्धि से तो कुछ भी नहीं खोज पा रहा हूं।"

षोडशी ने कहा, "इसके सिवा ऐसा तो हो सकता है कि सज्ञान अवस्था में, होश-हवास में अनेक काम ही वे नहीं करते···"

हेम ने बाधा देकर कहा, "परन्तु इसीलिए क्या अपने बाप के विरुद्ध भी जाना होगा? यह भी क्या संन्यासिनी का धर्म है?"

षोडशी ने क्रोध नहीं किया, हंसते हुए कहा, "संन्यासिनी के हो या न हो, स्त्री के लिए कम-से-कम ऐसी चीज संसार में रह सकती है, जो बाप से बड़ी है। अगर यह न होता हेम, तो इस टूटी झोंपड़ी के भीतर तुम्हारे पैरों की धूल ही भला कैसे पड़ती?"

हेम ने हड़बड़ाकर झुककर षोडशी के पैरों की धूल माथे से लगाकर कहा, "ऐसी बात तुम जवान पर भी न लाओ दीदी! मेरे ससुर को किसी राजा ने पुरस्कार में एक तलवार दी थी। बचपन में मैं अक्सर उसे खोल-खोलकर देखती थी। म्यान उसकी धूल-मिट्टी से मैली हो गई है, लेकिन असल चीज में कहीं जरा-सा भी मैल नहीं लगा। यह जैसी सीधी है, वैसी ही कड़ी, वैसी ही खरी। तुम्हारी ओर देखते ही मुझे उसीकी याद आती है। जान पड़ता है, गांव-भर के सभी लोगों ने भूल की है, कोई कुछ भी नहीं जानता। इच्छा करने पर पल-भर में वह म्यान तोड़कर फेंक दे सकती हो। क्यों नहीं फेंक देतीं दीदी?"

षोडशी ने उसका दाहिना हाथ खींचकर अपने हाथ में ले लिया और

कुछ देर चुप बैठी रही। फिर बोली, "आज तुम लोगों के जाने की बात थी, फिर जाना क्यों नहीं हुआ ? जान पड़ता है, कल जाओगे ?"

हेम ने अपने स्वामी को दिखाकर कहा, "कल रात को न जाने कौन इनका हाथ पकड़कर नदी, मैदान, बालू बिना किसी विघ्न-बाधा के पार कराकर घर तक पहुंचा गए हैं। मेरे बाबू जी ने उनको रुपया पुरस्कार देना चाहा है। लेकिन रुपया उनके हाथ नहीं लगेगा; क्योंकि वह उन्हें ढूंढ़ न पावेंगे। इस अन्धे आदमी को इस प्रकार हाथ पकड़कर पहुंचाया न जाता तो क्या होता, सो केवल मैं ही जानती हूं, और मैं ही केवल उनका नाम जानती हूं। लेकिन रुपया-पैसा तो उन्हें देने का उपाय नहीं है, इसीसे केवल जरा-सी उनके पैरों की धूल लेने के लिए…" यह कहकर हेम ने अपना हाथ खींचने की जैसे चेष्टा की, वैसे ही षोडशी अपनी पकड़ कसकर केवल जरा-सा हंस दी।

हेम ने बायें हाथ से अपनी आंख का कोना पोंछकर हंसकर कहा, "अच्छा, पैरों की धूल तुमको न देनी पड़ेगी दीदी, जरा अपनी मुट्ठी ढीली करो, मेरा हाथ टूटा जा रहा है। तुम्हारा मन ही नहीं, हाथ भी कुछ कम कठोर नहीं है। इस्पात की तलवार क्या यों ही याद आती है ? किन्तु वह वचन आज मुझे दो दीदी, कि यदि कभी तुमको किसी अपने की आवश्यकता हो तो अपनी परदेसी बहन को याद करोगी।"

षोडशी उसके हाथ के ऊपर धीरे-धीरे हाथ फेरने लगी, कुछ बोली नहीं। हेम ने कहा, "तो वचन देना नहीं चाहतीं ?"

षोडशी ने कहा, "मैं क्या यह चाह सकती हूं, बहन कि मेरे लिए तुम्हारा पिता जी से झगड़ा हो ?"

निर्मल ने कहा, "झगड़ा न करके भी तो बहुत काम किए जा सकते है ?"

षोडशी ने कहा, "मैं कहती हूं, उसके लिए भी आप लोगों को प्रयत्न करने की आवश्यकता नहीं। लेकिन इसका यह अर्थ नहीं कि मैं प्रवासी बहन को भूल जाऊंगी। मेरा समाचार आप लोग पाते ही रहेंगे।"

नौकर अब तक चुप कर बाहर बैठा था। उसने कहा, "मां जी, कल की तरह आज भी आंधी पानी आ सकता है—बादल उठ रहे हैं।"

हेम ने बाहर झांककर देखा। फिर प्रणाम करके षोडशी के पैरों को लेकर उठ खड़ी हुई। निर्मल ने हाथ उठाकर नमस्कार करके कहा "मैं सदा

के लिए ऋणी ही रह गया। ऋण चुकाने का अब कोई मार्ग नहीं रहा। मैं अदालत का आदमी हूं। विषम सम्पत्ति वाली भैरवी के काम तो कभी आ सकता था; किन्तु झोपड़ी में रहने वाली संन्यासिनी मेरे हाथ के बाहर है। यह सच है कि सब छोड़े बिना भी उपाय नहीं था; किन्तु छोड़कर भी उपाय होगा—यह विश्वास नहीं होता।"

षोडशी उठ खड़ी हुई। बोली, "किसने कहा कि मैंने सब त्याग दिया? मैंने तो कुछ भी नहीं त्यागा।"

निर्मल और हेम, दोनों अवाक् होकर एक साथ कह उठे, "त्यागा नहीं? कोई भी अधिकार नहीं त्यागा?"

षोडशी ने वैसे ही शान्त-सहज स्वर में कहा, "ना, कुछ भी नहीं। मैं औरत हूं, निरुपाय हूं; लेकिन मेरा भैरवी का अधिकार तिल-भर भी शिथिल नहीं हुआ। वे मर्द लोग हैं, उनके पास प्रतिशोध है, लेकिन अपनी वह शक्ति सोलहों आने प्रमाणित किए बिना मेरे हाथ से वे कुछ भी नहीं पा सकते—मिट्टी का एक ढेला तक नहीं।—निर्मल बाबू, मैं औरत हूं सही, लेकिन जिन्होंने वही मेरा बड़ा अपराध स्थिर कर रखा है, उन्होंने भूल की है। उनके इस भ्रम का संशोधन करना ही होगा।"

बात सुनकर दोनों ही जने स्तब्ध हो रहे। घर में उस समय भी दीया नहीं जलाया गया था—अन्धकार में उसके मुख, उसकी आंखों और उसके क्षीण शरीर की अस्पष्ट आभा के सिवा और कुछ भी नहीं नजर आया, किन्तु उसके उस शान्त अविचलित कण्ठ-स्वर ने भी जो सत्य उच्चारण किया, वह उन दोनों के ही हृदय को जोर से बेंध गया।

थोड़ी ही दूर पर, मार्ग के मोड़ के पास, एक कोलाहल सुनाई पड़ा। लालटेनों के प्रकाश के साथ दो पालकियां जा रही थीं। अन्धकार में नजर दौड़ाकर, निर्मल ने कहा, "तो आज ही जमींदार बाबू ने यहां पदार्पण कर दिया, देखता हैं।"

षोडशी भीतर से विस्मय के साथ कह उठी, "जमींदार बाबू? क्या उनके आने की सूचना थी?" यह कहकर वह द्वार के पास आ खड़ी हुई।

निर्मल ने कहा, "हां, उनका वह जो नदी-किनारे का नरककुण्ड है, उसकी झाड़-पोंछ हो रही थी। एककौड़ी कह रहा था कि स्वास्थ्य ठीक करने के लिए हुजूर आज-कल के भीतर ही स्वराज्य में पधारेंगे। सो

पधारे जान पड़ते हैं।"

षोडशी चुपचाप उसी जगह खड़ी रही। विदा मांगकर निर्मल ने धीरे-धीरे कहा, "चाहे जितनी दूर हम रहें, हमारे रहते आप अपने को एकदम निरुपाय और साधनहीन न समझें।"

इतना कहकर वह हेम का हाथ पकड़कर अंधकार में आगे बढ़ा। षोडशी वैसी ही स्थिर, वैसी ही स्तब्ध हो रही इस बात का भी कोई उत्तर नहीं दिया।

12

उस विशालकाय मंदिर की प्राचीर के नीचे जमींदार जीवानन्द चौधरी की दोनों पालकियां पल-भर में अन्तर्धान हो गईं। इस अत्यन्त गहरे अन्धकार में केवल कई लालटेनों के प्रकाश की सहायता से मनुष्य की आंखों से कुछ भी नहीं देखा गया; किन्तु षोडशी को जान पड़ा, जैसे उस आदमी को दिन का प्रकाश स्पष्ट देख पाया और खाली वही नहीं, उसके पीछे पर्दे के घेर से ढकी हुई जो पालकी गई, उसके अवरोध के भीतर भी जो आदमी चुपचाप बैठा है, उसकी भी साड़ी की जो चौड़ी काली पाढ़ कुछ खुले हुए द्वार में से नीचे लटकी हुई है, वह भी जैसे उसकी आंखों ने देख लिया। उसके हाथ में पहनी हुई चूडी की सुनहली चमक भी लालटेन की रोशनी में पल-भर के लिए जो झलक गई, इस बारे में भी उसे संशय नहीं रहा! उसके दोनों कानों में हीरे के बुन्दे झलमला रहे हैं, उसकी उंगली की अंगूठी में पन्ने का हरा रंग दमक रहा है—सहसा उसकी कल्पना बाधा पाकर रुक गई। उसे याद आया कि यह सब तो उसने अभी-अभी हेम के शरीर में देखा है। याद आते ही अकेले उस अन्धकार में भी वह लज्जा से सिकुड़ गई। 'चण्डी! चण्डी!' कहकर उसने सामने के मन्दिर को लक्ष्य कर चौखट पर सिर रखकर प्रणाम किया और सारी चिन्ता को जबरदस्ती मन से दूर करके दरवाजा छोड़कर जैसे ही भीतर आकर खड़ी हुई, वैसे ही और दो नर-नारियों की चिन्ता से उसका हृदय भर उठा। क्षण-भर पहले की सारी बात-चीत के भीतर भी आंधी-पानी के शीघ्र आने की सम्भावना उसके मन को झकज़ोर गई।

उधर काले-काले मेघ-खंड़ों से आकाश छाया जा रहा है, शायद तूफान की मस्ती शीघ्र ही शुरू हो जाएगी। विगत रात्रि का आधा-एक

दुःख तो उसके सिर के ऊपर से निकल गया है, बाकी रात भी मन्दिर के बंद द्वार पर खड़े-खड़े किसी प्रकार बीत गई है। इस प्रकार शारीरिक कष्ट सहने का उसे अभ्यास नहीं है। देवी की भैरवी को तो यह सब भोगना भी नहीं होता, तो भी उसे उसका विशेष दुःख न था। जो घर-द्वार वह अपनी इच्छा से अभागे पिता को दान कर आई है उसके सम्बन्ध में आज दिन-भर उसने कोई चिन्ता ही नहीं की। किन्तु इस समय एकाएक उसका सारा मन जैसे एकदम व्याकुल हो गया। इस निर्जन गांव के छोर पर अकेले इस टूटे-फूटे सीलन से भरे घर के भीतर किस प्रकार उसकी रात कटेगी? अपने आस-पास निहार कर देखा। धीमे दीपक के प्रकाश में घर के दोनों कोने धुंधले हो रहे हैं, और उन्हीं के बीच-बीच चूहों के बिल जैसे काली-काली आंखें खोले ताक रहे हैं। उन्हें भरकर बन्द करना होगा। सिर के ऊपर छप्पर में असंख्य छेद हैं। क्षण-भर बाद पानी बरसना शुरू होने पर हजार धाराओं से पानी पड़ेगा, खड़े रहने को भी कहीं स्थान नहीं रहेगा। मजदूर बुलाकर इन सबकी मरम्मत करानी होगी। किवाड़ों को बन्द करने का खटका बहुत पुराना और टूटा हुआ है; उसे ठीक कराने की आवश्यकता सबसे पहले है। दिन रहते इधर ध्यान नहीं दिया, यह सोचकर उसका कलेजा शंका से धड़क उठा।

उस अरक्षित और टूटी पर्णकुटी में—केवल आज-भर ही नहीं—बहुत दिन वह कैसे रहेगी? उसे याद आया, अभी विदा के समय निर्मल ने जो कहा था, उसके उत्तर में उसकी ओर से कुछ भी नहीं कहा गया, अतः अब शायद जल्दी मिलन नहीं होगा। वह भरोसा देकर अपने को एकदम निरुपाय न सोचने के लिए कह गया है। शायद हजारों कामों के बीच अपनी यह बात उसे याद ही नहीं रहेगी। याद रही भी तो पश्चिम के किसी बहुत दूर शहर में बैठकर वह उसकी सहायता करेगा भी कैसे और उसे मैं ग्रहण ही किस अधिकार से करूंगी? फिर हेम की याद आई। जाने के समय उसने एकबात भी नहीं कही, किन्तु स्वामी के बुलाने पर जब उसका हाथ पकड़कर वह आगे बढ़ी तब स्वामी की मानो हर एक बात का चुपचाप समर्थन कर गई। अतएव स्वामी भूले तो भूल भी सकता है किन्तु स्त्री उस बात को—जिसे उसने नहीं कहा—सहज में नहीं भूलेगी, यह षोडशी ने मन-ही-मन विश्वास किया।

हेम के साथ उसका परिचय बहुत दिनों का नहीं है और घनिष्ठ भी

नहीं है। फिर भी किसी प्रकार दरवाजा बन्द करके वह जब अपना कम्बल का बिछौना फैलाकर जमीन पर बैठी, तब हेम उसे बार-बार याद आने लगी। वह हेम जिसने पहले दिन ही उसके दुःख में हिस्सा लेकर गांव की समस्त विरोधी शक्ति के विरुद्ध, पिता के विरुद्ध, जान पड़ता है और भी एक आदमी के विरुद्ध, स्पष्ट युद्ध किया था; उसी हेम के चले जाने पर कल उसके पास उसका पक्ष लेकर खड़ा होने को यहां और कोई नहीं रहेगा। विपक्ष उत्तरात्तर बढ़ता ही चला जाएगा; किन्तु अपना कहने को, सान्त्वना का एक वाक्य मुंह से निकालने को कोई आदमी नहीं मिलेगा। और यह तूफान कहां जाकर किस प्रकार समाप्त होगा, इसका भी कोई ठिकाना नहीं है। इसी प्रकार इस बान्धवहीन जनहीन घर में चारों ओर के घने अन्धकार में अकेली बैठकर वह निकट भविष्य की सुनिश्चित विपत्ति के चित्र को रत्ती-रत्ती करके देख रही थी; किन्तु इसी बीच में कब अनजान में ही इस उपद्रव के भय को हटाकर क्षण-भर के लिए एक भाव की लहर उसके क्षुब्ध मन के भीतर बहुत ऊंची उड़ी वह जान भी नहीं पाई।

इतने दिन तक उसने जीवन को जिस प्रकार से पाया है, उसी प्रकार से ग्रहण किया है। वह चंडीदेवी की भैरवी है—उसका एक उत्तरदायित्व है, अधिकार है, विपत्ति है—स्मरणातीत काल से इस पद की अधिकारिणियों के पैर पड़ते-पडते जो मार्ग बन गया है, वह कहीं तंग है, कहीं चौड़ा है; वह राह चलने में सीधी चली गई है और किसीके टेढ़े पदचिह्न परम्परा से चले आ रहे इतिहास के अंक में विद्यमान हैं। इस इतिहास के बिना लिखे पन्ने लोगों की जबान पर कहीं तो सदाचार की पुण्य-पवित्र कहानी-से चमक रहे हैं, और कहीं व्यभिचार से काले हो रहे हैं। तथापि भैरवी के जीवन की धारा कहीं भी थोड़ी-सी भी छिपी नहीं। यात्रा करने से अनेक भैरवियों को सहज और दुर्गम,अजेय और जटिल अनेक गली-कूचे पार करने पड़े हैं; उनका सुख और दुःख-भोग कम नहीं है। किन्तु क्यों, किसलिए; यह प्रश्न भी शायद किसी भैरवी ने कभी नहीं किया, अथवा इसको अस्वीकार करके और एक मार्ग खोजने की भी किसीकी इच्छा नहीं हुई। भाग्य द्वारा निश्चित उसी परिचित गलियारे के भीतर होकर ही षोडशी के जीवन के ये बीस वर्ष बहते चले गए हैं। इसे भैरवी का जीवन मानकर ही बिना किसी संशय के उसने ग्रहण किया। एक दिन

के लिए भी अपने जीवन के बारे में यह नहीं सोचा कि वह नारी का जीवन है। चण्डीदेवी की सेविका के रूप में वह पास और दूर के बहुत-से गांवों और बस्तियों के असंख्य नर-नारियों में परिचित है। कितनी ही रमणियां, जिनकी गिनती नहीं हो सकती—कोई छोटी, कोई बड़ी, कोई हमजोली—उनके कितने ही प्रकार के सुख-दुःख, कितनी ही प्रकार की आशा और भरोसा, कितने ही बहुत सुन्दर आकाश-कुसुमों की वह मौन साक्षी है। ये स्त्रियां देवी की दया प्राप्त करने के लिए कितने ही समय से, कितनी ही मन की बातें गुप्त रूप से चुपके से उसके आगे प्रकट करती आई हैं, अपने दुःखी जीवन के अत्यन्त गुप्त अध्यायों को निष्कपट भाव से उसकी आंखों के आगे खोलकर रखकर उन्होंने कृपा की भीख मांगी है। यह सभी उसने देखा है; केवल यही नहीं देख पायी कि स्त्री-हृदय की किसी भीतरी तह फोड़कर इन सब भावों और अभियोगों के स्वर निकलकर इतने दिनों तक उसके कानों में आते रहे हैं। इनकी गठन और इच्छा, ऐसे किसी एक विभिन्न जगत् की वस्तु है, जिसे जानने और पहचानने का कोई कारण, कोई इच्छा उसको नहीं हुई। उस प्रयोजन का पहला धक्का आज यहां इस परित्यक्त अंधेरे घर में पहले-पहल उनके मन में लगा। कल उस कुयोग की रात में निर्मल का हाथ पकड़कर नदी पार कराके उसने उसे घर पहुंचा दिया था, शायद दो आदमियों के अलावा और कोई इस बात को नहीं जानता। और आज अभी उसी क्षीण दृष्टि आदमी के बुलाने पर हेम जो उसीका हाथ पकड़कर चुपचाप आगे बढ़ गई, इस बात को भी शायद इन कई आदमियों के सिवा और कोई नहीं जानेगा। लेकिन कल और आज के इस कर्तव्य में कितना अन्तर है!

और एक बार उसकी आंखों के सामने हेम की धोती की पाढ़ और उंगली की पन्ने की अगूठी से लेकर उसके कानों के हीरों के बुन्दे तक नाच गए और सब प्रकार के अन्धकार को लांघकर उसकी दृष्टि बाहर उस स्त्री के प्रत्येक पग का जैसे पीछा करती हुई चली। उसने देखा, अब उसे स्वामी का हाथ छोड़कर, छिपकर घर के पीछे घुसना होगा; वहां अपने चिन्तित और व्याकुल माता-पिता के सैकड़ों-हजारों अपमान और ताने सहन करके लजाते हुए जल्दी से भागकर अपने कमरे में जाकर आश्रय लेना होगा; वहां शायद सोता हुआ बालक जागकर बिछौने पर बैठा रो रहा है—उसे शांत करके फिर सुलाना होगा। किन्तु इतने से क्या छुट-

कारा मिल जाएगा? तब भी कितना ही काम शेष रह जाएगा। आड़ में रहकर स्वामी के खाने-पीने की देख-रेख करनी होगी, कोई त्रुटि न हो। लड़के को उठाकर दूध पिलाना होगा—वह भूखा न रह जाए। बाद को आप भी खा-पीकर जैसे-तैसे शेष रात काटकर फिर तड़के उठकर यात्रा के लिए तैयार होना होगा। उसकी कितनी प्रकार की आवश्यकता है, कितनी ही चीजें रखना और बांधना-बूंधना है। उसका स्वामी, उसका बेटा, उसके नौकर-चाकर आदि उसका सहारा लेकर ही यात्रा करेंगे। राह लम्बी है, उसमें किसे क्या चाहिए, सो सब उसको जुटाना या देना होगा—उसीको सब सोच-सोचकर साथ ले चलना होगा। षोडशी ने किसी दिन कभी अपने जीवन को दूसरे के साथ मिलाकर नहीं देखा, आलोचना करने की बात भी कभी मन में नहीं आई, तो भी उस मन के भीतर गृहिणी होने का सब उत्तरदायित्व, सब भाव, माता के सब कर्तव्य और सब चिन्ताओं को कोई जैसे जाने कब निपुण हाथों से पूरी तरह से सजाकर रख गया है, इसीसे कुछ न जानकर भी वह सब जानती है, कभी कुछ न सीखकर भी हेम के सब काम उसीकी तरह बिना किसी कसर के वह कर सकती है—यही उसे जान पड़ा।

थोड़ी ही दूर पर एक लकड़ी के टुकड़े पर रखा हुआ मिट्टी का दीया बुझने-बुझने को हो रहा था। अनमने भाव से उसकी बत्ती उकसाकर प्रकाश तेज करते ही वह जैसे चौंक पड़ी—उसे ध्यान आ गया कि वह चण्डी की भैरवी है। इतनी बड़ी सम्मानित और प्रतिष्ठित नारी इस प्रदेश में और कोई नहीं है। यह सोचकर वह लज्जा से जैसे मर गई कि उसने एक साधारण स्त्री की अत्यन्त साधारण गृहस्थी की अत्यन्त तुच्छ आलो-चना में क्षण-भर के लिए भी अपने को विह्वल कर लिया। घर में और कोई नहीं है। उसकी क्षण-भर की इतनी थोड़ी दुर्बलता को संमार में कोई कभी जानेगा भी नहीं। केवल जिन देवी की वह सेविका है, उन चण्डी के लिए और एक बार हाथ जोड़कर सिर झुकाकर उसने कहा, 'माता, व्यर्थ की चिन्ता में समय नष्ट हो गया, तुम मुझे क्षमा करो।"

रात कितनी हुई, ठीक जानने का उपाय नहीं, किन्तु उसने अनुमान लगाया कि अधिक हो गई है। इसीसे बिछौने को और भी थोड़ा फैलाकर और दीपक में और भी थोड़ा तेल डालकर वह लेट गई। थकी हुई आंखों में नींद आने में भी शायद देर न होती, किन्तु बाहर द्वार के पास कुछ शब्द

सुनकर वह चौंककर उठ बैठी। हवा ने भी कुछ जोर पकड़ा था, किसी सियार या कुत्ते का होना भी असम्भव नहीं तो भी क्षण-भर कान लगाए रहकर भयभीत हो उसने पूछा, "कौन है ?"

बाहर से उत्तर आया, "भय नहीं है मां जी, तुम सोओ मैं हूं सागर।"

षोडशी ने कहा, "लेकिन इतनी रात को तू क्यों आया रे ?"

सागर ने कहा, "हर काका ने कह दिया कि जमींदार आया है, रात भी कुछ अच्छी नहीं है। जा सागर, लाठी हाथ में लेकर जरा जागकर बैठ। तुम सो जाओ मां भोर हुए बिना मैं नहीं हिलूंगा।"

षोडशी ने आश्चर्यचकित होकर कहा, "यही यदि हो सागर, तो अकेला तू क्या कर लेगा भैया ?"

बाहर के आदमी ने जरा हंसकर कहा, "अकेला क्यों हूं मां, काका को एक आवाज दे लूंगा। काका और भतीजा, दोनों लाठी लेकर खड़े हो जाएं तो मां, जानती हो सब, उस दिन की लाज से ही हम मरे हुए हैं। यदि एक बार आज्ञा भेज देती मां !"

हरिहर और सागर ये दोनों चचा-भतीजे डकैती के अभियोग में एक बार लगभग दो साल की जेल काट आए थे। जेलखाने में ये सुखी थे; लेकिन छूटकर आने पर इनके प्रति बहुत दिनों तक एक ओर जमींदार के और दूसरी ओर पुलिस कर्मचारियों खे अत्यचार की कोई सीमा नहीं थी। कहीं कुछ हो जाता तो दोनों ओर की खींच-तान में इनके प्राणों पर आ बनती। स्त्री और बाल-बच्चों को लेकर ये न निर्विध्न रह सकते थे और न देश छोड़कर और कहीं जा पाते थे। इस अन्याय और अकारण यंत्रणा से षोडशी ने इनको थोड़ा-बहुत उबार लिया था। बीजगांव की जमींदारी से हटाकर इन्हें अपनी जमीन में रहने के लिए स्थान दिया था और अनेक उपायों से पुलिस को प्रसन्न करके इनकी जीवन-यात्रा को बहुत कुछ आसान कर दिया था। तभी से डाकू रूप में बदनाम ये दोनों परम भक्त षोडशी की सम्पत्ति-विपत्ति या सुख-दुःख में उसके पूरे तौर से सहायक हैं। केवल नीच जाति और अस्पृश्य होने के कारण ही संकोच के मारे वे दूर-दूर रहते थे और षोडशी ने आप भी कभी किसी दिन उन्हें पास बुलाकर घनिष्ठता बढ़ाने की चेष्टा नहीं की। अनुग्रह वह केवल देती ही आई है, उसका बदला कभी नहीं चाहा। शायद इसकी आवश्यकता भी नहीं हुई। आज इस सुनसान आधी रात में संशय और संकट के बीच उनके

इस आडंबरहीन स्नेह और चुपचाप सेवा चेष्टा से षोडशी की दोनों आंखें आंसुओं से भर गईं। आंसू पोंछकर पूछा, "अच्छा सागर, तुम्हारी जाति के लोगों में भी शायद मेरे बारे में बातचीत होती है—हाती है न रे? कौन क्या कहता है?"

बाहर से सागर ने तमककर उत्तर दिया, "हम लोगों के सामने!"

षोडशी ने तुरन्त लज्जा के माथ अनुभव किया कि उसके आगे उसका इस प्रकार का प्रश्न करना ही ठीक न हुआ। अतएव बात को और न बढ़ाकर वह चुप हो रही। आंखों में नींद नहीं थी। बाहर जल्दी ही आने बाले आंधी-पानी को सिर पर लेकर उसीकी सावधानी में एक आदमी जागता हुआ बैठा है—यह जान लेने से ही सोने में सुविधा नहीं हो जाती। इसीसे कुछ देर तक चुप रहने के बाद फिर उसने यही बात छेड़ी। कहा, "यदि पानी आया तो तुम्हें बड़ा कष्ट होगा सागर! यहां तो कहीं खड़े होने के लिए स्थान भी नहीं है।"

सागर ने कहा, "न सही मां! रात अधिक नहीं है, दो-एक पहर पानी में भीगने से हम बीमार नहीं पड़ते।"

इसका कोई उत्तर नहीं था। इसीसे कुछ देर चुपचाप रहकर षोडशी ने फिर और प्रसंग उठाया। बोली, "अच्छा, तुम लोगों ने क्या सचमुच ही यह समझा है कि जमींदार के पियादे मुझे घर से जबर्दस्ती पकड़कर ले गए थे?"

सागर ने पश्चात्ताप के स्वर में कहा, "क्या करती मां, तुम अकेली औरत जात। इस मोहल्ले में मनुष्य कहने योग्य कोई है नहीं। हम दोनों चाचा-भतीजे भी उस दिन हाट गए थे और तब तक लौटे नहीं थे नहीं तो किसी की मजाल थी मां, जो तुम्हारी देह को हाथ लगाता।"

षोडशी ने मन-ही-मन समझा, यह बात भी ठीक नहीं है। बातों-ही-बातों में न जाने क्या सुनना पड़े। लेकिन रुक भी नही सकी; बोली, "उन लोगों के बहुत आदमी थे, तुम दोनों यदि रहते भी तो क्या उन्हें रोक पाते?"

सागरने मुंह से एक अव्यक्त ध्वनि करते हुए कहा, "मन का दुःख और बढ़ाकर क्या होगा मां? हुजूर भी आए हैं, हम लोग सब जानते हैं। मैया की कृपा से फिर यदि कभी अवसर आया तो उसका उत्तर देंगे। तुम यह न समझो मां, कि हर काका बूढ़ा हो गया है, तो मर गया है। उसे जानती

थीं मातु भैरवी, उसे जानते हूं शिरोमणि ठाकुर। जमींदार के पायक-पियादे बहुत हैं, यह भी जानता है। गरीब जानकर हमें दु.ख-कष्ट भी उन्होंने कम नहीं दिए—वह भी याद है। हम छोटे आदमी अपने लिए कुछ चिन्ता नहीं करते, लेकिन तुम्हारी आज्ञा होने पर माता भैरवी की देह में हाथ लगाने का बदला ले सकते हैं। गले में रस्सी डालकर खींचते हुए लाकर इस हुजूर को ही रातों-रात माता के स्थान में बलि दे सकते हैं मां, कोई साला रोक न सकेगा।"

षोडशी मन-ही-मन सिहर उठी; बोली, "कहता क्या है सागर, तुम लोग इतने निष्ठुर, ऐसे भयंकर हो सकते हो? इतनी-सी बात के लिए एक मनुष्य का खून करने की तुम्हारी इच्छा होती है?"

सागर ने कहा, "इतनी-सी बात! केवल इतनी-सी बात के लिए ही तो आज तुम्हारी यह दशा है! जमींदार आए हैं, सुनकर काका के तो बदन में जैसे आग लग गई है। तुम चिन्ता न करो मां, फिर यदि कुछ हुआ तो वह भी तब केवल इतने से ही रुक जाएगा।"

षोडशी ने कहा, "हां रे सागर, तूने कभी गुरु जी की पाठशाला में पढ़ा था?"

बाहर बैठा हुआ सागर जैसे लज्जित हो उठा; बोला, "तुम्हारे ही आशीर्वाद से यों ही थोड़ा-सा रामायण-महाभारत उलट-पुलट सकता हूं। लेकिन यह बात क्यों पूछी मां?"

षोडशी ने कहा, "तेरी बात सुनने में जान पड़ता है, तेरा काका नहीं भी समझें; लेकिन तू समझ सकेगा। उस दिन मुझे कोई पकड़कर नहीं ले गया सागर, किसीने मेरी देह में हाथ नहीं लगाया। केवल क्रोध के मारे सिर फिर गया था और मैं आप ही चली गई थी।"

सागर ने कहा, "हम लोगों ने भी सुना है, लेकिन सारी रात घर को नहीं लौट पाईं मां; वह भी क्या क्रोध करके?"

षोडशी इस प्रश्न का सही उत्तर टालकर बोली, "लेकिन जिसके लिए तुम लोग इतने कुद्ध हो, अपनी वह दशा तो मैंने आप ही की है। मैंने तो अपनी इच्छा से ही पिता जी के लिए घर छोड़कर यहां आकर आश्रय लिया है।"

सागर ने कहा, "लेकिन इतने दिन तो यह आश्रय लेने की इच्छा नहीं हुई मां!" जरा देर चुप रहने के बाद अचानक उसका कण्ठस्वर और तीव्र

हो उठा। उसने कहा, "तारादास ठाकुर के ऊपर भी हम लोगों को क्रोध नहीं है, राय महाशय को भी हम कुछ न कहेंगे, लेकिन जमींदार को हम मौका पाने पर सहज में नहीं छोड़ेंगे। जानती हो मां, हमारे विपिन के साथ उसने क्या किया है? वह घर में नहीं था, तब उसके घर में घुसकर···"

षोडशी ने चटपट उसे रोककर कहा, "रहने दे सागर, ये सब मुझे न सुना।"

सागर चुप हो रहा। षोडशी ने आप भी बहुत देर तक और कोई प्रश्न नहीं किया। कुछ देर बाद सागर ने फिर जब बात की, तब षोडशी ने उसके कण्ठ-स्वर में गूढ़ विस्मय का आभास अस्पष्ट अनुभव किया। सागर ने कहा, "मां, हम तुम्हारी प्रजा हैं, हमारा दुःख कष्ट तुम न सुनोगी?"

षोडशी ने कहा, "लेकिन सुनकर भी तो इतने बड़े जमींदार के विरुद्ध कुछ नहीं कर पाऊँगी भैया!"

सागर ने कहा, "एक बार तो किया था। यदि फिर आवश्यकता हुई तो तुम्हीं कर सकोगी। तुम न कर सकोगी तो हम लोगों की रक्षा करने वाला कोई नहीं है मां!"

षोडशी ने कहा, "नई भैरवी यदि कोई हो तो उसीको तुम लोग अपना दुःख बताना।"

सागर ने चौंककर कहा, "तो तुम हम लोगो को क्या सचमुच ही छोड़ जाओगी मां? गांव-भर के सभी लोग आपस में चर्चा करते हैं···" सहसा वह रुक गया; किन्तु षोडशी स्वयं भी एकाएक इस प्रश्न का उत्तर न दे पाई। कुछ समय चुप रहकर धीरे-धीरे बोली, "देख सागर, तुम लोगों के आगे यह बात उठाते हुए मैं लज्जा से मरी जाती हूं। किन्तु मेरे सम्बन्ध में सब तो तूने सुना है। देखती हूं, गांव के और दस आदमियों के समान तुम लोगों ने भी विश्वास कर लिया है। इसके बाद भी क्या तुम लोग मुझी को भैरवी बनाकर रखना चाहते हो?"

बाहर से सागर ने धीरे-धीरे उत्तर दिया, "बहुत बातें ही सुनी हैं मां! दूसरे लोगों की तरह हम लोग भी समझ नहीं पाते मां, कि उस रात को तुम क्यों घर नहीं लौटीं, और सवेरे ही क्यों साहब के हाथ से हुजूर को बचाया? लेकिन वह चाहे जो हो मां, हम कई छोटी जाति के किसानों

ने तुम्हींको मां समझा है। तुम चाहे जहां जाओ, हम भी साथ चलेंगे। लेकिन जाने के पहले एक बार मजा चखाकर जाएंगे।"

षोडशी ने कहा, "लेकिन तुम लोग तो मेरी प्रजा नहीं हो, माता चण्ड़ी की प्रजा हो। मेरी जैसी माता की दासी न जाने कितनी हो गई हैं और कितनी होंगी। उनके लिए तुम लोग घर-द्वार त्यागकर जाओगे ही क्यों, और उपद्रव ही क्यों करोगे? ऐसा भी हो सकता है कि स्वयं मुझको ही अब यह सब अच्छा न लगे।"

सागर ने आश्चर्य के साथ कहा, "अच्छा नहीं लगता?"

षोडशी ने कहा, "इसमें आश्चर्य क्या है? मनुष्य का मन क्या बदल नहीं जाता?' उत्तर में केवल 'हूं' कहकर ही उस आदमी ने थोड़ी देर चुप रहकर कहा, "लेकिन अब रात अधिक बाकी नहीं है मां, आसमान से बादल भी हट रहे हैं। अब तुम जरा सो रहो।"

षोडशी को स्वयं भी यह सब आलोचना अच्छी नहीं लग रही थी, उससे वह बहुत थक गई थी। सागर की बात पर कुछ न कहकर आंखें मूंदकर लेट रही। किन्तु उसकी उन आंखों में जब तक नींद नही आई, तब तक घूम-फिरकर केवल उसी आदमी की बातें मन में चक्कर काटने लगीं, जो जागता हुआ बाहर बैठा है। उसे वह बचपन से ही देखती आई है। नीच और अछूत होने के कारण केवल अब तक तुच्छ और छोटे कामों में यही काम आया है। किसी दिन कोई सम्मान का स्थान उसने नहीं पाया। बातचीत करने की कल्पना तो स्वप्न में भी किसीके मन में नहीं उठी। किन्तु आज इस दु:ख के समय में जाने-अनजाने उसके मुंह से अनेका बातें ही निकल गई हैं, और उसका भला-बुरा हिसाब रखने का शायद एक दिन आ भी सकता है; लेकिन श्रोता के हिसाब से वह इस छोटे आदमी को निहायत छोटा किसी प्रकार भी नहीं सोच सकी।

दूसरे दिन सवेरे आंख खुलने पर दरवाजा खोलकर षोडशी ने बाहर आकर देखा, बहुत दिन चढ़ आया है और थोड़ी ही दूर पर बहुत-से लोग मिलकर उसीके बंद दरवाजे की ओर ताकते हुए जैसे किसी तमाशे का इन्तजार में खड़े हैं। कहीं पर थोड़ा-सा पर्दा, थोड़ा-सा आदर भी नहीं है। सहसा उसे ध्यान आया कि तत्क्षण द्वार बन्द न कर देने से इन लोगों की उत्सुक दृष्टि से शायद वह बचेगी नहीं। यह छोटा-सा घर चाहे जितना जीर्ण, चाहे जितना टूटा-फूटा हो, आत्म-रक्षा करने को तो इसके

सिवा संसार में शायद दूसरा स्थान नहीं है और ठीक उसी समय देखा, भीड़ को ठेलकर एककौड़ी सामने आकर खड़ा हो गया। एककौड़ी ने विनयपूर्वक कहा, "हुजूर गांव में पधारे हैं, शायद आपने सुना हो?"

जमींदार के गुमाश्ते एककौड़ी ने इसके पहले दिन कभी उसे 'आप' कहकर सम्बोधन नहीं किया। उसकी विनय, उसके सम्भाषण का यह परिवर्तन षोडशी को जैसे कांटा-सा चुभा, किन्तु कुछ उत्तर देने के पहले ही एककौड़ी ने फिर सम्मान के साथ कहा, "हुजूर ने आपको याद किया है।"

षोडशी कहा, "कहां?"

एककौड़ी ने कहा, "यहीं कचहरी में सवेरे से आते ही प्रजा की नालिशें सुन रहे हैं। यदि अनुमति दें तो पालकी लाने के लिए आदमी भेज दूं।"

सब लोग मुंह बाए सुन रहे थे। षोडशी को जान पड़ा, वे जैसे इस बात को भी सुनकर हंसी दबाने की चेष्टा कर रहे हैं। उसके हृदय के भीतर जैसे आग-सी जल उठी; किन्तु क्षण-भर में ही अपने को संभालकर कहा, "यह उनका प्रस्ताव है या तुम्हारी समझदारी है एककौड़ी?"

एककौड़ी ने सम्मानपूर्वक कहा, "जी, मैं तो चाकर हूं। यह स्वयं हुजूर की आज्ञा है।"

षोडशी ने कहा, "तुम्हारे हुजूर का भाग्य अच्छा है। जेल में कोल्हू खींचने के बदले पालकी पर चढ़े घूम रहे हैं; वह भी अकेले आप ही नहीं दूसरे के लिए भी व्यवस्था की है। लेकिन जाकर उनसे कहो एककौड़ी, मुझे पालकी में चढ़ने का अवकाश नहीं है—मुझे बहुत काम हैं!"

एककौड़ी ने कहा, "इस समय या कल सवेरे भी क्या थोड़ा-सा अवकाश न पाइएगा?"

षोडशी ने कहा, "नहीं।"

"एककौड़ी ने कहा, "लेकिन पातीं तो अच्छा होता : अनेक लोगों की शिकायतें है न?"

षौडशी ने कठोर स्वर में उत्तर दिया, "विचार करने के योग्य विद्या-बुध्दि हो तो वे अपनी प्रजा का विचार करें। मैं तुम्हारे हुजूर की प्रजा नही हूँ। मेरा विचार करने के लिए सरकार की अदालत है।" यह कहकर वह गमछा कन्धे पर डालकर पोखर की ओर तेजी से चली गई।

13

जमींदार का एकान्त निवास सजाने और ठीक करने में चारेक दिन लग गए। चर्चा है कि अब की हुजूर निरन्तर दो महीने चंडीगढ़ में विश्राम करेंगे। आज सवेरे से ही उत्तर की ओर के बड़े हॉल में सभा लगनी थी। सारे हॉल के फर्श पर कार्पेट और उसके ऊपर सफेद जाजिम बिछी है और बीच-बीच में दो-चार मोटे तकिये यहां-वहां पड़े हुए हैं। एक ओर गांव के प्रतिष्ठित लोग सभा जमाए बैठे थे। जमींदार के पास उनकी बहुत-सी शिकायतें थीं। राय महाशय थे, शिरोमणि महाशय थे, घोष बाबू, बोस बाबू थे; यहां तक कि तारादास ठाकुर भी इन लोगों की आड़ में मुंह नीचा और कान खड़े किए सतर्क बैठे थे। और भी जो थे, यद्यपि उनमें कोई अवहेलना योग्य नहीं है तो भी उनका नाम-धाम और ब्योरा विदित न होने से पाठकों का जीवन दूभर न हो उठेगा, यह समझकर ही उमे यहां नहीं दिया जा रहा है। खैर, जो हो, लोगों की सम्मिलित चेष्टा से अभियोग की भूमिका एक ओर से समाप्त हो जाने पर भी असल बात उठते-उठते रह जाती थी—जैसे मुंह तक आकर भी किसीके भी मुंह से बाहर नहीं होना चाहती थी।

जीवानन्द चौधरी भी वहां उपस्थित थे। सबके साथ रहकर भी जरा दूर पर एक तकिये के ऊपर दोनों कोहनियां टिकाकर बैठे हुए मन लगाकर सब कुछ सुन रहे थे। मन प्रसन्न था। बिलकुल स्वाभाविक न होने पर भी, बनावट होने का भी सन्देह नहीं होता था। बहुत मुमकिन था कि शराब का झाग उस समय भी उनके दिमाग की सारी अलियों-गलियों पर कब्जा न किए बैठा हो। सामने के बड़ें-बड़े खुले दरवाजों से बारूई नदी की रूखी बालू और भीगी मिट्टी की गंध हवा में उड़कर आ रही थी और जान पड़ता है पास की कोठरी में ही खाना बन रहा था, इसलिए उसीके भिड़े हुए दरवाजे की किसी दरार से एक तरह की आवाज और गन्ध बीच-बीच में इसी हवा के द्वारा लोगों तक पहुंच रही थी। वह आवाज और गन्ध व्यक्ति-विशेष के लिए लाभदायक और रुचि-कर होने पर भी शिरोमणि महाशय उससे चंचल हो उठे थे। एकाएक उनके दो-तीन बार खांसकर और चादर के छोर से नाक की नोक पोंछ-कर उठकर दूसरी ओर जा बैठते ही जीवानन्द ने हंसकर कहा, 'शिरोमणि

महाशय का आधा भोजन तो हो गया है ?"

अनेक लोग हंस पड़े। शिरोमणि का मुंह भी उनकी नाक की नोक के समान लाल हो उठा। तब जीवानन्द ने हंसकर कहा, "भयभीत होने की बात नहीं है ठाकुर, जाति न जाएगी, वह आप लोगों की मां चण्डी का ही महाप्रसाद है। मगर हां, जिन्होंने बनाया है, उनका गोत्र मैं ठीक नहीं जानता। शायद नहीं भी हो !"

शिरोमणि ने अपने को कुछ संभाल लिया और कहा, "सो हो, कोई हानि नहीं। ब्राह्मण रसोइया है—गरीब होने पर भी गोत्र तो कोई होगा ही।"

जीवानन्द ज़ोर से हंस पड़े। बोले, "जानता नहीं ठाकुर, यह सब बखेड़ा उसका है कि नहीं। लेकिन करछुल-संडसी के साथ मिली हुई सोने की चूड़ियों की आवाज मुझे बड़ी मीठी लगती हैं। और वह हाथ यदि परोसे—और फिर निमंत्रण करके तो और····" यह कहकर उन्होंने फिर प्रबल हंसी से उस स्थान को भर दिया। शिरोमणि ने सिर झुका लिया। भीतर के गन्दे मामले को यद्यपि सभी जानते थे, तथापि इस अचीन्ही प्रकट निर्लज्जता से उपस्थित कोई भी उस आदमी के मुंह की ओर सहसा आंख उठाकर नहीं देख सका।

हंसी थमने पर उसने कहा, "सदालाप तो हुआ और दया करके कभी-कभी आते रहेंगे तो इस तरह और भी बहुत हो सकेगा, लेकिन आप लोगों की शिकायत क्या है, जरा सुनूं तो ?"

किन्तु उत्तर में किसी के भी मुंह से बोल नहीं निकला। सभी जैसे चुप बैठे थे, वैसे ही चुप बैठे रहे।

जीवानन्द ने कहा, "कहने में क्या आप लोगों को लज्जा मालूम होती है ?"

अब की राय महाशय ने सिर उठाकर देखा। बोले, "नन्दी जी तो सब जानते हैं। उन्होंने क्या हुजूर से निवेदन नहीं किया ?"

जीवानन्द ने कहा, "शायद किया है; लेकिन मुझे स्मरण नहीं है। इसके सिवा उसकें निवेदन पर बहुत अधिक आस्था न रखकर आप लोग ही बतलाइए, मामला क्या है ? उसमें अतिशयोक्ति दोष हो सकता है। लेकिन क्या किया जाए ! जमींदार का गुमाश्ता ठहरा—निर्णय हो जाना अच्छा है। ठीक है न ?"

स्वामी के मुंह से एककौड़ी की इस थोड़ी-सी तारीफ पर राय महाशय मन-ही-मन प्रसन्न हुए। किन्तु चंचलता प्रकट न करके चरम गम्भीरता के साथ बोले, "हुजूर सब जानते हैं। मृत्यु के सम्बन्ध में इच्छानुसार आदेश कर सकते हैं, लेकिन हम लोगों का अभियोग···"

जीवानन्द ने पूछा, "क्या अभियोग है?"

जनार्दन राय ने कहा, "इस गांव के हम सब सोलहों आने नीच-ऊंच एकत्र होकर···"

जीवानन्द ने जरा हंसकर कहा, "सो तो देख रहा हूं। यही क्या उस भैरवी के बाप तारादास ठाकुर हैं—हैं न?" यह कहकर उन्होंने उसकी ओर उंगली से इशारा किया। तारादास कुछ नहीं बोला, जाजिम के एक हिस्से की ओर नजर गड़ाकर चुपचाप बैठा रहा। और राय महाशय के झुके हुए मुंह पर भी एक फीकी छाया आ पड़ी। लेकिन बात रख ली शिरोमणि ठाकुर ने। उन्होंने विनयपूर्वक कहा, "राजा के निकट प्रजा सन्तान के तुल्य है। सौ दोष करने पर भी सन्तान है, न करने पर भी सन्तान है। और बात एक प्रकार से उसी की है। उसकी कन्या षोडशी के सम्बन्ध में हम लोगों ने निश्चित रूप से यह ठहराया है कि उसे अब और किसी प्रकार महादेवी की भैरवी नहीं रखा जा सकता। हमारी प्रार्थना है कि हुजूर उसको देवी की सेवा के काम से छुड़ाने की आज्ञा दे दें।"

जमींदार चकित हो उठे। बोले, "क्यों? उसका अपराध?"

दो-तीन आदमियों ने प्रायः एक स्वर में जवाब दे डाला, "अपराध बहुत बड़ा है।"

जीवानन्द ने एक-एक करके उनके मुंह की ओर ताककर अन्त में जनार्दन की ओर देखकर कहा, "उन्होंने एकाएक ऐसा क्या भयानक अपराध किया है राय महाशय, जिसके लिए उन्हें निकाल देना आवश्यक है?"

जनार्दन ने सिर उठाकर शिरोमणि को इशारा किया। जीवानन्द ने रोककर कहा, "ना, ना, ना, उन्होंने बहुत परिश्रम किया है। बूढ़े आदमी को और कष्ट देने की आवश्यकता नहीं है। मामला आप ही जरा खोल करके कहिए।"

राय महाशय के चेहरे से दुविधा और अत्यंत संकोच प्रकट हुआ। उन्होंने धीरे से कहा, "ब्राह्मण की कन्या है—यह आज्ञा मुझको न

दीजिएगा।"

जीवानन्द ने हंसकर कहा, 'देवता-ब्राह्मणों पर आपकी अटल भक्ति की बात इधर ऐसा कोई नहीं, जो न जानता हो। लेकिन इतने लोगों को लेकर आप जब उपस्थित हुए हैं, तब मामला बहुत ही संगीन है, इसका मुझे विश्वास हो गया। किन्तु उसे मैं आपके मुंह से ही सुनना चाहता हूं।"

किन्तु जनार्दन राय इतने सहज में भूल करने वाले नहीं हैं। इनके उत्तर में उन्होंने शिरोमणि के ऊपर एक क्रुद्ध दृष्टि डालकर कहा, "हुजूर जब सुनना चाहते हैं, तब फिर डर क्या है ठाकुर? निर्भय होकर कह दो न।"

प्रेरणा पाकर वृद्ध शिरोमणि ठाकुर सहसा कह उठे, "सच कहने में डर काहे का जनार्दन? तारादास की लड़की को अब हम नहीं रखेंगे हुजूर! उसका स्वभाव-चरित्र भ्रष्ट हो गया है—यह हम आपको बताए देते हैं।"

जीवानन्द का, उन्मुक्त हंसी से चमकता हुआ मुख अकस्मात् गम्भीर और कठोर हो उठा। क्षण-भर चुप रहकर उन्होंने धीरे से प्रश्न किया, "उनका स्वभाव-चरित्र भ्रष्ट होने की बात आप लोगों ने निश्चित रूप से जान ली है?"

तुरन्त ही अनेक लोग एक स्वर से कह उठे कि इसमें किसी को कुछ संशय नहीं है—गांव-भर के सभी लोगों ने यह बात जान ली हैं। जनार्दन मुंह से कुछ न कहकर चुपचाप सिर हिलाने लगे। जीवानन्द एक क्षण चुप रहकर उन्हीं के मुंह की ओर देखकर बोले, "इसी से आप निर्णय की आशा से एक दम भीष्म पितामह की ओट में आ पहुंचे हैं राय महाशय? लेकिन यह विशेष सुविधा होगी—यह भरोसा तो नहीं होता।"

इस बात के इशारे को सबने समझा अथवा नहीं, सन्देह है। किन्तु जनार्दन राय और शिरोमणि ठाकुर समझ गए। जनार्दन तो चुप हो रहे, किन्तु शिरोमणि ने उत्तर दिया। बोले, "आप इस देश के राजा हैं—सुविचार कहिए या अविचार कहिए, आप ही को करना होगा और लोगों को वही सिर झुकाकर ग्रहण करना होगा। सारा चण्डीगढ़ तो आपका ही है।"

यह सुनकर जीवानन्द के मुख का भाव कुछ स्वाभाविक हो आया।

उन्होंने हंसकर कहा, "देखिए शिरोमणि महाशय, आप लोगों को अति विनय से बहुत झुकने या छोटा बनने की आवश्यकता नहीं और अति गौरव से मुझे भी एकदम आसमान पर चढ़ने की आवश्यकता नहीं। मैं इतना ही जानना चाहता हूं कि क्या यह अभियोग सत्य है?"

आग्रह के साथ राय महाशय का मुख आशा से खिल उठा। शिरोमणि तो एकदम चंचल हो उठे। बोले, "अभियोग? सच है कि नहीं! अच्छा हम लोग न सही, लेकिन तारादास, तुम ही कहो न! यह राजद्वार है! धर्म को साक्षी कर कहो···"

तारादास लाल-पीला होने लगा; लेकिन वहां उपस्थित सभी लोगों की दृष्टि मानो ठेलकर उसे बढ़ावा देने लगी। वह एक बार थूक निगलकर, एक बार गला साफ करके अन्त को जान पर खेलकर कह उठा, "हुजूर!"

जीवानन्द ने चट हाथ उठाकर उसे रोककर कहा, "रहने दो। उसके मुंह से उसकी अपनी लड़की की कहानी कहने पर भी नहीं सुनूंगा, बल्कि आप लोगों में से कोई यदि कह सके तो सही-सही कहे।"

सभा फिर चुप हो गई; लेकिन अब की मौन के बीच से अस्पष्ट के स्पष्ट होने के लक्षण दिखाई दिए। बगल का दरवाजा खोलकर बैरा ने प्याला भरकर ह्विस्की और सोडा प्रभु के हाथ में लाकर दे दिया। उन्होंने एक सांस में पीकर पात्र नौकर के हाथ में लौटा दिया। और कहा, "आह! जान-में-जान आई।" फिर जरा हंसकर कहा, "सवेरे से ही आप लोगों की वाक्य-सुधा पीते-पीते प्यास के मारे कलेजा तक सूखकर काठ हो गया था।—लेकिन यह मौन कैसा; आप लोगों के उस सत्य कथन का क्या हुआ?"

शिरोमणि हतबुद्धि होकर कह उठे "लीजिए, मैं कहता हूं हुजूर! मैं सत्य ही कहूंगा।"

जीवानन्द ने गर्दन हिलाकर कहा, "संभवतः आप शास्त्र के जानने वाले वृद्ध ब्राह्मण हैं। लेकिन एक स्त्री के नष्ट चरित्र की कहानी उसके पीठ-पीछे कहने में आपके यथाधर्म का 'यथा' चाहे रहे भी, लेकिन धर्म कैसे रहेगा? मुझे स्वयं कोई विशेष आपत्ति नहीं है–यथाधर्म का पचड़ा मेरा, बहुत दिन हुए, मिट गया है; तो भी मैं कहता हूं, उसकी आवश्यकता नहीं है। बल्कि मैं जो पुछूं "उसका उत्तर दीजिए। वर्तमान

भैरवी को आप लोग हटाना चाहते हैं—यही बात है न?"

सभी ने एक साथ सिर हिलाकर इसे स्वीकार किया।

जीवानन्द ने कहा, "इसे रखने से अब सुविधा नहीं होगी?"

जनार्दन ने प्रतिवाद के तौर पर सिर उठाकर कहा, "सुविधा-असुविधा क्या हुजूर, गांव के भले के लिए ही उसे हटाने का प्रयोजन है।"

जीवानन्द एकाएक हंस पड़े। बोले, "अर्थात् गांव के भले-बुरे की आलोचना छोड़कर भी यह मान लिया जा सकता है कि आपका भला-बुरा कुछ है। भैरवी को यहां से निकालने की शक्ति मुझे प्राप्त है या नहीं—मैं नहीं जानता; किन्तु आपत्ति विशेष नहीं है। लेकिन क्या इसके लिए और कोई एक कारण नहीं तैयार किया जा सकता? प्रयत्न करके देखिए न; बल्कि न हो, हमारे एककौड़ी को भी अपने साथ ले लीजिए। ऐसे कार्यों में उसका विशेष नाम है।"

बात सुनकर सब सन्नाटे में आ गए। हुजूर ने जरा रुककर कहा, "इनके सतीपने की कहानी बहुत पुरानी और प्रसिद्ध है; इसलिए उसे और उखाड़ने-पछाड़ने की आवश्यकता नहीं है। भैरवी रहने से ही भैरव जुटता है और भैरवियों का भी भैरव के बिना काम नहीं चलता। यह अत्यन्त सनातन प्रथा है—क्या सहज में टाली जा सकेगी? देश-भर में भक्तों का दल बिगड़ जाएगा और शायद देवी स्वयं भी प्रसन्न न होंगी—एक बवण्डर खड़ा हो जाएगा। मातंगी भैरवी के कोई पांचेक भैरव थे और उनके पहले जो थीं, उनके सुना है, हाथ गिने नहीं जा सकते थे। क्यों शिरोमणि महाशय, आप तो यहां के प्राचीन व्यक्ति हैं, जानते तो हैं सब?" यह कहकर उन्होंने शिरोमणि महाशय की अपेक्षा राय महाशय की ओर ही विशेष करके कटाक्ष किया। इस प्रश्न का कोई उत्तर क्या देता, सभी की बुद्धि जैसे विह्वल हो गई। जमींदार का कण्ठ-स्वर सीधा है या टेढ़ा, वक्तव्य सत्य है या मिथ्या, सार्थक है या परिहासपूर्ण यह कोई निश्चय नहीं कर पाया।

सामने का बरामदा घूमकर एक भद्र वेशधारी शौकीन युवक ने प्रवेश किया। उसके हाथ में अंग्रेजी और बंगला के कई अखबार तथा कई खोली हुई चिट्ठियां थीं। जीवानन्द ने देखकर कहा, "क्यों जी प्रफुल्ल, यहां भी डाकघर है क्या? आह! कब ये सब उठेंगे?"

प्रफुल्ल ने गर्दन हिलाकर कहा, "सो ठीक है। उठ जाते तो आपको सुभीता होता। लेकिन वह जब नहीं हुआ, तब इन सबको देखने का क्या अब समय होगा?"

जीवानन्द ने कुछ भी आग्रह प्रकट न करके कहा, "ना, अब भी नहीं है, और आगे भी न होगा। लेकिन बहुत कुछ बाहर से ही समझ में आ रहा है। यह तो हीरालाल-मोहनलाल की दुकान की मोहर है। पत्र उनके वकील का है या एकदम कंचहरी का है जी? वह लिफाफा तो देखता हूं सालोमन साहब का है। बाप रे, विलायती शराब की गंध जैसे कागज को फोड़कर बाहर निकल रही है। साहब क्या कहते हैं, डिगरी जारी करेंगे या इस राम-देह को लेकर खींच-तान करेंगे—जानते हैं? आह—प्राचीन काल का ब्रह्मतेज यदि कुछ शेष होता तो इस यहूदी साले को एकदम भस्म कर देता। शराब का कर्ज फिर चुकाना न होता।"

प्रफुल्ल व्याकुल हो उठा, "क्या कह रहे हैं दादा? रहने दो, रहने दो और किसी समय इसकी बातचीत की जाएगी।" यह कहकर वह लौटने लगा। जीवानन्द ने वैसे ही हंसकर कहा, "लज्जा क्या है भैया, ये सब अपने ही आदमी हैं, जाति-भाई हैं, यहां तक कि मणि-माणिक्य के यह पहलू-वह पहलू कहने से भी कुछ अत्युक्ति न होगी। उसके सिवा तुम्हारा दादा तो कस्तूरी मृग है; सुगन्ध को और कब तक छिपाए रखोगे भाई? रुपया! रुपया! इसकी नालिश, और उसकी नालिश अमुक की डिगरी, अमुक की किस्त नहीं पहुंची—अजी ओ तारादस, उस दिन तो निशाना बिल्कुल खाली गया था लेकिन हताश न होना ठाकुर, जो हरकतें मैंने कर रखी हैं, उनसे तुम्हारी मनोकामना पूरी होने में अधिक देर न होने की आशंका नहीं है—प्रफुल्ल, अप्रसन्न न होओ भाई, अपना कहने को मैंने और किसीको नहीं रखा है; किन्तु यह चालीस साल का अभ्यास छोड़ सकूंगा, इसकी भी आशा नहीं है। उसके बदले बल्कि ऐसा कोई आदमी यदि ढूंढ़कर ला सको जो जाली नोट-ओट बना सके तो···"

प्रफुल्ल बहुत अधिक अप्रसन्न होने पर भी हंस दिया। बोला, "देखिए, सभी लोग तो आपकी बात समझ न पावेंगे। यदि कोई इसे समझकर···"

जीवानन्द ने गम्भीर होकर कहा, "यदि कोई ऐसे आदमियों का पता लगाकर ले आवे तो मैं जी जाऊं प्रफुल्ल! राय महाशय, आप तो, सुनता हूं, बड़े विलक्षण आदमी हैं। आपका जाना-सुना क्या कोई···"

राय महाशय उदास मुख से अकस्मात् उठ खड़े हुए, बोले, "देर हो गई, अब आज्ञा दीजिए तो हम चलें।"

जीवानन्द ने कुछ अप्रतिभ होकर कहा, "बैठिए, बैठिए, नहीं तो प्रफुल्ल का अभियान बढ़ जाएगा। इसके सिवा भैरवी की बात भी समाप्त हो जाए—लेकिन क्या वह मेरे 'जाओ' कहते ही चली जाएगी?"

राय महाशय ने बैठे बिना ही संक्षेप में उत्तर दिया, "यह भार हम लोगों के ऊपर है।"

जीवानन्द वे कहा, "लेकिन पहले किसी को तो भैरवी बनाना चाहिए। वह स्थान तो खाली नहीं रह सकता।"

अब भी बहुतों ने उत्तर दिया, "वह भार भी हम लोगों पर है।"

जीवानन्द ने नि:श्वास छोड़कर कहा, "चलो जान बची, अब वह जाएगी ही। इतने आदमियों की आह का बोझा अकेली भैरवी क्यों, स्वयं माता चण्डी भी न संभाल सकेंगी, यह समझ गया। अपनी लाभ-हानि को आप लोग ही जानें, लेकिन मेरा हाल यह है कि रुपया मिलने पर मुझको किसी बात में आपत्ति नहीं है। नये प्रबन्ध में मुझे कुछ मिलना चाहिए। अच्छी बात है कोई देखो तो रे एककौड़ी गया कि है? लेकिन यहां गला तो सूखकर एकदम मरुभूमि हो गया।"

बैरा ने आकर मालिक के व्यग्र-व्याकुल हाथ में भरा हुआ पात्र देकर सूचना दी कि वह सदर में बैठा खाता लिख रहा है। हुजूर के बुलाने पर क्षण-भर बाद एककौड़ी आकर जब अदब के साथ एक किनारे खड़ा हुआ, तब जीवानन्द ने सूखे गले को तर करके पूछा, "उस दिन मैंने भैरवी को जो कचहरी में तलब किया था सो किसीने उसे सूचना दी थी?"

एककौड़ी ने कहा, "मैं स्वयं गया था।"

"वह आई थीं?"

"जी नहीं।"

'नहीं क्यों?"

एककौड़ी सिर झुकाए चुप खड़ा रहा। जीवानन्द ने उत्सुक होकर प्रश्न किया, "उन्होंने कब आने को कहा है?"

एककौड़ी ने वैसे ही सिर झुकाए रहकर अस्फुट कण्ठ से कहा, "इतने लोगों के सामने मैं वह बात हुजूर के सामने पेश न कर सकूंगा।"

जीवानन्द हाथ का खाली पात्र नीचे रखकर सहसा कठिन होकर

कह उठे, "एककौड़ी, अपना गुमाश्तागीरी का कायदा जरा छोड़ो। वह नहीं आवेंगी?"

"नहीं।"

अबकी उत्तर देने में यद्यपि एककौड़ी ने जमींदारी का कायदा पूरी तौर से नहीं छोड़ा, किन्तु सभी लोग सुन पावें, इस प्रकार स्पष्ट करके ही कहा, "वह नहीं आ सकेंगी—यह बात जो लोग वहां खड़े थे, सभीने सुनी है। उन्होंने कहा था—अपने हुजूर से जाकर कहो एककौड़ी, कि उनमें यदि न्याय-विचार की विद्या-बुद्धि हो, तो अपनी प्रजा का करें। मेरा न्याय-विचार करने के लिए सरकारी कचहरी खुली है।"

सहसा लगा, जैसे जमींदार का इतनी देर का गांभीर्य, इतनी सरल उदारता, हंसी से उज्ज्वल मुख और तरल कण्ठ-स्वर पल-भर में ही बुझकर अंधेरे में बदल गया। क्षण-भर बाद उन्होंने धीरे से केवल इतना ही कहा, "हूं। अच्छा, तुम जाओ। प्रफुल्ल, वह जो एक चीनी की कम्पनी ने हजार बीघे जमीन मांगी थी, उसे कोई उत्तर दिया था?"

"जी नहीं।"

"तो लिख दो कि जमीन उसे मिलेगी। देर न करो।"

"नहीं करूंगा। अभी लिख देता हूं।" यह कहकर वह एककौड़ी को साथ लेकर चला गया। फिर कुछ देर के लिए सन्नाटा छा गया। शिरोमणि ने खड़े होकर आशीर्वाद देकर कहा, "तो फिर आज हम लोग चलें?"

"जाइए।"

राय महाशय ने झुककर प्रणाम करके कहा, "आज्ञा हो तो फिर एक दिन चरणों के दर्शन करने आऊं।"

"अच्छी बात है, आइए।"

सभी धीरे-धीरे चले गए। बाहर आकर उन लोगों ने जमींदार की पुकार सुनी, "बैरा!"

मार्ग में बहुत दूर तक किसीने भी किसीसे बात नहीं की। अन्त को शिरोमणि कौतूहल को न दबा सके। राय महाशय को एक ओर जरा खींचकर फिसफिसाकर बोले, "भैया जनार्दन, जमींदार तुमको कैसा जान पड़ा?"

जनार्दन ने संक्षेप में कहा, "जान तो अनेक प्रकार का ही पड़ा।"

"महा पापिष्ठ है। लाज-शर्म बिलकुल ही नहीं।"

जनार्दन राय ने कहा, "नहीं।"

"लेकिन बढ़ा ही सरल है। शराबी है न! देखा, कर्ज में सिर के बाल तक गिरवी है—यह भी कह डाला।"

जनार्दन ने कहा, "हूं।"

शिरोमणि ने कहा, "कुछ भी नहीं रहेगा, सब राख हो जाएगा, देख लेना।"

जनार्दन ने कहा, "बहुत संभव है।"

"शायद बहुत दिन जिएगा भी नहीं।"

"हो भी सकता है।"

कुछ देर तक राह चलकर शिरोमणि ने फिर कहा, "जो सोचा गया था, जान पड़ता है, वह ठीक नहीं है—बिलकुल ही भोला जान पड़ता है। क्या कहते हो?"

जनार्दन ने उत्तर में केवल कहा, "नहीं।"

"किन्तु बड़ा मुंहफट है। मानी की मान-मर्यादा को नहीं समझता।"

जनार्दन चुप रहे। उत्तर न पाकर भी शिरोमणि ने कहा, "लेकिन देखा भैया, बात का ढंग—आधा अर्थ समझ में ही नहीं आता। सच कहता है, या हम लोगों को बन्दर के समान नचा रहा है, यह समझना ही कठिन है। जानता सब है, क्या कहते हो?"

राय महाशय ने तब भी कोई राय नहीं जाहिर की, वैसे ही चुपचाप राह चलने लगे। किन्तु घर के पास आकर शिरोमणि फिर अपने कौतूहल को रोक नहीं सके। धीरे-धीरे बोलें, "भैया, बहुत उदास दिखाई देते हैं —कुछ विशेष सुविधा न होगी, यही भय हो रहा है, क्यों न?"

राय महाशय ने जैसे इच्छा न रहने पर भी जरा खड़े होकर कहा, "माता की इच्छा।"

शिरोमणि ने गर्दन हिलाकर कहा, "यह तो ठीक ही है! किन्तु मामला खिचड़ी हो गया—न इसको मिलाया गया और न उसको मारा गया। तुम्हारा क्या भैया—पैसे का जोर है—किन्तु बाघ की मांद में फंदा लगाने जाकर अन्त में कहीं हम न मारे जाएं?"

जनार्दन ने कुछ रूखे स्वर में कहा, "आप क्या डर गए?"

शिरोमणि ने कहा, "ना, ना, डर नहीं; किन्तु तुम भी खूब भरोसा

पाकर आए हो, यह भी तो तुम्हारा मुंह देखकर नहीं जान पड़ता। हुजूर तो कनकटे सिपाही हैं–बातें भी उनकी मानो पहेली हैं, काम भी वैसे ही अद्भुत हैं। एककौड़ी की मालकिन (षोडशी) की हुंकार भी तो तुमने सुन ली? मैं ही बहुत-सी बातें कह आया हूं—अच्छा नहीं किया। क्या जाने, एक कौड़ी बेटा भी भीतर-ही भीतर सब कह न दे। दोनों के बीच में पड़कर अन्त को जाल में फस जाऊं।"

जनार्दन ने उदास कण्ठ से कहा, "सभी चण्डी की इच्छा है। बहुत देर हो गई—शाम के समय एक बार आइए।"

शिरोमणि ने कहा, "अच्छा, आऊंगा।"

गली के मोड़ पर बाईं ओर वृक्ष की डालों में से मन्दिर का अग्रभाग दिखाई देते ही वृद्ध शिरोमणि ने हाथ उठाकर दोनों हाथ जोड़कर प्रणाम किया, कान और नाक को हाथ लगाया; किन्तु अस्फुट शब्दों से क्या प्रार्थना की; सो सुन नहीं पड़ा। उसके बाद वे धीरे-धीरे चले गए।

14

सभी जगहों की तरह चण्डीगढ़ में भी दिन आते और जाते हैं, बाहर से कोई विशेषता नहीं जान पड़ती। देवी की सेवा-पूजा बराबर वैसे ही चल रही है, दूर-दूर के गांवों से यात्रियों के झुण्ड वैसे ही आते हैं, मानता करते है, पूजा चढ़ाते हैं, बकरों का बलिदान करते हैं, प्रसाद के भाग के लिए पुजारी के साथ वैसे ही झगड़ते हैं, और ठीक वैसे ही मुक्तकण्ठ से अपनी बड़ाई और पड़ोसी की निन्दा करके देह और मन-से स्वास्थ और स्वीभाविकता का प्रमाण देते हैं। वास्तव में कहीं कोई व्यतिक्रम नहीं है। कोई विदेशी यह नहीं समझ सकता कि इसी बीच में हवा बदल गई है और जोर की आंधी आने से पूर्व के समान चण्डीगढ़ के ऊपर का आकाश छिप-छिपे तैयारी कर रहा है। इस गांव के साधारण किसान-मजदूरों ने भी ठीक निश्चय करके कुछ समझ लिया हो, यह बात न थी; किन्तु षोडशी के संबन्ध में मुख्य माने जाने वालों के मन का भाव चाहे जो हो, ये दीन-दुःखी उसे जैसे भक्ति करते थे, वैसे ही प्यार करते थे। एककौड़ी नन्दी के उत्पात से बचने का वही एकमात्र मार्ग था। छोटा-मोटा कर्ज जब और कहीं भी नहीं मिलता था, तब भैरवी के पास जाकर हाथ फैलाने में उन्हें कोई अटक नहीं होती थी। उसके घर छोड़ देने के लिए इन लोगों

को सचमुच ही कोई विशेष चिन्ता नहीं थी। वे जानते थे कि बाप-बेटी का मन-मुटाव एक-न-एक दिन मिट ही जाएगा। षोडशी की बदनामी की बात भी छिपी न थी। केवल वही अपने मुंह से यह न फैलाती तो अच्छा होता। नहीं तो देबी की भैरवियों के स्वभाव-चरित्र को लेकर माथा गरम करने की आवश्यकता कोई जरा भी अनुभव नहीं करता था—बहुत दिनों के अभ्यासवश यह बात ऐसी ही तुच्छ हो गई थी। किन्तु इसीको उपलक्ष्य बनाकर, माता के मंदिर को लेकर भारी तूफान खड़ा किया जाएगा, मुख्य लोग तारादास ठाकुर को साथ लेकर सुबह नहीं, शाम नहीं, जब देखो तब, हुजूर के पास दोड़-धूप कर जानें क्या उलट-पुलट करने का जाल बनाएंगे और उस अपरिचित छोटी-सी लड़की को कहां से किसलिए लाकर रखा गया है—ऐसे ही सब संशयों की बिजली जब बातों-ही-बातों में रह-रहकर चमकने लगी, तब आंखों से ओझल कहीं पर आकाश में असमय के मेघ जमा हो रहे हैं और उससे इस प्रदेश का भला न होगा—यही अब सबके मन में क्रोध और दुःख के समान घूमने लगा।

उस दिन अष्टमी होने के कारण मन्दिर के आंगन में लोगों की भीड़ कुछ अधिक हुई थी। प्रतिमा से थोड़ी ही दूर पर बरामदे में एक किनारे बैठकर षोडशी आरती के उपकरण सजा रही थी। तारादास और उस लड़की को साथ लिए एककौड़ी आकर उपस्थित हुआ। षोडशी अपना काम करती रही, सिर उठाकर नहीं देखा। एककौड़ी ने कहा, "मां मंगला, अपनी चण्डी माता को प्रमाण करो।"

पुजारी कुछ काम कर रहा था, वह सम्मानपूर्वक जल्दी से उठ खड़ा हुआ। षोडशी ने आंख न उठाकर भी इसे लक्ष्य किया। लड़की प्रणाम करके जैसे ही उठी, वैसे ही पुजारी ने कहा, "माता की संध्या-आरती क्या तुम देखोगी मां? तो देवी के दाहिनी ओर वह जो आसन बिछा है, उसके ऊपर जाकर बैठो।"

एककौड़ी ने षोडशी की ओर एक वक्र कटाक्ष डालकर हंसते हुए कहा, "वह अपने आसन को आप पहचान लेगी महाराज तुमको पहचनवाना न पड़ेगा लेकिन माता की जो चीज-वस्तु है, वह सब दिखा दो।"

पुजारी ने कुछ लज्जित होकर कहा, "दिखाया क्यों न जाएगा? एक-एक करके सभी दिखाना होगा। लिस्ट से मिलाकर देख लिया है, सब ठीक है, कोई चिन्ता नहीं है।—मां, वह जो उस ओर बड़ा संदूक दिखाई

दे रहा है, उसमें पूजा के पात्र और सब पीतल-कांसे आदि धातुओं का सामान ताले में बन्द है। वे केवल बड़े-बड़े समारोहों में निकाले जाते हैं और वह जो छोटा लकड़ी का संदूक है, उसमें मखमल के चदोवे, झालर आदि हैं। और इस कोठरी के भीतर शतरंजी, गलीचा,कनात, बैठने के आसन आदि सब हैं···"

एककौड़ी ने कहा, "और···"

पुजारी ने कहा, "और पूरब की दीवार में जिसमें बड़े-बड़े ताले झूल रहे हैं, वह लोहे का संदूक है; एकदम मन्दिर के साथ जुड़ा हुआ है। उसके भीतर माता का सोने का मुकुट, रामपुर की महारानी की भेंट की हई मोतियों की माला, बीजगांव के जमींदार के दिए सोने के बहूंटे, हार, और भी सैकड़ों भक्तों के दिए न जाने कितने सोने-चांदी के गहने हैं। इसके सिवा रुपये-पैसे, दलील, दस्तावेज, सोने-चांदी के बर्तन—अर्थात् जो कुछ मूल्यवान् वस्तुएं हैं, सो सब इसी संदूक में हैं।"

एककौड़ी ने कहा, "मैं आज का नहीं हूं महाराज, सब जानता हूं। लेकिन सब केवल तुम्हारी जबान में ही है या संदूक में टटोलने से कुछ मिलेगा भी? यह भी तो यहां बैठी हैं, चाबी लाकर जरा खोलकर दिखाओ न। गांव के सोलहों आना लोगों की प्रार्थना स्वीकार करके हुजूर ने क्या आज्ञा दी है, तुमने सुना नहीं? चैत्र-संक्रांति के पहले सब सामान एक बार मिलाकर देखना होगा।"

पुजारी हतबुद्धि के समान चुप रहा। मंदिर पर से षोडशी का प्रभुत्व उठ गया है, यह उसने सुना है, और नन्दी महाशय के सामने खड़े होकर दी हुई आज्ञा को न मानना भी अत्यन्त सांघातिक है, यह भी वह जानता है। किन्तु अपने काम में लगी हुई वह जो भैरवी कुछ ही दूर पर बैठी हुई सब सुनकर भी नहीं सुनती, उसके सामने जाकर सुनाने का साहस उसमें नहीं है। उसने डरते-डरते कहा, "लेकिन उसको तो अभी देर है नन्दी महाशय। इधर सूर्य अस्त होने को है···"

तारादास अभी तक बोला न था और संकोच तथा भय के चिह्न केवल पुजारी के ही मुख और आंखों में प्रकट हों, ऐसा न था। उसने धीरे-धीरे कहा, "मिलने में बहुत देर लगेगी नन्दी महाशय! कुछ जल्दी आकर और किसी दिन क्या यह काम निपटा लेना ठीक न होगा; क्या कहते हैं?" एककौड़ी ने सोचकर कहा, "अच्छा, न हो तो वैसा ही होगा।" फिर

पुजारी से कहा, "लेकिन चक्रवर्ती महाशय, यह याद रहे कि इसी शनिवार को सक्रांति है। सोलह आना पंचायत यहीं मंदिर में बैठेगी। हुजूर स्वयं आकर बैठेंगे। उत्तर की ओर कनात से घेरकर उनके लिए वह मखमल का गलीचा बिछा देना होगा। कुछ प्रकाश का भी प्रबंध रखना चाहिए।"

एककौड़ी जरा जोर से बोल रहा था, इसलिए बहुत-से लोग कौतूहल के मारे बरामदे के नीचे आंगन में आकर जमा हो गए थे। उसने उन लोगों को सुनाकर और भी जरा जोर से पुजारी से कहा, "उस दिन भीड़ तो कुछ कम न होगी—मामला बहुत ही गंभीर है।"

फिर उस लड़की मंगला से दुलार करके कहा, "क्यों मां नन्ही भैरवी! देख-सुनकर सब काम तो चला सकोगी? मगर हां, हम लोग हैं, हुजूर ने भी कहा है कि अब स्वयं देख-भाल रखेंगे, नहीं तो भार कुछ सहज हीं है। बड़ी विद्या और बुद्धि का काम है।" यह कहकर षोडशी की ओर कनखियों से उसने देखा उसने देवता की पूजा का सामान सजाने में वैसे ही मन लगा रखा है। फिर तारादास को लक्ष्य कर हंस करके कहा, "क्यों जी ठाकुर महाशय, नये अभिषेक का कोई दिन-मुहूर्त ठीक हुआ, कुछ सुना है? लोग तो हम लोगों के एकदम पीछे पड़े हुए हैं। नहाने-खाने को भी समय नहीं देना चाहते!"

इसके उत्तर में तारादास ने गुनगुनाकर क्या कहा, कुछ समझ में न आया। इसके बाद ये लोग सदर दरवाजे से जब बाहर निकल गए, तब इनके पीछे-पीछे अनेक लोग ही चले गए। किन्तु चण्डीदेवी की आरती की प्रतीक्षा में जो लोग बच रहे, वे दूर से षोडशी के झुके हुए मुंह की ओर केवल चुपचाप देखने लगे; ऐसा साहस किसीको नहीं हुआ कि पास जाकर कुछ प्रश्न करे।

यथा-समय देवी की आरती समाप्त हुई। प्रसाद लेकर लोग अपने-अपने घर जब चले गए और नौकर जब दरवाजा बन्द करने के लिए आया तब षोडशी ने पुजारी को अलग एकान्त में बुलाकर कहा, 'चक्रवर्ती महाशय, देवी की सेवा में मैं हूं या एककौड़ी नन्दी?"

चक्रवर्ती ने लज्जित होकर कहा, "तुम ही हो मां—तुम्हीं तो माता की भैरवी हो।"

षोडशी ने कहा "किन्तु तुम्हारे व्यवहार में आज और ही भाव प्रकट हुआ है। जब तक मैं हूं, गुमाश्ते की अपेक्षा मेरा मान मन्दिर के भीतर

अधिक रहना चाहिए। ठीक है न?"

पुजारी ने कहा, "इसमें क्या सन्देह मां? लेकिन···"

षोडशी ने कहा, "यह 'लेकिन' तुमको इधर इन कई दिनों तक बाद में सोचनी होगी।"

इस शान्त कोमल स्वर से पुजारी भली प्रकार परिचित था। वह सिर झुकाए निरुत्तर हो रहा और षोडशी ने भी और कुछ नहीं कहा। मन्दिर के द्वार में ताला बन्द हो जाने पर वह चाबियों का गुच्छा आंचल में बांधकर धीरे-धीरे चल दी।

दूसरे दिन सवेरे स्नान करके षोडशी जब लौटी, तब उसने आकर दूर से ही देखा कि इतने ही समय में उनकी झोंपड़ी को घेरकर बहुत-से लोग बैठे हैं। पास आते ही उन लोगों ने जमीन पर माथा टेककर पैरों की धूल की आशा से एकसाथ लगभग पच्चीस हाथ बढ़ा दिए। षोडशी ने पीछे हटकर हंसकर कहा "अरे, इतनी धूल परों में नहीं है। मुझे फिर नहलाकर मारो नहीं। मेरा मन्दिर में जाने का समय हो गया है। हुआ क्या, बतलाओ?"

ये सब प्रायः उसकी प्रजा थे। उन्होंने हाथ जोड़कर कहा, "मां, हम तो मारे जा रहे हैं। हमारा सर्वनाश हुआ जा रहा है।"

उनका चेहरा जैसा दुःख से भरा था, वैसा ही सूखा हुआ था। जान पड़ता है, कोई-कोई रात को सो तक नहीं सके। उन सब चेहरों की ओर देखकर उसका अपना हंसता हुआ चेहरा पल-मर में मलीन हो गया। बूढ़ा विपिन माइती अवस्था और हैसियत में सबसे बड़ा था। उसको लक्ष्य करके षोडशी ने पूछा "एकाएक क्या सर्वनाश हो गया विपिन?"

विपिन ने कहा, "किसी एक मदरासी साहब के हाथ दक्षिण ओर की सारी जमीन जमींदार की ओर से बेची जा रही है। वही हमारा सर्वस्व है। उसके बिक जाने पर हम लोग जीवित नहीं रहेंगे—खाने को न पाकर हम सभी भूखों मर जाएंगे मां!"

भामला ऐसा कठिन था कि षोडशी हंस पड़ी। बोली, "तो फिर तुम लोगों का भूखा मरना ही अच्छा है। जाओ, घर जाओ। सवेरे-सवेरे और मेरा समय नष्ट न करो।"

किन्तु उसकी हंसी में कोई शामिल न हो सका। सब एक-स्वर से कह उठे "नहीं मां, यह सच है।'

षोडशी विश्वास न कर सकी। बोली "ना रे ना, यह कभी सच नहीं हो सकता। तुम लोगों के साथ किसी ने हंसी की है।" विश्वास न करने का विशेष कारण था। एक तो यह सब जमीन ये लोग पीढ़ी-दर-पीढ़ी से जीतते-बोते और भोगते आ रहे हैं। दूसरे, सारी जमीन केवल बीज़गांव के जमींदार की सम्पत्ति नहीं है। इसका कुछ भाग श्री चंडी माता का है और कुछ भाग राय महाशय का खरीदा हुआ है। अतएव अकेले जीवानन्द चाहें भी तो इसे दूसरे के हाथ बेच नहीं सकते। किन्तु वृद्ध विपिन माइती ने जब सारी घटना सिलसिलेवार कह सुनाई और कहा कि कल कचहरी में सबको बुलाकर नन्दी महाशय ने अपने मुंह से यह जता दिया है और वहां जनार्दन राय और तारादास, दोनों मौजूद थे, तथा देवी की ओर से उसके पिता तारादास ने ही लिखा-पढ़ी के कागज पर दस्तखत कर दिए हैं, तब बेहद क्रोध और विस्मय से षोडशी बहुत देर तक मौन खड़ी रही। अंत को धीरे-धीरे उसने कहा, "यदि यही हुआ तो तुम लोग अदालत में जाकर नालिश करो।"

निरुपाय भाव से सिर हिलाते-हिलाते विपिन ने कहा, "यह भी कहीं हो सकता है मां! राजा के साथ क्या लड़ा-झगड़ा जा सकता है? पानी में रहकर मगर के साथ बैर करने से जिसका जो कुछ है—रहने का घर तक भी तो न रह जाएगा।"

षोडशी ने कहा, "तो क्या इसीलिए बाप-दादों के समय से चली आती पैतृक सम्पत्ति भी तुम लोग मुंह बन्द रखकर छोड़ दोगे?"

विपिन ने कहा, "तुम यदि कृपा करके बचा दो मां, हम दीन-दुखियों को तो बच सकते हैं, नहीं तो बाल-बच्चों को हाथ पकड़कर हम लोगों को पेड़ के नीचे जाकर आश्रय लेना पड़ेगा। इसीसे तो हम सब तुम्हारे पास दौड़े आए हैं।"

षोडशी ने एक-एक करके सबके मुंह की ओर देखा। इनमें किसीका भी इतना साहस नहीं है कि वह कुछ करे। इसीसे इस घोर विपत्ति के दिन वे दल बांधकर दूसरे की कृपा की भीख मांगने निकले हैं। इन सब निरुपाय और निराश भूखों की करुण प्रार्थना से षोडशी के हृदय के भीतर आग जल उठी। उसने कहा, "तुम सब इतने मर्द-मानुस मिलकर अपने को बचा न सकोगे और मैं औरत होकर तुम लोगों को बचाऊंगी? क्रोध न करना विपिन, लेकिन मैं पूछती हूं, यह जमीन न होकर यदि माइती की

घर वाली होती और उसको जमीदार बाबू इस प्रकार जबरदस्ती करके और किसी आदमी के हाथों बेच देते और वह उसपर दखल करने आता, तो तुम क्या करते, बताओ ?"

षोडशी की इस अद्‌भुत उपमा से बहुत के मुख दबी हंसी से चमक उठे; किन्तु बुड्ढे की आंखों के कोनों में आग की चिनगारियां दिखाई दी। लेकिन अपने-आपको संभालकर उसने सहज स्वर में ही कहा, "मां, भले ही बूढ़ा हो गया, मेरी बात छोड़ दो, लेकिन मेरी घरवाली के पांच जवान बेटे हैं; वे अब जेल की कौन कहे, फांसी से भी नहीं डरेंगे—यह बात मैं तुमसे मां चण्डी की शपथ खाकर ही कहे जाता हूं।"

वह और भी कुछ कहने जा रहा था, किन्तु षोडशी ने बाधा देकर कहा, "यदि यही बात सच है विपिन, तो तुम अपने उन पांचों जवान बेटों से कहो कि यह बाप-दादों के समय के खेत आदि भी उनकी बूढ़ी मां से तिल-भर भी छोटे नही। ये दोनों ही तुम्हारा समान भाव से प्रतिपालन करते आ रहे हैं।"

वृद्ध पलक मारते ही सीधा उठकर खड़ा हो गया और बोला, "ठीक! ठीक बात है मां! व जमीन हम लोगों की मां ही तो है! मैं अभी जाकर लड़कों से यह कहूंगा; बस केवल तुम हमारी सहायता में रहो।"

षोडशी ने सिर हिलाकर कहा, "केवल मैं ही क्यों विपिन, माता चण्डी तुम लोगों की सहायक रहेंगी!—लेकिन मेरी पूजा का समय बीता जा रहा है बाबा, अब मैं चली।"

इतना कहकर वह तेजी से अपनी झोंपड़ी के भीतर चली गई। किन्तु विपिन का गम्भीर स्वर उसने स्पष्ट सुना। वह सबको पुकारकर कह रहा था, "तुम सभीने तो सुन लिया रे; केवल गर्भधारिणी ही मां नहीं है, जो पालती है, वह भी माता है। जा होना है, वह हो। हम धरती मां को किसी प्रकार भी दूसरे के हाथ न सौंप सकेंगे।'

15

चैत्र की संक्रान्ति निकट आ पहुंची। चड़क और गाजन के त्योहार के कारण देश के कृषिजीवी दल मतवाले हो उठे हैं—उनका इतना बड़ा पर्व और दूसरा नहीं है। सब स्त्री और पुरुष, जिन्होंने समान रूप से सारे महीने-भर संन्यास का व्रत धारण किया है। उनके पहनने के कपड़ों और

चादरों के गेरुआ रंग से देश की हवा में जैसे वैराग्य का रंग छा गया है। गली-गली में 'शिव-शम्भू' का घोष निरन्तर हो रहा है। चण्डी के मन्दिर में उनका आना-जाना समाप्त नहीं होता। आंगन में स्थित शिवमन्दिर को घेरकर देवता के असंख्य सेवकों ने धूम मचा रखी है। पूजा चढ़ाने, तमाशा देखने, सौदा बेचने-खरीदने के लिए यात्रियों ने आना आरम्भ कर दिया है। मन्दिर के बाहर की दीवार के तले दुकानदारों ने जगह के लिए लड़ना-झगड़ना शुरू कर दिया है। देखने से ही जान पड़ता है, चण्डीगढ़ के एक सिरे से दूसरे सिरे तक महोत्सव की सूचना से चमक उठने में अब कुछ देर नहीं है।

षोडशी मन की अशान्ति को दूर करके पिछले वर्षों के समान इस बार भी काम में लग गई है—सब ओर नजर रखने के लिए सवेरे से रात तक वह मन्दिर नहीं छोड़ सकती। तीसरे पहर, मन्दिर के बरामदे में बैठकर वह मन लगाकर हिसाब की बही में जमा-खर्च मिला रही थी। अनेक प्रकार की आवाजों की लहरें, अभ्यस्त व्यापार की तरह, कानों में जाकर भी भीतर नही पहुंच पाती थीं। इसी समय अकस्मात् अप्रत्याशित नीरवता ने खोंच की तरह उसे चोट पहुंचाई। आंख उठाकर उसने देखा, स्वयं जीवानन्द चौधरी खड़े हैं, उनके दाहिने, बायें और पीछे अनेक परिचित और अपरिचित भले आदमी हैं। राय महाशय, शिरोमणि ठाकुर, तारादास, एककौड़ी और गांव के और भी अनेक लोग आंगन में आकर उपस्थित हैं और भी तीन-चार आदमी थे, जिन्हें वह पहचान न पाई। किन्तु पहनावे-पोशाक की सजावट देखकर उसने अनुभव किया कि वे कलकत्ता से बाबू के साथ आए हैं। बहुत सम्भव है, देहात की विशुद्ध हवा और प्राकृतिक सौन्दर्य उपभोग करने आए हों। चार-पांच भोजपुरिया पायक-प्यादे भी हैं। उनके सिरों पर रंगीन साफा और कन्धों पर खूब लम्बी लाठियां हैं। थोड़े ही दिन पहले के होली-उत्सव के सब चिह्न आज भी उनके कपड़ों पर मौजूद हैं। स्वामी के शरीर की रक्षा और गौरव बढ़ाना ही उनका उद्देश्य है।

षोडशी ने क्षण-भर के लिए आंखें उठाकर फिर अपनी बही के पन्नों में नजर लगा ली, लेकिन मन नहीं लगा सकी। जीवानन्द और कभी यहां नहीं आए थे। बह कौतुक के साथ सब कुछ ध्यान से देखने लगे और बहुत पुराने शिरोमणि महाशय अपनी वर्षों की अभिज्ञता को लेकर वहां जो कुछ

है, उसका इतिहास, उसके सम्बन्ध में जो कुछ जन-श्रुति चली आती है, सो सभी इस नवीन जमींदार प्रभु को सुनाते-सुनाते साथ चले। इस प्रकार लगभग आधे घण्टे तक घूमते रहकर यह मडली एक साथ मन्दिर के द्वार के पास आकर उपस्थित हुई और लगभग दो मिनट के बाद ही पुजारी ने आकर षोडशी से कहा, "मां, बाबू ने तुमको नमस्कार कहकर एक बार आने का अनुरोध किया है।"

षोडशी ने सिर उठाकर दम-भर सोचकर कहा, "अच्छा चलो, चलती हूं।" यह कहकर, वह उसके पीछे-पीछे जमींदार के सामने आकर खड़ी हो गई। जीवानन्द ने पांच-छ: मिनट तक उसे सिर से पैर तक बार-बार देखकर धीरे से कहा, "सबके अनुरोध से तुम्हारे सम्बन्ध में मैंने क्या आज्ञा दी है, सुनी है?"

षोडशी ने सिर हिलाकर कहा, "नहीं।"

जीवानन्द ने कहा, "तुमको विदा कर दिया गया है और इस छोटी लड़की को नई भैरवी बनाकर मन्दिर की व्यवस्था और देख-रेख का भार दिया गया है। अभिषेक का दिन अभी तय नहीं हुआ, लेकिन जल्दी ही हो जाएगा। कल सवेरे राय महाशय आदि सब आवेंगे। उनको देवी की सब स्थावर-अस्थावर सम्पत्ति समझाकर मेरे गुमाश्ते के हाथ में सन्दूक की चाबी दे देना। इस विषय में तुमको कुछ कहना तो नहीं है?"

षोडशी ने बहुत पहले ही अपने को संयत कर लिया था। इसी से उसके कंठ-स्वर में किसी प्रकार की उत्तेजना नहीं हुई : उसने सहज स्वर में ही कहा, "मेरे कहने का आपको क्या कुछ प्रयोजन है?"

जीवानन्द ने कहा, "नहीं। हां, परसों शाम के बाद इसी स्थान पर एक सभा होगी। जी चाहे तो दम आदमियों के सामने अपना दुःख जता सकती हो। अच्छी बात है, सुना है, तुम मेरे विरुद्ध मेरी रियाया को विद्रोही बना डालने की चेष्टा कर रही हो?"

षोडशी ने कहा, "सो मैं नहीं जानती। मगर हां, अपनी प्रजा को आपके उपद्रव से बचाने की चेष्टा करती हूं।"

जीवानन्द ने होंठ काटकर कहा, "बचा सकोगी?"

षोडशी ने कहा, "बचा सकना न सकना मां चण्डी के हाथ में है।"

जीवानन्द ने कहा, "वे मरेंगे।"

षोडशी ने कहा "मनुष्य अमर नहीं है—यह वे जानते हैं।"

क्रोध और अपमान से सबके मुंह और आंखें लाल हो उठे। एककौड़ी तो ऐसा भाव दिखाने लगा, जैसे उसने बड़ी कठिनाई से अपने को संयत कर रखा है।

जीवानन्द ने दम-भर मौन रहकर कहा, "तुम्हारा अपनी प्रजा अब कोई नहीं है। वे जिनकी प्रजा है, उन्होंने स्वयं दस्तखत कर दिए हैं। उसे कोई रोक नहीं सकेगा।"

षोडशी ने सिर उठाकर कहा, "आपकी और कोई आज्ञा है?"

जीवानन्द ने स्पष्ट अनुभव किया कि कहते समय षोडशी के दोनों होंठ जैसे अवहेलना से फड़क उठे हैं, किन्तु संक्षेप में उत्तर देकर कहा, "ना, और कुछ भी नहीं।"

षोडशी ने कहा, "तो अब दया करके मेरी बात सुनिए।"

जीवानन्द ने कहा, "कहो।"

षोडशी ने कहा, "कल देवी की सम्पत्ति समझा देने का मुझे अवकाश नहीं है और परसों मन्दिर में कहीं सभा-समिति के लिए स्थान न होगा। ये काम अभी बन्द रखने होंगे।"

शिरोमणि बहुत सहन कर चुके थे, अब उनसे रहा न गया। सहसा चिल्ला उठे, "कभी नहीं; किसी प्रकार नहीं। मैं कहे देता हूं कि यह सब चालाकी हम लोगों के साथ नहीं चलेगी।"

जीवानन्द को छोड़कर जो कोई जहाँ था, वह वहीं से इसकी प्रतिध्वनि कर उठा।

जनार्दन राय अब तक नहीं बोले थे। शोर-गुल थमने पर अकस्मात् गर्मी के साथ कह उठे, "तुम्हें अवकाश और मन्दिर के भीतर स्थान क्यों न होगा, जरा सुनूं ठाकुरानी?"

उनकी अन्तिम बात में जो व्यंग्य था, उसे समझकर भी षोडशी ने सहज विनीत कण्ठ से कहा, "आप तो जानते हैं राय महाशय, कि यह गाजन का समय है। यात्रियों की भीड़ है, संन्यासियों की भीड़ है। मुझी को समय कहां है और उन्हीं लोगों को यहां से कहां हटाऊं?"

सचमुच यही बात है और इस निवेदन में भी कुछ भी असंगति नहीं है—यह बात जान पड़ता है, जीवानन्द समझ गए; किन्तु जो देश के आदमी हैं, वे कमर कसकर आए थे, इसी से इस नम्र कण्ठ-स्वर में उपहास की कल्पना करके एकदम जल-भुन गए। जनार्दन राय आत्म-विस्मृत होकर

चिल्ला उठे, "होना ही होगा। मैं कहता हूं, होना ही होगा," और उस मण्डली के भीतर एक आदमी ने तो कटु वचन भी कह डाला।

वह कटु वचन षोडशी के कानों में पहुंचा और साथ-ही-साथ उसके मुख का भाव अत्यन्त कठोर और गम्भीर हो उठा। दम-भर चुप रहकर विशेष कर जीवानन्द से ही उसने कहा, "झगड़ा करने से मुझे घृणा है। लेकिन वह सब करने का इस समय सुयोग न होगा—यह बात आप अपने अनुचरों से समझाकर कह दीजिएगा। मुझे अवकाश कम है। आप लोगों का काम हो गया तो मैं जाती हूं।"

इस मुख, इस कण्ठ-स्वर, इस एकान्त अवहेलना ने जीवानन्द पर भी तीव्र आघात किया और उनका कण्ठ-स्वर तीव्र हो उठा। उन्होंने कहा, "लेकिन मैं आज्ञा दिए जा रहा हूं कि कल ही यह सब होगा और होना चाहिए।"

"बल से?"

"हां, बल से।"

"सुविधा-असुविधा चाहे जो हो?"

"हां, सुविधा-असुविधा चाहे जो हो।"

षोडशी ने फिर कोई तर्क नहीं किया। पीछे की ओर देखकर भीड़ के भीतर से एक आदमी को उंगली के इशारे से बुलाकर कहा, "सागर, तुम लोगों का सब ठीक है?"

सागर ने विनीत भाव के साथ कहा, "है मां! तुम्हारे आशीर्वाद से कोई कमी नहीं है।"

षोडशी ने कहा, "अच्छी बात है। जमींदार के आदमी कल एक हंगामा मचाना चाहते हैं, लेकिन मैं यह नहीं चाहती। इस गाजन के मेले के समय रक्तपात हो—यह मेरी इच्छा नहीं है। लेकिन आवश्यकता होंने पर करना ही होगा। इन आदमियों को तुम लोग देख रखो। इनमें से कोई मेरे मन्दिर के पास न फटकने पावे। सहसा मारना नहीं—धक्के देकर बाहर कर देना।"

इतना कहकर वह किसी की ओर दृष्टिपात तक न करके मंद गति से बरामदा पार हो गई। षोडशी को लोग बीस बरस से देखते आए हैं—किसी ने सोचा भी न था कि उसे जानने को कुछ शेष है। किन्तु आज उसकी प्रकृति के इस असाधारण पहलू का परिचय पाकर हुजूर से

लेकर प्यादे तक जैसे पत्थर की मूर्ति के समान मौन ही रहे।

16

चैत की संक्रान्ति बिना उपद्रव के, कुशल से, बीत गई। शिवशंभू के गाजन के मेले में कहीं कुछ भी विघ्न नहीं घटित हुआ। दर्शकों के दल अपने-अपने घरों को लौटे। दुकानदार लोग दुकानें उठाने लगे। हवा में पकी खाने की चीजों की गंध फीकी हो चली और गेरुआधारी लोग भी चिल्लाना छोड़कर घर के काम-धन्धों में लगने की आवश्यकता अनुभव करने लगे। हमेशा के अभ्यस्त सुर में, चारों ओर के जलवायु में सुख-दुःख का वही परिचित सिलसिला दिखाई दिया। केवल चण्डीगढ़ की भैरवी के शरीर में जाने किस रोग ने प्रवेश किया कि उसका वह पहले का चेहरा फिर नहीं लौटा। एक प्रकार के भय से उसका मन जैसे दिन-रात चौकन्ना हो उठा। षोड़शी को आशा थी कि मेला-उत्सव के ये कई दिन निर्विघ्न बीत जाएंगे। कारण देवता को क्रोधित करने का उत्तरदायित्व और चाहे जो कोई अपने सिर पर ले, पर जनार्दन राय नहीं लेना चाहेंगे, यह षोडशी निश्चित रूप से जानती थी। लेकिन अब?

तो भी दिन इस तरह चुपचाप बीतने लगे, जैसे अब कोई हंगामा या झगड़ा नहीं है, सब मिट गया है। लेकिन सचमुच ही मिट कुछ नहीं गया था, आड़ में छिपे-छिपे किसी कठिन घटना की तैयारी हो रही है—वह आशंका केवल षोडशी के ही नहीं, सभी के मन में थी। उस जमीन से सम्बन्धित किसानों के पास आज षोडशी ने सूचना भेज दी थी। देवी की सन्ध्या-आरती के बाद मन्दिर के आंगन में उनके जमा होने की बात थी; किन्तु आरती समाप्त हो गई, रात के आठ बजे, फिर दस बजने का समय भी हो आया, मगर कोई भी न दिखाई दिया। जो लोग नित्य प्रणाम करने आते थे, वे आकर प्रसाद लेकर एक-एक करके गए, पुजारी भी चला गया और मन्दिर के नौकर ने द्वार बन्द करने की अनुमति मांगी। अब और इन्तजार करना व्यर्थ है और कुछ-न-कुछ हुआ अवश्य है—इसमें भी सन्देह नहीं है, किन्तु क्या हुआ है, यह ठीक जान न पाकर षोडशी को बड़ी घबराहट मालूम होने लगी। इसी समय धीरे-धीरे सागर आकर उपस्थित हुआ। उसे अकेला देखकर षोडशी ने व्यग्र होकर प्रश्न किया, “इतनी देर कर दी सागर? लेकिन और कोई तो आया नहीं? तो क्या

इन लोगों ने सूचना नहीं पाई भैया ?"

सागर ने कहा, "पाई क्यों नहीं मां! मैं स्वयं घर-घर जाकर तुम्हारी इच्छा बतला आया हूं।"

षोडशी ने शंकित होकर पूछा, "तब ?"

सागर ने कहा, "जान पड़ता है, आज कोई समय न निकाल पावेगा। हुजूर के कचहरी-घर में सोलह आना पंचायत थी। वह अभी-अभी समाप्त हुई है। पंचू, अनाथ, राममय, नवकुमार, अक्षय, माइती, मय हमारे बूढ़े विपिन काका तक अपने जवान लड़कों के साथ वहां थे। कोई नहीं रह गया मां। मैं भी एक चकोतरे के पेड़ के नीचे दीवार से सटा हुआ खड़ा था।"

षोडशी ने कहा, अच्छा नहीं किया सागर! कोई देख लेता···"

सागर ने हंसकर कहा, "अकेला नहीं रह गया था मां, यह साथ में थी।" यह कहकर उसने बायें हाथ की लम्बी लाठी स्नेह और आदर के साथ दाहिने हाथ में लेकर दिखाई।

षोडशी ने कहा, "लेकिन यह पंचायत तो यहीं होने वाली थी ?"

सागर ने कहा, "होने वाली तो थी और हुजूर के भोजपुरी जवानों की इच्छा भी थी, लेकिन गांव का कोई राजी नहीं हुआ। वे तो इसी ओर के आदमी हैं—शायद हम चचा-भतीजों को जानते हैं।"

षोडशी ने क्षण-भर चुप रहकर पूछा, "सभा में क्या तय हुआ ?"

सागर ने कहा, "सो तो सब अच्छा है। इसी मंगलवार को लड़की का अभिषेक समाप्त होगा। लेकिन तुम्हारे लिए भी कोई चिन्ता की बात नहीं है—काशीवास के लिए प्रार्थना करने पर सौ रुपये पा सकोगी।"

षोडशी ने कहा, "प्रार्थना किससे करनी होगी ?"

सागर ने कहा, "जान पड़ता है, हुजूर के ही पास।"

षोडशी ने पूछा, "और सबका क्या हुआ? जिनकी जमीन-जमा सब गई, उनका ?"

सागर ने कहा, "डर की बात नहीं है। मां, हमेशा से जो होता आ रहा है, उसमें से वे बाद न जाएंगे। यही जो उस दिन प्रजा की ओर से पांच हजार रुपये नजराने दाखिल हुए, उसकी लिखा-पढ़ी के कागजों को तो राय महाशय के सन्दूक के अलावा और कहीं स्थान नहीं मिला; नहीं तो उनके एक बार आज्ञा देते ही सब लोग आज भीड करके वहां जाते ही

क्यों?"

षोडशी ने कुछ देर चुप रहकर कहा, "और तुम लोगों का?"

सागर ने कहा, "हम चचा-भतीजों का?" फिर जरा हंसकर कहा, "वह व्यवस्था भी उन्होंने कर दी है। सात दिन तक कुछ चुपके तो बैठे नहीं रहे। पक्के आदमी हैं, पुलिम और दरोगा मुट्ठी के भीतर हैं, कोस दस-एक के भीतर कहीं एक डाका पड़ने-भर की देर है। जानती तो हो मां, दो साल की सजा एक बार काट आए हैं; अब की दस साल की होगी। काका को स्वर्ग लाभ इसी बीच में हो जाएगा; लेकिन हां, मेरी उम्र अब भी कम है, शायद और एक बार देश का मुंह देख सकू।" यह कहकर वह हंसने लगा।

षोडशी डरकर बोली, "हां रे, यह क्या तुम सच समझते हो?"

सागर ने कहा, "समझते हैं! यह तो आंखों के आगे साफ ही देख रहे हैं मां, जेल के बाहर हम लोगों को रख सके, यह अब किसी के बस की बात नहीं, बस दो-एक महीने की देर है। शायद अपनी आंखों से ही देख-कर जा सकोगी मां!"

षोडशी ने कहा, "और जो लोग वहां गए हैं, उनकी?"

सागर ने कहा, "उनकी दशा हम लोगों से भी बुरी होगी। जेल में खाने को देते हैं—वहां हम लोग दो कौर खाने को पावेंगे, पर ये लोग वह भी न पावेंगे। नालिशों की डिगरी होने-भर की देर है, बस। उसके बाद राय महाशय की अपनी जोत में मेहनत-मजदूरी करके दो मुट्ठी खाने को जुड़ जाए तो ठीक, नहीं तो आसाम के चाय के बगीचे तो हैं ही। क्यों मां, तुमको भी क्या याद नहीं आता कि उस बार की बहिया में जमीन के कटने के पहले हम मौरूसी काश्तकार बाउरियों के कितने घरों की बस्ती यहां थी? किन्तु आज वे सब कहां हैं? कितने ही कोयला खोदने चले गए और कितने ही चाय-बगीचों को चालान कर दिए गए। लेकिन मैंने बचपन में उनके पास जमीन-जमा, हल-बैल सब कुछ देखा है। दो मुट्ठी धान का ठिकाना उन सभी के पास था। आज उनका आधा-सा एककौड़ी नंदी का है और आधा राय महाशय का।"

षोडशी मौन भाव से खड़ी-खड़ी सारे मामले की गम्भीरता अनुभव करने लगी। अभी उस दिन जो लोग दल बांधकर उसके पास आश्रय मांगने आए थे, वे ही आज उसे असमर्थ जानकर जबरदस्ती की आंखों के

इशारे से उसी के विरुद्ध जाल फैलाने को जमा हुए हैं—उस दिन के उनके सारे संकल्प न जाने कहां उड़ गए। जो प्रबल है, जो धनी है, जो धर्म-ज्ञान रहित है, उसके अत्याचार से बचने का दुर्बल के लिए कोई मार्ग नहीं है। कहीं इसकी नालिश नहीं चलती; इसका न्याय-विचार करने वाला कोई नहीं है—भगवान सुनते नहीं। संसार में यह चिरकाल से बिना किसी बाधा के चला आ रहा है। यह जो आज इतने लोग जाकर केवल एक जबर्दस्त आदमी के पैरों के तले अपने विवेक, धर्म, मनुष्यत्व सबकी बलि देकर किसी प्रकार जीवित रहने का थोड़ा-सा आश्वासन लेकर घर लौट आए, इसकी लज्जा, इसकी दीनता, इसकी व्यथा चाहे जितनी बड़ी हो—जहां तक देखा जाता है, इन दुखियों को इस कौशल के सिवा पृथ्वी पर और कुछ भी नहीं सूझता। जिस अन्याय ने इतने मनुष्यों को इस प्रकार मनुष्य से पशु बना दिया, उसे नष्ट करने की शक्ति इतने बड़े संसार के विधान में कहां है? जिस सागर सरदार ने उस दिन दुखियों का पक्ष लिया था, उस दुर्बल की इतनी बड़ी स्पर्द्धा का उससे हजार गुना बड़ा दण्ड उसके लिए रखा हुआ है—छुटकारे का कोई मार्ग नहीं है।

षोडशी एकाएक पूछ बैठी, "अच्छा सागर, यह सब तूने किसके मुंह से सूना?"

सागर ने कहा, "स्वयं हुजूर के मुंह से।'

षोडशी ने कहा, तो यह सब उन्हीं की चाल है?"

सागर ने सोचकर कहा, "क्या जानें मां! लेकिन जान पड़ता है, इसमें राय महाशय भी शामिल हैं।"

षोडशी ने मौन रहकर फिर कहा, "अच्छा सागर, तू बता सकता है कि जमींदर मेरे ऊपर अत्याचार क्यों नहीं कर सकते? मैं तो टूटी झोंपड़ी में अकेली रहती हं? इच्छा करते ही तो कर सकते हैं—है न?"

सागर हंसा। बोला, "किसने तुमसे कहा मां, कि तुम अकेली रहती हो? मां, अपना परिचय अपने मुंह से हमें नहीं देना चाहिए, गुरु का निषेध है···" कहते-कहते सहसा अपने बलिष्ठ दाहिने हाथ की पांचों उंगलियों से इस्पात की संडसी की तरह लाठी का कसकर पकड़ लिया और कहा, "जिसके डर से चण्डी के मन्दिर में न बैठकर सोलह आना की पंचायत आज एककौड़ी के कचहरी-घर में हुई, उसी के भय से कोई तुम्हारी झोंपड़ी के पास नहीं फटकता। हरिहर सरदार के भतीजे सागर

का नाम दस-बीस कोस के लोग खूब जानते हैं। तुम्हारे ऊपर अत्याचार करने वाला आदमी तो मां, इधर पचास गांवों में कोई ढूंढ़े भी न मिलेगा।"

षोडशी की दोनों आंखें अकस्मात् जल उठीं। बोली, "सागर, यह क्या सच है?"

सागर ने झुककर उसी दम अपने हाथ की लाठी षोडशी के पैरों पर रखकर कहा, "अच्छा तो मां, यही आशीर्वाद दो न कि मेरी बात झूठ न हो।"

षीडशी की आँखों की दृष्टि एक बार कुछ कोमल होकर फिर उसी प्रकार जलने लगी। उसने कहा, "अच्छा सागर, मैंने तो सुना है कि तुम लोगों को प्राणों का मोह नहीं है?"

सागर ने हंसकर कहा, "यह भी तो मैं नहीं कहता मां, कि झूठ सुना है।"

षोडशी ने कहा, "केवल प्राण दे ही सकता है, ले नहीं सकता?"

सागर ने कहा, "एक बार आज्ञा देकर आज ही रात को क्यों जांच नहीं कर लेती मां?" कहकर उसने षोडशी के मुंह की ओर देखा। दोनों आंखें खोलकर देखते ही षोडशी विस्मय और भय से एकदम अवाक् हो गई। सागर की दृष्टि एक पल में ही बदल गई है। वह स्वाभाविक चमक नहीं है, वह तेज नहीं है, वह कोमलता न जाने कहां छिप गई है—निष्प्रभ, संकुचित, गहरी दृष्टि है—वह जैसे अब वह सागर नहीं है; वह जैसे और कोई है। सागर बोला। उसकी आवाज शान्त, कठिन और अत्यन्त भारी थी।

उसने कहा, "रात अभी अधिक नहीं हुई—बहुत समय पड़ा है। मां चण्डी के किवाड़ अभी खुले हैं। मां, मैंने तुम्हारी आज्ञा सुन ली है। अच्छी बात, वही होगा मां! पाप की समाप्ति कर दूंगा। तुम्हरा सागर सरदार झूठा अभिमान करके नहीं जा रहा है।"

उसके बाप-दादों के हाथ की यह मजबूत लम्बी लाठी षोडशी के पैरों के पास तब भी पड़ी थी। झुककर उसे उठाकर वह तुरन्त सीधा खड़ा हो गया।

षोडशी ने बोलना चाहा, उसके होंठ कांपने लगे। उसने मना करना चाहा पर मुंह से आवाज नहीं निकली। भूकम्प के समुद्र की तरह अचानक

उसके सारे हृदय में खलबली मच गई और क्षण-भर के लिए सागर की यह बिलकुल ही अपरिचित घातक मूर्ति उसकी आंखों के आगे से अदृश्य हो गई। सागर ने कुछ कहा; लेकिन यह समझ न सकी, केवल इतना ही उसने अनुभव किया कि सागर पृथ्वी पर माथा टेककर प्रणाम करके तेजी से चला जा रहा है।

17

षोडशी की चेतना जब लौटी, तब सागर जा चुका था।

मन्दिर के नौकर ने पुकारकर कहा, “मां; अब द्वार बन्द करूं ?”

“करो,” कहकर चाबियों के लिए खड़ी रही। बचपन मे ही उसका जीवन यथेष्ट सुखकर नहीं है—बिलकुल आराम में कभी उसके दिन नहीं कटे। खास करके जिस अशुभ घड़ी में बीजगांव के नये जमींदार ने चण्डी-गढ़ में पदार्पण किया है, तब से उपद्रव के बवण्डर ने उसे हर घड़ी घेर-कर निरन्तर अशांत और चंचल कर रखा है, दम-भर भी विधाम नहीं लेने दिया। तो भी सब इसके आगे समुद्र की तुलना में गऊ के खुर के के गढ़े के समान है, जिसमें आज सागर सरदार उसे डालकर अदृश्य हो गया। फिर भी वह कोई इतना बड़ा भयंकर काम इसी रात में सचमुच ही कर डालेगा, यह ऐसी असम्भव बात थी कि इस पर षोडशी को विश्वास नहीं हुआ। अथवा इस आशंका ने भी सचमुच उसके मन के भीतर स्थान नहीं पाया कि जो आयमी हत्या, रक्तपात और हिंसा के सब प्रकार के अस्त्र-शस्त्र और आयोजन दिन-रात अपने पास रखता है, उसका पाप चाहे जितना बड़ा हो, केवल सागर सरदार की लाठी के जोर से ही उसका अन्त हो जाएगा। तथापि दैव नाम की जिस शक्ति से सभी अघटन हार मानते हैं, उसी के भय से उसके हृदय के भीतर मुग्दरों की चोट पड़ने लगी।

मन्दिर के द्वार पर ताला बन्द करके और चाबियों का गुच्छा षोडशी के हाथ में देकर नौकर ने पूछा, “रात बहुत हो गई मां, साथ चलना होगा क्या ?”

षोडशी ने सिर उठाकर अन्यमनस्क की तरह कहा, “कहां बलाई ?”

बलाई ने कहा, “तुम्हें पहुंचाने मां !”

“पहुंचाने ? नहीं।” कहकर षोडशी एकदम बाहर हो गई। नित्य

के समान इस थोड़ी-सी राह के लिए सतर्कता आज उसके मन में ही न आई। रात का गहरा अन्धकार था, किन्तु गत दिनों की तरह हल्के बादलों का आवरण अभी किसी अदृश्य सागर में स्नान कर आया है; उसके भीगे हुए शरीर पर जैसे अभी तक जल लिपटा हुआ है। इन टेढ़ी-मेढ़ी धूमिल पगडण्डी के ऊपर असंख्य नक्षत्रों के लोक से एक स्निग्ध प्रकाश आकर पड़ रहा है। उसी के ऊपर होकर वह चुपचाप पर बढ़ाती अपनी झोंपड़ी के द्वार पर उपस्थित हुई।

चैत के अन्तिम कई दिनों सें गांव में मजूर नहीं मिलते तथापि उसकी भक्त प्रजा ने आंगन के चारों ओर मजबूत बांस का बेड़ा बांध दिया है और कुटिया को कुछ-कुछ ठीक करके उसीसे मिला हुआ एक छोटा छप्पर बांधने के लिए तैयारी शुरू कर दी है। पुरानी अर्गला नई हो गई है और दीवार में जहां-जहां फट गया था, उसकी मरम्मत करके और आप-पास जो गढ़े हो गए थे, उन्हें भरकर लीप-पोतकर, घर को बहुत कुछ रहने योग्य बना दिया है।

ताला खोलकर षोडशी उस घर के भीतर आकर खड़ी हुई और दीपक जलाकर उसी जगह धरती पर बैठ गई। नित्य के समान आज भी उसका बहुत-सा काम पड़ा था। रात को रसोई बनाने का झंझट उसे अवश्य नहीं था। देवी का जो कुछ प्रसाद आंचल में बांधकर बह साथ लाती थी, उससे काम चल जाता था। किन्तु जप-आह्निक आदि नित्य-कर्मों को वह मंदिर में सबके सामने न करके निर्जन घर के भीतर ही करती थी। उसके बाद देर रात तक जागकर वह धर्म ग्रन्थों का पाठ करती थी। यह सब उसका नित्य नियम था। इसीसे प्रतिदिन के समान आज भी उसके मन के भीतर शेष कामों को समाप्त करने की बात उठने लगी; किन्तु उसके पैरों ने आज किसी प्रकार भी खड़े होना न चाहा। दरवाजा खुला हुआ था। उसे उठूं-उठूं करके भी वह बन्द न करके पत्थर के समान दीपक के सामने बैठी रही।

वह सागर की बात सोच रही थी। मन्दिर से थोड़ी ही दूर पर बसे हुए मौरुसी खेतिहरों के मोहल्ले के इन गरीब और दबंग लोगों को वह बचपन से प्यार करती थी और बड़ी होने पर इन लोगों के दु:ख और दुर्दशा के चिह्न जितना ही अधिक उसे देखने पडे, उतना ही सन्तान पर माता के प्रेम के समान उसका इनके प्रति स्नेह दृढ़ और गहरा होने लगा। उसने

देखा, चण्डीगढ़ के ये ही एक प्रकार से आदि-अधिवासी हैं और ये एक दिन सभी गृहस्थ किसान थे। किन्तु अब अधिकांश ही भूमि-हीन हैं—दूसरों के खेतों में मेहनत-मजदूरी करके बड़े कष्ट से दिन काटते हैं। इनकी सारी जमीन-जमा या तो जनार्दन राय ने या जमींदार के कर्मचारी ने अपना नाम या पराये नाम लिखाकर हड़प ली है। भूतपूर्व भैरवियों के अमलों में देवी की बहुत-सी जमीन मन्दिर की अपनी जोत में थी। उनकी इच्छा के अनुसार वह जमीन हर साल बंटाई पर उठा दी जाती थी और इसके लिए प्रजा में आपस में बेहद लड़ाई-झगड़ा हुआ करता था। परन्तु लाभ कुछ भी नहीं था। देख-रेख और प्रबन्धक के न होने से प्राप्य भोग का कुछ अंश आसामी लूट खाते थे और शेष यदि वसूल भी होता था तो अपव्यय में ही समाप्त हो जाता था। यह सभी भूमि उसने भूमिहीन मौरूसी प्रजा को छः-सात साल पहले, फकीर साहब क कहने के अनुसार एक बंधे हुए लगान पर, बांटकर उसका प्रबन्ध कर दिया था। जनार्दन राय और एक कौड़ी नन्दी के साथ उसके झगड़े का सूत्रपात भी तभी से हुआ और उस कलह ने ही आगे चलकर तरह-तरह के कारणों से आज यह रूप धारण कर लिया। सागर और हरिहर सरदार तब जेल काट रहे थे। वहां से छूट-कर वे मन्दिर में षोडशी के पास आकर एक दिन हाथ जोड़कर खड़े हुए। बोले, "मां, केवल हम चाचा-भतीजे ही क्या कोई कूल-किनारा न पावेंगे, केवल इधर-उधर ही बहते फिरेंगे?"

षोडशी ने अप्रसन्न होकर कहा, "तुम क्यों बहते फिरोगे हरिहर, जेल का ऐसा बढ़िया मकान फिर किसलिए बना है?"

सागर चुपचाप मुंह फेरकर सिर ऊंचा किए ही रहा; किन्तु बूढ़े हरिहर ने वैसे ही हाथ जोड़े हुए कहा, "मां, हम तुम्हारे कुपुत्र हैं, इस-लिए क्या तुम भी कुमाता बन जाओगी? हम लोगों के लिए भी एक मार्ग बना दो।"

षोडशी कुछ नरम होकर बोली, "तुम्हारी बातें तो अच्छी है हरिहर, इसके अलावा तुम बूढ़े भी हो गए हो; किन्तु भतीजा तो दिमाग के मारे मुंह फेरकर खड़ा है, दोष तक उसने स्वीकार नहीं किया—यह क्या अभी शान्त हो सकेगा?"

हरिहर ने अपने सब अंगों पर एक दृष्टि डालकर कहा, "बूढ़ा हो गया है, क्यों मां? बाल भी सब पक गए हैं।" यह कहकर उसके मुस्करा-

कर जरा हंसते ही सागर का सारा मुखमण्डल शान्त हंसी से चमक उठा। दम-भर में चचा-भतीजे के बीच आंखों-ही-आंखों में शायद यही बात तो हो गई कि यही अच्छा है। तुम्हारी इन दोनों पुरानी भुजाओं की जिसे कोई खबर नहीं है, उसके आगे किसी तरह हंसकर विनय के साथ स्वीकार करना ही ठीक है।

वृद्ध ने कहा, "दिमाग का अहंकार नहीं मां, यह तो रूठना है। इतना ही तो यह कर सकता है। सागर कभी डकैती नहीं डालता।"

षोडशी ने आश्चर्य से कहा, "तो क्या इसने बिना अपराध के यह दण्ड भोगा है? जो भी जानते हैं, वह सत्य नहीं है—यही क्या तुम मुझे समझाना चाहते हो हरिहर?"

षोडशी का अविश्वास से भरा कण्ठ-स्वर अकारण ही अत्यन्त कठोर होकर कानों में खटका, तथापि हरिहर कुछ कहने जा रहा था, किन्तु भतीजे ने सहसा घूमकर उसमें बाधा दी। उसने कहा, "वह बात सुनकर तुम क्या करोगी मां? तुम भलेमानस लोग जब हम छोटे लोगों की बात पर विश्वास नहीं कर सकते, तब हमारा कुछ कहना ही व्यर्थ है। भले-मानुसों ने जब हमारा सर्वस्व छीन लिया, तब भी उनका पावने का सच्चा दावा था, और जब उन्होंने हमें जेल भिजवाया, तब वह भी सच्ची गवाही के जोर से। जज साहब की अदालत से लेकर चण्डी मैया के मन्दिर तक छोटे लोगों की बात पर विश्वास करने के लिए तो कोई आदमी नहीं है मां। चलो छोटे काका, हम लोग चलें।"

कहकर उसने चट झुककर भैरवी के पैरों के नीचे की धूल माथे से लगाई और चल दिया। हरिहर ने स्वयं भी प्रणाम करके, पदरज लेकर सलज्ज स्वर में कहा, "नाराज न हो ओ मां, यह लड़का ऐसा ही गंवार है, यह किसी की बात सहन नहीं कर पाता।"

इतना कहकर वह भी भतीजे के पीछे चल दिया।

भले ही ये अछूत हों, भले ही ये डाकू हों, जब तक ये दिखाई देते रहे तब तक षोडशी स्तब्ध विस्मय से उन दोनों स्वस्थ निडर और परम शक्तिशाली पुरुषों की ओर एकटक ताकती रही।

दूसरे दिन सवेरे ही षोडशी ने सागर को बुलवाकर कहा, "तुम लोगों के साथ भैया, कल मैंने अन्याय किया। दस-पन्द्रह बीघे जमीन मेरे पास अभी शेष है। तुम दीनों चचा-भतीजा उसीको बांट लो। मां का लगान तुम जो

चाहो दे देना। लेकिन मेरी शर्त यही है कि तुम कभी बुरे मार्ग में पैर नहीं रखोगे भैया।"

तभी से सागर और हरिहर उसके खरीदे हुए गुलाम हैं, उसके सभी कामों में, सुख-दुःख में उन्होंने परछाईं की तरह उसका अनुकरण किया है और सभी विपत्तियों में छाती आगे करके उसकी रक्षा की है। यह टूटी झोपड़ी है, यह विपत्ति से ग्रस्त जीवन है, तो भी कोई बाल बाका करने का दुस्साहस नहीं करता, सो किसके भय से, यह बात तो उससे छिपी नहीं है। तथापि उसी सागर की जो मूर्ति वह आज आंखों में देख आई है, उससे भरोसा करने के लिए, आज उसके लिए कुछ भी नहीं रहा। वह डकैती करता है कि नहीं, यह कहना कठिन है, किन्तु आवश्यकता आ पड़ने पर इसके लिए ऐसा कोई काम नहीं, जिसे यह न कर सके। उसके सारे उपकरण आज भी वैसे ही सजीव हैं और घड़ी-भर के बुलावे से वे आज भी वैसे ही तैयार होकर खड़े हो सकते हैं—यह संशय तो अब रोका नहीं जा सकता।

फटा हुआ एक कागज का टुकड़ा एक ओर पड़ा हुआ था; अन्यमनस्क भाव से उसे हाथ में उठाते ही दीपक के प्रकाश में दिखाई दिया कि हेम की चिट्ठी के जवाब में उसने उस दिन जो चिट्ठी लिखकर भी उसे ठीक न समझकर फाड़ डाला था और एक दूसरी चिट्ठी लिखकर भेजी थी, उसी फटी चिट्ठी का यह एक टुकड़ा है। बड़ी रात बीते जब वह लम्बी चिट्ठी समाप्त हुई थी, तब एक बार उसे जैसे यह सन्देह हुआ कि इतनी बातें लिखने से ही काम चल जाता—एक गैर आदमी के आगे अपने को इस तरह प्रकट करना शायद किसी प्रकार भी ठीक नहीं हुआ; किन्तु निद्राहीन उस गहरी रात में उसे ठीक करने का धैर्य भी फिर उसमें नहीं था। मगर दूसरे दिन डाक में डालने के लिए जब उसे भेजा, तब बिना दुबारा पढ़े ही भेज दिया। उसे भय हुआ कि कहीं इसे भी न वह पढ़कर फाड़ डाले—कहीं आज भी हेम को उत्तर देना न रह जाए। इधर कई दिन से जिसे भूली हुई थी, उसो चिट्ठी की बातें आज एक-एक करके उसे याद आने लगीं और बड़ी लज्जा मालूम पड़ने लगी। उसे यह भय होने लगा कि कहीं उसके सताए जाने की कहानी को कुछ-का-कुछ समझकर कोई उसकी रक्षा करने के लिए आकर उपस्थित न हो जाए।

हेम और उसका स्वामी की याद आते ही उसका मन न जाने कैसा

विवश-सा होने लगता था। उन लोगों की जीवन-यात्रा के ढंग के साथ उसका विशेष परिचय नहीं है, तो भी कैसे एक स्वप्न की रचना हो उठती थी, कैसे उसकी काम की चिन्ता ऊटपटांग कल्पना में बदल जाती थी, कैसे कभी हेम के और कभी निर्मल के सूत्र को पकड़कर वह सारे संयम को तोड़कर अचानकलज्जा से फट पड़ती थी—यह वह आप ही सोच-समझ न पाती थी, अपने मन की इस मोह से ग्रस्त गति को वह पहचानती थी, डरती थी, लज्जित होती थी और पूरी शक्ति से चाहती भी थी। उसी उताबले वेग के आक्रमण से आत्म-रक्षा करने के लिए उस चिट्ठी को टुकड़े-टुकड़े करके फेंककर वह निर्विकार होकर बैठी। अपने मन में दृढ़ बल से कहा—किसलिए मैं हेम से बातें करने गई! उन लोगों से मैं किस सहायता की भीख मांगूंगी और उसे किसलिए लूंगी? देवी की भैरवी के पद में क्या है, जो इस प्रकार उससे चिपटी रहूंगी? चाहे जो कोई उसे ले, उससे मेरा क्या आता जाता है? ये सभी तो चोर-डकैत है। जिसकी जितनी शक्ति है, वह उतना ही बड़ा डाकू है। सुविधा और शक्ति के अनुसार दूसरे का गला दबाकर छीन लेना ही इन लोगों का काम है। यही दुनिया है, यही तो समाज है, यही तो मनुष्य का धन्धा है! सताए गए और सताने वालों के बीच अन्तर ही कितना है, जो इस तरह दिन-रात रहती हूं! काहे के लिए मुझे इतना बड़ा सिर-दर्द है? काहे के लिए इतना बड़ा विरोध मैंने पैदा कर दिया! यह भैरवी का आसन छोड़ना क्यों इतना अधिक कठिन है?

क्षण-भर के लिए उसके मन में आया कि यह काम उसके लिए बिलकुल ही कठिन नहीं है। कल सवेरे ही वह एककौड़ी और जनार्दन राय को लिख भेजकर भैरवी का सारा उत्तरदायित्व प्रसन्नता से लौटा दे सकती है—कहीं कोई आकर्षण, कोई दुःख उसे नहीं होगा।

षोडशी उठ खड़ी हुई। पास आले में उसकी दवात, कलम और कागज रहता था। वह सब उतारकर यह चिट्ठी उसी समय लिखने लगी। चटपट कई लाइनें लिखकर सहसा उसकी कलम रुक गई। हरिहर सरदार और सागर का खयाल आ गया—दुनिया भर में फैली हुई छीना-झपटी और डाकूपन के बीच केवल इन दो डाकुओं ने ही उसे छोड़ा। सहसा अपनी बात मन में उठने से उसने सोचा—इसके बाद? खड़े होने के लिए कहीं स्थान नहीं है। सभीने उसे त्याग दिया है। कल जिन्होंने

आकर उसे घरा था, वही आज के शासन या दमन के भय से, जमींदार की कचहरी के आंगन में खड़े होकर उसी के विरुद्ध पंचायत कर आए हैं। यह अधिक दिनों की बात नहीं है, इन्हीं लोगों को···किन्तु जाने दो ये सब बातें। इन अत्यन्त छोटे लोगों के विरुद्ध उसका अभियोग या शिकायत नहीं है। एककौड़ी, जनार्दन, शिरोमणि, उसका पिता तारादास और यह जमींदार—पुरानी या नई अनेक बातें हैं—किन्तु उन्हें भी रहने दो। यह सोचता भी आज व्यर्थ है—उसकी भी आज अब कोई आवश्यकता नहीं। फिर उसे फकीर साहब की याद आई। वह क्या सोच-समझकर इस प्रकार अचानक चले गए, यह उसका जाना हुआ नहीं है। फकीर साहब किसीको भी कोई कारण बताकर, किसीके भी विरुद्ध कोई नालिश करके नहीं गए। इसके पहले भी वह ऐसे ही चुपचाप चले गए हैं; स्नेह देकर, भक्ति देकर, सम्मान के साथ विदाई देने का कोई अवसर कभी किसीको भी नहीं दिया। शायद यही उनके प्रस्थान की पद्धति है—उनके जाने का नियम है। तो भी न जाने क्यों षोडशी के मन में एक व्यथा अटक रही थी—उनके इस बार के जाने को वह किसी तरह उनका अभ्यास मानकर शान्ति-लाभ नहीं कर पा रही थी। वह बीच-बीच में षोडशी की बात के उत्तर में कहते थे—मां, मैं अपने ही साथ सम्बन्ध-विच्छेद करना चाहता हूं, लोगों के साथ नहीं। इसीसे मैं संसार की माया-ममता को मन से दूर नहीं कर पाता—लोगों के बीच में ही रहना पसन्द करता हूं। तुमने भी जब अपनी देह देवता को ही अर्पण कर दी है, तब यही बात सबसे पहले याद रखो। किसी बहाने से उसे अपनी समझने की भूल न होने पावे। देवता के साथ अपने को बांधकर धोखा करने की अपेक्षा तो देवता को छोड़ना भी अच्छा है। आज इस वंचना ने ही तो उसे जाल की तरह लपेट लिया है। आज यदि वह यहां होते! एक बार यदि वह उनके पैरों के पास जाकर बैठ सकती! बहुत पहले एक दिन उन्होंने कहा था—मां, तुमको जब मेरी वास्तव में जरूरत होगी, सचमुच ही मुझे पुकारोगी, तब मैं चाहे जहां होऊं, तुरन्त आकर खड़ा हो जाऊंगा। आज तो उसे वही आवश्यकता है!

ठीक इसी समय बाहर से आवाज आई, "जरा भीतर आ सकता हूं क्या?"

षोडशी का मलिन, उदास मन पल-भर में ही सचेत होकर वैसे ही

फिर गम्भीर हो गया। इतना महान् अलौकिक आश्चर्य सहसा जैसे वह सह न कसी।

फिर आवाज आई, "मैं आ सकता हूं क्या?"

"आइए," कहकर षोडशी उठ खड़ी हुई और आंखें मूंदे हुए जैसे सब अंगों से आने वाले के चरणों में जमीन तक झुककर प्रणाम करके कांपते हुए पैरों से खड़े होकर दीपक के प्रकाश में आंखें खोलकर देखा, वह फकीर साहब नहीं, जमींदार जीवानन्द चौधरी हैं। उसकी आंखों की पलकें फिर नहीं झपकीं—जैसे दोनों पलकें पत्थर की हो गईं। घर में दीपक की लौ कम हो चली थी, किन्तु इस प्रकार जो आदमी एक पल में पत्थर की मूर्ति बन गया, उसे पहचानने-भर की रोशनी थी। अतएव इस अद्भुत और अकारण उमड़ी हुई भक्ति का लक्ष्य सत्य ही वह नहीं और कोई है, यह अनुभव करके जीवानन्द का भय दूर हो गया। उसने गम्भीर मुख से कहा, "ऐसी पति-भक्ति इस कलिकाल में दुर्लभ है। मेरा पाद्य-अर्घ्य-आसन आदि कहां है?"

षोडशी स्तब्ध हो रही। अपने इस अभागे जीवन में उसने बहुतों को देखा है। उसने जनार्दन को देखा है, उसने एककौड़ी नन्दी को देखा है, उसने अपने पिता को अत्यन्त घनिष्ठ रूप से देखा है। किन्तु मनुष्य की धूर्तता इतनी दूर तक उठ सकती है, यह सोच करके उसका धक्का संभालने में उसे समय लग गया। जीवानन्द ने इधर-उधर देखकर बांस की अलगनी से कंवल का आसन उतार लिया। उसे बिछाते समय खुले दरवाजे की ओर नजर डालकर उसने कहा, "दरवाजे में एकदम जंजीर लगाकर क्यों न बैठूं? सुनता हूं, तुम्हारा सागर मुझे उतना प्यार नहीं करता, आसपास कहीं निश्चय ही है—आ पड़ेगा तो शायद कुछ बुरा ही मानेगा! छोटा आदमी ही तो ठहरा।"

कहकर वह जरा हंसा। षोडशी का शरीर कांपने लगा। उसने निश्चय समझा कि यह आदमी अकेला नहीं आया; उसके नौकर-चाकर पास ही छिपे हुए हैं और शायद इसी सुयोग का वह रोज इन्तजार करता था। आज वह कुछ भयानक काण्ड कर सकता है—हत्या करना भी असम्भव नहीं। और इस घबराहट को कण्ठ-स्वर में सम्पूर्ण छिपा न पाकर उसने कहा, "आप यहां क्यों आए हैं?"

जीवानन्द ने कहा, "तुमको देखने। जान पड़ता है, तुम कुछ डर गई

हो—डरने की ही बात है! लेकिन डरकर चिल्लाना नहीं। मेरे पास भरी हुई पिस्तौल है तुम्हारे डकैतों का दल सिर्फ मारा ही जाएगा, और विशेष कुछ कर नहीं सकेगा।"

कहकर उसने पाकेट से रिवाल्वर निकालकर और फिर पॉकेट में ही रखकर कहा, "लेकिन द्वार बन्द करके जरा निश्चिंत ही हो लिया जाए न?"

यह कहकर वह षोडशी के मुख की ओर देखकर जरा हंसा और आगे बढ़कर उसने दरवाजे में जंजीर लगा दी, जिसका घर है, उसकी आज्ञा की प्रतीक्षा भी नहीं की।

षोडशी का मुख सूख गया। एक बार बोलने की चेष्टा करने में आवाज बाहर नहीं निकली और जब स्वर फूटा तब वह भय से कांपने लगी। षोडशी ने कहा, "सागर नहीं है।"

जीवानन्द ने कहा, "नहीं है? बेटा गया कहां?"

षोडशी ने कहा, "आप लोग जानते हैं, इसी से तो˙˙˙"

जीवानन्द के कहा, "जानता हूं, इसलिए? किन्तु 'आप लोग' कौन? मैं तो कुछ भी नहीं जानता था।"

षोडशी ने कहा, "निराश्रय जानकर ही तो आप अपने आदमियों को लेकर मुझे मारने आए हैं? लेकिन मैंने आपका क्या बिगाड़ा है?"

जीवानन्द ने कहा, "आदमियों को लेकर मारने आया हूं? तुमको? कभी नहीं। बल्कि मन न जाने कैसा हो रहा, इसलिए देखने आया हूं।"

षोडशी ने फिर कुछ नहीं कहा—उसकी आंखों में आंसू आ रहे थे। इस निंदनीय गन्दी हंसी से वे एकदम सूख गए और उन सूखी आंखों को जमीन पर टिकाकर वह चुपचाप बैठी रही। जरा ही दूर पर बैठा हुआ और एक आदमी उसी के झुके हुए मुख पर लुब्ध, तृषित दृष्टि स्थिर करके उसी के समान चुपचाप बैठा रहा।

18

जीवानन्द ने पुकारा, "अलका!"

षोडशी ने कहा, "कहिए?"

जीवानन्द बोला, "तुम्हारे यहां तमाखू-वमाखू की व्यवस्था नहीं है क्या?"

षोडशी एक बार सिर उठाकर ही फिर सिर झुकाकर बैठी रही। उत्तर न पाकर जीवानन्द ने जोर से एक सांस छोड़कर कहा, "ब्रजेश्वर का भाग्य अच्छा था। देवी रानी उसे पकड़ जरूर लाई थी, लेकिन अम्वरी तमाखू पिलाई थी और भोजन के उपरान्त दक्षिणा दी थी। विवाह की बात अभी नहीं उठाऊंगा। मैं पूछता हूं, तुमने बंकिम बाबू का वह उपन्यास पढ़ा तो है।"

षोडशी ने निश्चय किया था कि यह दुष्ट आज उसका चाहे जितना अपमान करे, वह चुपचाप सह लेगी; किन्तु जीवानन्द के कहने ने एकाएक जाने कैसे उसके निश्चय को डिगा दिया। उसने कह डाला, "आपको पकड़ लाया जाता तो वैसी ही व्यवस्था रहती, उलाहना न देना पड़ता।"

जीवानन्द ने हंसकर कहा, "ठीक है! खींच-घसीट और डोरी-रस्सी से बांध डालना ही लोगों की नजर में पड़ता है; भोजपुरी प्यादा भेजकर पकड़ बंधाना ही बस्ती के सब लोग देखते हैं। परन्तु जो प्यादा आंखों से देखा नहीं जाता; हां अलका, तुम्हारे शास्त्र-ग्रन्थों में उसे क्या कहते हैं? अनंग—क्यों? खूब है वह।"

षोडशी का मुंह लाल हो उठा। वह मुंह नीचा किए चुप बैठी रही।

जीवानन्द ने कहा, "कुछ अनुरोध था, लेकिन आज अब उठूं। तुम्हारे सेबकों को यदि कहीं खबर लग गई तो वे ठीक जमाई का आदर नहीं करेंगे। यहां तक कि शायद वे यह विश्वास ही न करना चाहेंगे कि मैं ससुराल में आया हूं—सोचेंगे, शायद प्राण बचाने के लिए झूठ बोल रहा हूं।"

षोडशी ने कुछ भी नहीं कहा। इस अप्रिय हंसी से हृदय में उसे कैसी लज्जा अनुभव हुई, यह उसने मुंह उठाकर जानने ही नहीं दिया।

उत्तर न पाकर जीवानन्द कई मिनट तक उसकी ओर ताकता रहा और फिर सचमुच ही उठ खड़ा हुआ। बोला, "अम्बरी तमाखू का धुआं फिलहाल पेट में जाने से भी काम चल जाता; किन्तु जो धुआं नहीं है, ऐसी कोई चीज पेट में न पड़ने से अब तो खड़ा भी नहीं रहा जाता। सच-मुच कुछ नहीं है अलका?"

षोडशी फिर भी चुप ही रहती, किन्तु उसका नाम लेकर जो अन्त में प्रश्न किया गया, उसने उसे चुप नहीं रहने दिया। उसने सिर उठाकर

कहा, "कुछ क्या? शराब?"

जीवानन्द ने हंसकर सिर हिलाया। बोला, "अब की भूल हुई! उसके लिए और आदमी हैं; वह तुम नहीं हो। अपने को समझ पाने की तुमने काफी सुविधा दी है। और चाहे जो कहूं, अस्पष्टता नहीं कह सकूंगा। अतएव तुम्हारे निकट अगर कुछ मांगना ही हो तो मैं ऐसा कुछ मांगना चाहता हूं, जो मनुष्य को जीवित रखे, मौत की ओर न ठेल दे। दाल-भात, मिठाई-मण्डा, चिउड़ा-लैया, जो कुछ हो, दो। खाकर जान बचाऊं। नहीं है क्या?"

षोडशी स्थिर दृष्टि से देखती रही। जीवानन्द कहने लगा, "सवेरे आज मन की दशा अच्छी न थी। शरीर की बात उठाना तो विडम्बना है। कारण, तन्दुरुस्त देह कैसी होती है, मैं नहीं जानता। सवेरे एकाएक नदी के किनारे टहलने निकल पड़ा—किनारे-किनारे कितनी दूर तक चला गया, कह नहीं सकता। लौटने को जी न चाहा। सूर्यनारायण अस्त हो गए। अकेले मैदान के बीच खड़े होने से कैसा अच्छा लगा, यह कह नहीं सकता। केवल तुम्हारी याद आने लगी। जान पड़ता है, इसी से लौटते समय फिर घर नहीं गया; भूख-प्यास लिए हुए ही आकर उस सनसा वृक्ष के पीछे आकर खड़ा हुआ। देखा, द्वार खुला हुआ है, दीपक जल रहा है। पिस्तौल के बिना एक कदम भी घर के बाहर नहीं रखता। वह पॉकेट में ही थी। तो भी रोयें खड़े होने लगे। जानता तो हूं न, साहबजादे लोग आड़ में, ओट में कहीं निश्चय हैं। एकाएक पत्तों की झिरी से झांककर देखा, जमीन के फर्श पर तुम चुपचाप बैठी हो। बस अपने को संभाल न सका।—हां, तो सचमुच कुछ खाने को नहीं है?"

षोडशी ने घड़ी-भर दुविधा में रहकर कहा, "लेकिन घर जाकर तो अनायास ही भोजन कर सकेंगे?"

जीवानन्द ने कहा, "अर्थात मेरे घर की खबर तुम मुझसे अधिक जानती हो?"

कहकर वह जरा हंसा। किन्तु वह हंसी बन्द होने के पहले ही षोडशी एकाएक कह उठी, "आपने दिन-भर खाया नहीं, और घर में आपके खाने-पीने की व्यवस्था नहीं है; यह कभी हो सकता है!"

एक जने के कण्ठ-स्वर में उत्तेजना की झलक छिपी नहीं रही; किन्तु दूसरे आदमी ने बिलकुल भले मनुष्य की तरह शान्त स्वर में कहा, "हो

ही नहीं सकता। मैंने नहीं खाया, इसलिए और एक आदमी उपवास करके थाली परोसे राह ताकता रहेगा, यह व्यवस्था तो मैंने कर नहीं रखी। आज व्यर्थ गुस्सा करने से कैसे काम चलेगा अलका!"

यह कहकर जरा हल्की हंसी हंसकर फिर उसने कहा, "आज चलता हूं। किन्तु यदि सचमुच ही रहा न गया और फिर किसी दिन आ गया तो तुम अप्रसन्न न हो पाओगी—यह कहे जाता हूं।"

इस आदमी की बिलकुल ही विशृंखल जीवन यात्रा का जो रूप एक दिन षोडशी ने अपनी आंखों से देखा था, वह उसे याद आ गया। जान पड़ा, बुरे आचरण वाला, मदोन्मत्त, निष्ठुर मनुष्य यह नहीं है, जो जमींदार मिथ्या के द्वारा उसका सर्वनाश करने को उद्यत हुआ है, वह और ही कोई है। जिसने मन्दिर से विदा होने के लिए उसे बिना किसी संकोच के आज्ञा दी है, वह और कोई है। तो भी एक बार उसके मन में दुविधा आई। लेकिन तुरन्त ही अस्फुट स्वर में कहा, "थोड़ा-सा कुछ देवी का प्रसाद रखा है, लेकिन यह क्या आप खा सकेंगे?"

"खा न सकूंगा? यह कहो!" कहकर वह फिर लौटकर आसन पर भली भांति जमकर बैठ गया। बोला, "प्रसाद नहीं खा सकूंगा? जल्दी ले आओ—एक बार तुमको दिखा दूं कि देवी-देवता के ऊपर मेरी कैसी अटल भक्ति है!"

षोडशी ने सामने के स्थान को पानी छिड़ककर हाथ से साफ कर दिया और रसोई में जाकर शाल के पत्ते में देवी का प्रसाद जो कुछ था, वह उठा लाकर जीवानन्द के सामने रख दिया और कहा, "खाइए, यदि खा सकें।"

जीवानन्द ने गर्दन हिलाकर कहा, "यह देखना न होगा। लेकिन यह तो तुम्हारे लिए है?"

षोडशी ने कहा, "अर्थात् आपके लिए पृथक् लाकर रखा था या नहीं, यह पूछ रहे हैं?"

जीवानन्द हंस पड़ा। बोला, "नहीं जी, नहीं, वह मैंने नहीं पूछा। मैं पूछता हूं—और तो नहीं है?"

षोडशी ने कहा, "नहीं है।"

जीवानन्द ने कहा, "तब तो यह पराये मुंह का कौर छीनकर खाना है अलका?"

षोडशी ने कहा, "पराये मुंह का कौर छीनकर खाने से क्या आपको हजम नहीं होता?"

इस बात का उत्तर जीवानन्द मुस्कराकर न दे सका। बोला, "क्या जानें, निश्चय से कुछ भी नहीं कहा जाता अलका! लेकिन इसे जाने दो, तुम क्या खाओगी? बल्कि इसमें से आधा रख लो।"

षोडशी ने कहा, "उससे मेरा भी भला न होगा, और आपका भी पेट नहीं भरेगा।"

जीवानन्द ने जिद करके कहा, "न भरे, लेकिन तुसको तो सारी रात भूखे न रहना पड़ेगा।"

आज खाने-पीने का ध्यान भी षोडशी को नहीं था। जीवानन्द न आता तो भी यह सब पड़ा रहता, वह इसे शायद स्पर्श तक भी न करती। किन्तु यह सब बात कहकर उसने कहा, "भैरवियों को भूखे रहने का—अनाहार का अभ्यास करना पड़ता है। इसके सिवा मेरी एक रात के कष्ट की चिन्ता करके आप कष्ट न पावें; बल्कि व्यर्थ देर न करके भोजन करने बैठ जाएं; देवी-देवता के प्रसाद के ऊपर अपनी अटल भक्ति का प्रमाण दें।"

जीवानन्द ने कहा, "सो देता हूं; लेकिन तुमको भूखा रहना पड़ेगा, यह जानकर वह उत्साह अब नहीं है।"

"अच्छा, कुछ कम उत्साह से ही आरम्भ कीजिए।" कहकर जरा हंसकर षोडशी ने कहा, "मुझे वंचित करने का और नया अपराध आपको नहीं लगेगा। लेकिन जिसके लिए आप तर्क कर रहे हैं, उससे मुझे लज्जा मालूम होती है। अब तर्क न करें। प्रसाद खाइए।"

जीवानन्द ने फिर कुछ न कहकर खाना शुरू कर दिया। दो-एक मिनट के बाद एकाएक मुंह उठाकर षोडशी के मुख की ओर देखकर कहा, "पन्द्रह बरस के लगभग हुए, क्यों न? आज एक बड़ा आदमी हो सकता था?"

षोडशी चुपचाप उसकी ओर ताकती रही। पन्द्रह बरस के लगभग पहले का इशारा उसने समझा, लेकिन इसके बाद नहीं समझ पाई।

जीवानन्द कहने लगा, "और सब छोड़कर मन्दिर की ही बात लेता हूं। मरने बैठा हूं—सो तो तुम अपनी आंखों से देख आई हो; लेकिन ऐसा कोई सख्त आदमी नहीं है, जो मुझे उससे छुड़ा दे। शायद अब भी समय

है, शायद अब भी बच सकता—लोग मेरा भार अपने सिर˙˙˙अलका!"

षोडशी ने भीतर-ही-भीतर कांपकर आंखें मूंद लीं। वहां हेम, उसका स्वामी, उसका बच्चा, उसके दास-दासी, उसकी संसार-यात्रा के—गिरस्ती के असंख्य विचित्र चित्र सिनेमा के चित्रों के समान निकल गए।

जीवानन्द ने कहा, "मेरा सब तुम ले लो अलका˙˙˙"

आत्मसमर्पण के इस अद्‌भुत स्वर ने षोडशी को चौंका दिया। इस जीवन में इस प्रकार किसी ने उसको नहीं पुकारा। यह एकदम नया है। किन्तु भैरवी-जीवन की कठोरता ने उसे अपने को भूलने नहीं दिया। उसने घड़ी-भर रुककर कहा, "अर्थात् मेरे जिस कलंक का न्याय-विचार आपने किया है, उसी को मेरे द्वारा पक्का कर लेना चाहते हैं? मेरी मां को आप ठग सके थे, लेकिन मुझे धोखा न दे सकेंगे।"

जीवानन्द ने कहा, "लेकिन वह प्रयत्न तो मैंने नहीं किया। यह सच है कि बिना जाने मैंने तुम्हारे साथ दुर्व्यवहार ही किया है। तुम्हारा विचार अवश्य किया है; किन्तु उस पर विश्वास नहीं किया। केवल यही मन में आया है कि इतनी बड़ी कठिन स्त्री को किसने अभिभूत किया, वह आदमी कौन है?"

षोडशी ने विस्मित होकर कहा, "उन्होंने आपके आगे उसका नाम नहीं बताया?"

जीवानन्द ने कहा, "ना। मैंने बार-बार पूछा और वे बार-बार मौन रह गए।"

"आप खाइए।" कहकर षोडशी मौन होकर बैठी रही।

दो-चार कौर खाने के बाद जीवानन्द ने मुंह ऊपर उठाकर कहा, "मैं अधिक खा नहीं पाता।"

षोडशी ने कहा, "मैं अधिक खाने के लिए नहीं कहती। साधारण लोग जितना खाते हैं, उतना ही खाइए।"

जीवानन्द ने कहा, "मैं उतना भी नहीं खा पाता। खाना मेरा समाप्त हो गया।"

षोडशी ने कहा, "ना, नहीं हुआ, प्रसाद के ऊपर अभक्ति दिखाने से मैं साहबजादे लोगों को बुला लूंगी।"

जीवानन्द ने हंसकर कहा, "सो तुम न कर सकोगी। तुम्हारी शक्ति मैं जानता हूं। पुलिस के दल से लेकर मैजिस्ट्रेट साहब तक एक दिन

उसका उदाहरण देख गए हैं। तुम्हारी मां जो एक दिन तुमको मेरे हाथों में सौंप गई है, उसे अस्वीकार करना तुम्हारी शक्ति से बाहर है।"

षोडशी चुप हो रही। जीवानन्द हाथ-मुंह धोकर आ बैठा। बोला, "मैं जब अकेला होता हूं, तब उस रात की बातें मन-ही-मन सोचा करता हूं और समय कैसे बीत जाता है, जान ही नहीं पाता। खास करके नौकरों की कोठरी में जाने के भय से तुम्हारा बह हाथ जोड़कर रोना। शायद तुम भूली न होगी?"

षोडशी ने कहा, "नहीं।"

जीवानन्द ने कहा, "तत्पश्चात् मेरा वह शूल का दर्द। सूने घर में अकेली तुम और मैं। अन्त में तुम्हारी ही गोद में सिर रख कर मेरी रात कटी। फिर उसके बाद की घटनाओं को सोचते अच्छा नहीं लगता। तुम्हें धूस देने की बात याद आने पर मेरा शरीर तक मानो लज्जा से सिहर उठता है। उस दिन जब पुरी में मेरी ऐसी दशा हो गई कि जान पड़ता था, बस अब मेरा, उस समव प्रफुल्ल ने कहा—दादा, अलका को एक बार बुला लीजिए। मैंने कहा—वह आवेगी क्यों? प्रफुल्ल ने कहा—जबर्दस्ती। मैंने कहा—जबर्दस्ती पकड़ लाने से क्या लाभ होगा? उसने उत्तर दिया—मालकिन एक बार आवें तो, उसके बाद इसके हानि-लाभ का हिसाब होगा।—उसे तुम नहीं जानतीं। किन्तु इतना बड़ा तुम्हारा भक्त और न होगा।"

इस भक्त आदमी का परिचय प्राप्त करने के लिए षोडशी के मन में कौतूहल अवश्य हुआ, किन्तु उस इच्छा को उसने दबा लिया।

जीवानन्द ने कहा, "रात अधिक हो गई, अब तुमको बिठा नहीं रख सकता। अब मैं जाऊं—क्यों?"

षोडशी ने कहा, "आपकी वह जो कोई काम की बात थी?"

जीवानन्द ने कहा, "काम की बात? किन्तु वह क्या विशेष बात थी, अब मुझे याद नहीं आ रही है। अब तो केवल एक ही बात मन में रही है कि तुम्हारे साथ बातें करना ही मेरा काम है मेरा कहना बहुत चापलूसी के समान लगा होगा, क्यों न? लेकिन इसके पहले यह भी मैं न जानता था कि इस तरह चापलूसी भी मैं कर सकता हूं। हां अलका, तुम्हारा क्या सचमुच फिर ब्याह हुआ था?"

षोडशी ने मुंह उठाकर कहा, "फिर कैसा? मेरा सच्चा ब्याह तो

केवल एक ही बार हुआ है।"

जीवानन्द ने कहा, "और तुम्हारी मां ने तुम्हें जो मुझको दिया था, वह सत्य नहीं है?"

षोडशी ने तुरन्त बिना संकोच के कहा, "ना, वह सत्य नहीं है। मां ने मेरे साथ जो रुपये दिए थे, आपने खाली उन्हें ही लिया था, मुझे नहीं लिया। ठगने के सिवा उसके भीतर कहीं लेशमात्र भी सत्य नहीं था।"

जीवानन्द जमकर बैठा रहा, किसी प्रकार का उत्तर देने का प्रयत्न तक नहीं किया। जब इसी तरह लगभग पांच मिनट बीत गए, तब षोडशी मन-ही-मन चंचल हो उठी और धीमी पड़ती हुई बत्ती की लौ को तेज करते समय उसने देखा, जीवानन्द जैसे एकाएक ध्यानस्थ हो बैठा है। यह ध्यान भंग करने में उसे दुविधा मालूम पड़ी, किन्तु क्षण-भर बाद जब जीवानन्द ने आप-ही-आप बात की, तब जान पड़ा, जैसे कोई बहुत दूर से बोल रहा है।

जीवानन्द ने कहा, "अलका, तुम्हारी यह बात सच नहीं है।"

षोडशी ने पूछा, "कौन बात?"

जीवानन्द ने कहा, "तुमने जो समझ रखी है। सोचा था, वह कहानी कभी किसी से न कहूंगा; किन्तु उस किसी में आज तुमको नहीं रख पा रहा हूं। तुम्हारी मां को मैंने ठगा था, लेकिन तुमको ठगने का सुयोग भगवान ने मुझे नहीं दिया। मेरा एक अनुरोध रखोगी?"

षोडशी ने कहा, "कहिए।"

जीवानन्द ने कहा, "मैं सत्यवादी नहीं हूं, किन्तु आज की मेरी बात पर तुम विश्वास करो। तुम्हारी मां को मैं जानता था, उनकी लड़की को स्त्री के रूप में ग्रहण करने की मेरी इच्छा न थी—केवल उनके रुपयों पर ही दृष्टि थी। किन्तु उस रात को हाथों-हाथ जब तुमको पाया, तब 'नहीं' कहकर लौटा देने की इच्छा भी फिर नहीं हुई।"

षोडशी ने कहा, "तब क्या इच्छा हुई?"

जीवानन्द ने कहा, "जाने दो उसे, तुम अब न सुनना चाहो। शायद अन्त तक सुनने पर आप हो उसे समझ लोगी और तुम्हारे उस समझने में मुझे हानि के सिवा लाभ न होगा। किन्तु इन लोगों ने तुम्हें जो कुछ समझाया था, वह वही या वैसा ही नहीं था—मैं तुमको छोड़कर भागा नहीं था।"

षोडशी ने यह इशारा समझा और घृणा से कुंठित होकर कहा, "अपने न भागने का इतिहास अब प्रकट कीजिए।"

उसके कठोर स्वर को लक्ष्य करके जीवानन्द मुसकराया। बोला, "अलका, मैं नासमझ नहीं हूं। यदि प्रकट ही करूं तो उसका सब फलाफल जानकर ही करूंगा। जानती हो, तुम्हारी माता के इतने बड़े भयानक प्रस्ताव पर भी क्यों मैं सहमत हुआ था? एक औरत का हार मैंने चुराया था। सोचा था, रुपये देकर उसे शान्त कर दूंगा। वह तो शान्त हो गई; किन्तु पुलिस के सुपरिटेंडेंट उससे शान्त नहीं हुए। छः महीने के लिए जेल गया। वह जो पिछली रात बाहर निकला था, उसके बाद फिर लौटने का अवकाश नहीं मिला।"

षोडशी ने सांस लेकर कहा, "उसके बाद?"

जीवाबन्द ने वैसे ही हल्के से हंसकर कहा, ''उसके बाद भी कुछ बुरा नहीं है। जीवानन्द बाबू के नाम और भी एक वारंट था। महीना-सवा महीना पहले रेलगाड़ी में वे एक साथ के यात्री का मनीबैग लेकर अन्तर्धान हो गए थे—फलस्वरूप और भी डेढ़ साल की सजा हो गई। सब मिलाकर यह दो साल लापता रहने के बाद बीजगांव के जमींदार बाबू ने जब रंग-मंच पर फिर प्रवेश किया, तब कहां थी अलका और कहां थी उसकी मां?"

जीवानन्द की आत्मकथा का एक अध्याय समाप्त हुआ। उसके बाद दोनों ही चुपचाप स्थिर होकर बैठे।

षोडशी ने पूछा, "कितनी रात होगी?"

जीवानन्द ने कहा, "जान पड़ता है, अब अधिक रात बाकी नहीं है।"

षोडशी ने कहा, "तो फिर अंधेरे में घर जाने की आवश्यकता नहीं है।"

जीवानन्द ने कहा, "आवश्यकता नहीं है? इसका अर्थ?"

षोडशी ने कहा, "कम्बल बिछाती हूं, आप विश्राम कीजिए।"

जीवानन्द की दोनों आंखें आश्चर्य से फैल गईं। कहा, "विश्राम करूंगा? यहां?"

षोडशी ने कहा, "हानि क्या है?"

जीवानन्द ने कहा, "लेकिन बड़े आदमी जमींदार को यहां कष्ट जो होगा अलका?"

षोडशी ने कहा, "कष्ट होने पर भी सहना होगा। गरीब का दु:ख आज थोड़ा-सा जान जाइए।"

जीवानन्द चुप हो रहा। उसकी आंखों के कोने में आंसू आ रहे थे। उसका जी चाहा कि कहे—मैं सब जानता हूं; लेकिन समझने वाला आदमी तो मर गया है। किन्तु यह न कहकर उसने कहा, "यदि सो गया अलका?"

अलका ने शान्त भाव से उत्तर दिया, "यह आशा तो है ही।"

19

जीवानन्द के जूठे भोजन-पात्र और बची हुई जूठन आदि फेंकने और रसोईघर का कुछ काम समाप्त कर द्वार बन्द कर आने के लिए षोडशी जब बाहर चली गई, उस समय षोडशी की चिट्ठी के फटे हुए टुकड़े पर जीवानन्द की दृष्टि पड़ी। उसे हाथ में उठाकर मोतियों की तरह सजाए सुन्दर अक्षरों की ओर मुग्ध दृष्टि से देखकर दीपक की रोशनी में रखकर सारी लिखावट एक सांस में पढ़ डाली। बहुत-सी बातें फट गई हैं, तो भी जो था, उससे इतना समझ में आ गया कि लेखिका पर बेहद विपत्ति आ पड़ी है, और सहायता न हो, सहानुभूति की कामना करके यह पत्र उसने जिसे लिखा है, वह स्वयं यद्यपि औरत है, किन्तु अक्षरों की आड़ में खड़ा हुआ और एक व्यक्ति अस्पष्ट दिखाई दे रहा है, जिसे औरत समझने का भ्रम किसी प्रकार नहीं होता। यह पत्र जैसे उस पर सवार हो गया। एक बार, दो बार समाप्त करके जब उसने एक बार और पढ़ना शुरू किया, उसी समय षोडशी के पैरों की आहट से मुंह उठाकर उसने कहा, "सब-का-सब होता तो पढ़कर बड़ा आनन्द पाता! जैसे अक्षर हैं, वैसी ही भाषा—छोड़ने को जी नहीं चाहता।"

जीवानन्द के बदले हुए स्वर पर सहज में ही लक्ष्य करके भी षोडशी ने कहा, "जरा उठिए, कम्बल बिछा दूं।"

जीवानन्द ने ध्यान नहीं दिया। बोला, "यह नरपिशाच कौन है, सो तो साधारण बुद्धि से समझा जाता है, किन्तु उसका विनाश करने के लिए जिस देवता का आवाहन हुआ है, वह कौन है? उसका नाम नहीं सुन सकता?"

षोडशी ने अपने-आपको विचलित नहीं होने दिया। जाड़े के दिनों में

अकस्मात् आने वाले एक दक्षिण पवन के झोंके की तरह उसका अन्तःकरण आज अज्ञात पग-ध्वनि की आशा में जैसे प्रफुल्लित हो उठा था। वहां जीवानन्द का यह व्यंग्य अति स्पष्ट होकर नहीं पहुंचा। उसने वैसे ही सहज भाव से कहा, "वह होगा! अब आप जरा उठकर खड़े हो जाइए, मैं इसे डाल दूं।"

जीवानन्द ने फिर कुछ नहीं कहा। वह उठकर एक तरफ खड़े होकर चुपचाप आंखें खोले उसका काम देखने लगा। षोडशी ने पहले झाड़ू से सारा घर साफ किया। फिर कम्बल को दोहराकर बिछाने के बाद उसके ऊपर चादर के अभाव में अपनी एक धुली धोती यत्नपूर्वक बिछाकर कहा, "बैठिए। लेकिन मेरे पास तकिया नहीं है..."

"इच्छा होते ही पाओगी—कमी नहीं रहेगी," कहकर जीवानन्द ने पास आकर झुककर धोती को उठाकर यथास्थान रख दिया। यह देखकर षोडशी मन-ही-मन अत्यन्त लज्जित हो गई, उसका चेहरा लाल हो गया। षोडशी ने कहा, "लेकिन उसे क्यों उठा दिया? खाली कम्बल शरीर में चुभेगा नहीं?"

जीवानन्द ने बैठकर कहा, "सो जानता है, लेकिन अधिक आतिथ्य और अधिक चुभेगा। आदर-यत्न में मिठास अवश्य है; किन्तु उसका ढोंग करने में न मधु की माधुरी है, न स्वाद है। वह बल्कि और किसी के लिए रख छोड़ो—उसे देना।"

बात सुनकर षोडशी विस्मय से अवाक् हो गई। उसके मुंह पर और पलकों में किसी ने जैसे राख मल दी। जीवानन्द ने कहा, "उसका नाम?"

षोडशी कई सेकण्ड तक बोल न सकी। उसके बाद कहा, "किसका नाम?"

जीवानन्द ने अपने हाथ के उस चिट्ठी के टुकड़े की ओर तिरछी दृष्टि से देख कर कहा, "वही जो दैत्य के वध के लिए शीघ्र अवतीर्ण होंगे? जो द्रौपदी के सखा हैं, जो—किसका?"

षोडशी ने इस व्यंग्य का उत्तर नहीं दिया; किन्तु उसकी आंखों पर से मोह का पर्दा टुकड़े-टुकड़े होकर फट गया। जिसमें धर्म का लेश नहीं है, जो सब दोषों की खान है, उसी पाखण्डी धूर्त के अद्भुत अभिनय से मुग्ध होकर कैसे उसके मन में क्षण-भर के लिए क्षमा-मिश्रित करुणा का

उदय हुआ था, यह वह सोच न पाई। चित्त की इस क्षणिक विह्वलता से उसका सारा हृदय सुविचार से सतर्क और कठोर हो उठा।

क्षण-भर बाद जीवानन्द ने फिर जब वही एक ही प्रश्न किया, तब षोडशी ने कंठ-स्वर को ठीक करके कहा, "उसके नाम से आपको सरोकार?"

जीवानन्द ने कहा, "सरोकार क्यों नहीं है? पहले से मालूम हो जाने पर शायद अपनी रक्षा का कोई उपाय कर भी सकता हूं।"

षोडशी ने उसके मुख पर एक तीक्ष्ण दृष्टि डालकर कहा, "और आत्म-रक्षा का क्या केवल मुझे अधिकार नहीं?"

जीवानन्द ने कह डाला, "है क्यों नहीं?"

षोडशी ने कहा, "तो वह नाम आप नहीं जान सकते। मेरे और आपके एक ही साथ रक्षा पाने का उपाय नहीं है?"

जीवानन्द ने जरा देर स्थिर रहकर कहा, "यदि ऐसा ही है तो रक्षा मुझे मिलनी चाहिए, और उसमें लेशमात्र कमी न होगी, यह जान लो।"

षोडशी के मुंह में आया कि कहे—सो मैं जानती हूं; मैजिस्ट्रेट के सामने इस प्रश्न का निर्णय हुआ था। उस दिन निरपराध नारी के कन्धे पर अपराध का बोझा लादकर तुम्हारे प्राण बचे थे, और तुम्हारे आज के बचे रहने का मूल्य भी शायद उतना ही बड़ा और एक आदमी को देना पड़ेगा—किन्तु उसने कुछ भी नहीं कहा। उसे जान पड़ा कि इतने बड़े नर-पशु के आगे इतने बड़े दान का उल्लेख करने में व्यर्थता के अलावा और कुछ हाथ लग ही नहीं सकता।

जीवानन्द को चेत हुआ। उसकी उत्तेजना कम हुई; किन्तु क्रोध बढ़ गया।

उसने कहा, "अलका, तुम्हारे इस वीर पुरुष का नाम मैं नहीं जानता यह बात नहीं है।"

षोडशी ने तत्काल उत्तर दिया, "जानेंगे क्यों नहीं? नहीं तो उनके लिए झगड़ा क्यों करते? इसके सिवा पुरुषों में परस्पर परिचय तो रहता ही है।"

जीवानन्द ने कठोर होकर कहा, "सो ठीक है। किन्तु इस पुरुष का बार-बार अपमान करने का भार तुम्हारे वह वीर पुरुष उठा सके, तो है। खैर, जाने दो। यह चिट्ठी तुमने फाड़ क्यों डाली?"

षोडशी ने कहा, "और एक चिट्ठी भेजी थी, इसलिए।"

जीवानन्द ने कहा, "लेकिन सीधे उन्हींको न लिखकर उनकी स्त्री को क्यों लिखी? ये सब शब्दभेदी बाण क्या उन्हीं वीर पुरुष के सिखाए हैं?"

षोडशी ने कहा, "इसके बाद?"

जीवानन्द ने कहा, "इसके बाद यह कि आज मेरा सन्देह दूर हो गया। तुम्हारे बन्धु का पता मैंने दूसरों में पाया है। लेकिन राय महाशय से जितना ही पूछा, उतना ही वह चुप्पी साध गए। आज समझ गया कि तुमपर उन्हींको सबसे अधिक क्रोध क्यों है।"

षोडशी चौंक गई। कलंक के बवंडर में पड़कर उसकी देह में कहीं दाग लगाने को अब शेष न था; किन्तु इस बवंडर के बाहर खड़े होकर भी ओर एक आदमी इससे छुटकारा न पावेगा, यह उसने नहीं सोचा था। उसने धीरे-धीरे पूछा, "उनके सम्बन्ध में आपने क्या सुना है"

जीवानन्द ने कहा, "सभी कुछ।"

फिर जरा रुककर कहा, "तुम्हारे चौंकने और इस गले की मीठी आवाज से मुझे हंसी आनी चाहिए थी, किन्तु मैं हंस नहीं सका—मेरे आनन्द मनाने की बात तो यह है नहीं। उस आंधी-पानी की रात तो याद है न? उसके गवाह हैं? गवाह बेटा कहां छिपे रहते हैं, पहले से कुछ भी कहा नहीं जा सकता। मैं नव रेलगाड़ी से मनीबैग लेकर भागा था, किसीने नहीं देखा।"

षोडशी ने कहा, "यदि सचमुच ही ऐसा हुआ हो तो क्या वह इतने बड़े दोष की बात है?"

जीवानन्द ने कहा, "लेकिन उसे छिपाना? यह चिट्ठी का टुकड़ा, यह स्वयं ही एक बार पढ़कर देखो तो क्या जान पड़ता है? इसे तो मैं साथ लिए जाता हूं। आवश्यकता हुई तो यथास्थान पहुंचा दूंगा। मेरे ही समान यह भी एक बार तुम्हारा विचार करने बैठे थे न? देखता हूं, तुम्हारा विचार करने में भी विपत्ति हैं।"

इतना कहकर वह मुसकुरा दिया।

षोडशी चुप बैठकर सोचने लगी। अपनी विपत्ति की बात जताकर वास्तव में उसने एक आदमी को पत्र लिखा है—एक आदमी का नाम लेकर और एक आदमी को आने के लिए पुकारा है, यह भाव जब इस फटे

हुए चिट्ठी के टुकड़े से इस आदमी तक को धोखा नहीं दे सका, तब पूरी चिट्ठी हेम की आंखों को ही धोखा दे सकेगी? और ठीक उसी ओर यदि कोई आज उंगली उठाकर हेम की दृष्टि को खींचना चाहे तो लज्जा में और कुछ शेष न रहेगा।

पल-भर में ही उसकी दृष्टि में हेम की घर-गृहस्थी का चित्र—उसका स्वामी, उसका बच्चा, उसके बहुत-से दास-दासी, उसका ऐश्वर्य, उसका स्वच्छन्द जीवन-यात्रा का ढंग—जिस चित्र को उसने दिन-पर-दिन कल्पना की आंखों से देखा है—सब एक ही क्षण में कलुष की भाषा से परिपूर्ण हो उठेगा, यह सोचकर वह जैसे अपने को ही अपना मुंह न दिखा सकी। और यह जो पापिष्ठ उसीके घर में बैठकर डरा-धमका रहा है, जिसके कुकर्मों की सीमा नहीं है, जो झूठ का जाल बुनकर एक अपरिचित निरपराध स्त्री का सर्वनाश करने में कुछ भी कुण्ठित न होगा, षोडशी को जान पड़ा कि इस जीवन में इतनी तीव्र घृणा उसने और कभी किसीसे भी नहीं की और इस विष ने उसके हृदय को ऐसा मथ डाला कि उसका सारा अभ्यन्तर उसी आग से जैसे अग्निकुण्ड के समान दहकने लगा।

निर्मल आवेगा ही। उसे चाहे जितनी भी असुविधा हो, इस दुःख के बुलावे की वह किसी प्रकार उपेक्षा न कर सकेगा—इस स्वयंसिद्ध विश्वास की ज्वाला से वह अपने मन में ही जलने लगी। तब उसी कलंक को केन्द्र करके ससुर और दामाद में, पिता और कन्या में, जमींदार और प्रजा में सारे गांवभर में जो झगड़े का बवंडर उठेगा, उसकी बीभत्सता की काली छाया ने उसके सांसारिक दुःख-कष्ट को कहां तक ढक लिया, कल्पना भी वह नहीं कर सकी।

जान पड़ता है, पांच-छः मिनट के सन्नाटे के बाद, ठीक इसी समय जीवानन्द ने उसके मुंह की ओर देखकर कहा, "क्यों, बहुत-सी बातें जानता हूं न?"

षोडशी ने अभिभूत की तरह तुरन्त उत्तर दिया, "हां।"

जीवानन्द ने कहा, "तो तुम कहती हो कि यह सब सच है?"

षोडशी ने वैसे ही बिना किसी संकोच के कहा, "हां, सच है।"

जीवानन्द आश्चर्य से अवाक् हो गया। इस संक्षिप्त उत्तर के बाद उसके अपने मुंह से भी सहसा कोई बात नहीं निकली। खाली इतना ही कहा, "ओह सच है!"

इसके बाद हाथ बढ़ाकर धीमी हो गई बत्ती को बढ़ाते-बढ़ाते, क्षण-क्षण में षोडशी के मुख पर दृष्टिपात करके अन्त को उसने पूछा, "तो अब तुम्हारा क्या करने का विचार है?"

षोडशी ने कहा, "आप मुझसे क्या करने को कहते हैं?"

"तुमको?" कहकर जीवानन्द स्तब्ध झके हुए मुख से जिसका तेल लगभग समाप्त हो चुका था उस दीपक की बत्ती को अकारण बार-बार खाली उकसाने लगा। कुछ देर बाद जब वह बोला, तब भी उसकी आंखें दीपक की लौ पर ही टिकी थीं। उसने कहा, "तो ये सब लोग तुमको असती कहते हैं।"

इतनी देर बाद षोडशी ने जीवानन्द को बीच में ही रोककर कहा, "वह बात यहां क्यों? उन लोगों के विरुद्ध आपके पास मैंने कोई नालिश तो की नहीं है। मुझे क्या करना होगा, वही कहिए। कोई कारण दिखाने की आवश्यकता नहीं है।"

जीवानन्द बोला, "यह ठीक है। लेकिन अलका, क्या तुम मुझको यही समझाना चाहती हो कि सभी झूठ बात कहते हैं और तुम्हीं अकेली सत्यवादिनी हो?"

इसके उत्तर में उसके मुंह की ओर देखकर षोडशी कुछ कहते-कहते भी एकाएक चुप हो गई। यह देखकर जीवानन्द ने अपने को और एक बार अपमानित समझा। बोला, "इसका कोई उत्तर भी नहीं देना चाहती हो?"

षोडशी ने गर्दन हिलाकर कहा, "ना।"

जीवानन्द ने कहा, "अर्थात मेरे आगे विवरण देने की अपेक्षा बदनामी भी अच्छी है। अच्छी बात है। लेकिन मामला स्पष्ट ही समझ में आ गया है।"

इतना कहकर वह व्यंग्य की हंसी हंसा। किन्तु इससे भी षोडशी के कण्ठ-स्वर की स्वाभाविकता नष्ट नहीं हुई। उसने कहा, "स्पष्ट समझ में आ जाने के बाद मुझे क्या करना होगा—बतलाइए?"

षोडशी के इस प्रश्न और कण्ठ-स्वर के गुप्त आघात से जीवानन्द का क्रोध और अधैर्य पहले से सौगुना बढ़ गया। उसने कहा, "तुमको क्या करना होगा, सो तुम जानती हो। किन्तु मुझे मन्दिर की पवित्रता की रक्षा करनी ही होगी। उसकी सच्ची अभिभावक तुम नहीं हो, मैं हूं। पहले क्या

होता था मैं नहीं जानता लेकिन अब से भैरवी को भैरवी ही के समान रहना होगा; नहीं तो उसे यहां से चले जाना होगा। उसका इस प्रकार चिट्ठी लिखना नहीं चल सकेगा।" इतना कहकर सिर ऊपर उठाते ही उसकी ईर्ष्या से क्रूर दृष्टि षोडशी की आंखों से टकराते ही उसकी अपनी दृष्टि दम-भर में ही जैसे कोसों तक फैल गई, वैसे ही लालसा की गरम सांस को अपने सारे अंग में अनुभव करके संसार के प्रति उसे अरुचि-भी हो गई। मन में आया कि हेम, उसकी गृहस्थी, यह देवमन्दिर, उसकी असहाय प्रजा का दुःख, उसका अपना भविष्य—किसीसे उसे सरोकार नहीं है—सब बंधनों से छुटकारा पाकर किसी अज्ञात स्थान में जाकर छिप सके, तो जैसे उसकी जान बचे। सबसे अधिक उसे यह ध्यान आया कि भगवान करें, निर्मल न आवे। बहुत देर चुपचाप स्थिर कहकर अंत में धीरे-धीरे उसने कहा, "अच्छा, वही होगा। यथार्थ अभिभावक कौन है, इसके लिए मैं झगड़ा नहीं करूंगी। आप यदि यह समझते हैं कि मेरे चले जाने से मन्दिर की भलाई होगी तो मैं चली जाऊंगी।"

इसे विद्रूप समझकर जीवानन्द ने ईर्ष्या के साथ कहा, "तुम जाओगी सो ठीक है। तुम जिससे चली जाओ, वही उपाय मैं करूंगा।"

षोडशी ने वैसे ही नम्र स्वर में कहा, "मैं अब जाना चाहती हूं, तब आप क्यों क्रोध करते हैं? किन्तु आपके ऊपर वह भार रहा कि इससे सचमुच ही मन्दिर की भलाई हो।"

जीवानन्द ने पूछा, "तुम कब जाओगी?"

षोडशी ने उत्तर दिया, "आप लोग जब आज्ञा देंगे। कल, आज, अभी—जब कहेंगे।"

जीवानन्द का क्रोध इससे बढ़ा ही, कम नहीं हुआ। उसने कहा, "लेकिन निर्मल बाबू? जमाई साहब?"

षोडशी ने कातर होकर कहा, "उनका नाम अब न लीजिएगा।"

जीवानन्द ने कहा, "मेरे मुंह से उसका नाम तक सहा नहीं जाता? अच्छी बात है। किन्तु तुमको क्या देना होगा?"

षोडशी ने कहा, "मुझे कुछ नहीं देना होगा।"

जीवानन्द ने कहा, "यह घर तक छोड़ना होगा—जानती हो?"

षोडशी ने गर्दन हिलाकर विनय के साथ कहा, "जानती हूं, यह तो देवी का है।"

जीवानन्द ने कहा, "कल ही जाओगी? अच्छा, कहां ठहरना ठीक किया है?"

षोडशी ने कहा, "यहां नहीं रहूंगी, इससे अधिक कुछ ठीक नहीं किया। एक दिन कुछ जाने बिना ही भैरवी बनी थी, आज बिदा होने के समय भी मैं इससे अधिक कुछ नहीं सोचूँगी।"

जीवानन्द चुप ही रहा। एकाएक उसे जान पड़ा कि अब तक जैसे कही पर उससे भूल हो रही थी।

षोडशी ने कहा, "आप देश के जमींदार हैं; चण्डीगढ़ के भले-बुरे का बोझ आपके ऊपर छोड़ जाने में अन्तिम समय मैं अब कोई चिन्ता तक भी नहीं करूंगी। किन्तु मेरे पिता बड़े कमजोर हैं, उनपर भार डालकर निश्चिन्त न हो जाइएगा।"

उसके कण्ठ-स्वर से और ऐसा कहने से विचलित होकर जीवानन्द ने पूछा, "तुम क्या सचमुच ही चली जाना चाहती हो?"

षोडशी अपनी पहली बात के ही सिलसिले में कहती गई. "और मेरे ये दुःखी-गरीब मौरूसी आसामी—इनके सुख-दुःख का भार भी मैं आपको सौंप जाती हूं।"

जीवानन्द चटपट कह उठा, "अच्छा, यह सब होगा, होगा। वे क्या चाहते हैं, बोलो?"

षोडशी ने कहा, "यह वे ही आपको बतलावेंगे। मैं खाली आपकी यह बात हो जाने के पहले उन लोगों को बताऊंगी। फिर उसने एका एका-एक बाहर की ओर झांककर कहा, "लेकिन अब मैं जाती हूं—मेरे स्नान करने का समय आ गया।" इतना कहकर उसने अपनी धोती और अंगोछा अलगनी पर से उतारकर कंधे पर डाल लिया।

जीवानन्द ने आश्चर्य से अवाक् होकर कहा, "स्नान का समय इतनी रात को?"

"रात और नहीं है। आप अब घर जाइए,"—कहते-कहते ही षोडशी घर से बाहर निकल गई।

उसकी इस अकारण और अचानक व्यग्रता से जीवानन्द स्वयं भी विचलित हो उठा। उसने कहा, "लेकिन मेरी सभी बातें तो शेष रह गई अलका?"

षोडशी ने कहा, "आप घर जाइए।"

जीवानन्द ने जिद करके कहा, "ना, अपनी बात समाप्त न होने तक में यहीं तुम्हारी राह देखूंगा।"

इसके उत्तर में ठिठककर खड़ी होकर षोडशी ने कहा, "ना, मैं आपके पैरों पड़ती हूं, मेरे लिए अब आप इन्तजार न कीजिएगा।"

इतना कहकर बाईं ओर जंगल का मार्ग पकड़कर वह तेज चाल से अदृश्य हो गई।

20

उस दिन प्रातःकाल घने कुहासे ने सब कुछ ढक लिया। राय महाशय वैसे ही पलंग से उठकर बाहर आए थे। एक भले आदमी को घुसते देखकर बोले, "कौन है?"

"मैं हूं निर्मल", कहकर दामाद ने पास आकर उन्हें प्रणाम किया। इस अचानक आगमन के लिए उन्होंने किसी प्रकार का विस्मय अथवा हर्ष नहीं प्रकट किया। नौकरों को पुकारकर कहा, "कौन है रे, निर्मल का सब सामान हेम के कमरे में रख आ—हां, सो गाड़ी में तो कष्ट नहीं हुआ भैया? नन्हा और हेम, सब अच्छे हैं?"

निर्मल ने गर्दन हिलाकर जताया कि सब अच्छे हैं।

राय महाशय ने कहा, "किन्तु अकेले क्यों आए? निर्मल, लड़की को भी ले आते तो और एक बार देख लेता।"

निर्मल ने कहा, "दो-चार दिन के लिए फिर···"

राय महाशाय ने हंसकर कहा, "यह क्या दो-चार दिन का मामला है भैया, दो-चार महीने लगेंगे। जाओ, भीतर जाओ—जाकर मुंह-हाथ धोओ।"

निर्मल ने भीतर आकर देखा, यहां वही एक ही भाव नजर आया। चाहे जिस तरह हो, उसके आने की संभावना किसीसे भी छिपी नहीं है और उसके आने से कोई प्रसन्न नहीं है। हाथ-मुंह धोना और कपड़े बदलना आदि हो चुकने पर गरम चाय और कुछ जलपान का सामान स्वयं लेकर महारानी उपस्थित हुईं! दामाद को खिलाने-पिलाने के लिए बैठकर उन्होंने पूछा, "हेम ने क्या आना नहीं चाहा?"

निर्मल ने कहा, "ना।"

सास ने पूछा, "वे लोग (अर्थात् हेमवती) जानते हैं कि तुम क्यों

आए हो?"

निर्मल ने सिर हिलाकर कहा, "जानती क्यों नहीं, सभी जानती है।"

सास ने कहा, "तो भी मना नहीं किया?"

उनके प्रश्न और कण्ठ-स्वर से पीड़ा का अनुभव करके निर्मल ने कहा, "मना क्यों करेगी मां? वह तो जानती है कि मैं कभी किसी अन्याय के काम में हाथ नहीं डालता।"

सास ने कहा, "और उसका बाप ही केवल अन्याय के कामों में हाथ डालता फिरता है—यही क्या वह जानती है निर्मल?" कहकर क्षण-भर सिर नीचा किए स्थिर रहकर वह तीव्रता के साथ कह उठीं, "सो वह चाहे जो क्यों न जाने बच्चा, यह तुम कर न पाओगे। इस काम में मैं किसी प्रकार भी हाथ न डालने दूंगी। ससुर और दामाद लड़ाई करें और गांव के लोग तमाशा देखें, उसके पहले मैं पानी में डूब मरूंगी, यह तुमसे कहे रखती हूं भैया।"

निर्मल ने धीरे से कहा, "लेकिन जो सताया जा रहा है, असहाय है, उसकी रक्षा करना ही तो पेशे के कारण हम लोगों का कर्तव्य है मां!"

सास ने कहा, "लेकिन पेशा ही तो मनुष्य का सब कुछ नहीं है। वकील-बेरिस्टरों के भी मां-बहनें हैं, स्त्री हैं, सास-ससुर हैं, गुरुजनों की मान-मर्यादा रखने की व्यवस्था संसार में उनके लिए भी बनाई गई है।"

निर्मल ने गर्दन हिलाकर कहा, "बनाई क्यों नहीं गई मां, निश्चय बनाई गई है। इसके बाद सारे मामले को हल्का कर लेने के अभिप्राय से जरा हंसकर उसने कहा, "और अन्त तक शायद लड़ाई-झगड़ा कुछ भी नहीं हो।"

इससे सास का मन प्रसन्न नहीं हुआ। उन्होंने कहा, "लेकिन तुम्हारे ससुर की सब तरह हार होने ही से यह हो सकता है। लेकिन इसके बाद फिर उनका राय महाशय होकर इस गांव में बसना नहीं हो सकेगा। इसके सिवा षोडशी कमजोर भी नहीं है—असहाय भी नहीं है। उसके लठैत डाकुओं का दल है, उससे जमींदार डरता है। उसकी चिट्ठी में इतना जोर है कि आदमी पांच सौ कोस दूर से घर-द्वार, बाल-बच्चे छोड़कर चला आता है, जो हम एक सौ चिट्ठी लिखकर भी नहीं कर सकतीं। वह ठहरी भैरवी, टोना-टोटका, मंत्र-तंत्र, कितना क्या जानती हैं। सो वह रहे तो अच्छा, जाय तो अच्छा, मेरी कोई हानि नहीं। अपने

पाप का बोझ वही ढोएगी, लेकिन आंखों के सामने अपनी बेटी का सर्वनाग मैं नहीं होने दूंगी निर्मल, लोग जो चाहे सो कहें और चाहे जो करें।"

निर्मल मौन होकर बैठा रहा। चाहे जिस तरह हो, उधर संघर्ष होने में कुछ बाकी नहीं है, और षड्यन्त्र रचने में भी कोई कमी नहीं रही है। उसके ससुर ने सब तरफ मोर्चाबन्दी कर रखी है। उसमें कोई छिद्र निकालने का उपाय नहीं है। उसकी शांत प्रकृति की सास महारानी भी ऐसी कठोरता से बातें कहना जानती हैं, यह उसने सोचा न था और जो कुछ कहा, वह उनकी अपनी बातें हैं, यह भी उसने नहीं समझा। लेकिन इनका उत्तर भी कुछ उसे ढूंढ़े नहीं मिला। अर्जी का मसौदा तैयार करके जिन्होंने उसे एक और आदमी के मुंह में ठूंस दिया है, उन्होंने सब ओर सोच-विचार कर ही ऐसा किया है और यह भी उनको मालूम है कि खाली परोपकार के इरादे से ही वह पछांह में एक छोर से स्त्री-पुत्र छोड़कर यहां नहीं चला आया है—यह उत्तर वह किसी प्रकार भी अपने मुंह से नहीं निकाल सकेगा।

लगभग दो घण्टे विश्राम करने के बाद निर्मल जब घर से बाहर निकला, उस समय राय महाशाय बाहर बैठकखाने में थे। उन्होंने 'कहां जा रहे हो? क्या वृत्तान्त हैं?' इत्यादि निरर्थक प्रश्नों में समय नहीं नष्ट किया; खाली जरा जल्दी ही लौटने का अनुरोध करके कह दिया कि इस थकी हुई देह से अधिक दिन चढ़े स्नान-आहार करने से तबीयत खराब हो सकती है।

शिरोमणि महाशय पास बैठे कुछ बात कर रहे थे। उन्होंने झांककर देखकर विस्मय के साथ कहा, "भैया जी हैं न?"

एक महाशय ने कहा, "हां।"

शिरोमणि ने बुलाकर जैसे ही बातचीत का प्रयत्न किया, वैसे ही जनार्दन राय ने बाधा देकर कहा, "निर्मल कहीं भागा नहीं जा रहा है, तुम अपनी बात समाप्त करो—मुझे उठना होगा।"

निर्मल चुपचाप बाहर निकल आया। उसके ससुर महाशय ने अति कौतूहली पड़ोसी के अप्रिय तर्क के संकट से दया करके उसे छुटकारा दिलाया—यह अनुभव करके उसका चेहरा लाल हो उठा।

वह षोडशी से मिलने चला था। दो दिन पहले जो उत्साह लेकर,

मन के भीतर जो चित्र अंकित करके उसने अपना प्रवास का घर छोड़ा था, वह उत्साह अब न था। बहुत लम्बी यात्रा के मार्ग में, जिस स्वप्न ने उसका सारा दुःख हर लिया था, वह सास और ससुर के प्रकट और व्यर्थ के अभियोग के आक्रमण से अभी-अभी नष्ट-भ्रष्ट हो गया था। एकत्र और प्रबल शक्तियों के विरुद्ध खड़े होकर उसने अपने अकेले पौरुष के बल पर निराश्रय को सहारा देने वाली, दुर्बल परित्यक्ता नारी के निःस्वार्थ बन्धु के रूप में इस गांव में पदार्पण करना चाहा था। उसमें कितना बल, कितनी शोभा थी। किन्तु आकर देखा, इसी बीच में उसके सभी कार्यों का एक कारण प्रकट हो गया है। वह कारण जैसा निन्दनीय है, वैसा ही कलुषित। स्याही पुतकर एकाकार होने में अब कुछ शेष नहीं है।

उसने अपने ससुर को कभी आदर्श पुरुष नहीं समझा। वह देहात के विषयी पुरुष हैं, मामूली हैसियत से तरक्की करके काफी धन जोड़ लिया है। इसलिए परलोक के खर्च का पन्ना भी सादा पड़ा न रहेगा, यह वह खूब जानता था और मन-ही-मन उन्हें क्षमा भी करता था, किन्तु आज जब उसने मन्दिर की दीवार को घूमकर पगडंडी की संकरी राह पर चलकर षोडशी की झोंपड़ी के सामने पैर बढ़ाया, तब उसके पूरी तरह से क्षोभ को प्राप्त चित्त के भीतर एक तरफ ससुर के विरुद्ध जैसे गहरी घृणा और विद्वेष दिखाई दिया, वैसे ही दूसरी तरफ, विशेष कुछ न जानकर भी, षोडशी के प्रति रोष और खीझ से मन कटुता से भर उठा। वह मन-ही-मन बार-बार कहने लगा कि जो स्त्री होकर एक गैर और लगभग अपरिचित पुरुष की कृपा की भीख मांगकर उसे पत्र लिखकर बुलाने में संकोच का अनुभव नहीं करती और फिर निर्लज्ज अभिमानिनी के समान राह-घाट में उसी बात का प्रचार करती घूमती है, उसे और चाहे जो हो, सम्मान के ऊंचे आसन पर कभी नहीं बिठाया जा सकता।

किन्तु अचानक उसकी यह चिन्ता यहां पर बाधा पाकर रुक गई। घने पत्रों वाले मनसा वृक्ष का मोड़ घूमते ही उसकी उत्सुक दृष्टि बहुत ही निकट खड़ी हुई षोडशी के झुके हुए मुंह पर जा पड़ी। षोडशी आंगन के बाहर खड़ी होकर एकाग्र मन से बेड़े की रस्सी बांध रही थी। आने वाले की पैरों की आहट उसे नहीं मिली और क्षण-भर के लिए निर्मल की यह दशा हुई कि वह न अपनी जगह से हिल सका और न आंखें ही उधर से

फेर सका। यही तो अभी उस दिन की बात है, तो भी उसे ज्ञान पड़ा कि यह भैरवी नहीं है। परिवर्तन किस जगह पर हुआ है, यह भी न देख पाया। वही लाल पाढ़ की गेरुआ साड़ी पहने है, वैसे ही सिर के रूखे-बिखरे बाल हैं, वैसी ही रुद्राक्ष की माला है, वैसे ही चेहरे के ऊपर उपवास की एक जीर्ण छाया है—सिन्दूर, त्रिशूल तक वैसे ही हाथ के पास टिकाकर रखा हुआ है। कुछ भी नहीं बदला, तथापि अपरिचित अज्ञात मोह ने कुछ क्षणों के लिए उसे स्तम्भित कर दिया। रस्सी की गांठ कसकर, मुंह उठाते ही षोडशी कुछ चौंक पड़ी, किन्तु दूसरे ही क्षण रस्सी को छोड़कर, स्निग्ध मधुर हंसकर, सामने आकर बोली, "आइए, मेरे घर में चलिए।"

निर्मल ने खिन्न होकर कहा, "लेकिन मैंने आपके काम में बाधा जो डाली।"

षोडशी ने मुसकराकर हंसी में कहा, "बेड़ा बांधना क्या मेरा काम है? और काम यदि हो तो क्या आत्मीयों का आतिथ्य करना काम नहीं है? ससुराल में जमाई का आदर नहीं हुआ, किन्तु साली की झोंपड़ी से बहनोई को अनादर से न लौटने दूंगी। आइए, चलकर बैठिए। नन्हा, हेम, नौकर-चाकर सब अच्छे हैं? आप स्वयं कुशलपूर्वक हैं?"

निर्मल संकुचित-सा हो पड़ा। उसने गर्दन हिलाकर कहा, "सब लोग अच्छे हैं। किन्तु आज मैं और न बैठूंगा।"

षोडशी ने कहा, "क्यों, सुनूं?"

इसके बाद कण्ठ-स्वर को नीचा करके, और भी कुछ पास आकर बोली, "एक दिन हाथ पकड़कर अंधेरे में पार कर लाई थी—याद है? दिन के समय उसकी अब आवश्यकता नहीं है। किन्तु कहती हूं, चलिए। जो इतनी दूर से खींच ला सकती है, वह इतनी-सी दूर भी ले जा सकेगी।"

निर्मल को लज्जा मालूम पड़ी, धक्का भी लगा। यह आचरण, यह उक्ति षोडशी के मुख से अप्रत्याशित ही नहीं, अचिन्तनीय भी है। विदुषी, संन्यासिनी भैरवी को वह शान्त, समाहित, दृढ़, यहां तक कि कठोर ही समझता था। संसार की साधारण स्त्रियों की श्रेणी में उसे रखने की कल्पना करना जैसे खटकता था। उसके विषय में उसने बहुत सोचा है—काम-काज, विश्राम के समय में इस षोडशी का उसने चिन्तन किया है—उसका सारा अन्त:करण रस से भरपूर हो उठा है; किन्तु कभी उस चिन्ता को पद्धति देने का, शृंखलित करने का साहस तक उसने नहीं

किया। मगर उसी षोडशी ने आज जब अप्रत्याशित आत्मीयता की अति घनिष्ठता से अपने को छोटा करके, मानवी करके, साधारण मानव की कामना की पहुंच और पकड़ में ला दिया, तब निर्मल ने-मानो अपने हृदय के कोने में दुःख का अनुभव किया, पर दूसरा कोना कैसे एक प्रकार के कलुषित आनन्द से एक पल में ही परिप्लावित हो गया।

निर्मल को घर में लाकर षोडशी ने कम्बल बैठने के लिए बिछा दिया। फिर पूछा, "मार्ग में कष्ट तो नहीं हुआ?"

निर्मल ने कहा, "नहीं। लेकिन आज क्या मन्दिर में कुछ काम नहीं है?"

षोडशी ने कहा, "अर्थात् आज मन्दिर में रविवार है कि नहीं?"

इसके बाद कहा, "काम है, सबेरे एक बार कर भी आई हूं। जो कुछ थोड़ा-बहुत शेष है, वह देर में भी किया जा सकेगा।" फिर हंसकर कहा, "जमाई बाबू, यह आप लोगों की कोर्ट-कचहरी नहीं है, यह मन्दिर है। देवी-देवता अपने दास-दासियों को कभी घड़ी-भर की भी छुट्टी नहीं देते—कान पकड़कर आठ पहर सेवा करा लेते हैं, तब छोड़ते हैं।"

निर्मल ने कहा, "मगर यह नौकरी तो आपने अपनी इच्छा से ही ग्रहण की है?"

"खुशी से? यही होगा"—कहकर सहसा जरा हंसकर षोडशी ने फिर कहा, "अच्छा, आपने अपने आने की सूचना क्यों नहीं दी?"

निर्मल ने कहा, "समय न था। किन्तु उसके दण्डस्वरूप ससुर के घर में मैंने खातिर नहीं पाई, कम-से-कम वे लोग मुझे देखकर प्रसन्न नहीं हुए—यह आपने कैसे जान लिया? और मेरे आने की सूचना मेरे आने के पहले ही किसने फैला दी—बता सकती हैं?"

षोडशी ने कहा, "ठीक तो नहीं बता सकती, पर अनुमान कर सकती हूं।"

निर्मल ने कहा, "अनुमान तो मैं भी कर सकता हूं; किन्तु यदि आप यह जानती हों कि सचमुच किसने सूचना फैलाई है और कहां से उन्हें इसका पता चला तो मुझसे कहिए। आशा करता हूं, स्वयं तो यह बात आपने नहीं जानी।"

षोडशी हंसी और बोली, "मैं किसी को कोई भी आशा करने से नहीं रोकती। किन्तु उसे जानकर आपको क्या लाभ होगा? आप आए

हैं, यह समाचार भी सच है, मेरे लिए आए हैं—यह बात भी ठीक है। यह कहिए कि आपका आना सार्थक होगा या नहीं? मुझे उबार सकेंगे या नहीं?"

निर्मल ने कहा, "प्राणपण से इसकी चेष्टा करूंगा।"

षोडशी ने कहा, "यदि कष्ट हो, तब भी?"

निर्मल ने गर्दन हिलाकर कहा, "यदि कष्ट हो तब भी।"

षोडशी हंस दी। उसके मुंह की ओर देख कर निर्मल ने आप भी हंस-कर कहा, "आप हंसी क्यों?"

षोडशी ने कहा, "हंसती यों हूं कि पहले भैरवियां परदेसी आदमियों को भेड़ा बनाकर रखती थीं। अच्छा भेड़ा बनकर वे क्या करती थीं? चराती थीं या उन्हें लड़ाकर तमाशा देखती थीं?"

कहते-कहते वह बिल्कुल बच्चों की तरह स्वच्छन्द होकर हंसने लगी।

निर्मल का शरीर और मन प्रसन्न होकर जैसे नाच उठा—इस कठिन आवरण के नीचे जो हंसमुख कौतुकमयी चंचल नारी-प्रकृति दबा रखी गई है, उसका हंसी का झरना व्रत-उपवासों की हजारों तरह की कष्ट साधनाओं से अब भी सूख नहीं गया—रात्र में दबी हुई आग की तरह वैसा ही सजीव है—यह बात याद करके उसके सारे शरीर में रोमांच हो गया। फिर हंसी में आप भी शामिल होकर हंसकर बोला, "शायद बीच-बीच में माता काली के स्थान में बलि देकर खाती थीं। —अर्थात् मेरे ससुर या सासजी, कोई इस बीच में आपके पास आया था और अनेक झूठी कटु बातें सुना गया है।"

षोडशी ने कहा, "ना, वे लोग कोई नहीं आए। मैंने मंत्र-तंत्र में सिद्धि प्राप्त कर ली है, यह बात असत्य हो सकती है, किन्तु अप्रिय क्यों होगी निर्मल बाबू! इसके अलावा आपके आने का तरीका देखकर मुझे आप ही सन्देह हो रहा है कि शायद यह बात बिल्कुल झूठ भी नहीं हो सकती है।"

उसके मुंह में हंसी का आभास बना ही रहा; किन्तु स्वर बदल गया। सहसा जैसे होंठों और कण्ठ-स्वर में संगति नहीं रही।

निर्मल विस्मित और अवाक् हो रहा। इसमें कितना तो परिहास है और कितना तिरस्कार है और वह किस लिए है, निर्मल यह किसी तरह समझ न पाया। षोडशी ने स्वयं फिर कुछ नहीं कहा; किन्तु उससे झुके हुए मुख के ऊपर जो अप्रत्याशित लज्जा पल-भर के लिए अपनी छाया

डाल गई—उसे निर्मल ने देख लिया। किन्तु वह बस पल-भर के लिए ही। षोडशी ने चट अपने को संभाल लिया; मुंह उठाकर हंसते हुए कहा, "जीजा जी की अभ्यर्थना तो हुई; अवश्य हास-परिहास द्वारा जितनी कर सकती हूं उतनी ही—इससे अधिक की तो पास पूंजी नहीं है भाई—अब आइए, कुछ काम की बात की जाए।"

षोडशी के इस घनिष्ठ संभाषण को अबकी उसने संयम के साथ ग्रहण करना चाहा तो भी उसका मन भीतर-ही-भीतर उल्लसित हो उठा। उसने कहा, "कहिए।"

षोडशी ने कहा, "दो आदमी देवता को वंचित करना चाहते हैं। एक राय महाशय और एक जमींदार···"

निर्मल ने कहा, "और एक आपके पिता। ये भी तो आपको वंचित करना चाहते हैं?"

षोडशी ने कहा, "मेरे पिता? हां, वह भी।"

कहकर षोडशी चुप हो रही।

निर्मल ने कहा, "अपने ससुर की बात समझता हूं, आपके पिता की बात भी कुछ समझ में आती है; किन्तु इन जमींदार प्रभु की बात नहीं समझ पाता। वह किसलिए आपसे इतनी शत्रुता करते हैं?"

षोडशी ने कहा, "देवी की बहुत-सी जमीन वह अपनी बनाकर बेच डालना चाहते हैं; किन्तु मेरे रहते यह किसी प्रकार हो नहीं सकता।"

निर्मल ने हंसकर कहा, "सो मैं संभाल सकूंगा···"

कहकर उसने तिरछी दृष्टि से भैरवी के मुख की ओर लक्ष्य करके देखा, षोडशी चुप है; किन्तु उसके मुख के भाव में कोई परिवर्तन नहीं हुआ। थोड़ी देर बाद मुंह उठाकर षोडशी ने धीरे-धीरे कहा, "लेकिन और भी अनेक बातें हैं, जिन्हें आप भी शायद संभाल न पावेंगे।"

निर्मल ने कहा, "वे सब क्या बातें हैं? एक तो उनमें से आपकी झूठी बदनामी है?"

षोडशी ने किसी प्रकार भी उत्तेजना नहीं दिखाई, शान्त स्वर में कहा, 'उसके लिए मैं चिन्ता नहीं करती। बदनामी सच हो चाहे झूठ, उसी से तो भैरवी का जीवन बना है। निर्मल बाबू! मैं यही बात उन लोगों से कहना चाहती हूं।"

निर्मल ने स्तब्ध होकर कहा, "यही बात अपने मुंह से कहना चाहती

हैं? वह तो स्वीकार करने के समान होगा।"

षोडशी चुप रही।

निर्मल ने संकोच के साथ कहा, "वे लोग कहते हैं..."

षोडशी, "कौन लोग कहते हैं?"

निर्मल ने कहा, "अनेक लोग ही कहते हैं कि उस समय आप..."

षोडशी, "किस समय?"

निर्मल ने क्षण-भर चुप रहकर अत्यन्त संकोच को बलपूर्वक दबाकर कहा, "मजिस्ट्रेट वाले दिन। तब आपकी गोद में ही..."

षोडशी ने कुछ विस्मित होकर कहा, "उन्होंने देखा था क्या? सो होगा, मुझे ठीक याद नहीं है—यदि देखा हो तो वह सच है। जमींदार का सिर मैं ही गोद में लिए बैठी थी।"

निर्मल शान्त होकर बैठा रहा। बहुत देर बाद धीरे से बोला, "उसके बाद?"

षोडशी ने अपने शान्त मुख को हंसी की झलक से थोड़ा चमकाकर कहा, "उसके बाद दिन कट रहे हैं; लेकिन किसी कार्य में मन नहीं लगा पाती। सब जैसे झूठा लगता है।"

निर्मल, "क्या झूठा लगता है?"

षोडशी, "यही धर्म, कर्म, व्रत, उपवास, देवता की सेवा, इतने दिन का जो कुछ है, वह सभी..."

निर्मल, "तो भी भैरवी का आसन चाहिए?"

षोडशी, "चाहिए क्यों नहीं? और यदि आप कहें कि नहीं चाहिए..."

निर्मल, "ना, ना, मैं कुछ नहीं कहता।"

कहकर निर्मल चट उठ खड़ा हुआ। फिर बोला, "देर हुई जा रही है—अब मैं चलता हूं।"

'षोडशी भी साथ-साथ खड़ी होकर बोली, "मुझे भी मन्दिर का काम करना है। किन्तु अब कब मिलन होगा?"

निर्मल ने अनिश्चित अस्फुट कण्ठ से कुछ कहा, जो अच्छी तरह सुना नहीं जा सका। षोडशी एकाएक कह उठी, "खूब याद आया, संध्या के बाद आज मन्दिर में मेरी बात को लेकर एक हंगामा होने वाला है। आइएगा?"

निर्मल गर्दन हिलाकर, सम्मति जताकर, घर के बाहर हो गया।

21

गृहिणी के चले जाने पर राय महाशय ने कहा, "अंधेरी रात में बुरे समय में उसने तुम्हें हाथ पकड़कर घर पहुंचा दिया था, इसके लिए खाली तुम्हीं क्यों भैया, हम लोग तक उसके कृतन हैं—एहसानमन्द हैं। जो उपकार करता है, उसका अपकार करने को मन नहीं चाहता। लेकिन यह हमारी अपनी बात तो है नहीं निर्मल, यह गांव का मामला है, समाज का मामला है, देवी-देवताओं का मामला है। इसलिए जो बड़ा कर्तव्य है, वह हम लोगों को करना ही होगा।"

उस रात की घटना प्रकट होने में कुछ शेष नहीं है—यह उसने सुना था, लेकिन स्वयं छिपाया था, इसलिए लज्जित मुख से वह चुप बैठा रहा। राय महाशय उसी सिलसिले में कह चले, "देवी-देवता मुंह से तो बोलते-बतलातें नहीं, लेकिन वे जतला देते हैं। गांव का भला कभी नहीं हुआ। उत्तरोत्तर अवनति ही होती आ रही है। जान पड़ता है, उसका एक कारण यह भी है। प्रमाण की बात तुम कह रहे थे; लेकिन तुम्ही बताओ, तुम आ रहे हो—यह हम लोगों ने कैसे जाना? तुम लड़के के समान हो। तुम्हारे आगे सब बातें खोलकर कहते मेरी जबान रुकती है; किन्तु बिना कहे भी काम नहीं चलेगा। जमींदार बाबू को जान पड़ता है, उस दिन रात को खा-पीकर जाने का अवकाश नहीं मिला था। षोडशी खाने को लाने के लिए घर के बाहर जैसे ही गई, वैसे ही उनकी दृष्टि एक चिट्ठी के टुकड़े पर पड़ गई। जान पड़ता है, तुमको लिखकर उसे फाड़कर फेंक दिया था और अन्त को तुमको ही लिखा था। वह चिट्ठी का टुकड़ा भी आज देख पाओगे। वह उसे लौटते समय अपने साथ ले आए थे।"

निर्मल क्रोध से जलकर बोला, "बिल्कुल झूठ। वह निर्लज्ज आप अपराधी है। उसी शराबी पाजी बदमाश की बात का आप लोग विश्वास करते हैं? ऐसा हो ही नहीं सकता।"

राय महाशय खाली जरा-सा हंसे। उन्होंने शांत स्वर में कहा, "हो सकता है और हुआ है। यह जमींदार निर्लज्ज, शराबी, पाजी, बदमाश है, यह भी मैं जानता हूं। शायद और भी बहुत अधिक है, नहीं तो अपने कलंक की बात वह जबान पर भी नहीं ला सकता। उसकी निष्ठुरता की

सीमा नहीं है। गांव के भले के लिए उसने इस काम में हाथ नहीं डाला। वह ठाकुर देवता को भी नहीं मानता। जबरदस्ती मन्दिर में खस्सी की बलि देकर खाया था। आवश्यकता होने पर वह नीच मुर्गी, सुअर, यहां तक कि गोवध करके भी खा सकता है।"

निर्मल ने कहा, "तो भी आप उसकी सहायता करना चाहते हैं?"

राय महाशय ने कहा, "नहीं। मैं कांटे से कांटा निकालना चाहता हूं।

निर्मल ने बहुत देर तक स्थिर रहकर कहा, "आपका कांटा निकलेगा कि नहीं, यह मैं नही जानता; लेकिन वह अवश्य निष्कंटक हो जाएगा। देवी की जो सम्पत्ति वह बेच देना चाहता है, उसकी सुविधा षोडशी के भैरवी रहते न होगी।"

राय महाशय ने कहा, "उसके चले जाने पर भी वह सुविधा न होगी —मैं जो हूं।"

आप हैं, इतनी बड़ी घटना को निर्मल भूला हुआ था। उसे भी उसी दम ध्यान आया कि जमींदार को सुविधा नहीं भी हो सकती है; किन्तु देवी को भी सुविधा न होगी। मगर वह सुविधा किसको होगी, यह उसने जबान से नहीं निकाला।

राय महाशय ने स्नेह के स्वर में कहा, 'बेटा निर्मल, तुम बड़े बैरिस्टर हो, बहुत समझते हो; लेकिन दुनिया में आकर खाली हाथ जब मुझे लड़ाई शुरू करनी पड़ी थी, तब मैंने खाली विषय-सम्पत्ति जमा करके ही समय नहीं बिताया, मस्तिष्क के भीतर भी कुछ-कुछ जमा करने का अवसर मिला है। तुमसे लोग कहते हैं कि इस जमीन के ऊपर ही जमींदार को लोभ है—षोडशी कड़ी औरत है; उसके रहते कुछ नहीं हो सकता, इसीसे अपने कलंक का प्रचार करके वह उसे निकाल देना चाहता है—अच्छा भैया जी, बीजगांव के जमींदार के लिए वह कौन बड़ी सम्पत्ति है? उसे रुपयों की आवश्यकता है, एक न होगी और एक बेच डालेगा—उसका काम नहीं अटकेगा। किन्तु उसका काम जहां सचमुच अटका है, वह बिलकुल ही और चीज है। इस जंगल के बीच महीनों अब वह नहीं रह सकता; शहर का आदमी शहर में जाना चाहता है—निर्मल, हेम की तरह तुम भी मेरी सन्तान हो। तुमसे कहते संकोच होता है, लेकिन उस छोकरी की यदि भलाई ही तुम करना चाहते हो तो उससे कह देना—

उसके लिए भय नहीं है। चण्डीगढ़ की भैरवीगीरी में अधिक लाभ नहीं है—उसका जितना जाएगा उसका चौगुना जमींदार भर देगा—यह मैं शपथ खाकर कह सकता हूं। जमींदार उसे कष्ट भी नहीं देना चाहता—कष्ट देगा भी नहीं; दो नावों में सवार रहने का असम्भव लोभ यदि वह एक बार छोड़ दे तो।"

निर्मल बिना किसी उत्तर के मौन होकर बैठा रहा। ससुर को वह बहुत कुछ जानता था—मगर इतना न जानता था। इस ससुर जी ने षोडशी के कल्याण का जो पथ-निर्देश कर दिया, उससे फिर तर्क करने की इच्छा तक उसमें नहीं रही।

सास को दुध गरम करके लाने में देर हुई। उन्होंने उस दालान में प्रवेश करके स्वामी की थाली के पास दूध का कटोरा रखकर पहले कम खाने के लिए दामाद को हलकी-सी झिड़की लगाई और इस त्रुटि का संशोधन करने का भार स्वयं ग्रहण करके थोड़ी ही दूर पर बैठ गईं।

राय महाशय ने दूध पीकर कटोरा नीचे रख कर कहा, "लेकिन इस लड़की (षोडशी) की प्रशंसा किए बिना नहीं रहा जाता—बेटा, विद्या में सरस्वती जैसी है। ऐसा कोई शास्त्र नहीं, जिसे वह नहीं जानती।"

गृहिणी तुरन्त साथ देकर बोली, "इसमें भी क्या कुछ कहना है! देखा तो है तुमने, काम-काज में जब वह खड़ी हाती है, तब तुम्हारे शिरोमणि पंडित डर से जैसे केंचुआ बन जाते हैं! उसके चले जाने पर फिर मुंह हजारा फुहारा बन जाता है; किन्तु उसके सामने निन्दा करने का साहस नहीं होता।"

राय महाशय ने कहा, "ना, ना, निन्दा क्यों करेंगे, बल्कि वह तो प्रशंसा ही करते हैं।"

गृहिणी ने नथ को झटका देकर उतना ही इसका विरोध किया। बोली, "हां बुड्ढा ऐसा ही आदमी है न! ईर्ष्या से मरा जाता है—छाती फटती है; वह बड़ाई करेगा? याद नहीं है, उस अन्तू की बहन के प्राय-श्चित्त की व्यवस्था को लेकर कुछ दिन कैसा काण्ड करता फिरा था! इसके सिवा वह छोकरी इधर चाहे जो कुछ करती रहे, किन्तु शोक में, दुःख में, आपत्ति-विपत्ति में गरीब-दुखियों का ऐसा मां-बाप गांव में कोई नहीं है। जब भी जिस काम में बुलाओ, मुंह में हंसी जैसे लगी ही रहती है; 'नाहीं' करना तो जानती ही नहीं।"

राय महाशय प्रसन्न नहीं हुए। बोले, "सब भैरवी ही यह सब करती रहती हैं।"

गृहिणी ने कहा, "सब क्यों, मातंगी भैरवी को क्या अपनी आंखों नहीं देखा?"

राय महाशय ने कहा, "देखने पर भी भूल गई हो।"

गृहिणी ने बिगड़कर उत्तर दिया, "भूली मैं कुछ भी नहीं। आज भी उसपर मेरे सौ रुपये बाकी हैं—'ना' कहकर वह मुकर गई थी। षोडशी ने कभी किसी को ठगकर नहीं खाया; झूठ भी नहीं बोली।"

राय महाशय ने अत्यन्त अप्रसन्न होकर कहा, "ना—युधिष्ठिर है!"

कहकर वह आसन छोड़कर उठ खड़े हुए। गृहिणी ने दामाद को सम्बोधन करके कहा, "मैं तो सोचती हूं कि उसकी कृपा से हमने नाती का मुंह देख पाया है। ना बाबा, चाहे जो कुछ कहो, वह लड़की ठग-जुआचोर नहीं है। इसी से तो जब मैंने सुना है कि उसने देवी की पूजा करना छोड़ दिया है, तभी मुझे सन्देह हुआ कि यह क्या मामला है! नहीं तो किसी के कहने से मैंने सहज में विश्वास नहीं किया।"

राय महाशय ने चौखट के बाहर पैर बढ़ाया ही था कि वहीं कान खड़े करके खड़े होकर कहा, "मैं कहता हूं कि उसकी कृपा से तो नाती पाया, लेकिन नाती के कल्याण के लिए मानी हुई पूजा को करना उसने क्यों अस्वीकार किया, यह उसे एक बार बुलाकर क्या पूछ नहीं लेतीं?"

इतना कहकर प्रत्युत्तर की अपेक्षा न करके ही वह चले गए।

निर्मल का भोजन समाप्त हो चुका था, वह भी उठ खड़ा हुआ। बोला, "देखता हूं षोडशी के ऊपर से मां की भक्ति आज भी एकदम नहीं चली गई।"

सास ने कहा, "नहीं बाबा! झूठ क्यों कहूं, उसका चेहरा याद आते ही मुझे जैसे रुलाई आती है। मेरी तो समझ में ही नहीं आता कि ये सब लोग मिलकर क्यों उसके पीछे पड़े हैं!"

निर्मल ने जरा मुस्कराकर राय महाशय के ताने का अनुकरण करके कहा, "लेकिन मां, उसकी मन्त्र-तन्त्र की विद्या की बात भी तो जरा सोचो···" सास कुछ कहने वाली ही थीं कि इतने में दासी ने आकर और खड़े होकर कहा, "कोई एक आदमी जमाई बाबू को बुलाने आया है। बाबू ने सूचना देने को कहा है।"

निर्मल ने हाथ-मुंह धोकर बाहर आकर देखा, इसी बीच में गांव के अनेक लोग आकर जमा हो गए हैं और शाम के बाद मन्दिर में जो बैठक होने वाली है, उसकी आलोचना शुरू हो गई है। शिरोमणि महाशय का आज अमावस्या का उपवास है। उन्होंने निर्मल को पुकारकर आशीर्वाद दिया और भैया जी को एकाएक पहचान नहीं पाए, यह कहकर अपने बुढ़ापे को दोष दिया। जो आदमी खम्भे के पास खड़ा था, उसने नमस्कार करके बतलाया कि भैरवी माता उसकी राह देख रही हैं—आपसे कुछ बातें करनी हैं।

निर्मल को एकाएक बहुत ही लज्जा मालूम पड़ी। उसने पीछे न देख कर भी स्पष्ट अनुभव किया कि सब उत्सुकता के साथ उसके उत्तर की अपेक्षा किए हुए हैं।

शिरोमणि ने इस उत्तर की आशा नहीं की थी, जरा सिटपिटाकर कहा, "सो जैसे तुम चाहो, लेकिन मैं कहे रखता हूं भैया जी, यह मछली की जान नहीं है, बाघ-भालू के साथ लड़ाई है। मुकदमा हाईकोर्ट तक पहुंचे बिना नहीं रुकेगा, यह निश्चय जानो।"

निर्मल ने कहा, "मुकदमा कहां जाकर रुकता है, यह तो मेरे जानने की बात है शिरोमणि महाशय!"

शिरोमणि ने कहा, "सो तो है ही, यह तुम्हारा धन्धा ठहरा, तुम न जानोगे तो कौन जानेगा, लेकिन उसका खर्च-वर्च भी तो है; वह कौन देगा?" कहकर वह मुंह दबाकर हंसे। किन्तु इस हंसी में अबकी बार किसीने साथ नहीं दिया। निर्मल ने कहा, "कमी होगी तो मैं दे दूंगा।"

उसकी यह बात सुनकर केवल शिरोमणि महाशय ही नहीं उपस्थित सभी लोग स्तब्ध हो गए। राय महाशय स्वयं भी धैर्य धारण न कर सके। सुखे स्वर से कह उठे, "तुम लोगों का हंसी-दिल्लगी का रिश्ता नहीं निर्मल, खास कर शिरोमणि महाशय बुजुर्ग और सम्मानित व्यक्ति हैं—उनसे हंसी करना तुमको शोभा नहीं देता।" निर्मल चुप रहा। शिरोमणि ने संभलकर, थोड़ा हंसने का प्रयत्न करके कहा, "रुपये तो दोगे, लेकिन देने का कारण क्या है, सो मैं जरा सुन सकता हूं?"

निर्मल ने कहा, "मेरी गरज खाली आप लोगों का अन्याय, अत्याचार है। मैं जहां रहता हूं, यदि एक बार पता लगाइए तो सुन पाइएगा कि जीवन में ऐसी अनेक गरजें ही मैंने अपने सिर ले ली हैं।"

जो आदमी बुलाने आया था, वह तब तक नहीं गया था। उसने कहा, "मैं उनसे जाकर कब आपको जाने की सुविधा होगी, कहूं?"

निर्मल ने कहा, "जाकर कह दो कि जब समय मिलेगा तब मैं आकर मिल लूंगा।" इतना कहकर वह घर के भीतर चला गया।

शाम के समय जनार्दन राय ने प्रस्तुत होकर, आंगन में खड़े होकर निर्मल को पुकारकर कहा, "मन्दिर में सब लोग आ गए हैं, उन्होंने तुमको बुलाने के लिए आदमी भेजा है। यदि जाना चाहो तो अब देर न करो।" निर्मल ने बाहर आकर पूछा, "आप क्या मेरा जाना आवश्यक समझते हैं?"

जनार्दन राय ने कहा, "जिन्होंने बुला भेजा है, वे निश्चय ही आवश्यक समझते हैं।" इतना कहकर वह आगे बढ़ गए।

संध्या होते ही देवी की आरती शुरू हुई। माता की बहुविध गौरव की वस्तुएं काल-क्रम से कम ही होती आ रही हैं, किन्तु उनके शंख, घंटा, झांझ, नगाड़ा, ढोल, शहनाई आदि बाजे और उनके बजाने वालों की संख्या प्राचीन काल से अब तक उतनी ही बनी हुई है। वह सम्मिलित बाजों का तुमुल शब्द निर्मल ने घर में बैठे-ही-बैठे सुन लिया। तय यह हुआ था कि आरती समाप्त होने पर पंचायत बैठेगी, अतएव वह सुपवित्र ध्वनि रुकने के बाद वह घर से चला। मन्दिर में प्रवेश करके देखा, रोशनी का विशेष कुछ प्रबन्ध नहीं हैं, आंगन के बीच में स्थित नाट्यमन्दिर के बंगले में कुल दो लालटेनें बीच में रखी हैं और वहां एक शोर मचा हुआ है और बहुत-से लोग उसको घेरे खड़े कान उठाए सुन रहे हैं। उस अन्धकार में निर्मल को किसी ने नहीं पहचाना। उसने दो-तीन आदमियों के कंधों के ऊपर से झांककर देखा, वहां कोई बाबू-टाइप के भले आदमी हाथ-मुंह मटकाकर न जाने क्या सब कह रहे हैं। कुछ भी सुनाई न दिया; किन्तु लोगों का आग्रह देखकर यह बात समझ में आई कि वह अत्यन्त श्रुति मधुर शब्दों में किसी की निन्दा कर रहे हैं। यह व्यक्ति ही जमींदार जीवानन्द चौधरी है, यह उसने अनुमान लगा लिया अतएव उसे यह सदेह नहीं रहा कि उसकी इस वक्तृता का विषय षोडशी का जीवन-चरित्र ही है। भीड़ को ठेलकर सामने उपस्थित होने को यद्यपि उसका जी नहीं चाहा, लेकिन तो भी दो-एक बातें सुनने का लोभ भी वह सम्पूर्ण रूप से छोड़ न सका—पैरों के दोनों अंगूठों पर जोर देकर गर्दन उठाकर खड़ा हो गया।

कुछ देर में ही उसका मन लग गया। अभी तक जीवानन्द चौधरी असल बात पर नहीं उतरे थे—षोडशी की माता के इतिदास की ही कहानी चल रही थी, अवश्य ही ये सब सुनी हुई बातें थीं। साक्षी तारादास कुछ ही फासले पर बैठा था। जीवानन्द कह रहा था इन सब दुश्चरित्र स्त्रियों के लगाव से किस प्रकार यह पीठस्थान क्रमशः धीरे-धीरे अपवित्र हो उठा है और सारे देश का कल्याण तिरोहित हो रहा है···

पीछे से पीठ के ऊपर जरा-सा दबाव पड़ने पर निर्मल ने घूमकर देखा, कोई व्यक्ति अन्धकार में सिर से पैर तक वस्त्र ओढ़े हुए उसे बाहर की ओर बुला रहा है और उसका अनुसरण करके कई पग आगे बढ़ते ही निर्मल की समझ में आ गया कि यह सुगठित लम्बी सीधी देह षोडशी के अलावा और किसी की नहीं है। वह दरवाजे के बाहर आकर घूमकर खड़ी हो गई और जरा हंसकर उलाहने के स्वर में बोली, "छिः, क्या खड़े-खड़े अनाप-शनाप बातें सुन रहे हैं! कुछ कायर लोग मिलकर दो असहाय स्त्रियों की निन्दा का प्रचार कर रहे हैं—उनमें भी एक मर चुकी है और दूसरी अनुपस्थित है। चलिए मेरे घर, वहां फकीर साहब बैठे हुए हैं, चलकर उनसे आपका परिचय करा दूं।"

निर्मल ने पूछा, "वह कब आए?"

षोडशी ने कहा, "क्या जानें! तीसरे पहर लौटकर देखा, मेरे घर के सामने खड़े हैं। इतना आनन्द हुआ कि उमे संभाल नहीं सकी। प्रणाम करके घर में ले जाकर बिठाया और सारा इतिहास उन्होंने मन लगाकर सुना।" निर्मल ने पूछा, "सुनकर क्या कहा?"

षोडशी ने कहा, "खाली जरा हंसे। मालूम हुआ, जैसे सभी जानते थे। लेकिन हां, निर्मल बाबू, आपने क्या कहा है कि आप मेरे मामले-मुकदमे का सब भार उठा लेंगे? यह क्या सच है?"

निर्मल ने सिर हिलाकर कहा, "हां, सच है।"

षोडशी, "लेकिन क्यों उठा लेंगे?"

निर्मल ने दम-भर मौन रहने के बाद कहा, "प्रत्यक्ष दीख रहा है, आपके ऊपर अन्याय, अत्यावार हो रहा है, इसलिए।"

"किन्तु और कुछ तो नहीं जान पड़ता है?" कहकर षोडशी हंस दी। फिर कहा, "रहने दीजिए, शास्त्र की कुछ ऐसी आशा नहीं है कि सब बातों का उत्तर देना ही होगा। खासकर कूट-शास्त्र का—क्यों न? चलिए,

मेरे घर चलिए।" उसकी कुटी में प्रवेश करके निर्मल ने देखा, फकीर साहब नहीं हैं। उसने कहा—"कहीं चले गए हैं, शायद अभी लौट आवेंगे।" दीपक की लौ धीमी पड़ गई थी, उसे तेज करके षोडशी ने बिछा हुआ आसन दिखाकर कहा, "बैठिए। हंगामा शोरगुल और गोलमाल के बीच ऐसा समय नहीं मिलता कि बैठकर दो पड़ी गप-शप करूं। अच्छा, मुकदमे का सब भार जैसे आपने ले लिया, लेकिन यदि मैं हार गई तो भार कौन लेगा? तब पीछे तो न हटिएगा?"

निर्मल उत्तर नहीं दे सका। उसके कान लाल हो गए। कुछ देर बाद बोला, "हम लोगों के हारने की कोई संभावना नहीं है।"

"सो ठीक है," कहकर षोडशी एक बार जैसे कुछ उदास हो गई। लेकिन वह भी क्षण-भर के लिए। सहसा चकित होकर उसने प्रश्न किया, "बच्चा कैसा है निर्मल बाबू? उसे आप कैसे छोड़कर आए, बतलाइए तो? मुझसे तो यह न हो सकता।" अकस्मात् इस बेसिलसिले के प्रश्न से निर्मल को आश्चर्य हुआ। षोडशी ने एक बार इधर, एक बार उधर, दो-तीन बार सिर हिलाकर हंसते हए कहा, "लेकिन मैं यदि हेम होती तो आपका यह सब परोपकार करना बन्द कर देती। मैं इतनी सीधी नहीं हूं—मेरे आगे आपका यह चकमा न चलता—रात-दिन आप पर दृष्टि रखती।"

इशारा इतना अधिक स्पष्ट था कि निर्मल का हृदय एक ही साथ विस्मय, भय और आनन्द से लहरा उठा और उसी अवसर पर उसके मुंह से निकल गया, "दृष्टि रखने से ही क्या रोक रखा जा सकता है, षोडशी? इसका बंधन जहां शुरू होता है, वहां आंखों की दृष्टि नहीं पहुंचती, यह बात क्या तुम आज तक नहीं जान पाई?"

बाहर सहसा एक शब्द सुनकर षोडशी ने गर्दन बढ़ाकर उधर देखा और कहा, "यह लीजिए, वह आ गए।"

निर्मल ने पूछा, "कौन? फकीर साहब?"

षोडशी ने कहा, "नहीं, जमींदार। मैंने कहला भेजा था कि सभा समाप्त होने पर लौटते समय मेरी कुटी में एक बार चरण-रज डाल जाएं। वही डालने के लिए जान पड़ता है, आ रहे हैं। साथ में बहुत-से लोग हैं, एक स्त्री के घर में शायद साधु पुरुष को अकेले आने का साहस नहीं हुआ। कहीं बदनामी न हो।" यह कहकर वह हंसने लगी। यह बात

निर्मल को बिल्कुल ही अच्छी नहीं लगी। उसने झुंझलाकर और संकोच से त्रस्त होकर कहा, "वह बात आपने मुझसे पहले क्यों नहीं कही?"

"खूब! एक बार तुम, एक बार आप।" कहकर हंसकर उसने कहा, "कुछ डर नहीं, वह बड़े भले आदमी हैं, लड़ाई नहीं करेंगे। इसके सिवा आप लोगों का तो परिचय नहीं है—यह भी एक लाभ है।" कहकर उसने दरवाजे के बाहर आगे बढ़कर विनम्र हो करके कहा, "आइए, मेरी झोंपड़ी और एक बार पवित्र हुई।" जीवानन्द ने चौखट पर पैर रखकर, ठिठक-कर, खड़े होकर, क्षण-भर निहारकर कहा, "यह? शायद निर्मल बाबू हैं?" षोडशी ने हंसते हुए मुंह से उत्तर दिया, "हां, आपके बन्धु कहकर परिचय देने से बहुत सम्भव है, अत्युक्ति न होगी।"

22

अनुमान गलत नहीं है, यह आदमी सचमुच निर्मल बसु हैं, यह समझ पाकर जीवानन्द पहले चौंका, किन्तु किसी भी दशा में क्षण-भर में अपने को संभाल लेने की उसमें अनोखी शक्ति थी। उसने यों ही मामूली-सा हंसकर कहा, "जरूर! बन्धु नहीं तो क्या हैं? इन लोगों की कृपा से ही तो टिका हुआ हूं, नहीं तो मामा की जमींदारी पाने तक जो सब कीर्ति की गई है, उससे चण्डीगढ़ के शान्ति-कुंज के बदले तो अब तक अंडमान के श्रीघर में जाकर रहना पड़ता।"

निर्मल को शुरू से ही अच्छा नहीं लगा था, किन्तु अपने कुकर्मों के इस निर्लज्ज नग्न मजाक की चेष्टा से तो उसके शरीर में आग लग गई। मुंह लाल करके उसने कुछ कहना भी चाहा, किन्तु कहना नहीं पड़ा। षोडशी ने ही उत्तर दिया। कहा, "चौधरी साहब, वकील-बैरिस्टर होने के कारण क्या अकेले ये ही वाहवाही पावेंगे? अंडमान आदि बड़े घरों के मामले में न सही, किन्तु छोटे होने के कारण इस देश के श्रीधर भी तो मनोरम स्थान नहीं हैं—दुखिया होने के कारण भैरवियां क्या थोड़ा-सा भी धन्यवाद नहीं पा सकतीं?' जीवानन्द ने झेंपकर एकाएक जो मुंह में आया, कह दिया। बोला, "धन्यवाद पाने का समय होते ही पाओगी।"

षोडशी ने हंसकर कहा, "वही न, जो आप मन्दिर में खड़े होकर अभी-अभी एक बार दे आए हैं।" जीवानन्द ने इसका कोई उत्तर नहीं दिया। निर्मल की ओर देखकर कहा, "आपके ससुर महाशय के मुख से सुना

कि आप आए हैं—आशा की थी कि मन्दिर में आपसे वार्तालाप होगा।"

षोडशी ने कहा, "यह मेरी भूल है चौधरी महाशय! यह मन्दिर में गए भी थे और वहां जो सदालाप हो रहा था, उसमें शामिल भले ही नहीं हुए हों, लेकिन भीड़ के बाहर खड़े-खड़े गर्दन बढ़ाकर सुनने का प्रयत्न कर रहे थे। किन्तु मैंने देख लिया और तब हाथ पकड़कर यहां खींच लाई। मैंने कहा—चलिए निर्मल बाबू, घर में बैठकर गप-शप की जाए।"

जीवानन्द ने मन की गर्मी को भीतर ही दबाकर सहज गले से ही कहा, "तब तो फिर मैंने आकर उसमें विघ्न ही डाला।"

षोडशी ने कहा, "यदि विघ्न डाला भी तो उसमें आपका दोष नहीं है; मैंने ही आपको बुला भेजा था।" जीवानन्द ने कहा, "लेकिन क्यों बुला भेजा? शायद गप लड़ाने के लिए नहीं।"

षोडशी ने हंस दिया। बोली, "नहीं साहब, नहीं, बल्कि ठीक इसका उल्टा है। आज मैं आपसे बहुत बकूंगी!"

उसके कण्ठ-स्वर और बात कहने के ढंग को देख-सुनकर निर्मल और जीवानन्द दोनों को ही आश्चर्य हुआ और वे उसकी ओर देखते रहे।

षोडशी ने कुछ गम्भीर होकर कहा, "छि, छि, आप वहां यह सब क्या कह रहे थे, बोलिए तो? एक सभा के बीच इतने आडम्बर से खड़े होकर दो असहाय स्त्रियों की कैसी घोर निन्दा कर रहे थे! उसमें भी एक जीवित नहीं है। भला यह क्या किसी मर्द को शोभा देता है? इसके अतिरिक्त इसका प्रयोजन ही क्या था—बोलिए? उस दिन इसी घर में बैठकर तो मैंने आपसे कहा था कि मुझे जो आज्ञा देंगे, मैं उसका पालन करूंगी। आपने भी अपनी आज्ञा स्पष्ट बता दी थी। मैंने भी अपना वादा लौटाया नहीं। यह लीजिए मन्दिर की चाबी और यह लीजिए हिसाब का खाता।"

कहकर उसने आंचल से चाबियों का गुच्छा खोलकर और ताख के ऊपर से एक जिल्द-बंधा मोटा-सा रजिस्टर उतारकर जीवानन्द के पैरों के निकट रख दिया। फिर कहा, "देवी मैया का जो कुछ गहना-पत्ता, जो कुछ दलील-दस्तावेज हैं, सब सन्दुक के भीतर ही पाइएगा। और भी एक कागज मिलेगा, जिसमें मैंने भैरवी का सब उत्तरदायित्व और कर्त्तव्य त्याग करने की बात लिखकर अपने हस्ताक्षर कर दिए हैं।"

जान पड़ता है, जीवानन्द इसपर ठीक विश्वास नहीं कर सका।

उसने कहा, "कहती क्या हो!—लेकिन तुमने त्याग किसके पास किया है?" षोडशी ने कहा, "यह उसीमें लिखा है, देख लीजिएगा।"

जीवानन्द ने कहा, "यदि यही है तो चाबियां उसीको क्यों नहीं दी?"

उन्हीं को तो दी हैं, कहकर षोडशी होंठ दबाकर जरा हंसी। किन्तु वह हंसी देखकर जीवानन्द का मुख मलिन हो उठा। क्षण-भर चुप रहकर उसने सन्देह के स्वर में कहा, "लेकिन इसे तो मैं ले नहीं सकता। खाते में जो चीजें लिखी हैं, उनसे सन्दूक में रखी चीजें ठीक मिल जाएंगी, यह मैं कैसे विश्वास करूंगा? तुम्हे आवश्यकता हो तो तुम पांच पंचों को समझाकर सौंप देना।" षोडशी ने गर्दन हिलाकर कहा, "मुझे इसकी आवश्यकता नहीं है। लेकिन चौधरी महाशय, आपका यह बहाना नहीं चल सकता। एक दिन आंख मूंदकर जिसके हाथ से विष लेकर खाने में विश्वास हुआ था, उसके हाथ में आज इतना-सा आंख मूंदकर लेने का साहस तो आपमें होना चाहिए। दूसरे पर विश्वास करने की शक्ति आपमें सचमुच ही इतनी कम है, यह बात मैं किसी प्रकार स्वीकार नहीं कर सकती, लीजिए··· एकड़िए।"

कहकर उसने खाता और चाबियों का गुच्छा जमीन मे उठाकर एक प्रकार मे जबरदस्ती ही जीवानन्द के हाथ में दे दिया। फिर कहा, 'आज मैं जी गई—मैंने छुट्टी पाई। मेरा कोई भी भार आपने किसी दिन नहीं लिया, इतना-सा यह भी न लेंगे नो धर्म से पतित होंगे! इसके सिवा मना करेंगे तो परलोक में क्या उत्तर देंगे?' यह कहकर हंसते-हंसते फिर बोली, "परलोक की चिन्ता में तो आपको नींद नहीं आती, यह मैं जानती हूं, लेकिन जी हो गया; भविष्य में कुछ-कुछ चिन्ता करनी होगी, यह कहे देती हूं।" उसके मुंह में हंसी रहने पर भी कण्ठ-स्वर जैसे अन्त में कोमलता से विचलित हो उठा। फिर कहा, "केवल एक भार और भी आपको सौंप जाऊंगी—वह है अपनी गरीब-दुखी प्रजा का भार। मैं बहुत इच्छा करके भी इनका भला नहीं कर पाई; लेकिन आप सहज में कर सकेंगे।"

फिर निर्मल की ओर ताककर बोली, "मेरी बातें सुनकर आप आश्चर्य कर रहे होंगे निर्मल बाबू!" निर्मल ने सिर हिलाकर कहा, "केवल आश्चर्य ही नहीं, 'मैं प्रायः अभिभूत हो गया हूं—आश्चर्य में पड़ गया हूं। पहले मुझे इसका आभास भी नहीं दिया और इसी बीच में भैरवी की गद्दी छोड़कर त्यागपत्र पर हस्ताक्षर तक कर रखे हैं!"

षोडशी ने हंसते हुए कहा, "मेरी बहुत-सी बातें आपको नहीं बताई गई हैं, किन्तु एक दिन शायद आप सभी कुछ जान जावेंगे। केवल एक ही आदमी इस दुनिया में ऐसे हैं, जिनको मैंने सभी बातें बता दी हैं। वह हैं मेरे फकीर साहब।"निर्मल ने कहा, "यह सब सलाह शायद उन्होंने दी है।"

षोडशी ने तत्काल उत्तर दिया, "ना। वह आज सबेरे तक कुछ भी नहीं जानते थे। और जिसे आप त्यागपत्र कहते हैं, वह मेरा कल रात का लिखा हुआ है। जिन्होंने मुझे इसकी प्रवृत्ति दी है, खाली उसका नाम ही संसार में सबसे छिपा रखेंगी।" जीवानन्द कुछ देर चुप रहकर सहसा एक निःश्वास छोड़कर बोला, "जान पड़ रहा है, जैसे घर में बुला लाकर मेरे साथ कोई एक भारी हंसी कर रही हो षोडशी! यह विश्वास करना मुझे जैसे उस मार्फिया के पीने से भी कठिन लग रहा है।"

इतनी देर बाद निर्मल उसकी ओर देखकर जरा हंसकर बोला, "आप तो सिर्फ कुछ पग चलकर ही हंसी देख रहे हैं, लेकिन मुझे तो कामकाज, घर-बार छोड़कर यह हंसी देखने के लिए आठ सौ मील दौड़कर आना पड़ा है। यह यदि सत्य है तो आपने जो चाहा था, वह कम-से-कम पा तो गए; लेकिन मेरे भाग्य में सोलहों आने हानि है। इसे हंसी कहूं कि उपहास कहूं, कुछ समझ में नही आता।" इतना कहकर उसने जीवानन्द के मुंह की और और एक बार अच्छी तरह ध्यान देकर देखा। उसे देख पड़ा, उसकी दोनों आंखें आकस्मिक वेदना के भार से जैसे बोझिल हो गई हैं।

उसने उत्तर कुछ नहीं दिया, केवल थोड़ा-सा हंसने की चेष्टा की।

निर्मल ने षोडशी से प्रश्न किया, "यह सब आपकी हंसी तो नहीं है?" षोडशी ने कहा, "नहीं निर्मल बाबू, मेरी और माता की निन्दा देश-भर में छा गई है—यह क्या मेरी हंसी-दिल्लगी का समय है? मैंने सच-मुच ही छुट्टी ले ली है।" निर्मल ने कहा, "तो बड़े दुख में पड़कर ही आपको यह काम करना पड़ा?"

षोडशी ने उत्तर नहीं दिया। निर्मल स्वयं भी कुछ देर स्थिर रहा। फिर बोला, "मैं आपको बचाने आया था, शायद बचा भी सकता; तो भी क्यों आपने यह नहीं होने दिया, सो मैं समझ गया। सम्पत्ति की रक्षा होती, लेकिन निन्दा और बदनामी की लहर उससे उतनी ही ऊंची हो उठती और उसे हम रोक नहीं सकते।"

वह कहकर उसने किसपर कटाक्ष किया, यह उपस्थित सभी समझ

गए। किंतु जीवानन्द चुप ही रहा और 'षोडशी ने भी स्वयं इसका कोई प्रतिवाद नहीं किया। निर्मल ने पूछा, "तो अब क्या करने का निश्चय किया है?"

षोडशी ने कहा, "यह आपको मैं फिर जनाऊंगी।"

"कहां रहिएगा?"

"यह सूचना भी मैं आपको बाद को दूंगी।"

बाहर से किसीने पुकारा, "मां?"

षोडशी ने गर्दन निकालकर कहा, "भूतनाथ? आओ भैया, घर के भीतर ले आओ।" मन्दिर का नौकर आज एक बड़ी-सी झोली में देवी का प्रसाद—तरह-तरह के फल-मूल और मिठाई लाया था। षोडशी ने उसे हाथ में लेकर जीवानन्द के मुंह पर दृष्टि डालकर स्नेह की हंसी से उज्ज्वल मुख से कहा, "उस दिन आपको पेट भर खाने को नहीं दे सकी थी, लेकिन आज उस कमी को पूरा करके छोडूंगी।" निर्मल की ओर देखकर बोली, 'और आप भी बहनोई हैं—आपको खाली बिना आतिथ्य किए जाने देना तो अन्याय होगा। बहुत तीखी-कड़वी आलोचना हो गई है, अब दोनों जने जरा खाने बैठिए। मुंह मीठा किए बिना छोड़ देने से मेरे दुःख की सीमा नहीं रहेगी।"

निर्मल ने कहा, "दीजिए।"

लेकिन जीवानन्द ने मना करके कहा, "मैं न खा सकूंगा।"

षोडशी ने कहा, "खा न सकेंगे? लेकिन खाना ही होगा।"

जीवानन्द ने तो भी सिर हिलाकर कहा, "ना।"

षोडशी ने हंसकर कहा, "यह सिर हिलाना व्यर्थ है चौधरी महाशय! जो सुयोग जीवन में फिर कभी न पाऊंगी, उसे यदि हाथोंहाथ पाकर छोड़ दूं तो वृथा ही इतने दिन भैरवीगीरी की!" यह कहकर वह हाथ में पानी लेकर दोनों के ही सामने की जगह साफ करके शाल के पत्ते बिछाकर मिठाई परोसकर खिलाने लगी। मिष्टान्न यथार्थ ही जीवानन्द के मुंह में नहीं पैठ रहा था, यह लक्ष्य करने में षोडशी को देर नहीं लगी। उसने आवाज धीमी करके कहा, "तो फिर रहने दीजिए, यह मिठाई खाने की आवश्यकता नहीं। आप केवल दो एक फल खाइए।"

इतना कहकर आप ही हाथ बढ़ाकर उसकी पत्तल की जूठी मिठाई अलग हटाकर बोली, "आज क्या हुआ? सचमुच भूख नहीं है क्या? न

हो तो जबर्दस्ती खाने की आवश्यकता नहीं है। देह में जैसा बीमारी का बीज बो रखा है, उसका खयाल आने-भर से मुझे भय होता है।"

निर्मल मन लगाए खा रहा था, उसने सिर उठाकर देखा। इस कण्ठ-स्वर की आवाज खट से उसके कानों में खटक गई और अकारण ही उसे हेम का स्मरण हो आया।

दोनों जनों में बहुत हंसी-दिल्लगी हो चुकी है; आज सवेरे भी इस षोडशी की बातों और इशारों से उसके सारे शरीर में प्रसन्नता की बिजली दौड़ गई है। किन्तु यह आवाज तो वह नहीं है। माधुर्य जैसी निबिड़ रस-धारा तो उसमें नहीं बही। मिठास की मिठास उसके मुख में बेस्वाद और फल का रस कड़ आ लगने से आहार का सब आनन्द जैसे दम-भर में जाता रहा। पल-भर बाद लक्ष्य करके षोडशी ने विस्मय के साथ कहा, "आपकी भी यही दशा हो गई निर्मल बाबू—खाया कहां?"

निर्मल ने कहा, "जितना खा सकता हूं, उतना आपके कहने के पहले ही खा लिया है। अनुरोध की राह नहीं देखी।" षोडशी, "तो आज जान पड़ता है, खाने का सामान अच्छा नहीं बना?"

निर्मल ने कहा, "ऐसा ही होगा। और दिन कैसा होता है, सो तो मुझे नहीं मालूम।" यह कहकर उसने हाथ धोने का प्रयत्न किया। उसके इस कथन ने केवल षोडशी को ही नहीं, जीवानन्द की दृष्टि को भी आकर्षित किया; किन्तु इस बारे में फिर किसीने कोई आलोचना नहीं की। बाहर आकर षोडशी ने हाथ-मुंह धोने के लिए जल लेकर और बनाई हुई पान की गिलौरी हाथ में देकर वह ठीक है कि नहीं, यह देख लेने का अनुरोध किया; किन्तु अपने या उसके बारे में कोई प्रश्न नहीं किया। निर्मल ने कहा, "तो फिर मैं जाऊं···"

षोडशी ने कहा, "आप घर कब लौटेंगे?"

निर्मल, "अब तो मेरी और कोई आवश्यकता नहीं है। शायद कल लौट सकता हूं।" षोडशी ने कहा, "बच्चे को और हेम को मेरा आशीर्वाद कहिएगा।"

निर्मल ने घड़ी-भर चुप रहकर कहा, "जान पड़ता है, अब आपको मेरी कोई आवश्यकता नहीं है?" षोडशी ने आप भी क्षण-भर मौन रहकर कहा, "इतने बड़े अहंकार की बात क्या मैं कह सकती हूं निर्मल बाबू? मगर हां, मन्दिर के लिए अब शायद मुझे कभी दुःख देने की आवश्यकता न होगी।"

निर्मल ने मलिन मुख पर हंसी लाने का प्रयास करके कहा, "आशा करता हूं, आप हम लोगों को जल्दी भूल न जाएंगी।"

षोडशी ने सिर हिलाकर खाली 'ना' कहा।

निर्मल ने नमस्कार करके कहा "मैं जाता हूं। यदि सवेरे की गाड़ी से जाना हुआ तो शायद फिर दर्शन करने का समय न पाऊंगा। हेम आपको बहुत प्यार करती हैं, अगर अवकाश मिले तो बीच-बीच में अपने समाचार देती रहिएगा।"

इतना कहकर और किसी उत्तर की प्रतीक्षा न करके, वह चल दिया।

बातें इतनी अद्‌भुत और ऐसी नई थीं कि एकाएक विस्मय होता है कि वे जीवानन्द के मुंह निकली हैं! उत्तर देने में षोडशी को कुछ रुकना पड़ा। अन्त को सम्मति देकर उसने कहा, "हो तो सकता है। पर मैं अपने मन की यह खबर निश्चय जानती हूं कि जो मैंने किया है, वह अटल है।"

जीवानन्द कह उठा, "बाप रे बाप! तुमको मर्द और मुझे औरत होना चाहिए था। अच्छा, जहां तुम जाओगी, वहां भला तुम्हारी गुजर किस तरह होगी?"

षोडशी ने पहले की तरह सहज स्वर में उत्तर दिया, "यह विचार-विमर्श मैं आपके साथ किसी प्रकार नहीं कर सकती।"

जीवानन्द ने झुंझलाकर कहा, "तुम कुछ नहीं कर सकतीं, तुम पत्थर हो। बाल मेरे पक चले हैं. बूढ़ा हो गया हूं—क्या तुमने यह सोचा है कि अब मैं तुम्हारे आगे हाथ जोड़कर रो सकता हूं?"

षोडशी ने कहा, 'देखिए बहुत रात हो गई है, अभी तक मैंने नित्य का पूजा-पाठ तक नहीं किया···"

पुरोहित की खांसी और पैरों की चाप बाहर सुनाई पड़ी।

जीवानन्द ने कहा, "तुम मुझे चौधरी महाशय क्यों कहती हो?"

षोडशी ने कहा, "तो फिर क्या कहूं? हुजूर?"

जीवानन्द ने कहा, "नही, और बहुत लोग जो कहते हैं—जीवानन्द बाबू।" षोडशी ने कहा, "अच्छा, भविष्य में ऐसा ही होगा।"

जीवानन्द ने कहा, "भविष्य में क्यों, अभी कहो न?"

षोडशी ने इसका कोई उत्तर नहीं दिया। भीतर दीपक की लौ मद्धिम हो रही थी। उसने घर के भीतर आकर उसे तेज कर दिया। जीवानन्द के लौट आकर बैठते ही षोडशी ने विस्मित होकर कहा, "रात

अधिक हो रही है, आप घर नहीं गए? आपके नौकर-चाकर कहां हैं?"

जीवानन्द ने कहा, "मैंने उन्हें भेज दिया।"

षोडशी, "अकेले घर जाते आपको भय नहीं लगेगा?"

जीवानन्द, "नहीं। मेरे पास पिस्तौल है।"

षोडशी, "तो फिर वही लेकर घर जाइए, मुझे अभी बहुत काम हैं!"

जीवानन्द ने कहा, "तुम्हारे काम रह सकते हैं, लेकिन मुझे कोई काम नहीं है। मैं अभी नहीं जाऊंगा।"

षोडशी की दोनों आंखों की दृष्टि तीक्ष्ण हो उठी; किन्तु उसने शांत भाव से कहा, "रात हो गई है, आदमी बुलाकर आपके साथ किए देती हूं, वे आपको घर तक पहुंचा आवेंगे।"

जीवानन्द ने समझ लिया कि उसने जो कुछ कहा, वह ठीक नहीं हुआ। उदास होकर उसने कहा, "बुलाना किसीको न होगा, मैं अभी ही जाता हूं। जाने को मेरा जी नहीं चाहता, इसीसे यों ही मैंने कह दिया था।—तुम क्या सचमुच चण्डीगढ़ छोड़कर चली जाओगी अलका?"

फिर वही नाम। जीवानन्द के मुंह की ओर ताककर उसे कष्ट मालूम हुआ। उसने गर्दन हिलाकर जताया कि वह सचमुच ही चली जाएगी।

जीवानन्द ने पूछा, "कब जाओगी?"

षोडशी ने कहा, "क्या जानें, शायद कल ही जा सकती हूं।"

"कल? कल ही जा सकती हो?" कहकर जीवानन्द एकदम स्तब्ध हो रहा। बहुत देर बाद एकाएक एक निःश्वास छोड़कर बोला, "आश्चर्य है।" इतने में पुरोहित ने आकर कहा, "मां, सबके सामने मन्दिर का दरवाजा बन्द करके चाबी तारादास ठाकुर के हाथ में दे दी। राय महाशय, शिरोमणि बाबा—ये सब वहां खड़े थे।"

षोडशी ने कहा, "ठीक ही किया। जरा खड़े रहो, मैं सागर के यहां एक बार जाऊंगी।" यह कहकर वह उठ खड़ी हुई।

जीवानन्द चुपचाप खड़े होकर बोला, "तो फ़िर ये चीजें भी (हिसाब का खाता और चाबियों का गुच्छा) तुम राय महाशय के पास ही भेज देना।"

षोडशी ने गर्दन हिलाकर कहा, "ना। संदूक की चाबी और किसीके हाथ में मैं न दूंगी—और किसीका विश्वास मुझे बिलकुल भी नहीं है।"

जीवानन्द ने कहा "केवल मेरा ही विश्वास है?"

23

मण्डली यथासमय और यथोचित धूमधाम से जब जमींदार के शान्ति कुंज में आकर उपस्थित हुई, तब जमींदार बाहर की बैठक में बैठे थे। शराब की बोतल और गिलास के बदले जमींदारी के मोटे-मोटे खाता-पत्र उनके सामने थे। एक ओर बैठा हुआ उनका सहचर प्रफुल्ल-चन्द्र समाचारपत्र पढ़ रहा था, उसी ने आतिथ्य करके सबको बिठाया।

शिरोमणि सबसे पहले बोलते हैं और सबसे पीछे पश्चात्ताप करते हैं। यहां भी उन्होंने ही पहले बात छेड़ी। बोले, "हुजूर की नींद में विघ्न न पड़े, इसी से जरा देर करके ही हम सब "

जीवानन्द ने खाता-पत्र एक तरफ खिसकाकर हंसकर कहा, "देर करके न आने पर भी हुजूर की नींद में खलल न पड़ता शिरोमणि महाशय! कारण वह दिन में नहीं सोते।"

शिरोमणि ने कहा, "किन्तु हम लोग जो सुनते हैं हुजूर…"

जीवानन्द ने कहा, 'सुनते हैं? सो आप लोग बहुत-सी ऐसी बातें सुनते हैं जो सच नहीं होती और बहुत-सी ऐसी बातें कहते हैं जो झूठ होती हैं, यही जैसे मेरे सम्बन्ध में भैरवी की बात…"।

कहकर कहने वाला हंस पड़ा; किन्तु सुनने वालों का दल सिटपिटाकर "एकदम सिमट गया। जीवानन्द ने कहा "लेकिन जिस कारण आप लोगों ने जल्दी आना चाहा था, वह कारण तो सुनूं?"

जनार्दन राय ने अपने को कुछ संभाल लिया। मन में कहा—इतना भयभीत होने की क्या बात है? प्रकट में बोले, "मन्दिर का मामला इतने सहज में शांत किया जा सकेगा—यह आशा नहीं थी। निर्मल तो जैसे बिगड़ खड़ा हुआ था।…" जीवानन्द ने कहा, "फिर वह सीधे कैसे हुए?"

जनार्दन ने इस व्यंग्य को समझा, किन्तु शिरोमणि उसके पास भी नहीं गए। प्रसन्न होकर अभिमान के साथ बोले, "माता की इच्छा है हुजूर, सीधा तो होना ही होगा। पाप का भार वह और मुंह नहीं पा रही थीं।" जीवानन्द ने गर्दन हिलाकर कहा, "यही होगा। इसके बाद?"

शिरोमणि ने कहा, "किन्तु पाप तो दूर हुआ—कहो न जी जनार्दन, हुजूर से सब समझाकर कहते क्यों नहीं?"

इतना कहकर उन्होंने राय महातय को हाथ से ठेला। जनार्दन ने

चकित होकर कहा, "मन्दिर की चाबी तो हम लोगों ने खड़े होकर तारादास ठाकुर को दिला दी है। आज सवेरे उन्होंने ही माता का द्वार खोला है, लेकिन सन्दूक की चाबी सुनते हैं षोडशी ने हुजूर के हाथ में ही सौंपी है।" जीवानन्द ने हामी भरकर कहा, "सौंपी तो है। जमा-खर्च के हिसाब का एक खाता भी दिया।"

शिरोमणि बोले, "बेटी अभी मौजूद है, किन्तु फिर कहां चली जाएगी, यह तो कहा नहीं जा सकता।"

जीवानन्द ने घड़ी-भर वृद्ध के मुंह की ओर देखते हुए प्रश्न किया, "लेकिन उसके लिए आप लोगों को इतनी व्याकुलता क्यों है?"

उत्तर के लिए उन्होंने जनार्दन की ओर देखा। जनार्दन ने साहस पाकर कहा, "दलील-दस्तावेज, कीमती बर्तन, देवी के गहने आदि जो कुछ है, सो गांव के पुराने लोग जानते हैं। शिरोमणि महाशय कहते हैं कि षोडशी के रहते-रहते ही उन सबको मिला लिया जाए तो अच्छा हो। शायद···" जीवानन्द ने कहा, "शायद वे नहीं हों? यहीं न? लेकिन न हुए तो आप लोग कैसे वसूल करेंगे?"

जनार्दन को सहसा कोई उत्तर ढूंढे नहीं मिला। अन्त को बोले, 'तो भी मालूम तो हो जाएगा।"

जीवानन्द ने कहा, "लेकिन मुझे अवकाश नहीं है राय महाशय!"

जनार्दन मन-ही-मन उल्लसित हो उठे। लगभग इसी तरह की युक्ति सोचकर वे लोग आए थे शिरोमणि ने व्यग्र होकर कहा, "चाबी जनार्दन भया के हाथ में देने से आज ही सन्ध्या के पहले हम सब लोग मिलकर देख सकते हैं, हुजूर का भी फिर कोई उत्तरदायित्व नहीं रहेगा और क्या है, क्या नहीं है, यह सब उसके चले जाने से पहले ही जान लिया जाएगा। क्या कहते हो भैया? क्या कहते हो तुम लोग? ठीक है न?"

सभी ने इस प्रस्ताव में सम्मति दी, नहीं दी केवल उसने, जिसके हाथ में चाबी थी। उसने केवल थोड़ा-सा मुसकराकर कहा, "इतनी जल्दी क्या है शिरोमणि महाशय, यदि कुछ नष्ट ही हो गया होगा तो भिखारी के पास से वह वसूल नहीं होगा। आप लोग आज पधारिए, मुझे जिस दिन अवकाश होगा, उस दिन मिलाकर देखने के लिए आप सब लोगों को सूचना भेज दूंगा।" युक्ति चली नहीं, सभी मन-ही-मन अप्रसन्न हुए। राय उठ खड़े हुए और बोले, "लेकिन उत्तरदायित्व तो एक···"

जीवानन्द ने तुरन्त साथ देकर कहा, “सो तो ठीक बात है, राय महाशय—जिम्मेदारी तो मेरी रही ही।”

दरवाजे के बाहर से ही शिरोमणि ने जनार्दन की देह को जरा उंगली से दबाकर कहा, “देख लिया भाई, साले शराबी के मन का भाव समझना ही कठिन है। जैसे पहेली हो। शराब के नशे में चूर है। बहुत दिन नहीं जिएगा।”

जनार्दन ने कहा, “देखता हूं, जिसका डर था, वही हुआ।”

एक आदमी ने कहा, “चाबी अब नहीं देंगे।”

शिरोमणि ने उत्तेजित होकर कहा, “फिर? अब की मांगने गए तो गला दबाकर शराब पिला देगा तब छोड़ेगा।” यह बात मुंह से कहते ही उनके सारे शरीर के रोएं खड़े हो गए।

जीवानन्द घर के भीतर खुले दरवाजे की तरफ शून्य दृष्टि से ताकता हुआ बैठा था। प्रफुल्ल ने कहा, “दादा, फिर एक झगड़ा क्यों अपने पीछे लगा लिया? चाबी उन लोगों को देना ही ठीक था।”

जीवानन्द ने उसके मुंह की ओर दृष्टि फिराकर कहा, ‘ठीक नही था प्रफुल्ल, ठीक होता तो मैं दे देता। पीछे यह दुर्घटना घटित होगी, यही सोचकर तो कल रात को उसने चाबी मेरे हाथ में दी है।”

जान पड़ता है, प्रफुल्ल अपने मन में इस बात पर विश्वास नहीं कर सका। उसने पूछा, “सन्दूक में है क्या?”

जीवानन्द ने जरा हंसकर कहा, “क्या है? आज सबेरे यही तो खाता पढ़ कर देख रहा था। हैं मोहरें, रुपये, हीरे, पन्ने, मोतियों की माला, मुकुट। बर्तन-भांडे भी कम नहीं हैं। न जाने कब से जमा होते-होते इस छोटी-सी चण्डीगढ़ की देवी की इतनी सम्पत्ति हो गई हैं। मैंने सपने में भी न सोचा था कि इतनी सम्पत्ति होगी। मैं समझता हूं, चोरी-डकैती होने के डर से यहां की भैरवियां किसीको जानने भी नहीं देती थीं।”

प्रफुल्ल ने भय के साथ कहा, “कहते क्या हैं! उसकी चाबी आपके पास? यह तो इकलौते बेटे को डाइन के हाथ में सौंपना हुआ।”

जीवानन्द ने बुरा नहीं माना, “बिलकुल झूठ तुमने नहीं कहा भैया! इतना रुपया देखकर मैं स्वयं अपने पर विश्वास नहीं कर सकता था।”

क्षण-भर चुप रहकर कहा, “फिर भी मैंने यह नहीं चाहा था प्रफुल्ल! मैंने जितना ही उसपर जनार्दन राय को चाबी देने के लिए जोर

डाला, उतना ही उसने अस्वीकार किया और चाबी जबरदस्ती मेरे हाथ में थमा दी।"

प्रफुल्ल ने स्वयं भी क्षण-भर चुप रहकर पूछा, "इसका कारण?"

जीवानन्द ने कहा, "जान पड़ता है, उसने सोचा था कि इस बदनामी के ऊपर यदि चोरी का कलंक भी लादा गया, तो उसका बोझ उससे सहन न होगा। इन लोगों को उसने पहचान लिया था।"

प्रफुल्ल ने कहा, "किन्तु आपको नहीं पहचान पाई।"

जीवानन्द हंसा, किन्तु उस हंसी में आनन्द नहीं था। उसने कहा, "यह दोष उसका है, मेरा नहीं। उसके सम्बन्ध में चाहे जितने अपराध मुझसे बन पड़े हों, लेकिन उसने मुझे पहचाना नहीं, यह कहने या सोचने का अपराध शुरू से अन्त तक एक दिन के लिए भी मुझसे नहीं हुआ। मगर अद्भुत है यह पृथ्वी और उससे भी आश्चर्य की चीज है यह मनुष्य का मन। उसकी युक्ति क्या है, जानते हो भाई? वही जो उसके हाथ से मार्फियां लेकर आंख मूंदकर पीने का हाल तुमसे मैंने कहा, वही उसका सब तर्कों का अन्तिम तर्क है। किन्तु उस रात को मेरे लिए और कोई उपाय न था। ऐसे भी मरता वैसे भी तो मरता—उसके सिवा और किसीकी ओर देखने का कोई मार्ग ही नहीं था—यह सब षोडशी भूल गई। उसके मन में केवल एक बात जम गई है। यह कह कि जो आदमी अपने प्राण निश्चिन्त होकर उनके हाथ सौंप सका था, उसपर अविश्वास कैसे किया जाए? बस, जो कुछ था, वह सब आंख मूंदकर मेरे हाथ में सौंप दिया। प्रफुल्ल, दुनिया की प्रथम श्रेणी के चालाक लोग भी कभी-कभी बेढब गलती कर बैठते हैं, नहीं तो यह संसार एकदम मरुभूमि बन जाता, कहीं रस की भाप भी देखने को न मिलती।"

प्रफुल्ल ने गर्दन हिलाकर कहा "बहुत ही खरी बात तुमने कही दादा! अतएव तुरन्त जल्दी-से-जल्दी यह बात फूंक डालिए, तारादत्त ठाकुर को बुलवाकर धमका दीजिए—जमा की हुई मोहरों से अगर सालोमन साहब का देना चुका दिया जाए तो खाली रस की भाप ही क्यों मूसलाधार हो सकेगी।"

जीवानन्द ने कहा, "प्रफुल्ल, इसीसे तो मैं तुमको इतना चाहता हूं।"

प्रफुल्ल ने हाथ जोड़कर कहा, "अब इस चाह को जरा कम करना होगा दादा! आपका रस का सोता अक्षय हो; लेकिन मुसाहबी करते-करते

इस अधीन के गले की नली तक सूख कर काठ हो गई है। अब बाहर जाकर दो और दाल-चावल जुटाने होंगे। कल-परसों तक मैं छुट्टी ले लूंगा।"

जीवानन्द ने हंसकर कहा, "एकदम? लेकिन यह मिलाकर कितनी बार छुट्टी ले चुके हो प्रफुल्ल?"

"यही चारेक बार," कहकर वह खुद भी हंस पड़ा, फिर बोला, "भगवान् ने मुंह दिया था, सो बड़े आदमी का प्रसाद खाकर ही दिन बीते। अब अगर बीच-बीच में दो-चार बड़े बोल भी न निकाल पाऊं तो तिलकूल ही इसकी जाति मारी जाए। और यह बिल्कुल भूल भी नहीं है दादा! बहुत दिनों से आप लोगों ने अन्न-पानी को कभी ऊंचा, कभी नीचा कहकर इस देह की मेदा और सांस की ही केवल वृद्धि की है, सच्चा खुन जिसे कहते हैं, उसकी एक बूंद भी, मैं समझता हूं, अब बाकी नहीं है। आज सोचता हूं, एक काम करूंगा। सन्ध्या के झुटपुटे में छिपता हुआ जाकर चट से भैरवी ठकुरानी के चरणों की एक मुट्ठी रज लेकर फांक लूंगा। आपके बहुत-से भले-बुरे पदार्थ ही तो आज तक पेट में डाले हैं, यह न फांकूंगा तो फिर वे हजम नहीं होंगे; पेट में लोहे के समान गड़ेंगे।" जीवानन्द ने हंसने का प्रयत्न करके कहा, "लेकिन आज कुछ उच्छ्वास की अति हो रही है प्रफुल्ल!"

प्रफुल्ल ने फिर हाथ जोड़कर कहा, "तो फिर बैठिए दादा, इसे समाप्त करूं। मुसाहबी पेंशन के नाम से उस दिन जो वसीयतनामे में मेरे लिए हजार-पांच सौ लिख रहे हैं, उनके ऊपर दया करके कलर से एक लकीर खींच रखिएगा। चण्डी के रुपये हाथ लगने पर मुसाहबों की कमी न रहेगी लेकिन मुझे दान करके इतने रुपयों को और नष्ट न कीजिएगा।'

जीवानन्द ने कहा, "तो अब की तुमने मुझे सचमुच ही छोड़ दिया?"

प्रफुल्ल ने वैसे ही हाथ जोड़े हुए कहा, "आर्शीवाद दीजिए, मेरी यह सुबुद्धि अन्त तक बनी रहे।"

जीवानन्द चुप हो रहा। प्रफुल्ल ने पूछा, "वह कब जाने वाली हैं?"

जीवानन्द ने कहा, "नहीं जानता।"

प्रफुल्ल ने पूछा, "वह कहां जा रही हैं?"

जीवानन्द ने कहा, "यह भी नहीं जानता।"

प्रफुल्ल ने कहा, "जानकर भी कोई लाभ नहीं है दादा!"

सहसा उसके मुख का रंग बदल गया। उसने कहा, "बाप रे! औरत

तो नहीं है, जैसे मर्द का बच्चा है! मन्दिर में खड़े होकर उस दिन मैं बड़ी देर तक ताकता रहा। समझ पड़ा, जैसे पैरों से सिर तक एकदम पत्थर की गढ़ी हुई है। चोट मार-मारकर उसे चूर-चूर किया जा सकता है, लेकिन आग में गलाकर मन माफिक सांचे में ढाल सकें, ऐसी चीज वह नहीं है। हो सके तो यह विचार छोड़ दीजिए।"

जीवानन्द ने कुछ-कुछ विद्रूप के लहजे में प्रश्न किया, "तो फिर तुम बिलकुल ही जा रहे हो?" प्रफुल्ल ने विनय के साथ जवाब दिया, "गुरुजनों के आशीर्वाद में बल होगा तो मनोकामना क्यों न पूरी होगी?"

जीवानन्द ने कहा, "सो हो सकता है। लेकिन यह तो बताओ, क्या करने का निश्चय किया है?" प्रफुल्ल ने कहा, "अभिलाषा तो आपके आगे प्रकट कर दी है। पहले तो दो कौर दाल-भात जुटाने का उद्योग करूंगा।"

जीवानन्द ने कई घड़ी तक चुप रहकर प्रश्न किया, "तुम्हें यह लगता है कि षोडशी सचमुच ही चली जाएगी?"

प्रफुल्ल ने कहा, "हां, और इसका कारण यह है कि संसार में सभी प्रफुल्ल नहीं हैं। खूब याद आया दादा, एक सूचना देना तो मैं भूल ही गया था। कल रात को नदी के किनारे टहल रहा, एकाएक वही फकीर साहब देख पड़े, जिन्होंने उस दिन आपको बरगद के पेड़ पर घुग्घू का शिकार नहीं करने दिया था—बन्दूक हाथ से छीन ली थी—वही। जुहार करके मैंने कुशल-प्रश्न किया। इच्छा थी कि दो-एक अच्छी लगने वाली बातें कहूं, यदि कोई एक अच्छी-सी औषध-वौषध उनसे पा जाऊं तो आपसे कह-सुनकर आपकी सहायता से उसे पेटैंट कराकर बेचकर दो पैसे कमाऊंगा। लेकिन बेटा बड़ा चालाक है, उस तरफ ध्यान ही नहीं दिया। बातों-ही-बातों में सुना कि वह अपनी भैरवी मां को देखने आए थे, अब चले जाएंगे। भैरवी सब छोड़कर जा रही है—यह मैंने उन्हीं से सुना है।" जीवानन्द के मन में कौतूहल उत्पन्न हो गया। उसने कहा, "मैं समझता हूं कि उन्हीं के सदुपदेश से वह चली जा रही है।"

प्रफुल्ल ने गर्दन हिलाकर कहा, "जी नहीं। बल्कि उनके उपदेश के विरुद्ध ही चली जा रही हैं।" जीवानन्द ने हंस करके कहा, "कहते क्या हो प्रफुल्ल! फकीर साहब उनके गुरु जो हैं। गुरु की आज्ञा का उल्लंघन?"

प्रफुल्ल ने कहा, "इस विषय में यही है।"

जीवानन्द ने पूछा, "इतने बड़े वैराग्य का कारण?"

प्रफुल्ल ने कहा, "वैराग्य का कारण आप हैं।"

जरा देर चुप रहकर कहा, "क्या जानें, यह बात आपको सुनाना अच्छा होगा कि नहीं, लेकिन फकीर का विश्वास है कि वह आपसे मन-ही मन बहुत डरती हैं—पीछे कलह-विवाद के बीच आपके साथ घनिष्ठ संसर्ग हो जाए; यही उनको सबसे बड़ा भय है। नहीं तो यहां के लोगों से वह नहीं डरतीं।" जीवानन्द फैली हुई आंखों से उसकी ओर चुपचाप देखता रहा। प्रफुल्ल ने जरा हंसकर कहा, "दादा, भगवान् ने आपको भी बुद्धि कुछ कम नहीं दी; लेकिन सर्वस्व समर्पण करके उन्होंने ही सांघातिक भूल की या हाथ फैलाकर उसे लेकर आपने ही सांघातिक भूल की, इसकी विवेचना आज रह गई, जीता रहा तो आशा है, देख पाऊंगा।"

जीवानन्द ने इस बात का भी कोई उत्तर नहीं दिया, वैसे ही चुप बैठा रहा। सन्ध्या होने को थी, बैरा पात्र भरकर शराब लाकर उपस्थित हुआ। जीवानन्द ने हाथ हिलाकर कहा, "ले जा, आवश्यकता नहीं है।"

प्रफुल्ल ने कहा, "कब आवश्यकता होगी, बता दीजिए?"

जीवानन्द सहसा मानो चौंक पड़ा था; प्रफुल्ल के इस प्रश्न से आंखें खोलकर बोला, "इस समय तो ले जा, इच्छा होने पर बुला भेजूंगा।"

वह चला जा रहा था; जीवानन्द ने पुकारकर कहा, "हां रे, तुम लोगों के पास चाय है?" प्रफुल्ल ने कहा, "अच्छी कही! चाय नहीं है तो मैं जीवित कैसे हूं भला?"

जीवानन्द ने बैरा से कहा, "तो फिर वही एक कप ले आ।"

बैरा के चले जाने पर प्रफुल्ल ने पूछा, "अकस्मात् अमृत से अरुचि कैसे हो गई?" जीवानन्द ने कहा, "अरुचि नहीं है, लेकिन अब नहीं पीऊंगा।"

प्रफुल्ल ने हंसकर और क्षण-भर पहले अपने ही ऊपर प्रयोग की गई व्यंग्योक्ति को लौटाते हुए कहा, "यह मिलाकर कितनी बार हुआ दादा?"

जीवानन्द अप्रसन्न नहीं हुआ। उसने हंसकर उसीका अनुसरण करके कहा, "यह मीमांसा भी आज न हो, यदि जीते रहें तो आशा है, एक दिन देख पाओगे।" प्रफुल्ल होंठ दबाकर केवल जरा हंसा, प्रत्युत्तर नहीं दिया।

नौकर प्रकाश रख गया। क्रमशः संध्या का अन्धकार जब बाहर गाढ़ा होता आ रहा था, जीवानन्द एकाएक उठकर खड़ा हो गया और बोला, "जाऊं, जरा घूम जाऊं।"

प्रफुल्ल ने आश्चर्य के साथ कहा, "क्या कपड़े न बदलिएगा?"

जीवानन्द, "कोई आवश्यकता नहीं!"

प्रफुल्ल, "और आपका नित्य सहचर? वह भरा हुआ पिस्तौल?"

जीवानन्द, "उसकी भी आवश्यकता नहीं। आज अकेले ही घूमने जाता हूं।" प्रफुल्ल ने घोर आपत्ति करके कहा, "ना-ना, यह न होगा दादा। अंधेरी रात है, राह-घाट में आपके अनेक शत्रु हैं।"

इतना कहकर वह चटपट दराज से पिस्तौल निकालकर जीवानण्द के हाथ में थमाने लगा। जीवानन्द ने दो पग पीछे हटकर कहा, "इसे अब मैं फिर नहीं छूने का प्रफुल्ल!"

प्रफुल्ल ने आश्चर्य से अवाक् होकर कहा, "अचानक यह हुआ क्या दादा? न हो; सेवकों को पुकार दूं; उनमें से कोई संग जाए।"

जीवानन्द ने सिर हिलाकर कहा, "ना, यह भी नहीं। आज से ऐसे ही अकेले बाहर निकलूंगा—कहीं कोई मेरा शत्रु नहीं है और मुझसे भी किसी को कोई भय नहीं। उससे मेरा जो कुछ होना हो, वह हो—मैं किसीके भी आगे नालिश नहीं करूंगा।"

इतना कहकर वह अंधेरे में धीरे-धीरे बाहर निकल गया।

24

भरा हुआ शराब का प्याला अनादर के साथ लौट गया देखकर प्रफुल्ल ने व्यंग्य किया। करने की बात ही है। लीवर की भयंकर वेदना और चिकित्सक के जोर देकर मना करने से शय्यामत जीवानन्द के जीवन में यह अभिनय पहले भी हो चुका है; किन्तु अपनी इच्छा से, स्वस्थ शरीर मे मदिरा के बदले चाय पीकर घर के बाहर निकलना पहली बार था।

इस पार के धूप में जले हुए मैदान के ऊपर से गर्म वायु आकर बीच बीच में उनके शरीर को छु जाती थी। कुछ भी नया नहीं है। उसी ओर देखकर अकस्मात् रुद्ध अभिमान की रुलाई से जैसे आज उसका हृदय भर उठा। वह मन-ही-मन कहने लगा—माता पृथ्वी, अपने दुख से तपे हुए गर्म निःश्वास को तुम किस लज्जा से अब तक दबाए हुए थीं—मुझे नीच-पाखण्डी समझकर जानने नहीं दिया? संसार में अपना कहने को मेरा कोई नहीं है। अपने को छोड़कर और किसीके सुख और दुःख में मैंने भाग नहीं लिया—यह भी क्या मां, मेरा दोष है? आज हूं, कल यदि न रहूं तो दुनिया में किसी का भी हानि-लाभ नहीं है—यह बात क्या तुमने कभी सोची

है मां? यह अभियोग उसने किसके आगे किया, मां कहकर उसने किस खास व्यक्ति को लक्ष्य करके पुकारा, जान पड़ता है, वह स्वयं ठीक तरह से यह नहीं समझ पाया; तथापि पहाड़ के अंग से खिसककर गिरे हुए पत्थर के टुकड़े जैसे झरने की राह पकड़कर अपने आवेग से आप ही लुढ़कते चलते हैं, उसी प्रकार उसकी तुरन्त उमड़ी हुई दुःख की अनुभूति आंखों के जल की राह पकड़कर शब्दों की माला गूंथ-गूंथकर अविरल गति से वह निकली।

मैदान के पानी के निकास के लिए किसानों ने एक बार इसी मार्ग के ऊपर से नाला काट दिया था। नन्दी महाशय (गुमाश्ता) की आज्ञा पाने-भर की भारी दक्षिणा जब वे किसी तरह संग्रह न कर पाए, तभी खाली सर्वनाश से आत्मरक्षा करने के लिए उन्होंने यह काम किया था। किन्तु गरीबों की कठोर स्पर्धा की सूचना जब एक कौड़ी ने हुजूर को बतलाई तब उन्होंने यह काम तुरन्त बन्द कर दिया था; विवश लोगों के आंसुओं पर उन्होंने कटाक्ष नहीं किया।

वह स्थान अब तक ऊंची-नीची अवस्था में खुदा पड़ा था। गरीबों को सताने का यह चिह्न इसी मार्ग में कितनी बार तो उसकी आंखों के तले पड़ा है; किन्तु आज उसीको देखकर उसकी दोनों आंखों में आंसू भर आए। उसने मन-ही-मन कहा—आह! न जाने कितनी हानि हो गई है। कितने ही छोटे-छोटे बाल-बच्चों को शायद पेट-भर दोनों समय खाने को भी नहीं मिल पाता। मनुष्य यह सब क्यों करता है? उस स्थान को अंधकार में ही क्षण-भर ध्यान से देखकर उसने कहा, हाथ में यदि रुपये होते तो कल ही कारीगर लगाकर इसे पक्का बंधवा देता; हर साल इसके कारण फिर उनको दुःख-कष्ट न उठाना पड़ता। अच्छा, इसमें कितने रुपये लगेंगे?

जीवानन्द आज बिना शराब पिए ही घर से निकला था। अपनी आज की इस मानसिक दुर्बलता का कारण उसने समझा; वेदना के बीच क्यों आज बिना किसी कारण के केवल रुलाई उभर-उभर उठती है, इसका भी कारण समझने में देर न लगी।

कुछ दूर आगे बढ़कर, रास्ता छोड़कर, जो पगडंडी मैदान के ऊपर से कोण बनाती हुई चण्डीगढ़ के दक्षिण की ओर घूम गई है, अंधकार में उसी पर उसने पैर बढ़ाया। रास्ता लम्बा और ऊबड़-खाबड़ था, कदम-

कदम पर उसे बाधा आने लगी। किन्तु धक्का खाकर, ठोकर खाकर मार्ग में चलते-चलते वेदना को प्राप्त चित्त का अन्तराल कब ईंट, काठ, चूने और सुर्खी की चिन्ता से परिपूर्ण हो उठा, वह जान ही नहीं पाया। चीज कुछ भी नहीं है, छोटी-सी एक पुलिया। बीजगांव के जमींदार के लिए तो उससे बढ़कर तुच्छ चीज और कोई नहीं हो सकती। उसे तैयार कराने में न कारीगरी है, न ही सुन्दरता। तो भी एक शिल्प-सौंदर्यहीन वस्तु ही जैसे कितने ही दुखियों के सुख-दुःख के साथ मिलकर उसके मन में आज एक नये रस से भरकर असाधारण होकर दिखाई दी। उसने मन में उसे किसे कितने ही प्रकार से तोड़ा और बनाया। वह जैसे तैयार ही नहीं होना चाहती थी। वह यह बात भी नहीं भूला कि यह सब खाली उसके मन का क्षणिक विचार-भर है, सत्य वस्तु नहीं है, कल दिन के समय इसका चिह्न मात्र नहीं रहेगा - उत्सव के बीच गोपन शोक की तरह वह कहीं पर जैसे बिंधी ही रही। लेकिन रात-भर के लिए इस लड़कपन को वह किसी प्रकार भी छोड़ नहीं सका—विचार का धक्का देकर कल्पना के बाद कल्पना को वह बराबर जोड़ता चलने लगा।

सहसा काले आकाश-पट में चण्डी-मन्दिर का शिखर दिखाई दिया। छोटा दरवाजा उस समय भी खुला पाकर चुपचाप उसने भीतर प्रवेश किया। देवी की आरती समाप्त हुए देर हुई। मंदिर का दरवाजा बन्द था। सारे आंगन में घोर अंधकार था केवल नाटक मंदिर में एक किनारे टिमटिमाता हुआ एक दीपक जल रहा है। जीवानन्द ने पास जाकर देखा, चार-पांच आदमी मच्छरों के भय से मुंह ढके चादर ओढ़े मो रहे हैं। केवल एक आदमी खम्भे की आड़ में चुपचाप बैठा माला जप रहा है।

जीवानन्द उसके पास आकर बैठ गया। पहले तो उस आदमी को कुछ भय और संकोच का अनुभव हुआ; किन्तु वह भाव टिका नहीं और देखते-ही-देखते अन्धकार में उस निर्जन निस्तब्ध देवमन्दिर के एकान्त स्थान में एक पराक्रमी जमींदार और एक दीन गृहहीन भिक्षुक के सुख-दुःख की चर्चा एकदम घनिष्ठ हो उठी। यात्री का नाम उमाचरण है। जाति का केवट है। घर पहले मानभूम जिले के काशीघाट गांव में था। गांव में अन्न नहीं है, दवा-दारू करने वाला कोई वैद्य-डाक्टर नहीं। वह गांव, जिनकी दान में प्राप्त सम्पत्ति है, वह पछांह के किसी शहर में वकालत करते हैं। जमींदार और प्रजा में प्रीति नहीं है, सम्बन्ध नहीं है, है केवल शोषण

करने का पुश्तैनी अधिकार। इसी फागुन के अन्त में हैजा से उसकी स्त्री मर गई है। दो जवान हट्टे-कट्टे कमाऊ बेटे एक-एक करके आंखों के सामने चिकित्सा के बिना तड़प-तड़पकर मर गए हैं; वह कोई उपाय नहीं कर पाया। अन्त को वह अपना टूटा-फूटा पुराना घर अपनी एक विधवा भतीजी को दान करके हमेशा के लिए घर छोड़कर चला आया है। इस जीवन में अब उसके लौटने की आशा नहीं है।

इतना कहकर वह बच्चे के समान बिलख-बिलखकर रोने लगा।

जीवानन्द ने कहा, "अरे भाई; यह दुनिया बहुत बड़ी है। यहां कहां कौन किस दशा में है, कुछ कहा नहीं जा सकता।"

इसके मतलब को अच्छी तरह समझने लायक शिक्षा या शक्ति इस मामूली आदमी के पास नहीं थी। जीवानन्द ने स्वयं भी इसकी आशा नहीं की। किन्तु वह रुक भी नहीं सका। उसके आंसुओं से भीगे कण्ठ-स्वर को अपूर्वता ने उसके कानों में ऐसा अमृत डाला कि वह इस लोभ को संभाल नहीं सका। कहने लगा, "दुःखी लोगों की कोई पृथक् जाति नहीं है दादा, और दुःख का भी कोई बंधा हुआ मार्ग नहीं है। ऐसा होता तो सभी उसे बचाकर चल सकते। भरभराकर जब दुःख सिर पर आ पड़ता है, तभी मनुष्य को उसका पता चलता है। किन्तु उसका आना-जाना किस मार्ग से होता है, यह आज तक कोई खोज नहीं पाया। मेरी सब बातें तुम समझोगे नहीं भाई, लेकिन संसार में तुम अकेले नहीं हो—कम-से-कम तुम्हारा एक साथी तुम्हारे पास ही है, तुम उसे पहचान नहीं पाए। "वह आदमी चुप हो रहा। बात भी नहीं समझा, साथी है—यह भी जान न सका। जीवानन्द उठकर खड़ा हो गया। बोला, "तुम माता का नाम ले रहे थे भाई, मैंने उसमें बाधा डाली। फिर शुरू करो। मैं जाता हूं, कल इसी समय शायद फिर मुलाकात हो।"

उस आदमी ने कहा, "अब तो भेंट न होगी बाबू! मैं यहां पांच दिन से हूं—कल सवेरे ही चले जाना पड़ेगा।"

जीवानन्द ने आश्चर्य से कहा, "चले जाना पड़ेगा? लेकिन अभी जो तुमने कहा कि तुम्हारा पैर अच्छा नहीं हुआ—तुम खड़े नहीं हो पाते?"

उसने कहा, "मैया का मन्दिर अब जमींदार का है। हुजूर की आज्ञा है कि तीन दिन से अधिक अब कोई रहने नहीं पावेगा।"

जीवानन्द ने हंसकर कहा, "भैरवी अभी गई नहीं, इस बीच में हुजूर

की आज्ञा लागू हो गई? मां चण्डी का भाग्य अच्छा है!...."

इतना कहकर उसे एकाएक बात याद आ गई। उसने उत्सुक होकर पूछा, "अच्छा, अतिथियों की सेवा कैसी हुई? क्या खाया भाई?"

उसने कहा, "जिनको आए तीन दिन नहीं हुए, उन्होंने मैया का प्रसाद पाया।" जीवानन्द ने पूछा, "और तुमने? तुम्हें तो तीन दिन से अधिक हो गए?"

आदमी भला था। सहसा निन्दा करना उसका स्वभाव नहीं। बोला, "ठाकूर दादा क्या करें; राजा बाबू की आज्ञा नहीं है न?"

"ऐसा ही होगा।" कहकर एक निःश्वास छोड़कर जीवानन्द चुप हो रहा। खूब सम्भव है, आप से आए हुए यात्रियों के सम्बन्ध में पहले से ही ऐसा एक नियम था; लेकिन षोडशी उसे मानकर चल नहीं पाती थी। इसी समय तारादास और एक कौड़ी नन्दी दोनों ने मिलकर जमींदार के नाम से वह व्यवस्था अक्षर-अक्षर पूर्ण करने का प्रयत्न किया है। यही अगर हो तो अभियोग करने का—दोष देने का बहुत अधिक कारण नहीं है; किन्तु जीवानन्द के मनने इसे किसी प्रकार स्वीकार करना नहीं चाहा। भीतर से वह बार-बार कहने लगा कि ऐसा हो ही नहीं सकता! ऐसा हो ही नहीं सकता! भूखे को भोजन देने की विधि-व्यवस्था क्या! यह जो भूख से पीड़ित अतिथि यहां निराहार बैठा हुआ है, उसकी भूख को ये किस नियम से बांध रखेंगे?

चुपके से, अलक्ष्य भाव से, जीवानन्द मन्दिर के बाहर निकल आया, तब जान पड़ता है, रात दो पहर बीत चुकी थी। निर्मल काला आकाश ठसाठस तारों से भरा था, नक्षत्रों के उस प्रकाश से भरकर अदृश्य आलोक के आभास ने अंधेरे मार्ग की मिट्टी को धूसर वर्ण बना दिया था। उसीमें बीच-बीच इधर-उधर बिखरे हुए कठिन मिट्टी के टीले, पथ-श्रान्त पथिक के समान कितने समय से चुपचाप बैठे हैं, इसका कोई पता नहीं है। उन्हीं में से एक के पास जाकर व: ठीक वैसे ही धूल के ऊपर बैठ गया। सामने ही एक परती जमीन के एक किनारे षोडशी की कुटी है। वृक्ष की आड़ में स्पष्ट दिखाई न देने पर भी उसे जान पड़ा, जैसे बहुत-से आदमी कतार बांधकर उससे निकले और कुछ ही दूर जब वे चले गए, तब उनकी बातचीत से इतना जान लिया कि षोडशी की बैलगाड़ी आ गई है और क़ल बहुत सवेरे ही वह चण्डीगढ़ छोड़कर चली जाएगी। भक्त गणों

का दल उसकी चरणरज लेकर अपने घर लौटा जा रहा है।

षोडगी को रोकने का कोई भी मार्ग नहीं है, वह सुनेगी भी नहीं—इन कई दिनों में इतना जीवानन्द ने उसे जान लिया है। किन्तु उसका मन वेदना से भर उठा। जाने-अनजाने षोडशी के विरुद्ध जितना अन्याय उसने किया है, एक-एक करके उन बातों को इतने दिन बाद गिनकर उनकी सूची बनाना असम्भव है। किन्तु उन सब अगणित अत्याचारों की समष्टि आज उसकी आंखों के आगे स्तूपाकार हो उठी, उसे हटाकर रखने का स्थान उसे कहीं नहीं दिख पड़ा। जिसे स्त्री स्वीकार करने में उसे लज्जा मालूम पड़ी; उसीको गणिका के रूप में चाहने की शैतानी उसने कहां से पाई थी, यह वह सोच न पाया। आज उसका सारा हृदय एकाग्र मन से षोडशी को चाह रहा है, यह उसके अधिकार का दावा है; और चिरकाल तक उसीकी उपेक्षा करके—अपमान करके, मिथ्या के ऊपर मिथ्या जमा करके उसने अपने और उसके बीच में जो दीवार खड़ी कर ली है, आज उसे लांघने का अब कोई मार्ग भी नहीं है।

एकाएक सामने ही उसने देखा कि एक आदमी फुर्ती से चला जा रहा है। अन्धकार में भी उसे पहचानने में देर नहीं हुई। उसने पुकारा, "अलका!" षोडशी चौंककर खड़ी हो गई। आवाज सुनते ही उसने समक्ष लिया था कि यह जीवानन्द है। जरा पास आकर तीखे स्वर में पूछा, "आप यहां क्यों बैठे हैं?"

जीवानन्द उठकर खड़ा हो गया। बोला, "क्या जानें, ऐसे ही बैठा था। तुम जाने के पहले देवी को प्रणाम करने जा रही हो न? चलो मैं भी तुम्हारे साथ चलूं।" इस एक ही दिन के भीतर उसके कण्ठ-स्वर में कैसा अद्भुत परिवर्तन हो गया है! षोडशी विस्मय से मौन हो रही। क्षण-भर बाद बोली, "मेरे साथ जाने में खतरा है, यह तो आप जानते हैं?"

जीवानन्द ने कहा, "जानता हूं किन्तु मेरी ओर से बिलकुल नहीं है। आज मैं अकेला और बिलकुल निहत्था हूं—कोई शस्त्र मेरे पास नहीं है। एक छड़ी भी साथ नहीं है।" षोडशी ने कहा, "यह मैं सुन चुकी हूं। प्रफुल्ल बाबू आपको ढूंढ़ने निकले थे, उन्हीं से सूचना मिली कि आप निरस्त्र ही अकेले घर से निकले हैं, और···"

जीवानन्द ने कहा, "और सनक में शराब पिए बिना ही निकल पड़ा हूं, यही न?" षोडशी ने कहा, "जी हां। किन्तु चण्डीगढ़ में यह काम आप

फिर भविष्य में न कीजिएगा।"

जीवानन्द ने कहा, "यह काम मैं रोज करूंगा, और जब तक जीता रहूंगा—करूंगा। प्रफुल्ल ने तुमसे इतनी बातें कहीं, और यह नहीं कही कि इस जीवन में और चाहे जो कुछ क्यों न स्वीकार करूं, पर यह बात मैं एक दिन भी अब स्वीकार न करूंगा कि मेरा कोई शत्रु है।"

षोडशी मौन होकर खड़ी रही। कोई युक्ति लेकर तर्क नहीं किया। जीवानन्द के चेहरे के भाव का अन्धकार में वह देख न पाई, किन्तु उसका अद्भुत कण्ठ-स्वर आधी रात में, उस सुनसान मैदान के बीच उसके दोनों कानों में भरकर एक अद्भुत सुर में बजने लगा। कुछ देर बाद उसने कहा, "मेरे साथ मन्दिर जाकर आपको क्या लाभ होगा?"

जीवानन्द ने कहा, "कुछ नहीं। केवल जब तक तुम यहां हो, तुम्हारे साथ रहूंगा और जब जाने का समय होगा, तब तुमको गाड़ी पर चढ़ाकर मैं घर चला जाऊंगा।" षोडशी तुरन्त कुछ उत्तर न दे सकी। जीवानन्द ने कहा, "जाने के दिन अब तुम मुझपर अविश्वास न करो अलका! मेरे जीवन का मूल्य तुम जानती हो शायद अब फिर भेंट भी न होगी। मुझ पर तुम कितनी ही प्रकार से दया करती रही हो—अपने अन्तिम दिन तक मैं उन्हीं सब बातों को याद करता रहूंगा।" षोडशी ने कहा, "अच्छा, आइए।"

यह कहकर वह आगे बढ़ी। लगभग दो मिनट चुपचाप चलने के बाद जीवानन्द ने कहा, "लोग कहते हैं, वह दया के योग्य नहीं है। अच्छा अलका, दया के लिए भी योग्यता-अयोग्यता क्या है? दया जो करता है, वह तो अपने ही स्वार्थ से करता है। नहीं तो दया पाने की योग्यता मुझमें थी, इतना बड़ा दोषारोपण तो मेरा बड़े से बड़ा शत्रु भी नहीं कर सकता, तुम तक नहीं कर सकोगी।" षोडशी ने कोमल स्वर में कहा, "मुझसे बढ़कर शत्रु आपका शायद संसार में और कोई नहीं है?"

जीवानन्द ने कहा, "ना।"

मन्दिर में प्रवेश करने के बाद जीवानन्द एकाएक कह उठा, "मजा देखो अलका, जिनके अपने लिए अन्न नहीं है, संसार में वे ही दूसरे के अन्न में सबसे बड़ी बाधा हैं।"

षोडशी के जिज्ञासापूर्ण मुख के घूमकर देखते ही जीवानन्द ने कहा, "मैं अब तक इसी मन्दिर में बैठा था। भैरवी नहीं हैं, अब जमींदार ही

कर्ता-धर्ता हैं। इसीसे हुजूर का नाम लेकर इसी बीच में यात्रियों के ऊपर तीन रात ही ठहरने का नियम लागू हो गया है। तुम्हारा वह जो लंगड़ा अतिथि है, जिसे तुमने पैर न ठीक होने तक ठहरने की अनुमति दी है, उसीके मुख से सुना कि हुजूर के कड़े हुक्म से आज उसका खाना-पीना बन्द है। वह बेचारा भूखा बैठा चण्डी का नाम जप रहा था—हुजूर का कल्याण हो, कल सवेरे ही वहां से चले जाना पड़ेगा अब—उनके दोनों पैर रहें चाहे न रहें।"

षोडशी ने कहा, "जान पड़ता है, मेरे बाप ने हुक्म दिया है?"

जीवानन्द ने कहा, "केवल तुम्हारे बाप ने क्यों, गरीब-दुखियों के ऊपर दया करने को अनेक बाप ही इस गांव में हैं, और हुजूर की कार्ति तो स्वर्ग-पृथ्वी सब स्थान पर छा गई। उस आदमी के पास बैठे-बैठे यही सोच रहा था अलका, कि तुम्हारे जाने के बाद संन्यासिनी के आसन पर बैठकर इन सब दुष्टों की मण्डली जो ताण्डवकाण्ड करेगी, जो नंगा नाच नाचेगी, उसे मैं किस प्रकार संभालूंगा?" षोडशी चुप हो रही। जीवानन्द आप भी बहुत देर तक मौन रहकर मन-ही-मन जाने क्या-क्या सोचने लगा। अकस्मात् वह कह उठा, "मुझे तुम्हारी बड़ी आवश्यकता है अलका! दो दिन भी क्या और तुम्हारा रहना नहीं हो सकता?"

षोडशी ने केवल शान्त स्वर में कहा, "नहीं।"

इसके बाद वह उठकर बन्द मन्दिर के द्वार पर बड़ी देर तक प्रणाम-प्रार्थना करके लौट आई, तब जीवानन्द ने कहा, "और एक दिन ही सही?" षोडशी ने कहा, "ना।"

जीवानन्द ने कहा, "तो फिर मेरा सब अपराध यहीं खड़े होकर आज क्षमा कर दो।" षोडशी ने कहा, "लेकिन क्षमा की क्या आपको बहुत आवश्यकता है?"

जीवानन्द ने क्षण-भर सोचकर कहा, "इसका उत्तर देने की शक्ति आज मुझमें नहीं है। इस समय केवल यही विचार मेरे सारे मन में छाया हुआ है अलका, कि क्या करने से मैं तुमको और एक दिन भी रोक रख सकता हूं। ओह—जिसका अपना मन पराये हाथ चला जाता है, जान पड़ता है, संसार में उससे बढ़कर निरुपाय और कोई नहीं है। मुझे सबसे बड़ा दुःख यह है कि लोग जानेंगे, मैंने ही तुमको सजा दी है, तुमने उसे सहन किया है और चूपचाप चली गई हो। तुम जाने से पहले अपनी मां

चण्डी को यह जताए जाओ कि इससे बड़ा झूठ और नहीं है।"

षोडशी कोई उत्तर न देकर बाहर आने को तैयार हुई। जीवानन्द ने दोनों हाथ फैलाकर कहा, "अपने देवता के सामने खड़े होकर आज यह बात मुझसे कह दो कि क्या करने से मैं तुमको केवल एक दिन रख सकता हूं? उसके बाद तुम···"

षोडशी ने पीछे हटकर कहा, "चौधरी महाशय, आपके पायक-प्यादे क्या कोई नहीं हैं जो इतनी अनुरय-विनय कर रहे हैं? आप तो जानते हैं, मैं किसीसे शिकायत नहीं करूंगी।"

जीवानन्द मार्ग छोड़कर उठ खड़ा हुआ। उसने क्रोध नहीं किया, पलटकर चोट नहीं की। विनय के साथ धीरे-धीरे कहा, "तुम जाओ, असंभव के लोभ में पड़कर अब मैं तुमको पीड़ित नहीं करूंगा—नहीं दबाऊंगा। मेरे पायक-प्यादे सभी है अलका, लेकिन जो आप से पकड़ाई न देगा, उसे जोर-जबर्दस्ती से पकड़कर उसका बोझ लादे घूमने का शौक अब मेरे शरीर में नहीं है।"

षोडशी ने रास्ता छोड़ा हुआ पाकर भी आगे पैर नहीं बढ़ाया। बोली, "मैं कहां जा रही हूं, यह कौतूहल अब आपको नहीं है?"

जीवानन्द ने कतु, "कौतुहल? जान पड़ता है, उसकी सीमा नहीं है—लेकिन उसमें ज्वाला नहीं है अलका! मैं केवल यही कामना करता हूं कि वहां तुमको कोई कष्ट न दे। तुम्हारे ऊपर जो लोग प्रसन्न हैं वे तुमको पूरी तरह भूले रह सकें।"

एकाएक उसका गला रुध आया; किन्तु उसने अपनी इस दुर्बलता को प्रथय नहीं दिया। क्षण-भर में अपने को संभालकर कहा, "मैं जानता हूं कि जो आदमी अपनी इच्छा से त्याग कर जाता है, उससे लड़ाई नहीं लड़ी जा सकती। तुमने जिस दिन हम लोगो के हाथ में चाबी दे दी, उसी दिन हम सब लोग तुमसे हार गए। तुम्हारे बल की आज सीमा नहीं है। तो भी मनुष्य का मन नहीं मानता। जब तक—जितने दिन जीता रहूंगा, मेरी यह आशंका कभी नहीं मिटेगी।"

षोडशी ने उसी जगह माथा टेककर प्रणाम किया और जीवानन्द के पैरों की धूल माथे से लगाकर कहा, "आपके निकट मेरा यह एकान्त अनुरोध है कि···"

जीवानन्द ने कहा, "क्या अनुरोध है अलका?"

षोडशी ने क्षण-भर चुप रहकर कहा, "उसे आप जानते हैं।"

25

खाना समाप्त होने पर बाहर आकर षोडशी ने जीवानन्द के हाथ धुलाए। उसके पास एकमात्र गमछा था जो पहले ही पोटली बांधने के काम आकर गाड़ी पर पहुंच चुका था, अतएव अपनी धोती का आंचल जीवानन्द के हाथ में देकर उसने कहा कि यह लीजिए।

जीवानन्द ने हाथ-मुंह पोंछकर कहा, "तुम यह और किसी को नहीं दे पाती अलका!" षोडशी ने अपना आंचल खींचकर सिर झुकाए हुए केवल इतना ही कहा, "घर में आकर और जरा बैठिए। सब समझकर निकल पड़ने में अब और अधिक देर न होगी। मुझे गाड़ी पर बिठाकर तब आप जा सकेंगे।"

जीवानन्द ने कहा, "अर्थात तुमको निर्वासित करने का काम पूरा करके ही जा सकता हूं? अच्छी बात है, मैं वही करके जाऊंगा। लेकिन तुम्हें भी एक काम करना होगा। अपने किए कर्म का फल मैं नहीं भोग करूंगा, तो और कौन करेगा; वह शिकायत मैंने एक बार भी किसी के आगे नहीं की। किन्तु जाने के समय तुम्हारे निकट केवल इतना ही चाहूंगा कि मैं इससे अधिक और दुःख न पाऊं।"

इतना कहकर उसने घर के भीतर आकर केवल जेब से वही चिट्ठी निकालकर षोडशी के हाथ में देकर कहा, "दिन भर तुमने कुछ खाया-पिया नहीं, अब कुछ मुंह में डाल लो, मैं तब तक अन्धकार में घूम आऊं। ठीक समय पर आऊंगा।"

इतना कहकर वह जैसे बाहर जाने लगा, वैसे ही तुरन्त पलक मारते ही षोडशी दरवाजा रोककर खड़ी हो गई। इतनी बातों के बीच भी जो इस पर दुःख-विमुख आत्म-सर्वस्व आदमी ने उसके खाने जैसी मामूली बात का खयाल रखा, यह जानकर उसे जैसे किनी ने सुई चुभो दी। हाथ की चिट्ठी पर दृष्टि डालकर उसने पूछा, "यह चिट्ठी तो मुझी को लिखी गई है। आपके सामने ही क्या मैं यह नहीं पढ़ सकती?"

जीवानन्द ने कहा, "पढ़ सकती हो किन्तु इसकी कोई आवश्यकता नहीं है। इसका उत्तर देने की आवश्यकता न होगी। मुझे दुःख से बचाने के लिए उससे कहीं अधिक दुःख तुमने आप ग्रहण किया है। नहीं तो

इस तरह शायद तुमको यहां से जाना भी न पड़ता। मेरा अन्तिम अनुरोध इसमें लिखा हुआ है, उसे यदि रख सको तो इससे बढ़कर आनन्द की बात मेरे लिए और नहीं है।"

षोडशी ने कहा, "तो इसे पढ़ू?"

जीवानन्द चुप रहा। षोडशी ने उस कागज को खोलकर झुककर वह कई पंक्तियों का छोटा-सा लेख एक सांस में पढ़ डाला और निर्वाक् निश्चल होकर खड़ी रही। भीतर लिखा था, "फकीर साहब, षोडशी का असल नाम अलका है। वह मेरी धर्म-पत्नी है। आपके कुष्ठाश्रम के कल्याण की कासना करता हूं; किन्तु आप उससे कोई छोटा काम न कराइएगा। आश्रम की स्थापना जहां आपने की है, वह गांव मेरा नहीं है; किन्तु उससे लगा हुआ शैवालदीघी गांव मेरा है। इस गांव का मुनाफा पांच-छ: हजार रुपये है। आपको मैं जानता हूं। किन्तु आपके न रहने पर पीछे कोई उसे निरुपाय समझकर उसकी मर्यादा की हानि न करे, इस भय से आश्रम के लिए ही यह गांव मैं उसे देता हूं। आप स्वयं एक दिन कानुन का पेशा करते थे, इस दान को पक्का करके लेने के लिए जो कार्रवाही आवश्यक हो, वह कर लीजिएगा। उसका खर्च मैं दूंगा। कागज-पत्र तैयार करके भेजने पर मैं दस्तखत करके रजिस्ट्री करा दूंगा।—श्री जीवानन्द चौधरी

षोडशी ने बाहर जाकर जल्दी से आंखें पोछ डालीं फिर लौटकर कहा, "तुमसे इतनी खबर कहां से पाई? और कुष्ठाश्रम की दासी होकर जा रही हूं—यही तुमने कैसे जाना?"

जीवानन्द ने कहा, "कृष्ठाश्रम की बात बहुत लोगों को मालूम है। और तुम्हारी बात? आज ही देवता के स्थान में खड़े होकर जो लोग कसम खा गए, जिनकी बात अपने कानों से सुनकर भी जिन्हें अन्धकार में मैं पहचान नहीं सका, उनको तुमने कैसे जान लिया?"

षोडशी इसका ठीक उत्तर न दे पाकर एकाएक कह उठा, "तुम्हारा क्या अब संसार से मन उचट गया है। सब बांट-बूंटकर नष्ट करके क्या नुम संन्यासी बनकर चले जाना चाहते हो?"

प्रश्न दोनों के कानों में अनोखा ही सुनाई पड़ा। दोनों को अद्भुत लगा। किन्तु देखते ही वह न जाने कैसे उत्तेजित हो उठा। बोला, "मैं संन्यासी हूं? बिलकुल झूठ। संसार में मैं अब कुछ भी नष्ट न कर सकूंगा। यहां मैं जीना चाहता हूं। मनुष्यों के बीच में एक मनुष्य की तरह जीना

चाहता हूं। मुझे घर चाहिए, गिरस्ती चाहिए, स्त्री चाहिए, लड़के-बाले चाहिए और मरण को जिस दिन रोक न सकूंगा, उस दिन उसकी आंखों के सामने ही यहां से चले जाना चाहता हूं। मेरा बहुत कुछ जा चुका है—कितना गया है, सुनकर—तुम चौंक पड़ोगी—किन्तु मैं अब और अपनी हानि नहीं कर सकूंगा।" षोडशी डरते-डरते धीरे-धीरे बोली, "लेकिन मैं तो संन्यासिनी हूं। दुनिया में औरतों की कमी नहीं—किन्तु इसके भीतर मुझे क्यों लपेटना चाहते हो?"

जीवानन्द चुप रहा। दुनिया में स्त्री की कमी है या नहीं, यह बात कहने का साहस जिसे हुआ, उससे वह और क्या कहे?।

गाड़ीवान ने बाहर के सहन से जल्दी करते हुए कहा, "मां, रात बीतने में और तड़का होने में अब देर नहीं है!"

"चलो भैया; चलती हूं,' कहकर षोडशी बाकी बचा हुआ तेल दीपक में डालकर उसकी क्षीण ज्योति को बढ़ाकर बाहर निकल आई। घर में ताला बन्द करने की आवश्यकता नहीं थी, जीर्ण द्वार में केवल जंजीर चढ़ाकर गले में आंचल डालकर उसने जीवानन्द के पैरों के पास धरती पर माथा टेककर प्रणाम किया, फिर उसके पैरों की धूल माथे से लगाकर कहा, "मैं जाती हूं।"

जीवानन्द ने कहा, "कुछ खाया-पिया नहीं?"

षोडशी ने कहा, "ना। मेरी प्रजा जानती है कि मैं सवेरे के समय यात्रा करूंगी;उनके आ जाने के पहले ही मुझे यहां से चले जाना चाहिए।" फिर जरा हंसकर कहा, "एकआध दिन न खाने से तो मैं मर नहीं जाऊंगी।" साथ-साथ आकर जीवानन्द ने उसे गाड़ी पर चढ़ा दिया। गाड़ी हांकने पर षोडशी के कान के पास मुंह ले जाकर जीवानन्द ने कहा, "तुम्हारी मां ने एक दिन तुमको मेरे हाथ में दिया था, तो भी तुमको मैंने नहीं पाया। लेकिन उस दिन कोई मुझे तुम्हारे हाथ सौंप देता तो आज जान पड़ता है, तुम अन्धकार में इस प्रकार छोड़कर नहीं जा सकती थीं।"

इसका जवाब षोडशी को ढूंढ़े नहीं मिला। खाली इन बातों की एक अव्यक्त, असीम व्याकुल ध्वनि उसके कानों में भर गई। गाड़ी मोड़ में घूमने के पहले भी उसने मुंह घुमाकर देखा, शेष रात्रि के घने अंधकार में ठीक उसी जगह जीवानन्द उसी तरह मौन होकर खडा हुआ है।

पौ फटने में उस समय अधिक देर न थी। जीवानन्द खेतों के उसी

मैदान की राह से, अपने घर को लौटा। कुछ देर से एक अस्फुट कोलाहल उसके कानों में पड़ रहा था, कुछ दूर आगे बढ़ते ही सामने के आकाश में उषाकाल की लाल आभा के समान लाल रंग का प्रकाश उसे दिख पड़ा और चलने के साथ-ही-साथ वह शब्द और वह प्रकाश उत्तरोत्तर बढ़ने लगा। अन्त को पास आकर उसने देखा कि बहुत-से लोगों की चिल्लाहट और दौड़-धूप के बीच बीजगांव के जमींदारों का प्रमोद भवन, नाना की बड़ी ही साधा शान्ति कुंज आग में जलकर राख का ढेर होने में अब अधिक देर नहीं है।

26

भय-भय ही में दिन कटने लगे। चाहे जिस तरह से दिन कट गए; किन्तु इसी बीच एक ऐसी बात हुई, जिसे सोचकर पार पाने का कोई मार्ग नहीं रहा। अदालत का परवाना आ पहुंचा। मौरूसी और अन्यान्य प्रजाओं ने एकमाथ जमींदार और राय के नाम नालिश की है। जिस जमीन को इन दोनों ने एकसाथ ईख की खेती और गुड़ बनाने का कार-खाना खोलने के लिए मदरासी साहब के हाथ बेच दिया था, उसी को रद्द करने के लिए अर्जी दी गई है। खबर आई है कि कोर्ट के प्रस्ताव और इशारे से स्वयं कलेक्टर साहब मौके पर आकर जांच कर जाएंगे। बहुत रुपयों का मामला है, अतएव एककौड़ी के साथ जाल रच करके उन्होंने बहुत-से जाली दस्तखत बनाए हैं। अनेक बन्धकी तमस्सुक और कागजात तैयार किए हैं। एक की जायदाद दूसरे के हाथ बेचने के जितने प्रकार के हथकंडे हैं, सब अपनाए हैं। मानस नेत्रों से वह सब देखकर बदुत देर तक वह स्थिर होकर बैठे रहे, किन्तु इससे भी बढ़कर एक बड़ी बात यह है कि इन सब दीन-हीन, भूखे, अपद, मतप्राय किशानों को इतना बड़ा साहस कहां से मिला कि वे गांव के भीतर रहकर भी इस दुर्दान्त जीवानन्द चौधरी और जनार्दन राय के नाम नालिश कर बैठे? जीवन के अधिकांश समय में जो लोग पेट-भर खाने को नहीं पाते, जाड़े की रातें जो बैठे-बैठे काटते हैं, बीमारी या महामारी के दिनों में जो कुत्ते-बिल्ली की मौत मरते हैं, बुआई के दिनों में जो लोग एक मुट्ठी बीज के लिए उसके द्वार पर पड़े हत्या देते हैं, उन्होंने अदालत का द्वार खटखटाने के लिए रुपया कहां से पाया? यह दुर्बुद्धि उन्हें किसने दी? वह क्या इन लोगों से यह सीधी-

सी बात नहीं कर सका कि जिला अदालत ही तो नहीं है, हाईकोर्ट नाम की एक बड़ी अदालत भी है; वहां जीवानन्द-जनार्दन को फांदकर सागर कभी नहीं जीत सकता। अंग्रेजों का न्यायालय धनी लोगों के लिए बना है, गरीबों के लिए नहीं। उनके पास पैसा है, सामर्थ्य है, बैरिस्टर दामाद है, विश्वस्त वकील-मुख्तार हैं—और, और भी न जाने कितना क्या सुविधा-सुयोग है। यह सब आप ही अपने से कहकर जनार्दन राय शक्ति और साहस संचय करने का प्रयत्न करने लगे; किन्तु कुछ विशेष सुविधा उससे नही हुई। कारण, यह तो खाली रुपये-पैसे, जमीन-जमा की बात नहीं है, कोरा खरीदना-बेचना नही है। इसके उपलक्ष्य में उन्होंने जो सब असाधारण कार्य सम्पन्न कराए हैं, उसके फलस्वरूप पिनलकोड या फौज-दारी दण्डविधि की पुस्तक के पन्ने-पन्ने में जो सब कठिन वाक्य लिखे हैं, उनका निष्ठुर चेहरा आड़ में से उन्हें अत्यन्त भयभीत करने लगा। अपनी सुदीर्घ अभिज्ञता से राय महानय जानते थे कि यह खबर चारों ओर फैलाना शेष नहीं है, इसी से दिन का समय किसी तरह काटकर रात के अंधकार में उन्होंने एककौड़ी को बुला भेजा और जमींदार-सरकार से उसके विरोध में क्या उपाय हो रहा है, यह भी पूछा। एककौड़ी ने कहा, "हुजूर के सामने तो अभी तक पेश भी नहीं किया गया।"

जनार्दन राय ने बिगड़कर कहा, "पेश नहीं किया तो अब जाकर करो। इस बुढ़ापे में क्या जेल काटूंगा?"

उसकी शंका और व्याकूलता देखकर एककौड़ी ने हंसकर कहा, "भय क्या है राय महाशय! जेल काटनी होगी तो मैं काटूंगा, आप लोगों को जेल न जाने दूंगा। लेकिन इस गरीब के ऊपर नजर रखिएगा, भूलिएगा नहीं।"

जनार्दन ने प्रसन्न होकर कहा, "सो तो मैं जानता हूं एककौड़ी, तुम्हारे रहते कोई डर नहीं है। तुम जो समझते हो, वकील का बाप भी उसे नहीं समझता। लेकिन जानते तो हो सब। के० साहब स्वयं तस्दीक के लिए आ रहा है। साला बड़ा बदमाश है। भई, कुछ अन्दरूनी बात भी जानते हों? इन सालों को यह सलाह किसने दी, बताओ तो? रुपये किसने दिए?" एककौड़ी ने बिना किसीं संकोच के षोडशी का नाम लेकर कहा, "रुपये दिए मां चण्डी ने, और कौन देगा? इसीलिए तो वह आड़ में खिसक गई।"

जनार्दन ने पूछा, "छोकरी है कहां, बताओ?"

एककौड़ी ने कहा, "आसपास ही कहीं छिप रही है। एक दिन जान ही लूंगा।" जनार्दन ने क्षण-भर चुप रहकर कहा, "पता लगाना। यह हंगामा मिट जाए; उसके बाद।"

एककौड़ी नन्दी उस दिन वहीं भोजन आदि करके बड़ी रात बीते घर गया। अभिमान करके बोला, "उस दिन सागर सरदार के प्रसंग में आप सभी लोग हुजूर साहब को खुश करने के लिए मुंह दबाकर हंसे थे। लेकिन यदि उस दिन पुलिस को यह सूचना दे दी जाती तो आप लोगों पर यह विपत्ति न आती।"

जनार्दन ने कुछ शर्मिन्दा होकर अपनी भूल स्वीकार कर ली। तब एककौड़ी ने अपने मालिक के संबंध में एक खबर उन्हें सुनाकर कहा, "शराब पीते थे तो अच्छे थे; अब तो बात करना ही कठिन है। शूल का दर्द होता रहता है—इतने जमाने का अभ्यास ठहरा—शायद अब अधिक दिन नहीं चलेंगे।" जनार्दन विश्वास नहीं कर सके। बोले, "क्या सचमुच ही नहीं पीते?"

एककौड़ी ने सिर हिलाकर कहा, "यह सच है कि अब नहीं पीते। सूर्यदेव का पश्चिम में उदय होना भी सहज है—लेकिन क्या आप जानते हैं राय महाशय—बड़े हठी आदमी हैं—उस दिन सारे दिन दर्द रहा, रात के समय हाथ-पैर प्रायः ठंडे हो गए, डाक्टर बाबू ने हठ कर कहा—मेरा कहना मानकर कम-से-कम एक चम्मच मुंह में डाल लीजिए, नहीं तो हार्ट फेल हो सकता है। लेकिन हमारे बाबू जरा नहीं डरे। जरा हंसकर कहने लगे—इतने दिन तक वह बेचारा फेल नहीं हुआ, बराबर चला किया है; आज यदि फेल ही हो जाए तो मैं दोष नहीं दूंगा। लेकिन मैं तो जीवन-भर फेल करता आ रहा हूं, आज कम-से-कम एक दिन तो मुझे पास करने दीजिए। कोई भी पिला नहीं सका।"

जनार्दन ने आश्चर्य के साथ कहा, "अरे! कहते क्या हो?"

एककौड़ी ने कहा, "सनक सवार हुई है कि घर की मरम्मत पड़ी 'रहे, इस रुपये से मैदान के बीच में एक पुल और उत्तर की ओर एक बांध खड़ा करना होगा। इंजीनियर बाबू आए थे, हिसाब करके बोले—इतने रुपये से दस घरों की मरम्मत हो सकती है। उसका एक हिस्सा इधर लगाकर पहले घर को बचाइए। लेकिन वह किसी प्रकार न माने।

दीवानजी उनके बाप की उम्र के बढ़े आदमी हैं। वह बोले—इसमें जमींदारी रेहन हो जाएगी साहब! बाबू ने कहा—प्रजा के लोग हर साल लगान अदा करते हैं और हानि उठाकर भरते हैं। उनकी जमीन बचाने के लिए अगर जमींदारी रेहन हो जाए तो हो जाने दीजिए। यह कर्ज अदा कर दिया जाएगा।"

राय ने चुप रह अन्त में कहा, "कहीं दिमाग तो खराब नहीं हो गया?" दो दिन बाद जब जनार्दन को मालूम हुआ कि एककौड़ी ने अभी तक मामला हुजूर के सामने पेश नहीं किया, तब वह विचलित हो उठे। अपदार्थ और डरपोक कहकर मन-ही-मन उसका तिरस्कार किया। रात को उन्हें अच्छी तरह नींद नहीं आई। के० साहब यदि सहसा सूचना भेजकर मौके पर आ पहुंचे तो विपत्ति की सीमा नहीं रहेगी। सब ओर तैयार न रहने से क्या हो जाएगा, कुछ कहा नहीं जा सकता। उन्होंने ठीक किया कि दूसरे दिन मुलाकात करके वह आप ही सब बातें निवेदन करेंगे; दूसरे के ऊपर भरोसा करके समय नष्ट करने से मरना होगा।

सवेरे एक सौ आठ बार दुर्गा का नाम जपा। श्री चण्डी माता का नाम लाल रोशनाई से कागज के ऊपर लिखकर कार्य-सिद्धि को पक्का कर लिया फिर छींक, छिपकली, खाली घड़ा आदि सब असगुनों के विरुद्ध यथेष्ट सतर्कता रखकर, अवसर देखकर चार-पांच आदमियों को साथ लेकर उन्होंने जमींदार से मिलने के लिए यात्रा की। किन्तु अधिक दूर आगे नहीं बढ़ना पड़ा, पांच-छ: आदमियों ने दौड़ते हुए आकर जो सूचना दी, वह जैसी बुरी थी वैसी ही अप्रत्याशित। बड़े रास्ते के ऊपर ही अधिक नहीं, दस कट्ठा (जमीन का एक नाप) के लगभग एक जगह को, कुछ समय से दखल करके राय महाशय ने घेर रखा था। उनका मतलब यह था कि दुकान यहीं उठा लावेंगे। यह सम्पत्ति चण्डीदेवी की थी और इस जमीन के लिए षोडशी के साथ राय महाशय का तर्क वितर्क भी हो गया था। लेकिन पराक्रमी जनार्दन राय को वह रोक नहीं पाई थी। इस संबंध में राय महाशय के पास एक लिखा-पढ़ी का कागज भी था; लेकिन गांव के लोग इसपर विश्वास नहीं करते थे। आज सवेरे उनकी जमीन बेदखल कर दी गई है।

जनार्दन राय ने वहां जाकर देखा, बहुत-से लोग उपस्थित हैं। शिरो-मणि महाशय, तारादास, गगन चक्रवर्ती और भी कई लोग राय महाशय

के गुट के भले आदमियों के सामने जीवानन्द चौधरी ने स्वयं आज्ञा देकर और अपने ही आदमियों के हाथों राय साहब का बंधा हुआ बेड़ा तुड़वाकर मंदिर में लगी हुई जमीन में उसे मिला लिया है। कोई विरोध करने का साहस नहीं कर सका।

जनार्दन राय ने असह्य क्रोध को दबाकर विनय के साथ कहा, "यह सब करने के पहले हुजूर मुझे इसकी सूचना तो भेज सकते थे?"

जीवानन्द ने कहा, "उसमे व्यर्थ की देर ही तो होती न? मैं जानता था कि सूचना आपके पास पहुंचेगी ही।"

जनार्दन ने कहा, "खबर पहुंची है। लेकिन एक दिन पहले पहुंचती तो शायद मामले-मुकदमे की नौबत न आती।"

जीवानन्द ने वैसे ही हंसते हुए कहा, "इसमें भी तो बाधा डालना उचित नहीं है राय महाशय! देवी की बहुत-सी सम्पत्ति भैरवियों के हाथ से बेहाथ हो गई है। अब फिर उनका हाथ-बदल होना आवश्यक है।"
जनार्दन ने सूखी हंसी हंसकर कहा, "इसमे बढ़कर सुख की बात क्या है हुजूर! सुनता हूं, सारा गांव ही एक दिन मां चण्डी का था, लेकिन इस समय···"

इस चोट से सबको मजा आया। शिरोमणि ठाकुर तो जनार्दन की वाक्‌चातुरी से प्रसन्न हो उठे। जीवानन्द के भाव में कोई परिवर्तन नहीं दिख पड़ा। उन्होंने कहा, "उसमें त्रुटि नहीं होगी राय महाशय, चण्डी माता के सब कागजात नक्शे आदि जो कुछ था, सो सब मैंने कलकत्ते में एटर्नी के पास भेज दिए हैं। किन्तु इस काम में आप लोग मददगार रहिएगा।"

शिरोमणि ने जय ध्वनि की। लेकिन बात सच होने पर कहां का पानी कहां जाकर मरेगा, यह सोचकर क्रोध और शंका से जनार्दन का मुख विवर्ण हो उठा। किन्तु इससे बहुत बड़ी जो विपत्ति उनके सिर पर लटक रही है, उसे याद करके आज वह आत्म-संवरण करके घर लौट आए। जिस तात्पर्य से वह घर से निकले थे, वह व्यर्थ हुआ। राह में चलते-चलते उनके मन में आया कि मेरे न हो, दो-एक सौ बीघे निकल जा सकते हैं। लेकिन आप जो सारा चण्डीगढ़ हड़पे बैठे हैं, उसका क्या होगा? सुतराम् उन्हें इस बारे में अब तनिक भी संदेह नहीं रहा कि यह बात बिलकुल व्यर्थ है, केवल धोखा देने के लिए ही कही गई है। घर मे घुस-

कर तमाखू भर लाने के लिए एक हुंकार छोड़कर बैठकखाने में पैर रखते ही वह चौंक उठे। एक तरफ एककौड़ी छिपा हुआ बैठा था। उसका मुंह सूखा, चेहरा उतरा हुआ था। उसे देखते ही जनार्दन राय कह उठे, "क्यों जी, तुम यहां एकाएक कैसे? तुम्हारे मालिक ने तो उधर लठबाजी की तैयारी कर दी है।" एककौड़ी ने कहा, "जानता हूं। अब हमें एक बार उसी पागल के पास दौड़कर जाना होगा।"

जनार्दन ने डरकर कहा, "क्यों, बताओ तो?"

एककौड़ी ने कहा, "छोटे लोगों को सलाह और रुपया किसने दिया है, "यह नहीं जान पाया, लेकिन इतना अवश्य पता लगा लिया कि वे हुजूर को गवाही में तलब करेंगे तो वे कुछ भी नहीं छिपावेंगे। दस्तावेज बनाने की बात तक नहीं।"

जनार्दन का चेहरा सफेद हो गया। इस आदमी की जिद का जो उस दिन उन्होंने सुना था, वह याद आ गया। मुंह से इतना ही निकला, "क्या अन्त में लंका-काण्ड कर देगा?"

तमाखू से भरी चिलम जलने लगी। नहाने का पानी ठण्डा होने लगा। जनार्दन दौड़ते हुए बाहर निकल गए। जीवानन्द उस समय मंदिर के एक टूटे मेहराब की जांच कर रहे थे और तारादास कुछ दूर पर खड़ा उनके प्रश्नों का उत्तर देता जाता था। जनार्दन राय एकदम सामने उपस्थित होकर कहने लगे, "हुजूर, सारे मामले पर एक बार विचार करके तो देखिए।"

जीवानन्द पहले समझ नहीं पाए कि किसका मामला; किन्तु उनकी अस्वाभाविक व्याकुलता और आंगन में एक ओर एककौड़ी नन्दी को देख पाकर उन्हें कल रात की बात याद आ गई। उन्होंने कहा, "लेकिन उपाय क्या है, राय महाशय? साहब जमीन छोड़ना नहीं चाहता। उसने सस्ते में खरीदी है—छोड़ने से उसकी भारी हानि भी होगी। सुतराम् यह मुकदमा जीतने के सिवा प्रजा के लिए और तो कोई मार्ग मैं नहीं देख पाता।"

जनार्दन ने आकुल होकर कहा, "लेकिन हम लोगों की राह?"

जीवानन्द ने क्षण-भर सोचकर कहा, "यह ठीक है, हम लोगों की राय बहुत भयंकर जान पड़ती है।"

उनके शान्त स्वर को सुनकर और मुख का विकाररहित भाव देखकर

जनार्दन अब अपने को संभाल नही सके। जान पर खेलकर कह उठे, "हुजूर, राह केवल दुर्गम ही नहीं है—जेल काटना होगा और मैं अकेला नहीं, आप भी शायद नहीं बच सकेंगे।"

जीवानन्द जरा हंसे। बोले, "वही यदि हो तो भला किया क्या जाए राय महाशय? शौक करके जब पेड़ रोपा गया है, तब उसके फल तो खाने ही होंगे—इसमें क्या शक है?"

27

उस दिन अदालत से लौटकर उसने हेम से सुना कि मां की चिट्ठी आई है। उन्होंने लिखा है—रात को छिपकर षोडशी हां चली गई है, कोई नहीं जानता , निर्मल ने हंसी की मुद्रा में कुछ कहा, "कोई नहीं जानता, कहां गई? मागर सरदार भी नहीं; यहां तक कि जमींदार जीवानन्द चौधरी भी नहीं?"

हेम ने कहा, "तुम्हारी बस एक ही बात है। सागर जान सकता है, लेकिन जमींदार कैसे जानेगा? औरतों के नाम एक वदनामी जोड़ने से मर्दों को जैसे बड़ा आनन्द आता है।"

"ठीक है," कहकर निर्मल बाहर जा रहा था, हेम ने बुलाकर कहा, "और भी एक बात हुई है। उसी रात जमींदार के शान्ति कुंज को किसी ने एकदम फूंक दिया है।"

निर्मल ने कहा, "कहती क्या हो?"

हेम ने कहा, "हां, ठीक कहती हैं। लोगों को संदेह है कि सागर ने जला दिया है। किन्तु जमींदार के नाम के साथ उनका नाम जोड़कर झूठी बदनामी जो सारा गांव मिलकर फैला रहा है, वह यदि सच होती तो क्या कभी जमींदार का ही घर फूंका जाता?" निर्मल चुप रहा, हेम ने कहा, "कोई कुछ भी कहे, लेकिन मैं जानती हूं, वह निर्दोष है। चण्डीमाता की ऐसी भैरवी पहले कभी नहीं रही। उनकी दया से ही तुमने लड़के का मुंह देखा है, यह जानते हो?"

इस बात का भी निर्मल ने कोई उत्तर नहीं दिया। सब घटना जानने के लिए, चिट्ठी लिखकर सब समाचार विस्तार के साथ मंगाने के लिए, उसे असीम कौतूहल था; किन्तु इस इच्छा को दबाकर वह बाहर चला गया। उसका यह प्रण था कि वहां षोडशी के सारे सम्पर्क से अपने को

अलग ही रखेगा। किन्तु दूसरे दिन सवेरा न होते ही जब ससुर का अर्जेण्ट तार आ पहुंचा और सन्ध्या की डाक से सास की चिट्ठी भी आई कि पत्र पाते ही जमाई न आ पहुंचेंगे तो अपने बूढ़े ससुर का मुंह फिर न देख सकेंगे—उन्हें जेल काटनी ही पड़ेगी, तब हेमवती रोने लगी और फिर एक बार बक्स और बिछौने बांधने की आज्ञा देकर निर्मल को अपने निजी काम का प्रबन्ध करने के लिए घर से बाहर जाना पड़ा।

दो दिन बाद हेम को साथ लेकर निर्मल चण्डीगढ़ आ पहुंचा। उसने देखा, एक भय के बीच सबके दिन कट रहै हैं। कौन कब घर-बार में आग लगा दे, इसका कुछ ठीक नहीं। चारों ओर लोग तैनात कर दिए गए हैं। राय महाशय सूखकर जैसे आधे रह गए हैं, कहीं बाहर नहीं निकलते। जमींदार जीवानन्द चौधरी का दिमाग फिर गया है। उसने शराब छोड़ दी है, जिस रुपये से जले हुए घर की मरम्मत करना उचित था, उसमे मैदान का पुल तैयार करा रहा है। लेकिन यह कोई नहीं जानता कि एकाएक किस कारण से ऐसा हुआ। इस आदमी से निर्मल बड़ी ही घृणा करता था, उसी आदमी के पास सलाह करने जाना होगा, यह सोचकर वह अत्यन्त संकुचित हुआ। मौरूसी आसामी बहुत ही खिलाफ हैं। एक तो उनका सर्वनाश हुआ है, उसपर उन लोगों की एकमात्र शुभाकांक्षिणी भैरवी माता के ऊपर जो अत्याचार हुआ है, उससे उन लोगों के क्रोध की सीमा नहीं है। उधर मद्रासी साहब की भारी हानि है। उनकी मशीनें आदि आ गई हैं। उस हानि की पूर्ति करना एक तरह से शक्ति के बाहर की बात है। उसे जमीन का दखल चाहिए ही। खास कर स्वयं अनुपस्थित रहकर जिस एटीर्नी के द्वारा वह काम चला रहा है, वह जैसा अभद्र है, उसे देखते हुए उससे किसी सुविधा की आशा नहीं है। एकमात्र भरोसे का उपाय है सब प्रतिवादियों का अपने में एकता स्थापित करना उससे पिनल कोड की उन कठिन धाराओं से बचने की सम्भावना है। अपन पक्ष के लोगों के गवाही देने से ता बचने की फिर कोई राह नहीं है; और उस पागल आदमी ने धमका रखा है कि वह हाकिम के आगे कोई बात नहीं छुपावेगा। इस बात को निर्मल हंसकर उड़ा दे सकता था, लेकिन यहां आने के बाद से उसने जो बातें सुनीं, खासकर वह शराब छोड़ने का किस्सा—हार्टफेल का भय दिखाकर भी डाक्टर जिसको एक बूंद भी नहीं पिला सका, उस भयानक हठी आदमी के दिमाग में एकाएक जो धुन

सवार हुई, उसका विवरण कौन देगा? इसलिए वह आया है इस उन्मत्त, अत्यन्त अबोध को समझाने। उसे डराना होगा या अनुनय-विनय करनी होगी क्या करना होगा, वह कुछ नहीं जानता, इस अत्यन्त अप्रीतिकर कार्ष से निर्मल का सारा चित्त जैसे विद्रोह करने लगा। किन्तु उपाय क्या है? दुष्कर्म करने वाला—मुजरिम—हेम का पिता है, उसे तो बचाना ही होगा। हेम रोने लगी, सास रोने लगीं, एककौड़ी चोर की तरह आना-जाना करने लगा, ससुर ने खाना-पीना छोड़कर खाट पकड़ ली। बीच में केवल एक ही दिन बाकी है, परसों हाकिम जांच करने आएगे।

तीसरे पहर के लगभग जीवानन्द से खेतों के मैदान के बीच भेंट हुई। इतने दिन मैदान से पानी के निकास का रास्ता न था, उसीसे वहां पुल बन रहा था। शान्त हंसी के साथ दोनों हाथ बढ़ाए हुए आकर जीवानन्द ने उसे ग्रहण किया और कहा—' आपके आने का समाचार मैंने कल ही पाया है। अच्छे रहे आप? घर में सब कुशल हैं?" उसकी बातों में, आचरण में बड़प्पन की गरिमा नहीं, बनावट नहीं—जैसा ही सहज, वैसा ही खुला हुआ। उसपर सन्देह करने की गुंजाइश न थी। इतने के लिए निर्मल प्रस्तुत न था। अपनी दृष्टि में वह आप जैसे छोटा हो गया। इसका दिमाग अगर खराब भी हो गया हो तो वह इसके लिए शर्मिन्दा होने की चीज नहीं है। जीवानन्द के कुशल-प्रश्न का उत्तर निमल ने खाली सिर हिलाकर ही दिया। बदले में प्रश्न करने का एकाएक उसे ध्यान ही न आया। जीवानन्द ने कहा, "आप नातेदार हैं, सारे गांव के आदर के पात्र हैं। लेकिन जान-बूझकर ऐसी जगह आकर दर्शन दिए···" सहसा मिस्तरी और मजदूरों की ओर नजर पड़ने से कहा, "भाइयो, आज हम लोगों को रात तक मेहनत करनी होगी। एक हथ्ते से बादल आ रहे हैं—आज ही कल में शायद पानी बरसेगा। तब तो किसी तरह काम न बनेगा। हम ऐसा काम कर जाएंगे कि हमारे नाती-पोतों तक को गर्दन हिलाकर कहना होगा कि हां, पुल जिन लोगों ने बनाया था, सच्ची हमदर्दी से ही बनाया था। वही तो हमारा सच्चा मेहनताना है।" लोग सहम गए। बीजगांव के भयंकर जमींदार उनके साथ ही मेहनत कर रहे हैं, उनके मुंह से ये बातें! उन सबने जताया कि उन लोगों की भी यही इच्छा है कि चांदनी यदि बादलों से न ढक गई तो हम रात के दस बजे तक काम करेंगे।

निर्मल ने कहा, "आपसे मुझे कुछ कम है।"

जीवानन्द ने कहा, "और किसी दिन न होगा ?"

निर्मल ने कहा, "जी नहीं, मुझे कुछ विशेष काम है।"

जीवानन्द ने हंसकर कहा, "वह भी ठीक है। व्यर्थ का बोझ उठाने के लिए जो लोग आपको इतनी दूर खींच लाए हैं, वे क्या आपको सहज में छोड़ देंगे ?"

यह चोट निर्मल को खली। उसने कहा, "सो तो ठीक ही है। अकाज लोग करते हैं, इसीसे इस संसार में हम वकील-बैरिस्टरों का प्रयोजन है चौधरी महाशय! नहीं तो आपको ही इस मैदान के बीच अप्रसन्न करने की मुझे आवश्यकता क्या थी ?"

जीवानन्द ने कुछ भी क्रोध नहीं किया। वैसे ही प्रसन्न मुख से कहा, "मैं कुछ भी अप्रसन्न या दुखी नहीं हुआ निर्मल बाबू! जिसके लिए आप आए हैं, वह आपका कर्तव्य है, इस बारे में तनिक भी मुझे सन्देह नहीं है; नहीं तो भला आप आते ही क्यों? किन्तु कर्तव्य की धारणा तो सबकी एक-सी नहीं है। मैं राय महाशय के अकल्याण की कामना नहीं करता। आपके आने का उद्देश्य सफल होने से वास्तव में मुझे प्रसन्नता होगी। किन्तु अपना कर्तव्य भी तो मैंने तय कर डाला है। उससे डिगना सम्भव न होगा।"

निर्मल कानून-पेशा ठहरा, सहज में पीछा छोड़ने वाला नहीं। उसने कहा, "ऐसा भी तो हो सकता है कि किसीको भी कोई सजा भोगने की आवश्यकता न हो, साथ ही हानि भी किसीको न उठानी पड़े।" जीवानन्द ने तुरन्त खुश होकर कहा, "ऐसा कर सकिए तो अच्छा ही है। लेकिन मैंने बहुत विचारकर देखा है कि यह होने का नहीं। ये किसान लोग अपनी जमीन छोड़ेंगे नहीं। यह खाली उनके अन्न-वस्त्र का मामला नहीं है, यह उनको सात पीढ़ियों की खेती का मैदान है, इसके साथ उनकी आत्मा का सम्बन्ध है। यह जमीन उनको देनी होगी। आप अच्छी तरह जानते हैं, मदरासी साहब अत्यन्त प्रबल है; उसके ऊपर जोर-जुल्म नहीं चलेगा, चल सकता है केवल किसानों के ऊपर। लेकिन हमेशा से उन्हींपर अत्याचार होता आ रहा है, बस अब मैं और न होने दूंगा।"

निर्मल ने मन-ही-मन समझ लिया कि अब खैर नहीं है। उसने कहा, "आपकी जमींदारी बहुत बड़ी है, इन थोड़े-से किसानों के लिए क्या उसमें स्थान न होगा ? कहीं-न-कहीं···"

जीवानन्द कह उठा, "ना, ना, और कहीं नहीं, वे इसी चण्डीगढ़ में रहेंगे। यही मैंने जबर्दस्ती करके उनसे छः हजार रुपये वसूल किए हैं— वह चुकाना ही होगा। किन्तु अब और इस अप्रीतिकर आलोचना की आवश्यकता नहीं है निर्मल बाबू! मैंने अपने मन में निश्चय कर लिया है।"

छः हजार रुपयों का यह इशारा निर्मल की समझ में नहीं आया, किंतु इतना समझ लिया कि उसके ससुर साहब ने अपने को अनेक फंदों में जकड़ लिया है, जिन्हें सुलझाना आसान नहीं है। उसने अन्तिम प्रयत्न करके कहा, "अपने बचाव का तो सभी को अधिकार है, अतएव श्वसुर महाशय को भी वह करना होगा। अन्त तक शायद विष से हीविष की चिकित्सा करनी पड़ेगी।' जीवानन्द ने मुस्कराकर कहा, "चिकित्सा क्या जाल के बदले खून करके करेंगे?"

निर्मल का मुंह लाल हो उठा। उसने कहा, "आप जमींदार हैं, ब्राह्मण है, अवस्था में बड़े हैं। आपको कोई कड़ी बात सुनाने की मेरी इच्छा नहीं है। किन्तु एक बात कह जाऊं, वह यह कि यह चीज आपकी स्वाभाविक नहीं है। सरकार अगर प्रासीक्यूट करेगी तो जेल के भीतर यह बात यापकी समझ में आ जाएगी। आप सांप को रस्सी समझने के भ्रम में न पड़ें तो ही अच्छा है।"

जीवानन्द ने कहा, "आपकी यह बात सच है; लेकिन भ्रम जब तक है, तब तक रस्सी ही तो मेरे लिए सत्य है।"

निर्मल ने कहा, "लेकिन उससे परिणाम का योग तो रुकेगा नहीं। और भी एक सत्य बात आपसे कह जाऊं। ये सब गन्दे काम करना मेरा पेशा नहीं है। आपसे मैं अत्यन्त घृणा करता हूं और एक पापी से अनुरोध करने में मुझे लज्जा मालूम होती है। लेकिन वह आप समझ न सकेंगे— क्योंकि यह आपके लिए कठिन है।"

जीवानन्द के मुख पर कोई परिवर्तन नहीं देखा गया। जरा-सी भी उत्तेजना नहीं आई, वैसे ही शान्त स्वर में उसने कहा, "किन्तु आपको मैं घृणा नहीं करता निर्मल बाबू, श्रद्धा करता हूं, यह समझने की शक्ति भी तो आपमें नहीं है।"

उसकी विकाररहित स्वच्छता से निर्मल को आग लग गई और इस उत्तर को केवल उपहास की कल्पना करके उसने कटू कण्ठ से कहा, "चोर-डाकुओं के बीच भी विश्वास नाम की एक चीज होती है। आपस में वे

भी उसे नहीं तोड़ते। विश्वासघाती को वे भी घृणा करते हैं। किन्तु जीवन व्यापी दुराचार से जिसकी बुद्धि बिगड़ गई है, उसके साथ बात करने से कोई लाभ नहीं। मैं जाता हूं।"

इतना कहकर वह पलक मारते ही पीछे घूमकर तेज चाल से चल दिया। जीवानन्द ने आंख उठाकर देखा, मजदूरों में से बहुत-से हाथ का काम बन्द करके अचम्भे के साथ देख रहे हैं। उसने मलिन मुख से केवल जरा-सा हंसकर उनसे कहा, "भाइयो, जितना समय नष्ट किया है, उतना पूरा कर देना।"

चारेक दिन मे ही पानी के निकास की पुलिया बनकर तैयार हो गई। दूसरे गांव तक से लोगों की भीड़ उसे देखने आई; किन्तु जिसने उसका निर्माण किया, वह जीवानन्द खटिया पर पड़ गया। इसी कारण से और के० साहब से मिल करके अनेक कौशल से निर्मल तहकीकात का दिन एक सप्ताह आगे बढ़वा सकता था किन्तु वह दिन भी आ ही गया। केवल दो दिन शेष हैं। बचने का एक मार्ग था और उसी राह को पकड़-कर जनार्दन राय ने तारादास की मार्फत चण्डी माता की विशेष पूजा की व्यवस्था कराई और स्वयं मंदिर के एक स्थान में बैठकर सवेरे-शाम शरीर और मन से भगवती को पुकारने लगे, प्रार्थना करने लगे कि माता की कृपा से अबकी बार जीवानन्द रोग-शय्या से फिर न उठे।

अपनी लड़की को लेकर षोडशी के पैरों पड़ने की बात भी उनके मन में आई थी। कारण, इन छोटे आदमियों को यदि कोई रोक सकता है तो केवल वही रोंक सकती है। लेकिन वह है कहां? जो गाड़ीवान उसे ले गया था, उसका पता बहुत खोजने पर भी नहीं लगा। सात दिन की मोहलत पाकर हेम को निश्चित भरोसा हो गया था कि लड़के को साथ ले जाकर एक बार रोते हुए पैरों पर गिर पड़ने से षोडशी किसी प्रकार 'नहीं' न कह सकेगी। किन्तु वह आशा वृथा हुई जा रही थी।

रजिस्ट्री आफिस के बरामदे में एक तरफ एक बेंच के ऊपर बैठकर निर्मल कुछ जरूरी लिखा-पढ़ी के कागजात की नकल लेकर मन लगाकर ध्यान से पढ़ रहा था, एकाएक सामने से ही किसीने पुकारा, "जमाई बाबू, सलाम! अच्छे तो है?" निर्मल ने चौंककर सिर उठाकर देखा, फकीर साहब हैं। उनके भी हाथ में कागजों का एक बंडल है। चटपट उठकर, अभिवादन करके, दोनों हाथ पकड़कर उन्हें पास बिठाते हुए

निर्मल ने कहा, "सुना था, पुकारते ही आपके दर्शन मिलते हैं। इधर कई दिनों से मन-ही-मन प्राणपण से आप ही को पुकार रहा था।" फकीर ने हंसकर कहा, "किसलिए, बताइए तो?" निर्मल ने कहा, "षोडशी की मुझे बड़ी आवश्यकता है। वह कहां हैं—मुझे उनसे मिलना है।" फकीर न विस्मित हुए, न आनन्द ही प्रकट किया। बोले, "मिलाप न होना ही अच्छा है।"

निर्मल बहुत ही लज्जित हुआ! बोला, "आप शायद सर्वज्ञ हैं। यदि ऐसा है तो आप जानते ही हैं कि हम लोगों को उनकी कितनी आवश्यकता है।"

फकीर ने कहा, "ना, मैं सर्वज्ञ नहीं हूं, लेकिन मां षोडशी मुझसे कोई भी बात नहीं छिपाती। मिलने न मिलने की बात तो वही जानें, उनकी सब बातें आपको बतलाने में मुझे कोई रुकावट नहीं है। कारण एक दिन जब सभी उनका सर्वनाश करने पर अमादा थे, तब आप ही अकेले उनकी रक्षा करने के लिए खड़े हुए थे। उन्हींके मुंह से यह बात सुनी है।" निर्मल ने कहा, "और आज ठीक उससे उल्टा हो गया है और फकीर साहब, अय यदि उन लोगों को कोई बचा सकता है तो केवल वही बचा सकती हैं।" फकीर का मुख अप्रसन्न हो उठा। इसके विस्तृत विवरण के लिए कौतूहल न प्रकट करके उन्होंने केवल यही कहा कि चण्डीगढ़ की खबर मैं नहीं जानता। लेकिन मैं कहता हूं, उनका भला करने का भार आप भगवान के ऊपर छोड़ दीजिए। मेरी मां को अब इसके भीतर न समेटिएगा निर्मल बाबू!"

षोडशी के सारे दुःखों का अतीत इतिहास निर्मल को याद आ गया।

उसने कुंठित भावों से—झेंपते हुए—केवल यह पूछा कि इस समय वह कहां हैं? फकीर ने कहा, "उस स्थल को शैवालदीघी कहते हैं।"

निर्मल ने फिर पूछा "वहां सुख से हैं?" अब फकीर ने मुसकराकर कहा, "यह लीजिए! स्त्री-जाति के सुख से रहने की खबर देवता लोग भी नहीं जानते, मैं तो फिर संन्यासी आदमी ठहरा! लेकिन हां, इतना भर मैं अनुमान कर सकता हूं कि मेरी मां शांति से हैं।" निर्मल ने क्षण-भर मौन रहकर पूछा, "अदालत में आप यहां कैसे आए थे?"

फकीर ने कहा, "आपका पूछना भी ठीक है। इस अन्तिम आयु में फिर दुनियादार हो उठा हं। अच्छी बात है, बिना पैसे-कौड़ी के आप जैसा कानूनदां आदमी भी और न पाऊंगा और यह मामला और किसीसे

कह भी नहीं सकता। मेरे ये कागज जरा एक बार दया करके यदि देख दें।"

निर्मल ने हाथ बढ़ाकर कहा, "कैसे कागजात हैं ?"

"एक दानपत्र का मसविदा है", कहकर फकीर साहब ने अपने कागजों का बंडल निर्मल के हाथ में पकड़ा दिया।

उसने लापरवाही से उन कागजों को ले लिया और धीरे-धीरे खोलकर पढ़ना शुरू किया। किन्तु कई लाइनों के बाद ही उसकी आंखों की दृष्टि तीव्र, मुख गम्भीर और माथा सिकुड़ उठा। इस दान की सम्पत्ति कुछ साधारण या थोड़ी नहीं थी। कई पन्नों में उसका ब्योरा दिया हुआ था। उन पन्नों पर किसी प्रकार दृष्टि डालकर अन्तिम पृष्ठ पर आकर जब जीवानन्द की चिट्ठी पर नजर पड़ी, तब उन कई लाइनों की लिखावट एक सांस में पढ़ डालकर निर्मल मौन हो रहा।

28

आज सत्य ही उसे किसीके भी विरुद्ध कोई विद्वेष नहीं था—कोई शिकायत नहीं थी। वह मन-ही-मन यह कहकर तर्क कर रहा था कि अपराध तो मनुष्य ही करता है, अन्याय की सृष्टि तो मनुष्य ही के लिए हुई है, अतएव उसकी गवाही से उसके अलावा और भी कोई सजा पाएगा –यह सोचकर उसे सच्चा दुख हो रहा था। किन्तु किसी विषय को तरतीब के साथ अन्त तक सोचने योग्य अवस्था उसकी नहीं थी। इसीसे घूम-फिरकर केवल एक समस्या बार-बार उसके सामने आती थी, और इस बात को लेकर जब वह लगभग हैरान हो उठा था, उसी समय एक सम्पूर्ण रूप से नई चीज के ऊपर उसका मन और दृष्टि एकसाथ जा टिकी। एक छोटी-सी नाव धारा में तेजी से आ रही थी। उसके घर के सामने उपस्थित होते ही मांझी ने उसे रोक दिया। इस नदी में नावों का आना-जाना बहुत ही कम होता था। खासकर उसीके घरके सामने आकर जब नाव इस प्रकार रुकी, तब वह कौतूहल के मारे तकिये का सहारा लेकर ऊंचा होकर बैठ गया। उसने देखा कि दो मर्द और तीन औरतें नाद से उतरकर आ रहे हैं। एक आदमी को जीवानन्द ने निश्चय के साथ पहचान लिया। वह थे जनार्दन राय। उनकी पत्नी–और दूसरी उनकी कन्या थी। शायद ये लोग कहीं गए थे, मजिस्ट्रेट साहब के आने की सूचना पाकर लौट आए हैं। अपने घर के पास का घाट छोड़कर इतनी दूर

आकर नाव बांधने का कारण क्या है? शायद सुविधा नहीं थी, शायद भूल हो गई है, शायद मजिस्ट्रेट की दृष्टि में नहीं पड़ना चाहते। चाहे जो हो, वह आदमी जब राय महाशय हैं, उनकी स्त्री और कन्या है, तब बैठे रहना व्यर्थ समझकर जीवानन्द फिर लेटा रहा। आंखें मूंदकर उसने मन-ही मन हंसकर कहा, अपराध की सजा देने का मालिक क्या अकेला न्यायालय ही है? इस आदमी को मजिस्ट्रेट साहब ने शायद कभी देखा नहीं। तो भी इसकी शंका और सतर्कता की सीमा नहीं है। स्त्री और कन्या के सामने यह जो कायरता की लज्जा है, दण्ड के हिसाब से यह क्या साधारण सजा है?

सहसा कोई आकर उसके सिरहाने की ओर बैठ गया। जीवानन्द ने चौंककर कहा, "कौन है?" बरामदे में प्रवेश करने की पैरों की चाप भी उसने किसीकी नहीं पाई। जो आकर बैठा था, उसने उसके माथे पर हाथ रखकर जवाब दिया, "मैं हूं।" जीवानन्द हाथ बढ़ाकर और उस हाथ को अपने दुर्बल हाथ में खींचकर बड़ी देर तक चुप पड़ा रहा। उसके बाद धीरे-धीरे बोला, "इस नाव पर तुम आई हो?"

उत्तर मिला, "हां।"

जीवानन्द ने कहा, "राय महाशय तुमको पकड़ लाए हैं कि उनको बचाना होगा?" षोडशी ने कहा, "हां! किन्तु वह हेम के पिता को—जनार्दन राय को नहीं।"

जीवानन्द ने कहा, "समझा। लेकिन प्रजा के लोग अभियोग क्यों उठा लेंगे? क्या सागर इसे स्वीकार करेगा?"

षोडशी ने कहा, "मेरे आगे उन्होंने मुकदमा न लड़ना स्वीकार कर लिया है।" जीवानन्द ने कहा, "स्वीकार कर लिया है? आश्चर्य है!"

इतना कहकर वह चुप हो रहा।

षोडशी ने कहा, "नहीं, वे मुझे मां कहते हैं।"

जीवानन्द ने कहा, "यह मैं जानता हूं।"

जीवानन्द के हाथ की मुट्ठी ढीली पड़ गई। उसने कुछ देर स्थिर भाव से रहकर धीरे-धीरे कहा, "अच्छा ही हुआ। आज सवेरे से ही मैं सोच रहा था अलका, कि यह बहुत ही कठिन काम मैं कैसे करूंगा? मेरी जान बची। अब मुझे और कुछ भी करने को नहीं रहा। तुमने सभी कर दिया।"

षोडशी ने सिर हिलाते हुए कहा, "तुम्हें करने को और कुछ शेष नहीं रह सकता, लेकिन मेरा बड़ा काम, अभी शेष है।"

इतना कहकर उसने, जीवानन्द का जो हाथ शिथिल होकर बिस्तर पर गिर गया था, आपने हाथ की मुट्ठी के भीतर लेकर उसके कान के पास मुंह ले जाकर कहा, "मेरी नाव तैयार है; किसी प्रकार तुमको लेकर भागा जा सकने से ही मेरा वह सबसे बड़ा काम पूरा हो जाएगा । चलो।"

●